Jörg Juretzka
Der Willy ist weg

In Mülheim an der Ruhr wird eine berühmte Burger-Kette sabotiert. Ein reiches Mädchen auf Drogen kommt in Amsterdam unter die Räder. Und ein Millionenerbe wird just aus derselben Villa entführt, die Privatdetektiv Kristof Kryszinski und der Rockergang Stormfuckers als Heim und Basislager dient. Stress mit Nazi-Bikern, Zuhältern und Fast-Food-Philosophie ist angesagt.

»Soll er doch«, meinte Heiko, drehte den Schlüssel zweimal herum, zog ihn ab, hielt ihn kurz in die Höhe, ließ ihn sich dann in den offenen Mund fallen – und schluckte ihn runter.
»Morgen früh werde ich wohl ein Tränchen für dich vergießen«, sagte er noch.

Foto: Frank Herzog

Jörg Juretzka, 1955 in Mülheim an der Ruhr geboren, ist viel gereist und hat in den unterschiedlichsten Jobs gearbeitet, unter anderem hat er in Kanada Blockhütten gebaut. Er schreibt, seit er denken kann (also seit seinem 35. Lebensjahr). Vorher, sagt er, war einfach keine Zeit. *Der Willy ist weg* wurde mit dem Deutschen Krimi-Preis ausgezeichnet. Im Rotbuch Verlag liegen ferner vor: *Prickel* (1998), *Sense* (1999), und *Fallera* (2001).

»Das Beste, was die deutsche Krimi-Produktion derzeit zu bieten hat.«
Bayrischer Rundfunk

Jörg Juretzka

Der Willy ist weg

Krimi

Rotbuch Verlag

Für Cora und Verena

Speziellen Dank an
Rocket From The Crypt
für »Drop out«

Bibliografische Information Der Deutschen Bibliothek

Die Deutsche Bibliothek verzeichnet diese Publikation in der Deutschen Nationalbibliografie; detaillierte bibliografische Daten sind im Internet über http://dnb.ddb.de abrufbar

3. Auflage

Umschlaggestaltung: projekt ® | Barbara Hanke, Hamburg
unter Verwendung einer Fotografie von photonica/Deborah Davis
Herstellung: Das Herstellungsbüro, Hamburg
Satz: H & G Herstellung
Druck und Bindung: Poligrafia Janusz Nowak
Printed in Poland

ISBN 3-434-54053-9

Informationen zu unserem Verlagsprogramm
finden Sie im Internet unter: www.rotbuch.de

Prolog

Mülheim a. d. Ruhr, 4.12.1984

Liebe Dagmar,

vielen Dank für das hübsche Foto. Ich habe es, wie Sie schon morgen sehen werden, gleich zum Rahmen gegeben. Ich verstehe sehr gut, dass Sie sich noch nicht haben entschließen können, auf meine Angebote einzugehen; schließlich wissen Sie ja noch kaum etwas über mich. Lassen Sie mich jedoch noch einmal versichern, dass es mir ernst ist. Ich bewundere Sie wie kein zweiter Mann, ich bin jung und, wenn ich das hier einmal so einstreuen darf, nicht unvermögend, auch wenn es noch ein paar Jahre dauern wird, bis ich an das ganze Geld herankann. Bis dahin kriege ich jeden Monat einen bestimmten Betrag, von dem es sich ganz gut leben lässt.

Da ich, wie ich schon im letzten Brief geschildert habe und, bitte glauben Sie mir, daran hat sich nichts geändert, keine Freundin habe und es mir in dem großen Haus doch etwas einsam zu werden begann, wohnen seit einiger Zeit ein paar Freunde mit mir zusammen, doch habe ich von vornherein klipp und klar festgelegt, dass sie, sollten Sie sich eines Tages entscheiden, zu mir ziehen zu wollen, (braucht ja erst mal nichts zu heißen, Zimmer habe ich genug), sich sofort etwas anderes suchen müssen, und alle waren spontan und ohne weitere Diskussion damit einverstanden. Es sind lauter großartige Burschen, das können Sie mir glauben. Sie würden sie mögen, da bin ich mir sicher.

Möglicherweise möchten Sie uns ja einmal besuchen kommen? Zum Kaffee, vielleicht? Das wäre doch eine wunderbare Gelegenheit, uns ein wenig näher kennen zu lernen, finden Sie nicht? Nur, eine Bitte: Seien Sie so nett und rufen Sie vorher an. Meine Mitbewohner sind, wie schon gesagt, tolle Burschen, doch mit der Ordnung hapert es bei ihnen. Aber wir haben eine Vereinbarung, dass, sollten Sie uns die Freude eines Besuches machen wollen, sofort und gründlichst aufgeräumt und saubergemacht wird.

Sie sehen, alles, was Sie tun müssen, ist, sich einen kleinen Ruck zu geben.

In stiller Bewunderung,
Ihr größter Fan,

W. Heckhoff.

So, dachte ich und zog den Bogen aus der Maschine, das hätten wir wieder mal.

Charly kam ins Zimmer und sah mir über die Schulter.

»Für Willy?«, fragte er.

»Ja«, antwortete ich. »Könnte sonst doch kein Schwein entziffern.« Und ich wedelte mit der Handschrift.

»Wieder an Dagmar?«

Ich nickte. »Klar.«

»Er gibt niemals auf, oder?«

»Willy?«, sagte ich. »Nein, nie.«

Kapitel 1

Holland! In dieser nach verklappter Schweinescheiße stinkenden, platten Ödnis möchte ich nicht tot überm Zaun hängen.

Oh, ich war vergnügt. Von mir aus, dachte ich, soll sich die Nordsee das ganze Land zurückholen. Über Nacht. Sobald ich hier raus bin.

Ah, ich war in trefflicher Stimmung. Ein Auge komplett dicht, die Zähne in, was man als ›Zustand vor Tütensuppe‹ bezeichnen muss, beide Klöten dick wie Pampelmusen, so hockte ich bibbernd im eiskalten Fahrtwind und fühlte mich prächtig. Ich hätte ein Liedchen gepfiffen, wenn es meine verschwollenen Lippen zugelassen hätten.

Mann, das hatte ich fein hingekriegt. Ein Prachtstück von einer Packung hatte ich mir da gefangen, eine nur schwer zu überbietende Niederlage eingefahren. Ich mochte zwar mit leeren Händen zurückkehren, doch die Fresse hatte ich ordentlich vollgekriegt.

Dumm nur, dass ich nicht beauftragt worden war, buntschillernde Hämatome und von der Härte des Straßenpflasters durchdrungene Räuberpistolen nach Hause zu bringen, sondern eine 18-jährige. Eine kleine, zierliche 18-jährige mit einem riesengroßen Appetit auf Opiate.

Und es war mir als so eine *nette* Idee erschienen, sie ausgerechnet heute, am Vorabend des eintausendneunhundertundvierundachtzigsten Festes der Liebe, bei ihrer Familie abzuliefern; schwitzend, stinkend, kotzend, voll auf zähneklapperndem Entzug, sterbenskrank und zum Umfallen geschwächt, aber *heim*.

Nun, das hatte, wie es aussah, nicht so ganz geklappt.

Mit welchen Worten ich mein Scheitern den beiden verzweifelten Eltern beibiegen sollte, konzentrierte mein Denken wie ein für den nächsten Morgen anberaumter Termin. Eine Verabredung, mich bei Tagesanbruch mit verbundenen Händen und Augen vor einer zerlöcherten

Wand einzufinden und nach ein paar Zügen dem Rauchen für immer zu entsagen.

Jetzt eine Zigarette wäre schön gewesen. Ich schlotterte vor Kälte. Was immer der im Heck des ältlichen, gelblichen VW-Transporters vor sich hinröhrende Motor an eh schon schwächlicher Heizleistung produzierte, verlor sich spurlos in dem eisigen Sturm, der ungehindert durch die große, rechteckige, von krümeligem Glas umrahmte Öffnung pfiff, die einmal meine Windschutzscheibe gewesen war. Rau sind sie, die Sitten im Amsterdamer Rotlichtviertel. Oh ja.

Wie sollte ich es ihnen beibringen? Sollte ich sie mit der Realität konfrontieren? Schonungslos? Sollte ich sagen: »Ihre Tochter stellt lieber dreißigmal am Tag irgendeine ihrer Körperöffnungen irgendwelchen angesoffenen Kerlen zur Verfügung, damit die unter rhythmischem Grunzen das schleimige Produkt ihrer Triebe darin entladen können, als ihre Reit-, Ballett- und Tennisstunden wieder aufzunehmen? Und lässt sich lieber von ihren beiden chinesischen Zuhältern zusammen mit zwei anderen Suchtnutten wie eine Leibeigene in einem dreckigen Loch gefangen halten, als zu Ihnen in Ihre 20-Zimmer-Villa im Uhlenhorst zurückzukehren?« Es wäre die nackte Wahrheit gewesen.

Sie hatte die beiden Luden sogar noch angefeuert, als die's mir verpassten.

Das, vor allem, könnte in einem jetzt den Eindruck erwecken, sie handele aus freien Stücken. Man könnte meinen, sie lebte dieses degenerierte Dasein als Ergebnis eines Entscheidungsprozesses, an dessen Ende die simple Maxime ›Lieber arm und krank als reich und gesund‹ gestanden hätte. Selbst ich hatte im Wegfahren noch gedacht, lass sie, du siehst es doch, sie will nicht anders. Selbst ich, der ich es besser wissen müsste, besser *wusste*.

Denn ich weiß es. Ich weiß, wie es ist, wenn die Angst, von der Droge getrennt zu werden, so groß wird, dass sie allen anderen Ängsten den Raum nimmt. Wenn sie größer wird als die Angst vor dem Verlust der Existenz, der Gesundheit, der Würde, des eigenen Lebens. Das ist groß. Das ist Angst. Und nichts anderes.

Mich hatten sie ja im Knast entwöhnt. Kalt. Kurz und schmerzhaft. Und, seltsam genug, von Dauer. Meine Haltung zu Heroin glich seither in vieler Hinsicht der eines Geschiedenen, dem erst in der Trennungsphase klar wird, mit was für einem Monster er die ganze Zeit verheiratet gewesen ist: ›Wie habe ich mich bloß jemals *damit* einlassen können?‹ stand immer im Raum, wenn ich mit dieser abgefuckten Szene in Berührung kam.

Und das war dauernd. Ich kannte mich aus, ich sprach die Sprache, ich lebte davon. Ich war seit zwölf Monaten gewerblich angemeldeter Detektiv, und ins Drogenmilieu abgedriftete Kids aufzutreiben war eine meiner Spezialitäten. Dabei in Schwierigkeiten zu geraten eine andere.

Die Autobahn war beinahe gespenstisch leer. Der Tank des Transporters auch. Meine Taschen sowieso. Vor allem, was Gulden anging. Und D-Mark akzeptierten die automatisierten Zapfsäulen entlang der Bahn nicht. Ich war deshalb froh, als an der dritten Tankstelle hintereinander endlich mal jemand da war, und waren es auch nur andere Reisende. Vielleicht könnten sie ja wechseln.

Es war ein ziemlich neu aussehender, metallic-grüner Ford Capri aus Frankfurt, und irgendetwas war damit nicht in Ordnung. Das sah man gleich. Niemand legt sich bei Temperaturen um den Gefrierpunkt nur so aus Jux und Dollerei unter seinen Wagen. Noch dazu mitten in der Nacht.

Sie waren zu zweit. In Lederjacken, Jeans, Adidas. Wie ich, also. Einer fummelte fluchend unter dem Heck des Capris herum, der andere stand daneben, mit Klebeband in der einen, dem Schwengel vom Wagenheber in der anderen Hand und dem dösigen Gesicht von jemandem, der irgendwie helfen möchte, aber nicht kann.

Ich trat heran, und Benzindunst füllte meine Nase. Es roch wie ein denkbar unangebrachter Zeitpunkt, um sich eine anzustecken.

»Das hat man jetzt davon, wenn man einen gottverdammten Junkie schweißen lässt«, kam es unter dem Wagen hervor. »Ich hatte gleich so ein Scheißgefühl ...«

Ich räusperte mich. Das Gemecker erstarb. Der Typ mit dem Klebeband in der einen Hand fuhr zu mir herum.

»Hau ab!«, sagte er, reflexartig, automatisch, drohend.

Beschwichtigend breitete ich die Hände aus. »Jungs«, sagte ich, »wenn mir nur eben einer von euch ein paar Mark in Gulden wechseln könnte ...«

»Nein.« Ohne Entschuldigung, ohne Bedauern. Ohne auch nur einmal in die Taschen gesehen zu haben.

»Die Automaten nehmen nur Gulden. Und ich bin auf den letzten Tropfen Sprit unterwegs ...«

»Hast du nicht gehört? Hau ab, Fletschauge!«, kam es unter dem Wagen hervor. »Zieh Leine!«

»Und zwar flott«, ergänzte der stehende Kollege. Und machte einen Schritt auf mich zu. Mit dem Schwengel in der anderen.

Eine Platzwunde, fiel mir auf, fehlte mir noch in meiner Sammlung an Blessuren. Ich sagte: »Ey, Kinder, ruhig, ja? Ich habe nur gefr...« Der Schwengel pfiff dicht über meinem Kopf durch die Luft. Zwei Fingerbreit tiefer, und meine Sammlung wäre komplett gewesen.

»Dann nicht«, sagte ich und machte kehrt. »Und vielen Dank auch«, rief ich noch, ehe ich den Schlüssel umdrehte. Die beiden nahmen keine weitere Notiz von mir.

Der Heilige Abend, kein Scheiß, das hatten wir heute, und was für ein Heiliger Scheiß-Abend war es bis jetzt für mich gewesen! Dabei war ich noch nicht über die Grenze, noch lange nicht wieder zu Hause. Ich war so richtig gespannt, was für weitere freudige Überraschungen mich auf meinem Weg erwarten mochten.

Noch 12 Kilometer bis zur Bondsrepubliek Duitsland, verriet mir ein Schild, und der Zeiger meiner Tankuhr lag wie tot auf der Seite und rührte sich schon länger nicht mehr.

Mülheim a. d. Ruhr, 18.12.1984

Liebe Dagmar,

vielen Dank für Ihre hübsche Autogrammkarte. Es ist jetzt die 15. in meiner Sammlung, und ich habe sie gleich zu den anderen an die Wand meines Zimmers gepinnt.

Und doch bin ich etwas enttäuscht. Ich hatte sehr gehofft, Sie würden meiner Einladung zu unserer Weihnachtsfeier zustimmen. Wir konnten ›The New‹ verpflichten, die sich extra Ihnen zu Ehren eine kleine Überraschung ausgedacht haben (darf ich nicht verraten), das Büfett wird vom Restaurant ›Waldschrat‹ geliefert, das heißt, dieses Jahr wird es schmecken (letztes Jahr haben wir selber gekocht, aber es hätte Ihnen nicht gefallen. Irgendjemand hatte einen Gummihandschuh im Backofen vergessen, was der Gans einen strengen Beigeschmack gegeben hätte, wenn uns nicht von vornherein ein Missverständnis mit dem Rezept unterlaufen wäre. So aber hatten wir den Vogel mit Maiskörnern gefüllt, wie im Rezept, bloß der falschen Sorte, irgendwie, und man könnte heute noch Reste des Tieres an der Decke und den Wänden der Küche bewundern, wenn ich mich nicht selber in den letzten Tagen mit dem Spachtel in der Hand auf die Leiter gestellt hätte, weil ich da ja noch fest mit Ihrem Besuch rechnete), und obwohl es bei unseren Partys zugegebenermaßen schon mal etwas, na ja, zugeht, *haben mir die Jungs allesamt in die Hand versprochen, sich zu benehmen, sollten Sie uns die Freude machen, teilzunehmen.*

Bitte, überlegen Sie es sich noch mal, ja? (Charly würde Sie abholen, ich habe ihn gefragt. Er hat einen getunten Opel Commodore, der über 220 läuft. Damit wären Sie ratzfatz in Mülheim). Also, seien Sie so nett und denken Sie drüber nach. Noch ist Zeit.

Mit den allerherzlichsten Grüßen und in Hoffnung auf eine positive Antwort, Ihr
W. Heckhoff

Ein einsames Männeken bewachte die Grenze. Froh über eine Abwechslung winkte es mir zu. Ich stoppte. Der Motor erstarb. Ich atmete tief durch. Er war klar, was jetzt käme.

Bleib ruhig, Kristof, mahnte ich mich. Denk immer daran: Der Mann tut nur seine Pflicht.

Mechanisch kurbelte ich das Seitenfenster herunter und griff nach den Papieren in der Sonnenblende.

»Grenzkontrolle«, sagte der Zöllner knapp und ohne die müde Miene zu verziehen. Er war vielleicht ein paar Jahre älter als ich, also höchstens Ende Zwanzig, und verstand es prächtig, den Eindruck zu vermitteln, alles, aber auch alles kotze ihn an.

Eine verwandte Seele, dachte ich.

»Ihre Papiere.« Ich reichte sie ihm.

»Ihr Fahrzeug, Herr ... *Kryszinski*, befindet sich in keinem verkehrssicheren Zustand.«

Ich blickte ihn an, als könne er das unmöglich ernst meinen.

»Das Abblendlicht Ihres rechten«, er deutete, »Scheinwerfers ist defekt, Ihre Reifen«, er beugte sich ein wenig und leuchtete mit einer Taschenlampe, »sind abgefahren, und Ihre Windschutzscheibe fehlt zur Gänze.«

Baff erstaunt tastete ich vor mich, als hätte ich das bis dahin noch gar nicht bemerkt, griff dann hindurch, wedelte perplex mit der Hand herum und ließ mich zu einem »Tatsächlich!« hinreißen.

Wohl von meinem Beispiel angesteckt, griff der Beamte seinerseits durch die Öffnung, nur eben von draußen nach drinnen, pickte etwas aus der Ablage im Armaturenbrett und hielt es mir unter die Nase. Es war eine Packung Zigarettenblättchen, die wie durch ein Wunder dem Fahrtwind getrotzt hatte. Die eine Hälfte des Pappdeckels fehlte, fiel uns auf.

»Was ist das?«, fragte er.

»Das ist ein Fixerbesteck«, antwortete ich.

»Steigen Sie bitte aus.« Er machte einen Schritt zurück, und meine Papiere verschwanden fürs erste in einer Brusttasche seiner Uniform.

Ich atmete tief durch. »Hören Sie«, sagte ich zu ihm, »warum beordern Sie mich nicht gleich nach hinten, in die Halle? Da ist es bestimmt wärmer. Sie krempeln sich die Ärmel auf und schnappen sich den Werkzeugkasten und nehmen die Karre hier gründlich auseinander, ich hock mich daneben und bewundere Ihre mechanische Geschicklichkeit, und wenn Sie im Wagen nichts finden, können Sie mir ja immer noch in den Arsch leuchten und wer weiß, vielleicht werden wir zwei herzzerreißend gute Freunde darüber? Auf mich wartet kein Mensch, zu Hause. Von mir aus können wir beide uns hier die ganze Nacht um die Ohren hauen.«

Er warf einen Blick nach links, einen nach rechts. Wir waren allein. »Meine geschiedene Frau«, meinte er unvermittelt und seltsam tonlos, »feiert heute mit ihrem neuen Liebhaber. In dem Haus, für das ich die Raten zahle. Und wenn ich die Kinder sehen will, muss ich vorher einen schriftlichen Antrag einreichen.« Er sah mich an, müde. »Auf mich wartet auch niemand, in meinem möblierten Zimmer.« Mit einem kleinen, schiefen Grinsen reichte er mir meine Papiere und wandte sich ab. »Fahren Sie vorsichtig.«

Die Kontrollleuchten im Tacho glommen schon, als ich den Schlüssel noch mal zurückdrehte.

»Warten Sie«, rief ich ihn zurück.

»Was zu verzollen?«, fragte er, schwach amüsiert.

»Nein.« Ich schüttelte den Kopf. »Aber etwas anderes: Gleich kommt hier ein grüner Ford Capri vorbei. Mit Frankfurter Kennzeichen. Und einem unfachmännisch geschweißten Tank. Zwei Insassen. *Sehr* unhöfliche Typen.«

Er hob eine Braue. »Die werden uns doch keine Schwierigkeiten machen wollen?« Mit einer Hand langte er in das Wartehäuschen, schnappte sich einen Telefonhörer und tippte eine Zahl. »Oft sind es Kleinigkeiten, die über eine vorzeitige Beförderung entscheiden«, vertraute er mir noch an, dann hob am anderen Ende jemand ab.

So wie etwa ein bis zwei Pfund weißes Pulver oder bräunliches Granulat, dachte ich. Denn dafür waren mir die beiden gut, allemal. Da hätte ich Geld drauf gesetzt.

Wir nickten uns noch einmal zu, ich drehte den Schlüssel, und mit einem strangulierten Geräusch zerrte der Anlasser den Motor aus dem Schlaf. Fort war ich.

Mit vollem Tank kommt es einem immer so vor, als läge der Rasthof Hünxe direkt hinter der Grenze. Und doch sind es 50 Kilometer, und keiner weniger. So kann man sich täuschen.

Wir schafften erstaunliche 45 davon, bevor dem Motor die Spucke wegblieb und ich mich schreitend wiederfand, einen wie immer, wie unausweichlich immer, leeren Reservekanister unter den Arm geklemmt.

Fünf Kilometer hin, fünfe zurück. Zu Fuß. Mit zwei heftig geschwollenen Hoden in einer vorher schon nicht unbedingt großzügig geschnittenen Jeans. Meine Gangart hätte einen Stummfilmcowboy grün vor Neid gemacht.

Ich brauchte eine Stunde hin, mit viel kaltem Schweiß auf der Braue, vielleicht drei Minuten zum Tanken und Zahlen und dann, logisch, eine Stunde zurück. Unter normalen Umständen hätte ich den ganzen Weg lang geschäumt. Nicht so heute.

Denn die ganze Zeit über, seit ich die Grenze passiert hatte, und auch später, bis ich in Mülheim die Autobahn verließ, kam kein einziger grüner Capri an mir vorbei. Und ich habe genau aufgepasst.

Frauen, die mich verlassen, Freunde, die mich betrogen, Feinde, die sich mir gemacht haben, sie alle sagen mir nach, ich sei im Grunde gutmütig, aber nachtragend, unter Umständen regelrecht unversöhnlich.

Da ist ganz sicher etwas dran.

Zwei Frankfurter hatten das eben gelernt. Zwei Chinesen stand es noch bevor.

Kies knirschte unter den abgelatschten Tretern des Transporters, als er vor dem Portal vom ›Fuckers' Place‹ ausrollte. Ich ging vom Gas, und wie immer versuchte es der betagte Vierzylinder noch ein paar Umdrehungen lang ohne die Unterstützung meines rechten Fußes, gab dann aber unter Husten und Röcheln entmutigt auf und verstummte.

Jedes einzelne Fenster der Villa war festlich erleuchtet. Musik drang heraus in die Nacht. Ein Männerchor. Im Takt gehalten von stampfendem Disco-Beat. Eine schmissige Hymne auf die trefflichen Dienste, die der Christliche Verein Junger Männer einsamen, jungen Männern zu bieten hat. Und, ohne auch nur einmal Luft zu holen, folgte in direktem Anschluss eine Ode an die Vorzüge eines Lebens bei der Navy.

Sie mussten Scuzzi an den Plattenteller gelassen haben. Nicht dass wir uns hier missverstehen: Mein Freund Pierfrancesco ist nicht homosexuell. Er mag einfach solche Musik. Er mag, um es kurz zu machen, jegliche Musik. Einzige Voraussetzung ist, glaube ich manchmal, dass sie mir wider die Natur geht.

Ich stieg aus. Ein paar der hell erleuchteten Fensterscheiben hatte man durch Pappe ersetzt. Das war neu. Eine Kassette der Haustür war recht grob mit einem Stück Schaltafel vernagelt. Das war auch neu. Und an der hellgrauen Muschelkalkfassade prangte rot der offenbar mit einiger Hast gesprühte Einzeiler

IHR SEIT ALLE TOD

Nicht ohne mystische Tiefe, wie ich fand. Was war denn bloß los gewesen? Ich sah mich um. Auf dem zertrampelten Rasen lagen hier und da Pflastersteine herum, Holzknüppel, ein Jackenärmel. Eine Ansammlung von Menschen schien, dem Augenschein nach, den Versuch unternommen zu haben, ohne Einladung in das Domizil der Stormfuckers, MC, vorzudringen. Da wir bei meiner Abreise nach Amsterdam noch in einem mühsam erreichten, relativen Frieden mit allen rivalisierenden Gruppierungen gestanden hatten, mussten es die Jungs irgendwie geschafft haben, sich im

Verlauf der letzten Woche eine ganze Bande frischer, nagelneuer Feinde zu schaffen.

Das überraschte mich nicht. Ein Großteil der Stormfuckers lebte in erster Linie von ihrer Erscheinung. Sie erschienen bei Rockkonzerten, sie erschienen vor Discotüren, sie erschienen zu Hause bei Leuten, die meinten, Spiel-, Drogen- oder sonstige Schulden seien nichts, das man wirklich ernst nehmen müsse. Meist genügte ihre Ausstrahlung, um Friedfertigkeit und Vernunft zu verbreiten. Große, breite, haarige, ledergewandete, an delikaten und weniger delikaten Stellen tätowierte und gepiercte, einander zu unverbrüchlicher Loyalität verschworene Männer wie sie treten gerne mit einer Art kollektivem Selbstbewusstsein auf, das geeignet ist, Nachdenklichkeit auch in den hitzigsten Köpfen zu inspirieren. Und doch gibt es immer wieder welche, bei denen die Nachdenklichkeit in einen, wie soll ich sagen, nicht selten alkoholbefeuerten, gewalttätigen Groll umschlägt. Solche Leute kommen oft erst im Krankenhaus wieder zu sich und sind in der folgenden Zeit recht häufig der Ansicht, uns irgendetwas zu schulden.

Ich sage ›uns‹, denn ich gehörte zweifelsfrei dazu, auch wenn ich mein eigenes Gewerbe hatte und mich aus ihren Kleinkriegen mit der Konkurrenz und den Kloppereien mit allen möglichen Optimisten so gut es ging heraushielt.

So gut es ging, echote ich bitter und humpelte die Treppen zum Eingang hoch, aus Kloppereien heraushielt.

Ich schloss die Haustüre auf, ließ mich ein, und Phil Collins' *Säugling-mit-nassen-Windeln*-Gegreine waberte mir entgegen wie Klang gewordener Hundeatem.

So, dachte ich, jetzt brechen wir erst mal Scuzzi beide Arme, und dann sagen wir Guten Abend allerseits.

Gäste, so weit das Auge reichte, doch kaum jemand beachtete mich. Es war spät geworden, und viele der Anwesenden waren mittlerweile in einem Zustand, in dem sich die Wahrnehmung nach innen kehrt. Wenn sie nicht gänzlich erlischt.

Ende der 60er muss es gewesen sein, als jemand die oft wiederholte Behauptung aufgestellt hat, Drogen erweiterten das Bewusstsein, und wir haben seitdem immer noch nicht wieder aufgehört, darüber zu lachen.

Ein mächtiges Feuer, durchzogen von glühenden Sprungfedern, prasselte im Kamin der Empfangshalle. In mehr als nur einer Ecke hatte sich die Wahrnehmung des einen oder anderen Partygastes nach außen gekehrt, begleitet vom jeweiligen Mageninhalt. Phil Collins' *Straßenbahn-in-enger-Kurve*-Tonlage fing an, eine Art von Elektrolyse in meinen Zahnfüllungen auszulösen. Entschlossen arbeitete ich mich durch das allgemeine Getorkel bis zum Plattenspieler vor und lehnte mich mit der Handfläche auf den Tonarm, bis die Nadel eine völlig neue Spur quer durch das Vinyl gezogen hatte. Auf der improvisierten Bühne am Kopfende der Halle hob der Drummer der ›New‹, Mülheims uneinholbar ältester Rockband, den Kopf von seiner Trommel und begann, einen Takt zu schlagen. Mitglieder seiner Combo beendeten unter saugenden und schmatzenden Geräuschen ihre rekreativen Tätigkeiten und eilten aus allen Ecken des Hauses zusammen für eine weitere Sitzung. Wir hatten einen Vertrag mit ihnen, in den ich eigenhändig eine Passage eingefügt hatte, die es ihnen bei Strafe verbot, irgendeinen von einem gewissen Pierfrancesco Scuzzi geäußerten Musikwunsch zu erfüllen, also konnte ich mich einigermaßen beruhigt in die Küche aufmachen. Mein Magen knurrte, und meine Batterien konnten einen Spritzer von dem hoch konzentrierten Erfrischungsgetränk vertragen, das bei feierlichen Anlässen im Fuckers' Place unter der verharmlosenden Bezeichnung ›Bowle‹ kredenzt wird.

Unterwegs kamen mir Charly und Hoho entgegen, Arm in Arm. Sie hätten ein Fußballtor ausgefüllt, von Pfosten links zu Pfosten rechts und oben bis knapp unter die Querlatte. So groß waren sie. Und so breit.

Hoho war der größte und (Vorsicht jetzt, er *kann* lesen, auch wenn sein Unterkiefer dabei mitarbeitet wie bei einem wiederkäuenden Kamel), *schlichteste*, ja, unter den Stormfuckers, und Charly war ihr Präsident. Charly hieß wirklich so, von Geburt an, doch Hohos eigentlicher Name war Bernd-Dieter Lüthinghaus. Es braucht allerdings keine sehr lange oder besonders intime Kenntnis seiner Person, um zumindest einen Ansatz von einer Ahnung davon zu erhaschen, wie er wohl an seinen Spitznamen gekommen sein mag.

»Hoho«, sagte Hoho, »Kristof! Wa-was hassn duda mit deiner Visage annangestellt?«

Ich sagte: »Du solltest erst mal meine Klötze sehen.«

Während man bei der Beschreibung von Hohos alles überragender Silhouette nicht so recht um das Attribut ›fleischig‹ herumkäme, wirkte Charly, vor allem im direkten, eng umschlungenen Vergleich, wie aus einem ganz anderen, härteren Material gemacht. Hammer und Meißel schienen bei der Konturierung seiner Gestalt eine entscheidende Rolle gespielt zu haben. Hammer, Meißel und eine Menge sehr, sehr feinen Schmirgels.

Zu einer seiner vielen, für die Führung eines Rockerclubs nötigen Eigenschaften zählt auch die, zumindest zeitweise einen Hauch von Klarheit in jeden denkbaren Zustand von Rausch zwingen zu können. Nach nur einem prüfenden Blick auf mich ließ er von Hoho ab, reichte mir sein Glas und stellte fest: »Das heißt, du bist ohne die Kleine zurück.«

»Sie war nicht zu begeistern«, erklärte ich, »und dann mischten sich noch zwei chinesische Grobiane ein, die glaubten, Besitzansprüche auf die junge Dame geltend machen zu können. Ihre Argumente waren doppelt so gut wie meine, um es knapp zu formulieren.« Nachdem ich mir das von der Seele geredet hatte, nahm ich ordentlich einen zur Brust, womit ich mir einen Hustenanfall von nicht mehr als höchstens drei oder vier Minuten einhandelte.

»Ich meine«, presste ich zwischendurch mannhaft hervor, »letztes Jahr wäre die Bowle stärker gewesen.«

»Und was war hier los?«, fragte ich, einen vorsichtig zwischen wackligen Zähnen gelutschten Löffel kalten Kartoffelbreis mit Soße und einen weiteren, etwas zurückhaltenderen Schluck Bowle später.

»Bisschen 'n Terz mittie Eierköppe«, antwortete Hoho etwas leichthin. »Sie ...«, doch dann brach er ab, fasste sich an die Nasenwurzel, wandte den Kopf zur Seite und bat Charly, an seiner Stelle weiterzuerzählen.

Ajeh, dachte ich. Na, wer hingeht und eine Gruppe fast kahl geschorener Männer, auch noch im deutschsprachigen Raum, ›Ironheads‹ tauft, ist für alles weitere nun wirklich selbst verantwortlich. Die Eierköppe, also. Einheitsfrisierte Nazi-Rocker mit einer Schwäche für alles Militärische. Fuhren fast alle schwarze BMWs. Viele mit Seitenwagen. In schwarzen Ledermänteln, mit Stahlhelmen auf dem Kopf. Mir kamen sie immer vor wie Leute, die eine 40er-Jahre-Wochenschau zuviel gesehen haben. Auf dem Elefantentreffen hatten sie alle zusammen in einem riesigen Armeezelt gehaust, von morgens bis abends Marschmusik gedudelt und sich aus NATO-Notrationen verpflegt. Die Fuckers ignorierten sie so gut es ging als Spinner, doch aus der linken, der Schwulen- und Drogenszene kamen Berichte über nächtliche Überfälle von zunehmender Brutalität. Bisher hatten sie nicht versucht, sich in die Stormfucker'schen Tätigkeitsbereiche hineinzudrängen, doch sollten sie es tun, war ein Krieg vorprogrammiert.

»Und?«, fragte ich. Noch, fiel mir auf, hatte ich längst nicht alle der Jungs zu Gesicht bekommen.

»*Willy*«, sagte Charly, als sage das alles. Was es in gewisser Weise tat. »Montag, oder wann das war, kam er spät nach Hause, im Schlepptau zwei Eierköppe.« Er seufzte. »Und du weißt ja, wie Willy ist, wenn er einen Kleinen auf hat.«

Ich nickte. Willy, so sagt man, ist vor gar nix fies. Wenn er auf Streifzug geht, bringt er regelmäßig – wie soll ich es ausdrücken? – *Wesen* mit ins Haus zurück, wie man es sonst nur von Katzen kennt. Häufig in hilflosem Zustand, oft in gleichem Maße abstoßend wie bemitleidenswert, meist jedoch, eigentlich fast immer, auf die eine oder andere Weise *Trouble*.

»Also, Willy lässt die Hosen runter und versucht, ein paar, ähm, *Zärtlichkeiten* anzubringen. Ist möglicherweise an ein paar Latente geraten, und du weißt ja, das sind die Übelsten. Prompt meinen die beiden, sich für seine Aufmerksamkeiten bedanken zu müssen, indem sie ihn aufmischen. Poppel und Hoho haben gerade noch rechtzeitig eingegriffen.«

»Mussten richtich grob werden«, schob Hoho ein. Was das hieß, wusste ich.

»Und, was soll ich sagen, gestern Abend, ich schmück gerade den Baum«, Charly deutete mit dem Daumen über seine Schulter auf das hohe, kahle, schwarze Gerippe unter einem runden, rußigen Fleck an der Decke, in das sich noch jede Stormfucker'sche Weihnachtstanne verwandelt hat – »Scuzzi härtet Eishockeypucks im Ofen.«

»Ich habe *Kekse* gebacken«, mischte sich der zufällig gerade vorbeikommende Scuzzi ein – »die Jungs spielen ›Reise nach Jerusalem‹, alles ist so richtig gemütlich, als urplötzlich ein Stein durch die Scheibe geflogen kommt und dann noch einer, und wie wir rauskucken, rotten sich da vielleicht zwölf oder fünfzehn vermummte Typen in Tarnanzügen auf dem Rasen zusammen und machen Anstalten, die Haustür aufzubrechen. Kristof«, und er sah mich ernst und beinahe entschuldigend an, »was sollten wir tun?«

Ihr seid wie ein Mann raus und habt die Scheiße aus ihnen herausgeprügelt, war die Antwort, die mir auf der Zunge lag, und am Ende war einer tot. Anders ließ sich ihr seltsames Herumgedruckse kaum deuten. Täuschte ich mich, oder schwammen ihnen die Augen?

»Was sollten wir tun«, wiederholte Charly mit etwas wie beginnender Hilflosigkeit in der Stimme und blickte seinen großen, schlichten Gefährten an, der mit so was wie Rührung zu kämpfen schien.

»Und?«, fragte ich, langsam ernsthaft besorgt.

»Wir haben«, sagte Charly, ohne mich anzusehen, stieß stattdessen seine Stirn mit einem hohlen ›*Gunk*‹ gegen die von Hoho, »wir haben«, und ich sah eine Träne fallen, kein

Scherz, »wir haben *die Bullen gerufen*!« Und sie fielen sich in die Arme und brüllten vor Lachen, dass es die ›New‹ übertönte.

Die Bullen hatten nur die Adresse ›Johann-Wolfgang-von Goethe-Allee‹ gehört und waren direkt mit ein paar Mannschaftswagen angerückt, hatten eingefangen, was sich fangen ließ, einkassiert, was sich ergab, niedergeknüppelt, was sich zur Wehr setzte, schließlich alles zusammen bäuchlings auf dem Rasen ausgerichtet, mit Handschellen versehen, in die Grünen Minnas verfrachtet und weggekarrt. Unter tosendem Applaus.

Die piekfeine Adresse verdankten wir einem Unfall. Wirklich wahr.

Willys Vater, der alte August Heckhoff, hatte sich hochgearbeitet. Mit einer Mischung aus Zähigkeit, Risikofreude und den wahrscheinlich unverzichtbaren Ellenbogen hatte er es geschafft, im Verlauf von 25 Jahren aus einer Ein-Mann-Hinterhofschlosserei eine Maschinenbaufirma mit beinahe 400 Angestellten aufzubauen.

Was einen Mann zu so einem Kraftakt motiviert, ist sicherlich von Fall zu Fall verschieden. Die Verlockung, einen Haufen Kohle zu verdienen, einen dicken Wagen und ein großes Haus zu besitzen, mag alle Unternehmer antreiben, doch in späteren Jahren werden viele von ihnen, nachdem sie all das erreicht haben, bei der Stange gehalten von dem Wunsch, etwas zu hinterlassen, etwas zu vererben.

Willy – eigentlich Wilfried – war August Heckhoffs einziger Nachfahre. Irgendwann um Willys 18. Geburtstag herum beschloss sein Vater, sein Testament zu machen und somit auch die zukünftige Leitung der Firma zu regeln. Dazu rief er den Familienrat, seine gesamte Führungsmannschaft und den als Firmen- und Familienanwalt und als Freund und Vertrauten im weitesten Sinne fungierenden Notar Dr. Roth-Bichler zusammen.

Reihum befragt, äußerte jeder der Anwesenden in sicherlich unterschiedlichen Worten und doch unmissverständlich in der Botschaft die Ansicht, dass, sollte Willy die Leitung des väterlichen Betriebes übernehmen, es keine sechs Monate dauern dürfte, bis sich die ›Heckhoff Maschinen- und Anlagenbau GmbH‹ wieder in eine Ein-Mann-Hinterhofschlosserei zurückverwandelt hätte.

Also wurde beschlossen, die Firma in eine Aktiengesellschaft umzuwandeln, Willy als Erben der Villa sowie – bis zum Erreichen des 28. Lebensjahres – einer monatlichen Apanage aus dem Privatvermögen einzusetzen und Dr. Roth-Bichler als Verwalter und Treuhänder.

Zwei Monate später platzte August Heckhoff bei hohem Tempo auf der Autobahn ein Vorderreifen, was den dicken Mercedes praktisch ungebremst gegen einen Brückenpfeiler schmetterte. Er und seine Frau waren sofort tot.

Willy hing damals schon seit längerer Zeit als so eine Art ewiger Volontär im Dunstkreis der Stormfuckers herum. So einer, der immer davon spricht, auch den Führerschein machen und sich dann diese oder jene Maschine kaufen zu wollen, und doch … Einer von denen, bei dem man gleich spürte, dass es dabei bleiben würde. Beim Sprechen davon. Gleichzeitig war er sympathisch, ging keinem auf den Sack und war sich nie zu schade, Zigaretten zu verteilen und Bier holen zu gehen. Nenn es Faktotum, nenn es Maskottchen, nenn es Hanger-on, Tatsache ist, praktisch jede Gang hat so einen von der Sorte.

Dann, von heute auf morgen, wurde die Heckhoff'sche Ex-Stahlbaron-Villa, mit ihrer Vielzahl von Schlafzimmern, Gästezimmern, Gesindekammern unterm Dach, einer Empfangshalle, einem riesigen Esszimmer, mit Dreifach-Garage und Pool im parkähnlichen Garten und einer Adresse, wie es sie nobler kaum gibt: ›Johann-Wolfgang-von-Goethe-Allee‹, von Willy ganz alleine bewohnt. Na ja, nicht für lange, soviel ist mal sicher. Nicht für lange allein, meine ich.

Es sei tragisch, dass ich nicht dabei gewesen sei, musste ich mir noch Tage später immer und immer wieder anhören. Im offenen Fenster zu hängen und abwechselnd die Bullen anzufeuern und die Eierköppe zu verarschen sei das beste gewesen, das geilste, das größte überhaupt ... Irgendwann gingen jedem von ihnen die Superlative aus, doch worüber sich alle einig waren, war, noch nie in ihrem ganzen Leben so gelacht zu haben.

Ich lutschte weiter an meinem Kartoffelbrei herum, schlürfte vom ›Weißen Stock‹, wie die Bowle unter der Hand auch genannt wurde, während Charly und Hoho davonzogen, neue Stühle aus dem Keller zu holen und eine ordentliche Meute für eine weitere Runde ›Reise nach Jerusalem‹ zusammenzutreiben. Es war das offizielle und traditionelle Stormfucker'sche Weihnachtsspiel. Die frische Bestuhlung wurde im Esszimmer rings um den großen Tisch aufgebaut. ›The New‹ brachten einen weiteren Reigen 70er Jahre Cover-Rocks zu einem dröhnenden Ende, und das trotz der unermüdlichen, im Takt skandierten ›Zugabe‹-Forderungen ihres einen, treuen, sie immer und überall hin begleitenden Fans.

Zottelmähnige, stark bis sehr stark angetrunkene Mitglieder einer zumindest semi-kriminellen Motorradgang passierten nacheinander die Küche auf dem Weg zu einem bis in die Annalen der Geschichte des Mannes zurückreichenden Ritual: dem wettkämpferischen Kräftemessen.

Jeder einzelne klopfte mir auf die Schulter.

Jeder sagte irgendetwas Schmeichelhaftes zu meinem dicken Auge.

Jeder murmelte etwas Mitfühlendes zu meinen anderen Schwellungen.

Jeder bedauerte meine Abwesenheit am gestrigen Abend.

Jeder meinte, dabei habe ich aber echt gefehlt.

Jeder versicherte mir seine Hilfe, sollte ich es den Chinesen heimzahlen wollen.

Es waren gute Jungs, keine Frage.

Wenn sie sich bloß dieses dämliche Schulterklopfen abgewöhnen könnten.

Schließlich, nachdem auch der Letzte an mir vorbeigeschlurft war wie Kondolierende an einem offenen Grab, und nach Verstreichen einer Pause, gerade lang genug, um einem Zeit zu lassen, sich zu fragen, wo er denn bliebe, erschien er endlich, der Gastgeber der Party, der Herr dieses Hauses: unser Willy.

Ächzend lehnte er im Rahmen der Küchentüre, die mit Isolierband wenig fachmännisch geflickte Brille schräg auf der Nase und die Gesichtszüge entgleist wie eine unter die Pfoten eines Neufundländers geratene Modelleisenbahn, und fasste Mut für die Querung des Raumes. Willy, wollte mir scheinen, hatte mehr als nur genippt am ›Schädelspalter‹, wie Überlebende unsere Bowle schon mal tituliert haben sollen. Nach einigem Durchatmen und noch mehr, viel Rollen von Kopf und Augen beanspruchenden Bemühungen, seinen Blick zu fokussieren, erkannte er mich, *wahrscheinlich*, stutzte erst, stieß sich dann freudestrahlend vom Türrahmen ab, schwankte mit gefährlich pendelndem Seitenausschlag zu mir herüber, versuchte, mir auf die Schulter zu klopfen, klopfte daneben und klatschte der Länge nach seitwärts in die Überreste zweier Spanferkel.

»HasndudamitteinnAugemacht?«, fragte er, zwischen vergeblichen Versuchen, sich inmitten seines fettglitschenden Lagers aufzurichten.

»GimmirmaneHand«, sah er es schließlich ein und ließ sich von mir in eine sitzende Haltung hochziehen. Von der Hüfte aufwärts bis zum Scheitel trug er mehr Ferkelreste auf der Figur, als auf der Platte verblieben waren.

»Brauch unnunbedingt wasszu Ficken«, vertraute er mir an und rieb das verschmierte rechte Brillenglas mit einem noch verschmierteren Hemdzipfel ab. Hob die Brille ans Licht, linste verkniffen hindurch, nickte eine ganze Weile zufrieden und setzte sie wieder auf. Dann packte ihn ein Gedanke.

»Dagmar iss nich gekommen«, stieß er hervor und sah

mich durch das eine, halbwegs klar gebliebene Glas an, als sei dies ein unerwarteter, ja gänzlich überraschender Umstand, mit dem keiner wirklich gerechnet habe. Ich schenkte mir einen Kommentar, blickte stattdessen nur mit leichtem, verständnislosen Kopfschütteln ebenfalls einäugig zurück und nahm einen weiteren Löffel Kartoffelpüree, inständig hoffend, das sei genau das geeignete Mittel, den ›Weißen Stock‹ daran zu hindern, sich durch meine Magenwand hindurch und von da an abwärts bis nach China zu fressen.

»Na«, fügte Willy nach einem Moment großer Nachdenklichkeit mit einem Anflug von Selbstkritik hinzu und wischte etwas ungeschickt an seinen triefenden Plörren herum, »'s vielleicht auch besser so.«

›Reise nach Jerusalem‹ auf Stormfucker-Art erfordert einen strengen, ja unnachgiebigen Schiedsrichter. Da es keine Spielregeln gibt, sind seine Entscheidungen ebenso unanfechtbar wie ständiger Kritik ausgesetzt. Es ist ein Job für jemanden mit natürlicher Autorität und einem Geschmack für Willkürentscheidungen.

Willy und ich waren beide, jeder auf seine Art, in keinem Zustand, aktiv an dem Spiel teilzunehmen, doch er bestand trotzdem darauf, und ich bin mein Leben lang schon der geborene Schiedsrichter gewesen. Ich hängte mir die Trillerpfeife um und pfiff augenblicklich die Runde an, ohne die Drehrichtung angezeigt oder den Teilnehmern Zeit gegeben zu haben, sich rings um den großen Eichentisch zu postieren. Chaos brach los. Man könnte versucht sein zu sagen, Urgewalten brächen sich Bahn, doch dies war schon die achte Runde heute, und die Energien der Wettstreitenden hatten sich schon weit gehend erschöpft. Die Schwarze Binde, wie Kenner unsere Bowle schalkhaft nennen, tat natürlich ein Übriges. Somit blieb es bei einem schlichten Chaos.

Willy flog schon aus der ersten Kurve, schlitterte, einen sichtlichen Film hinterlassend, Kopf voran über das Parkett und kam nach heftigem, klirrendem Einschlag inmitten einer in Monaten mühevoll zusammengetragenen Ansammlung leerer Flaschen zu liegen. Kalt. Mund und Augen halb geöffnet, Extremitäten verdreht und in alle Richtungen zeigend. (Wir haben später ein Foto davon geschossen und mussten doch tatsächlich einen Redakteur unter Druck setzen, um es zu Neujahr im Glückwunschteil der WAZ abgedruckt zu bekommen.)

Die Fraktion, die der Richtung gegen den Uhrzeigersinn den Vorzug gab, erwies sich als die durchsetzungsfähigere und stellte die Mitglieder der anderen Doktrin vor die Wahl, sich entweder umzubesinnen oder untergepflügt zu werden. Die meisten besannen sich. Kaum rannten sie alle in eine Richtung um den Tisch, änderte ich mit zwei scharfen Pfiffen die Richtung. Kaum hatten sie das gemeistert, befahl ich mit einem langen Pfiff ›Setzen!‹. Alles schmiss sich auf die Stühle. Wessen Sitzmöbel zusammenbrach, war draußen. Und hatte gewonnen. Denn wer es bis zum Schluss nicht schaffte, einen Stuhl zu ruinieren, musste die ganzen Bruchstücke aufsammeln und das Feuer damit füttern. Außerdem bekam er die spitze gelbe Mütze aufgesetzt und musste sich bis zum nächsten Durchgang ungestraft ›Lusche‹ nennen lassen.

Poppel verlor diesmal, was seiner üblichen Scheiß-Laune einen weiteren Tritt versetzte. Zwar zog er brav die gelbe Mütze über das früh ergraute Haar, zwar sammelte er brav den ganzen Möbelbruch auf und schleppte ihn in die Halle, doch ›Lusche‹ brauchte er sich trotzdem nicht nennen zu lassen.

Bei Poppel konnte man nur so und so weit gehen. Er war, wenn man so will, berühmt für seinen Humor. So wie die iranische Führung. Oder die katholische.

Gegen Morgen hatte die ›Chemische Keule‹, wie Anwender im Selbstversuch die Stormfucker'sche Bowle unter der Hand bezeichnen, fast alle meine Schmerzen einigermaßen im Griff. Solange ich breitbeinig auf etwas Kaltem in einem weichen Fauteuil saß, hieß das. (Irgendwann, als nur noch ein harter Kern von Hausbewohnern dem Zugriff der Ohnmacht zu trotzen verstand, habe ich sie ausgepackt und – Alkohol enthemmt – Charly ein Foto davon machen lassen. Allerdings, leider, leider: Kein Druck der Welt vermochte dieses Bild in den Glückwunschteil der WAZ zu pressen. Also haben sie es zum Vergrößern und Rahmen weggegeben und zu meinem Geburtstag an der Stirnseite des Esszimmers aufgehängt. Gott schütze sie, die guten Jungs. Sie sind so nett.)

Das Feuer im Kamin war zu einem glühenden Haufen zusammengesunken. Gäste und Gastgeber waren zu schnarchenden Haufen zusammengesunken. Willy torkelte in unregelmäßigen Abständen durchs Bild, Scuzzi hatte es nach langem und hartnäckigem Ringen letztendlich drangegeben, geschüttelt von einem enormen Schluckauf eine letzte Platte auflegen zu wollen, und sich, als auch die ›New‹ nicht wiederzubeleben waren, auf sein Zimmer verzogen. Mir war's, jetzt mal ehrlich, nur zu recht.

Irgendjemand ist immer der letzte, auf jeder Party.

Glas in der einen, Docht in der anderen Hand, die Eier auf Eis, hielt ich noch einen kleinen Plausch mit unserem Präsidenten. Wenn ich mich einmal in eine Idee verrannt habe, ist es schlimm mit mir.

»Was willst du machen, wenn sie nicht will?«, fragte er und fuhr sich mit der Hand durch die blonden Locken. Ich zuckte die Achseln.

»Improvisieren.«

»Wir können sie gegen den Willen der beiden Chinesen da rausholen, keine Frage. Aber nicht gegen ihren eigenen.« Seine ach-so-blauen Augen blickten ernst und blutunterlaufen.

»Das Problem ist, sie weiß ja schon gar nicht mehr, was ihr eigener Wille ist.«

»Erklär das mal 'nem Richter, Kristof. Vergiss nicht, du bist auf Bewährung draußen.«

»Ja«, sagte ich, leicht genervt. Eine Reststrafe von 14 Monaten ist nichts, was man einfach so vergisst. Bis die Frist verstrichen ist, kannst du dir keinen Joint mehr anstecken, keinen wackeligen Scheck unterschreiben, ja nicht mal mehr bei Rot über die Straße gehen, ohne dass in deinem Hinterstübchen ein Gong ertönt und eine mit viel Hall unterlegte, tiefe Stimme ›*14 Monate*‹ raunt. »Trotzdem.«

Jetzt war es an Charly, die Achseln zu zucken. »Wie du willst«, sagte er. »Ich bin dabei.«

Wir stießen an. Das gern um diese Stunde aufkommende, warme Gefühl von Freundschaft, Nähe, Brüderlichkeit durchströmte uns. »Wann willst du hinfahren?«, fragte er und nahm einen Schluck.

»Noch heute.« Und ich musste ihm ordentlich auf den Rücken hauen, bis er wieder halbwegs bei Atem war. »Ich habe mir einmal vorgenommen, sie Weihnachten nach Hause zu bringen, und du weißt ja, wie das ist mit mir.«

»Ja«, nickte er, immer noch hustend. »Schlimm.«

Mülheim a. d. Ruhr, 25.12.84

Liebe Dagmar!

Ehrlich, Sie haben etwas verpasst. Es war so eine fröhliche Party! Das Spanferkel war köstlich, unsere Bowle wie immer ein voller Erfolg. Äußerst anregend, wurde mir von den Gästen wieder und wieder versichert. Das Feuer im Kamin der Empfangshalle brannte die ganze Nacht. Die Band hatte (jetzt kann ich's ja sagen) extra für Sie eine Melodie eingeübt (Sie ahnen sicher, welche) und jedes Mal, wenn die Türglocke ging, angestimmt, was einiges an Erklärungen bei den verblüfften Gästen nötig machte. Wir alle hätten Verständnis für Ihre Abwesenheit gehabt, wenn Sie Dienst gehabt hätten, doch Ihr Kollege war dran (ich hatte selbstverständlich eingeschaltet), und so waren die meisten, fürchte ich, ein bisschen enttäuscht. Trotzdem war es schön. Beinahe feierlich. Leider ist der Baum schon vor dem Abendessen mitsamt dem liebevollen Schmuck ein Raub der Flammen geworden, und auch ich selber wurde später am Abend im Laufe eines Gesellschaftsspieles Opfer eines kleineren Unfalls (bin bei ›Reise nach Jerusalem‹ unglücklich ausgerutscht und habe mir ein wenig den Kopf angeschlagen), so dass mich heute Morgen doch leichte Kopfschmerzen plagen, und auch meine Hände scheinen etwas zittrig zu sein. Ein Glück, dass ich nicht mit der Hand schreibe.

Doch jetzt kommt eine gute Nachricht! Wir planen eine große Sylvesterfete! Wir wollen die Heizung voll aufdrehen, die Halle voll Sand kippen und eine Strandparty veranstalten. Mitten im Winter! Hätten Sie da nicht Lust, mitzumachen? Die Kleidung sollte sommerlich-luftig und möglichst zwanglos sein. Wir suchen noch eine Reggae-Band, und ich werde wahrscheinlich selber das Mixen der Drinks übernehmen. Alle mit Rum! Das wird sicher toll. Packen Sie Ihre Badesachen ein und kommen Sie her! Sie werden es nicht bereuen.

In Verehrung, Ihr

W. Heckhoff

Es war Nachmittag geworden, bis alle wieder geradeaus kucken und wir losfahren konnten.

Ich hatte Willy nach langem Quengeln noch seinen wöchentlichen Brief getippt und anschließend enorme Mühe gehabt, ihm eine Beteiligung an der Aktion auszureden. Der Gedanke an tausend Nutten elektrisierte ihn wie ein Zitteraal zwischen den Beinen. Doch ich blieb stur. Dies war keine Kegeltour.

So waren wir zu sechst. Das sollte reichen, meinte Charly. Wir wollten schließlich nicht das ganze Viertel aufmischen und deshalb auch von Anfang an gar nicht erst den Eindruck erwecken. Nein, die Strategie des Tages hieß: leises und bescheidenes Auftreten. Schnell rein, schnell raus und keine langen Diskussionen.

Ich saß am Steuer des schwarzen, mit einem Rammschutz

bewehrten und von einem Diplomat-V8-Motor angetriebenen Commodore, voll Unmut, Groll und Hader. Am zweiten Tag tut ja alles noch mal so weh. Und nicht nur körperlich. Ah, die Schmach!

My gang will get you, dachte ich grimmig.

Hoho ballerte uns auf seiner Harley voran, und Schisser bildete die Nachhut. Wie immer. Vorne fahren darf er nicht. Seine Zweitakt-Yamaha entwickelt dermaßene Abgasschwaden, dass man Hinterherfahrende regelmäßig ihr Abblendlicht einschalten sehen kann.

Doch er liebt seine 350er RD. Und sie passen zusammen. Beide sind sie höchstens mittelgroß, unruhig bis an die Grenzen der Nervosität, extrem schnell hochdrehend mit explosiver Leistungsentfaltung, beide sind sehr durstig, beide starke Raucher. Beiden gemein ist auch, dass man sie auf den ersten Blick oft unterschätzt. Die RD mit ihren schmalen Reifen und ihrem unschuldig dreinblickenden Rundscheinwerfer, und Schisser mit seiner schmächtigen Gestalt und diesen großen, blassen Kinderaugen. Man muss sie kennen, um die Muskeln unter dem ranken Hemd zu erspähen und um zu wissen, wie ausgesprochen gemein sie zubeißen können, die beiden.

Das Wetter war grau, feucht, ziemlich kalt, schmuddelig. Weihnachtlich halt. Genauso die Stimmung im Wagen: mies, wortkarg, verkatert, abwartend, mit einer unausgesprochenen ›Hoffentlich ist die Scheiße bald vorbei‹-Stimmung unterlegt.

Charly hing gelangweilt im Beifahrersitz, die Augen halb geschlossen. Der hagere, rotgesichtige Poppel und der vierschrötige, aufgedunsene D.O. hockten auf der Rückbank.

Wir alle rauchten, und die drei warfen in regelmäßigen Abständen ›Rote‹ ein.

Es war immer ein komisches Gefühl, D.O. oder Poppel hinter sich sitzen zu haben, übellaunige, unberechenbare Arschlöcher, die sie sind. Ich habe Charly mal gefragt, warum er sie überhaupt in der Gang duldete, wo sie doch alle Welt in einem Zustand nervöser Wachsamkeit zu halten schienen, und er hatte zurückgefragt: »Wen hättest du lieber an deiner Seite, wenn es ernst wird? Scuzzi vielleicht? Oder *Willy*?«

Gut gegeben. Scuzzi war sicher sympathisch, verlässlich und loyal, doch andererseits die meiste Zeit des Tages zu abgepumpt, um erfolgreich einem in seine Richtung gepusteten Luftballon ausweichen zu können, und Willy… Willy war Willy. Eben. Schlaksig und ohne Arg. Harmlos und verspielt. Ein Welpe, ein Hundchen unter Straßenkötern.

Und das war das. Ohne Typen wie Poppel und D.O. ging es nicht. Sie waren die Rammböcke des Clubs. Entsprechend ihre Haltung, jetzt: Ein Stormfucker hatte Dresche gekriegt, dafür musste es eine entsprechende Antwort geben. Soweit war die Angelegenheit klar, man hatte schließlich einen Ruf zu verteidigen. Doch dann war da noch diese Geschichte mit der Drogennutte, die die Dinge unnötig zu verkomplizieren drohte, und das dämpfte die allgemeine Begeisterung ein wenig.

Ich würde rasch handeln müssen, sobald wir einmal da waren. Bevor die Jungs ihren Teil erledigt hatten und die Unterstützungsfront zu bröckeln begann. Rasch und entschlossen.

Nur wie? fragte ich mich.

Kurz vor A'dam zog Schisser noch mal mit uns gleichauf und zeigte auf seinen Tank, also steuerten wir die nächste Tankstelle an, ließen die Zapfpistole kreisen.

Charly verteilte noch eine Lage ›Rote‹. Das sind kleine, weiße Pillen, Amphetamine mit erheblich über den ›Augen auf‹-Effekt hinausgehenden, schädlichen Nebenwirkungen. Nicht unbedingt für den Konsumenten schädlich, sollte ich vielleicht dabei sagen. Wir nennen sie ›Rote‹, weil sie einem einen blutroten, wutroten Schleier vor die Augen legen, vor allem in Verbindung mit Alkohol. Sie sind die Stormfucker'sche Kriegsdroge. Charly hielt mir die Schachtel hin, doch ich lehnte ab. Sind absolut nichts für meinen Fahrstil, die Roten.

Die Bruchbude mit der ausgebrannten ersten Etage wurde von zwei ebenfalls abbruchreifen Nachbarn nur so gerade daran gehindert, in die nächste Gracht zu fallen. Sie befand sich am unteren Ende der rutschigen Rampe namens Rotlichtviertel, unteres Ende in jeder nur erdenklichen Hinsicht. Wir hatten einen Häuserblock entfernt angehalten, und ich war alleine vorangegangen, hatte mich durchgekämpft durch eine regelrechte Feldstudie der Verelendung, hatte die Türglocke betätigt und mein Anliegen vorgetragen.

»Don' know any Dolis«, lächelte mich der Türsteher unergründlich asiatisch an und beugte den Kopf über seinen gefalteten Händen in einer beflissenen Parodie auf Hollywood-Chinesen vergangener Tage. Es war einer meiner beiden Freunde von gestern, es war klar, dass er mich erkannte und genauso klar, wofür er mich hielt. »Vielleicht möchte del edle Flemde eine andele Dame?« Mit einem beflissenen Kopfnicken wies er lächelnd auf das rot erleuchtete Schaufenster rechts von mir. Eine krank und weggetreten aussehende Türkin hockte darin, angetan mit einer grünen Nylonunterhose mit Troddeln dran und einem rosa Büstenhalter aus Kirmesteddy-Plüsch. Auf mich wirkte sie ungefähr so erotisch wie ein eingelegter Brathering.

»Nein«, sagte ich ruhig, nicht im Geringsten beleidigt dadurch, dass er mich behandelte wie einen Schwachkopf, »ich möchte zu Doris. Und zwar jetzt gleich.« Und ich setzte mein hartnäckiges, schwer abzustellendes Lächeln auf.

Sein Lächeln erlosch und wich einer überaus kühlen Maske. Seine Hände gaben die katholische Bittstellung auf, und er krümmte und streckte die Finger spielerisch zu beiden Seiten seiner schmalen Hüften, unentschlossen. Wie ein Pianist, der weiß, dass er gleich in die Tasten hauen wird, sich aber noch nicht recht entschieden hat, welches Stück er spielen will. Gleichzeitig nahm er den Kopf hoch, hob die Schultern und streckte das Rückgrat. Seine schmalen, harten Augen gaben mir einen schmalen, harten Blick. Es kostete mich ein bisschen, da so zu stehen, Angesicht zu

Angesicht mit diesem nicht zu beeindruckenden, nicht zu durchschauenden, knallharten Fernöstling, vor allem mit einem Paar Hoden unter dem Bauch, die seit gestern nicht aufhören wollten zu pulsieren wie zwei dicke, rote Warnleuchten.

Eigentlich brauchte es schon ein bisschen Dummheit, jetzt noch abzuwarten, was für Worte er als nächstes sprechen würde.

»Wir haben hier keine Doris«, blaffte er in völlig akzentfreiem Deutsch, »and now fuck off!« Geschmeidig lehnte er sich im Türrahmen zurück und zog ein Bein an, um mich mit einem Tritt zu verabschieden, als ein Schatten auf ihn fiel. Ein großer Schatten.

»Hoho«, sagte Hoho.

Mit äußerster, öliger Geschmeidigkeit wirbelte der Chinese herum, wirbelte um die Türe herum und warf sie zu. Soweit es ging. Poppel war an mir vorbeigetaucht und hatte das stumpfe Ende seines abgebrochenen Billardqueues in den Spalt zwischen Türblatt und Schloss geschoben.

»Ist das einer von denen?«, fragte er mich zischend und rotflackernden Auges, während drinnen hektische Kommandos ertönten, und ich konnte den Schnaps in seinem Atem riechen.

Die Türe knirschte, als sich von innen noch jemand dagegen warf.

»Nana«, brummte Hoho, der seinerzeit nur knapp an einem anderen Spitznamen vorbeigeschrammt ist, und machte einen Schritt zurück. Holte einmal tief Luft und rammte dann seine 110 Kilogramm Muskeln, Knochen und Durchsetzungsvermögen gegen das Türblatt, dass es die Scharniere aus ihren Verankerungen rupfte wie Möhren aus dem Beet und damit die ehemalige Klapptür im Zeitraum eines hastigen Luftzuges in eine Drehtür verwandelte, allerdings ohne die für einen vernünftigen Betrieb eigentlich unerlässlichen Mittellager. Somit drehte sie sich nur einmal, und auch das nur um 180 Grad, bevor sie auf die Straße fiel und die beiden Chinesen unter sich begrub.

Na ja, auf den beiden Chinesen zu liegen kam, wäre wohl präziser ausgedrückt. So richtig von ›begraben‹ konnte man eigentlich erst sprechen, nachdem Hoho sich der Länge nach obendrauf geworfen hatte.

Ich fand sie hinten. Ich fand sie, nachdem ich wieder rausgegangen war und Charly, der wie D.O. und Schisser völlig nonchalant draußen auf- und abschlenderte und jegliche Form von Passant oder Gaffer auf Distanz hielt, einen Kuhfuß aus dem Ärmel gezogen und damit, wieder drin, das Vorhängeschloss von der Türe zu einem Verschlag gebrochen hatte.

Zwinger vollkommen verwahrloster Hunde riechen so.

Leute mit einer gewissen Allmacht, wie Sklavenhalter oder Diktatoren etwa, oder die Anführer von Sekten gleich welcher Größe, neigen zu einer perversen Logik.

Ich muss es annehmen, da ich es nicht weiß, doch ich denke, dass sie das Mädchen dafür bestrafen wollten, dass *ich* versucht hatte, sie zur Heimkehr zu bewegen.

Auch über den vollen Umfang der Strafmaßnahmen könnte ich höchstens mutmaßen, doch ein Teil davon, soviel zumindest ist sicher, bedeutete Dunkelhaft ohne Wasser und Brot. Und ohne Heroin.

Nein, ich werde nicht ins Detail gehen. Es muss genügen zu sagen, dass ich wirklich einiges gewöhnt bin. Doch ich rang um Fassung. Ich rang um Worte. Schließlich sagte ich: »Ich bringe dich jetzt ins Bad, und dann fahre ich dich nach Deutschland zurück in ein Krankenhaus. Glaube mir«, fügte ich hinzu, wie man das so macht, »alles wird gut.«

Sie wollte nicht!

Sie sah zu mir hoch mit diesen riesigen Pupillen, unfähig, aus eigener Kraft aufzustehen, sie flehte mich an, sie versprach mir alle erdenklichen sexuellen Wonnen, während ich die Kotze an ihrem Kinn kleben sehen und das Gurgeln ihrer Därme hören konnte, sie bettelte und flehte und winselte um einen einzigen Druck, sie schmeichelte mir, sie gestand mir praktisch ihre Liebe, sie wollte für immer mein sein, selbst dann noch, als ich sie hochhob wie ein Kind, abduschte wie ein Kleinkind und schließlich mit Charlys Hilfe in mehrere Lagen Decken und Bettlaken wickelte wie einen Säugling und in den Opel verfrachtete.

Nutten, Freier, Kleindealer und sonstiges nachbarschaftliches Gesocks aller Farben und Nationalitäten beobachtete uns mit einiger Entgeisterung. Aus der Art ihres Erstaunens und auch daraus, wie sie sich, völlig untypisch, entgegen der Sogwirkung aller Neugier Schritt für Schritt von uns entfernten, konnte ich lesen, dass ihrer Ansicht nach die Show noch keineswegs vorüber war. Ich drängte Charly hinters Steuer und zur Eile und rief den anderen zu, uns mit den Motorrädern Flankenschutz zu geben.

Ein Blick über die Schulter und ich sah die beiden Luden unter ihrem Türblatt hervorkriechen und mühsam auf die Füße krabbeln.

Weg hier, war, was mir mein innerer Ratgeber nahe legte.

Charly startete den Wagen. Ich ließ mich auf den Beifahrersitz gleiten. Doris wimmerte hinter uns, klagte über Schmerzen, wollte raus.

Hoho kickte die Harley an, Schisser seine Yamaha. Zweizylindriges Viertaktgeboller und zweizylindriges Zweitakt-Geplärre hallten von den schäbigen Fassaden wider und Abgasschwaden vernebelten die Luft. Poppel schwang sich bei Schisser und D.O. bei Hoho auf die Sitzbank, und gerade als sie bei uns längsseits gingen und wir anruckten, bog ein himbeermetallicfarbener Chevrolet Impala mit enormer Seitenneigung um eine Ecke, hielt energisch auf uns zu und kam, reifenjaulend und schlingernd, leicht schräg ein paar Meter vor dem Bug des Commodore zum Stehen. Alle vier Türen flogen auf.

Charly sah nach hinten, wie ich, doch die Gasse mündete in eine schmale Fußgängerbrücke über die nächste, sich mit der zu unserer Rechten kreuzende Gracht. Sackgasse auf Amsterdamer Art.

Vier absolut korrekt gekleidete Chinesen waren inzwischen den vier Türen des Chevrolet entstiegen und rückten ihre Sonnenbrillen zurecht.

»Hoho«, hörte ich, und sah aus dem Augenwinkel, wie Schisser und Hoho ihre Maschinen auf die Seitenständer kippen ließen. Es klopfte an meinem Fenster, und als ich die Scheibe runtersurren ließ, reichte mir D.O. kommentarlos eine Cassette herein. Charly ließ nun sämtliche Scheiben des Opel heruntergleiten, während ich die Anlage in Gang brachte und die Lautstärke aufdrehte. Mit einem Wummern, das den ganzen Wagen erbeben ließ, drangen die ersten Takte von Richard Strauss' ›Also sprach Zarathustra‹ aus den mächtigen Lautsprecherboxen, Auftakt zu einem bizarren kleinen Schauspiel, einem Ritus, beinahe.

Ich kenne erwachsene Männer, nicht wenige davon ehemals berüchtigte Kneipenschläger, die beim Erklingen dieser Töne in Panik geraten oder mit den Tränen zu kämpfen haben.

Trotz ihrer völlig unterschiedlichen Gemütslagen und Auffassungen – Hohos Wetterbericht war immer heiter, während für D.O. stets die finstren Wolken dräuten – waren die beiden außerordentlich dicke miteinander.

Die Windschutzscheibe des Commodore füllte sich mit ihren Rückansichten, als sie sich vor dem Kühlergrill aufbauten und, nach einem kleinen Zeichen der Verständigung, auf einen bestimmten Takt hin die muskulösen Arme in die Luft reckten, die Fingerspitzen aneinander legten und sich auf die Spitzen ihrer Zehen erhoben.

Wenn es möglich ist, dass vier schwarze Sonnenbrillen verdutzt dreinschauen, dann taten sie das jetzt.

Sie kamen von verschiedenen Schulen, wohnten in verschiedenen Vierteln, hatten aber eine Gemeinsamkeit: Sie waren die jeweils einzigen auch noch übergewichtigen Jungen ihrer Klassen, Schulen, Viertel, die unbedingt Balletttänzer werden wollten. Dieser gemeinsame Traum, kann man sagen, führte sie zusammen.

Wie ich sie so auseinander trippeln und ein, zwei kleine Sprünge und grazile Schwünge ihrer Arme in ihre spiegelbildlich vorgetragene Figur einbauen sah, musste ich wieder einmal zugeben, sie waren dafür geboren.

Und von der Ballettschule zu den Trainingsräumen martialischer Kampfsportarten ist es ein viel kleinerer Schritt, als die meisten Leute meinen.

Ein Paukenschlag aus den Boxen, und zwei Sonnenbrillen stiegen senkrecht und zwei Chinesen flogen waagerecht.

Auch von der Schwindel erregenden Tanzfigur Pirouette zu einem derben Tritt an den Hals ist es, so gesehen, nur ein Schritt, eine Beinstreckung halt, gefolgt, in der gleichen Drehung, von einer doppelten Armstreckung, und alles, was die bis dahin zuschauenden Schisser und Poppel anschließend noch zu tun hatten, war, mit Stiefel und Billardqueue der Botschaft von der Niederlage noch mal etwas Nachdruck zu verleihen.

Der Commodore rollte los, und einer der Chinesen schaffte es so gerade hinters Steuer des Chevy und setzte zurück, oder Charly hätte den Wagen in die Gracht geschoben.

Ohne weitere Unterbrechung bewegten wir uns durch ein Spalier von runden Augen und offenen Mündern aus der Gasse, dann dem Viertel und schließlich aus der Stadt hinaus, und unsere Patientin auf der Rücksitzbank hörte nicht auf zu wimmern, zu betteln und zu flehen, bis wir sie an der Notaufnahme des Marienhospitals in Mülheim abgeliefert hatten.

Zu Hause wurde das ganze Geschehen nicht weiter kommentiert. Hingefahren, zugeschlagen, abgehakt.

Weihnachten war endlich vorbei, der Alltag kehrte zurück und erlaubte ein kurzes Durchatmen vor der nächsten Festivität.

Sylvester kam – für uns schon um zehn am Abend, als Willy es schaffte, die daumendicke Glut von einem Fünfblatt in den Pappkarton mit den Krachern und Raketen fallen zu lassen – und endete in der Art von Exzess, an dessen Einzelheiten sich nach dem Erwachen niemand mehr so recht zu erinnern vermag. Sylvester halt, the same procedure wie jedes Jahr. Dagmar hätte es sicher gefallen.

Die Aufräumarbeiten nahmen fast zwei Wochen in Anspruch, meine Blessuren heilten ab, ich fand einen Scheck in der Post, im Haus herrschte das übliche Kommen und Gehen, und irgendwie brauchten wir beinahe drei volle Tage, um zu merken, dass unser Willy nicht mehr da war.

Kapitel 2

Mit dem Fuchsschwanz ging es mit Abstand am besten. Charly kam ins Zimmer und sah mir interessiert zu, wie ich ein Rechteck aus einem dicken Paperback heraussägte. Aus einem Elmore Leonard, nebenbei. Wenn schon, denn schon.

Ich sagte nichts, er erst mal auch nicht, also sprach keiner von uns beiden, bis ich mit dem Sägen fertig war. Das Buch hatte jetzt die Form eines plumpen Ls. Ich wog es in der Hand. Das sollte passen. Charly blickte immer noch interessiert.

»Alles für Ragobert«, sagte ich mit einer fließenden Handbewegung, die meine komplette Aufmachung einschloss. Ich trug ein enges schwarzes T-Shirt über schwarzen Jeans über dunkelgrünen Basketballschuhen. Jetzt steckte ich den L-förmigen Roman in die Innentasche eines schwarzen Lederblousons und zog ihn mir an.

»Sieht das echt aus?«, fragte ich.

»Zum Fürchten«, fand Charly. »Hör mal«, fuhr er fort. »Weshalb ich hochgekommen bin: Die Reiseunterlagen sind da.«

Mit den beiden unteren Enden des Reißverschlusses in ungeduldigen Fingern sah ich auf. Ich hatte tatsächlich fast vergessen, dass die gesamte Gang einen dreiwöchigen Ibiza-

Urlaub gebucht hatte. Dazu muss ich sagen, dass mich von Anfang an Zweifel geplagt hatten, ob ich mitfliegen könnte. Mein Job ging derzeit vor. Und – keine Lösung, keine Reise, so sah es für mich aus.

»Und?«, fragte ich deshalb, nur schwach interessiert.

»Und der Willy ist weg.«

Hm. Das war schon ein bisschen seltsam. Die ganze Sache war Willys Idee gewesen, und er hatte seither praktisch jeden Morgen dem Briefträger aufgelauert und ihm gelegentlich sogar hinterhergeschimpft, wenn wieder keine Buchungsbestätigung im Kasten war. Erst ein paar Tage zuvor hatte ich ihm einen Brief tippen müssen, in dem er Dagmar in eindringlichen Worten zum Mitreisen eingeladen hatte.

Nachdenklich streifte ich mir eine maskuline Armbanduhr (fünf Knöpfe, verdrehbarer Ring, *wofür auch immer*, wasserdicht bis in völlig absurde Tiefen) übers Handgelenk, setzte eine dunkel getönte Pilotenbrille auf und trat vor den Spiegel.

»Er wird schon wieder auftauchen«, sagte ich. Wenn ich den linken Arm mit dem Daumen vorne in den Gürtel hängte, bildete sich unter meiner Achsel eine schöne, L-förmige Beule. Ragobert würde sabbern vor Freude. Der Mann wollte eigentlich keinen Detektiv, sondern einen FBI-Agenten, am besten einen mit Hang zur Selbstjustiz.

»Wahrscheinlich hast du Recht. Aber man macht sich trotzdem Sorgen.«

»Um Willy macht man sich *immer* Sorgen«, sagte ich. Gründe dafür gab es genug. Willy ging nicht, Willy taumelte durchs Leben. Mit den Füßen auf tückischem Untergrund und dem Kopf in den Wolken. Und dem Puls in der Hose. Willy hatte einen Sextrieb, mit dem man einen gestrandeten Öltanker freischleppen könnte. Wenn es ihn überkam, zog er los und kehrte nicht eher zurück, bis er irgendwen oder irgend*was* aufgegabelt hatte. Egal wie, egal was.

»Er wird auf der Pirsch sein«, sagte ich, leichthin, mit anderem beschäftigt. »Wenn er bis heute Abend nicht zurück ist, ziehen wir mal um die Häuser und sehen nach ihm. So, ich muss los. Kann ich den Commo haben?« Konnte ich.

Ragobert war mein erster wirklich feister Kunde. Sollte ich seinen Fall knacken, könnte mir das eine rosige Zukunft bescheren. Schließlich vertrat er einen Weltkonzern.

Ich hupte am Schlagbaum zur Baustelle. Sofort näherte sich ein Wachmann mit einem tragbaren Funkgerät in der Hand. Man errichtete hier, in Saarn, direkt an der B 1, ein Gebäude zum Zwecke schneller Nahrungsaufnahme, doch was die Sicherheitsmaßnahmen anging, hätte es auch ein Atomreaktor werden können.

»Herr Knauff erwartet mich«, sagte ich zu dem Kerl, noch ehe er auch nur eine blöde Frage an mich richten konnte. Zögernd und erst nach Rücksprache mit seinem Walkie-Talkie gab er mir den Weg frei. Ich hätte einen LKW voll Ziegel steuern und im Hintergrund hätten 20 seit Tagen däumchendrehende Maurer stehen können, er hätte mir den Weg nur unter Zögern und nach Rücksprache freigegeben. Sie sind alle so.

Ich drückte mir ein Kaugummi zwischen die Zähne und pumpte meine Atmung ein wenig hoch, bevor ich die drei Stufen zur Türe des Bürocontainers erklomm und nach einmaligem Klopfen meine Hand schwer auf die Klinke fallen ließ.

Edwin Knauff saß an seinem Schreibtisch mit der Miene eines Mannes, der schwer trägt an der Last der Verantwortung. Er war Mitte Fünfzig, breit, massig, mit stark behaarten Armen und einer Vorliebe für militärisch geschnittene Hemden mit halbem Arm. Seine eigentümlich weichen Gesichtszüge wirkten rund um die Uhr so, als habe er sich soeben erst rasiert. Man war ständig versucht, nach Resten von Schaum hinter seinen Ohren zu schielen.

Eine tiefe Sorgenfalte furchte ihm die schmale Stirn. Schmal, was den Abstand zwischen dichten, dunklen Brauen und noch dichterem, dunklem Haaransatz anging.

Doch es war schön, zu sehen, wie sich seine Züge glätteten, ja, wie sich eine freudige Röte in seine Wangen schlich, als ich mit Schwung und berstend vor Tatendurst durch seine Türe gestürmt kam. Der Mann war nicht nur mein bester Kunde. Er war ein Bewunderer. Und das, obwohl ich seit Mitte November an seinem Fall bastelte und immer noch nicht den gewünschten Skalp auf seinen Schreibtisch legen konnte.

Was, unter Umständen, auch ein ganz klein bisschen damit zusammenhängen mochte, dass ich Detektiv und der Ansicht bin, es genügt vollkommen, wenn Ärzte durch ihren Eid zu einer schizophrenen Berufsausübung gezwungen werden. (Oder etwa nicht? Patient geheilt – Kunde futsch. Verrückt, das.) Denn, mal ganz im Ernst: Edwin Knauff und sein Konzern mochten meine Zukunft sein, rosig und alles, doch erst mal waren sie meine Gegenwart, und bevor ich keinen neuen Fall zu bearbeiten hatte, schien es mir nicht, na ja, *unklug*, diesen hier eventuell noch ein bisschen zu *stretchen*. Doch dazu gehörte auch, den Kunden bei der Stange zu halten, und dafür wiederum brauchte es Fortschritte. Der Rest war Timing.

»Halten Sie sich fest!«, sagte ich zu ihm, stürmte durch sein Büro zur großen Kartenwand, schnappte mir ein paar Pins, zog eine Straßenkarte von Mülheim aus der Jacke, entfaltete sie mit einem Ruck und pinnte sie quer über die diversen Bauzeichnungen.

»Kommen Sie her!« Ich winkte energisch. »Hier«, stach ich meinen Zeigefinger auf einen markierten Punkt auf der Karte, noch ehe er neben mir stand, »der erste Anschlag. Hier … der zweite. Und da – der dritte. Der vierte. Der fünfte. Der sechste, der siebte, der achte.« Ich sah ihn an. »Sehen Sie, was ich sehe?«

Er blickte verwirrt.

»Warten Sie!« Ich schnappte mir ein Lineal und einen Filzstift und verband die mit den Zahlen von eins bis acht versehenen Punkte der Reihe nach. Dann trat ich zurück, um Ragobert die Sicht nicht zu versperren. »Sehen Sie's jetzt?«

Nun sag's schon, dachte ich. Er war immer so happy, wenn ich ihn auch mal eine Schlussfolgerung ziehen ließ. Nach einem Moment hochkonzentrierten Starrens nahm er die Hand vom Kinn und drehte sich mir mit großen Augen zu. »Eine Spirale«, sagte er und vergaß, anschließend den Mund wieder zuzumachen.

»Richtig, Herr Knauff. Wenn man die Anschlagsorte miteinander verbindet, erhält man das Bild einer sich nach innen windenden Spirale. Und was, frage ich Sie, liegt genau im Zentrum dieser Spirale?« Er stierte wieder.

Na, dachte ich, haben wir's denn bald mal?

Er erbleichte. Er hatte es.

»Genau«, sagte ich zu ihm und kaute energisch meinen Gummi. »Genau hier. Hier, wo wir beide stehen, ist das Zentrum dieser hässlichen Spirale der Gewalt.«

Gewalt war vielleicht ein bisschen viel gesagt, hatten wir es bis jetzt doch ausschließlich mit Sachbeschädigung zu tun. Aber mein Kunde empfand so. Er nahm die Sache persönlich. Zu persönlich. Viel zu. Für mich war er ein klassischer Fall von Über-Identifikation mit der Firma.

Edwin Knauff war der Projektleiter für das jüngste Bauvorhaben der großen amerikanischen Fast-Food-Kette, die wir hier und im Folgenden einmal McDagobert's nennen wollen. (Darum hatte ich ihn Ragobert getauft. Ragobert McDagobert – geschnallt? Ja, das ist er, der berühmte Kryszinski'sche Humor. Handverlesen.) In exakt elf Tagen sollte Eröffnung sein – was heißt, sollte sein, *war* Eröffnung –, und damit dieses Ereignis auch niemandem entging, wurden schon seit Monaten in der ganzen Stadt Plakatwände angemietet, Banner an Brückengeländer geflochten, Plastikfiguren aufgestellt (der bescheuerte Clown mit dem perfiden Kinderfickergrinsen), beleuchtete Werbesäulen und Wegweiser aus allen Himmelsrichtungen installiert. Tamtam ist ein zu kleines Wort für das Getöse, das im Vorfeld der Eröffnung einer weiteren Frittenbude veranstaltet wurde.

Und eben das – all das – passte jemandem überhaupt

nicht in den Kram. Meiner Überzeugung und allen Anzeichen nach (so gab es z.B. keinerlei Bekennerschreiben, mit der eine weltverbessernde Organisation die Öffentlichkeit gesucht hätte) eine Einzelperson. Irgendeine leicht erregbare Natur in dieser Stadt schien also die McDagobertisierung der Welt nicht kampflos hinnehmen zu wollen und sabotierte deshalb in schöner Regelmäßigkeit die Werbeträger der Firma. Mit einiger Heftigkeit, mit technischem Verständnis und, wie sich just herausgestellt hatte, mit System.

»Womit endgültig bewiesen wäre, dass es sich um den immer gleichen Täter handelt«, sagte ich. »Die Spiralform ist kein Zufall. Und ihr Zentrum erst recht nicht.«

»Wir werden die Wachmannschaft auf der Baustelle verdoppeln«, sagte er und griff nach seinem Telefon. Ich bremste ihn mit einem Wink.

»Noch sehe ich keine Gefahr. Hier, meine ich. Noch ist die Spirale zu weit entfernt. Mein Gefühl sagt mir, dass er sie noch ein wenig enger ziehen wird. Ein, zwei Umdrehungen enger.« Ich trat wieder an die Karte. »Lassen Sie uns sämtliche Werbeträger hier, im Inneren dieses Kreises einzeichnen. Das sollte uns die Möglichkeit geben, mit ziemlicher Genauigkeit vorherzusagen, wo er das nächste Mal zuschlagen wird. Und dabei legen wir ihm eine Falle, und dann schnappen wir ihn uns.« Ich hängte meinen linken Arm mit dem Daumen in den Gürtel und spürte das Gewicht des L-förmigen Romans, als ich mich wieder zu ihm drehte.

Feuerschein leuchtete aus seinen Augen.

»Außer, natürlich, er hat die Spirale angelegt, um uns bewusst auf eine falsche Fährte zu locken. Dann wird's kniffig.«

»Und wenn wir den Kriminalpsychologen noch mal zu Rate ziehen?« Der hatte ihm mächtig imponiert.

McDagobert's war schwer daran gelegen, dass die ganze Angelegenheit nicht an die große Glocke gehängt wurde. Man befürchtete Nachahmer, man war besorgt, die Sache könnte sich ausbreiten, die falschen Schlagzeilen produzieren, zu einer Mode werden. Deshalb hatte man mich angestellt und versuchte, die Polizei so gut es ging draußenzuhalten. Auf die Idee, einen Psychologen einzuschalten, um ein Täterprofil erstellen zu lassen, war Ragobert persönlich gekommen. Durch irgendwas im Fernsehen.

Ich hielt das zwar, ehrlich gesagt, für Schwachsinn, hatte dann aber doch den nötigen Kontakt hergestellt. Und Dr. W. Heckhoff, Kriminalpsychologe, gerichtsmedizinischer Gutachter, Spezialgebiet: Täterprofile, ins Leben gerufen. ›Willy‹, für Freunde.

Es war, muss ich zugeben, eine Notlösung. Ich hätte lieber den etwas wortgewandteren Scuzzi genommen, doch Ragobert war Amerika-Fan und als solcher dachte er in Hollywood-Klischees. Er glaubte nur an Leute, die ihrer Rolle gerecht wurden. Einen Psychologen, der aussah wie ein *Azurro*-singender, pizzabackender, gondelsteuernder, eisverkaufender Jung-Mafioso, konnte man ihm nicht andrehen. Also entschied ich mich für Willy, weil er als einziger unter den ganzen Stormfuckers zumindest ansatzweise so wirkte, als ob er überhaupt, und wenn, dann etwas anderes als, tja, *Kampfsport* studiert haben könnte. Außerdem hatte er an dem Tag gerade eine 24-stündige Session mit einer 48-jährigen, alkoholabhängigen Nymphomanin hinter sich und sah wesentlich älter aus als so schon.

Und obendrein besaß er auch noch diese wunderbare Garderobe, die seine Mutter ihm immer gekauft hatte: Oberhemden in dezenten Farben. Flache Schuhe. Schleifen und Krawatten. Ordentliche Jacketts. Hosen mit Bügelfalten, anstatt ausschließlich Jeans oder Leder. Und – Pullunder. Strickpullunder. Ah, ich staffierte ihn prächtig aus, suchte ihm eine Brille ohne gesplittertes Glas und gebrochene Bügel, kämmte ihn ordentlich, und ab ging's. Während der Fahrt trichterte ich ihm ein, was er zu sagen hätte. Ich ließ es ihn praktisch auswendig lernen. Der Text ging im Groben so: *Männlicher Einzeltäter mit möglicherweise weltverbesserischer Einstellung, latent gefährlich mit ansteigender Kurve, würde von allein nicht aufhören, musste gefasst und unbe-*

dingt auf seinen Geisteszustand hin untersucht werden. Ich wusste, Ragobert würde das mögen. Seiner Ansicht nach konnte es sich eh nur um einen Verrückten handeln.

Wir traten also in sein Büro, ich stellte Willy als die angekündigte Koryphäe vor, gab das Wort an ihn weiter, und – ein Schweigen entstand. Er hatte seinen Text vergessen. Vom Auto bis zum Büro, keine fünfzig Schritte und – weg.

Mir brach der Schweiß aus.

»Nuun«, machte Willy gedehnt. Sehr gedehnt.

Ich konnte ihm nicht helfen. Er würde improvisieren müssen.

»Nuuun.« Er ging ein wenig auf und ab.

1500 Eier standen auf dem Spiel. Für sein Gutachten alleine. Von meiner rosigen Zukunft einmal völlig abgesehen. Bei einer Firma wie dieser gibt es immer Arbeit für einen Detektiv. Sollte ich diesen Fall knacken, könnte ich mir die neue Elfhunderter Suzuki bestellen. Alles hing in diesem Augenblick an –

»Hochintelligent«, stieß Willy endlich hervor. »Meiner Ansicht nach haben wir es mit einem hochintelligenten Täter zu tun«, und er fuchtelte wichtig mit der Hand herum. »Hochintelligent und ödipal fehlstrukturiert. Ich sehe gerade in der Vehemenz der Zerstörungen eine direkte Resonanz auf die sehr matriarchaische Ausstrahlung ihres Konzern-Images.«

Matri*archaisch*? dachte ich.

»Ich denke, so weit können Sie folgen?«

Nicht so recht, las man Ragoberts Miene richtig.

»Woran«, fragte Willy in beiläufigem Tonfall, nahm seine Brille ab und hielt sie hoch, ins Licht, »woran erinnern uns die beiden Schwünge des ›M‹s in ›McDagobert's‹?« Er setzte die Brille rasch wieder auf und sah bohrend von Ragobert zu mir und wieder zurück. »Richtig! An zwei *Brüste.*«

Obwohl es sich bis dahin eigentlich ganz gut angelassen hatte, brach mir erneut der Schweiß aus.

»Brüste«, wiederholte er mit Gefühl und bildete in der Luft zwei fußballgroße Kugeln nach.

Ich zerrte am Kragen meines T-Shirts und schluckte hart. Dies hier war gefährliches Fahrwasser. Zumindest unter Kapitän Heckhoff.

»Denken Sie an eine Bank«, forderte er ohne Übergang, ließ die Luftgebilde vergehen und stemmte stattdessen beide Fäuste auf den Schreibtisch. Mit finsterem Blick starrte er auf unseren Kunden hinab. »Denken Sie an die *Deutsche* Bank!«, bellte er.

Ragobert klammerte sich an die Tischplatte und sah zu ihm auf, als wüsste er nicht, wie ihm geschah. Ich bereitete mich innerlich darauf vor, Willy jeden Augenblick aus dem Raum zu zerren, bevor er uns beide vor Gericht brachte.

»Eine Fassade aus Glas, Stahl und Beton. Eine korrekte, harte, überlegene Ausstrahlung. Ein Image wie ein strenger … was? Genau! Wie ein strenger *Vater.*« Willy nickte gewichtig.

Ich war froh, dass er von den Brüsten weg war, fragte mich andererseits aber, wohin die Reise jetzt gehen sollte.

»Nehmen Sie dagegen das Erscheinungsbild Ihres Konzerns.« Willy richtete sich wieder auf, ging sinnend umher. »Die freundlichen Farben. Der warme Ziegelton des Mauerwerks, die runden Ecken überall.« Er formte runde Ecken mit den Händen. »Ein ›M‹ wie zwei *Brüste.*«

Here we go again, dachte ich.

»Mutter*brüste.* Pralle, warme Mutterbrüste.« Sie nahmen wieder Gestalt an, in der Luft.

Ich verlagerte mein Gewicht unauffällig. Wenn er nicht gleich damit aufhörte, würde ich ihn mir schnappen müssen.

»Wo eine Bank väterliche Autorität verströmt und ihre Kunden kühl auf Distanz hält, kommt McDagobert's daher wie eine *Mutter.* ›Kommt zu mir‹, lautet die Botschaft, ›kommt an meine dicken, tröstlichen, für immer prallen *Brüste*‹.«

Noch einmal dieses Wort, dachte ich, und ich schmiere ihn um.

»Unser Täter«, wechselte Willy, als könne er meine Gedanken lesen, vom schwärmerischen zurück in eher klinischen Tonfall und zwang auch seine Hände hinter seinen Rücken, wo sie einander gegenseitig von weiteren Pantomimen abhalten konnten, »leidet mit höchster Wahrscheinlichkeit unter einer zwanghaften Mutterbindung. Dafür findet er kein anderes Ventil, als sich gewaltsam gegen mütterliche Symbole zu richten. Nur in ihrer Zerstörung findet er momentane ... Erleichterung. Da er diese ... Erleichterung als lustvoll erfährt, wird er keinesfalls damit aufhören. Und da er nun einmal auf Ihr geschwungenes ›M‹ fixiert zu sein scheint, kann ich Ihnen nur dringend raten, keinesfalls in den Bemühungen zu seiner Ergreifung nachzulassen.« Und er schloss mit dem Klassiker: »Und vielen Dank für dieses Gespräch. Ich hoffe, es hat Ihnen etwas gebracht. Mir hat es auf alle Fälle etwas gebracht.«

Ich brauchte damals bis nach Hause, bevor ich meine Sprache wiederfand. »Wo ... woher hattest du diesen ganzen ... Sermon?«, fragte ich ihn.

»Kristof«, hatte er geseufzt, »du glaubst ja gar nicht, zu wie viel Psychiatern mich meine Alten immer geschleppt haben.«

Die anderthalbtausend Eier sind noch am gleichen Wochenende in die Düsseldorfer Altstadt gewandert. Wir hatten sie so nachhaltig umgesetzt, dass wir schließlich die vier Taxifahrer, die es brauchte, uns heim zu karrren, mit einem dicken Beutel von Scuzzis Captagon bezahlen mussten.

Deshalb ... Ein zweites Gutachten käme, so gesehen, nicht ungelegen. Gleichzeitig war Dr. Heckhoff im Moment nicht in seiner Praxis, sondern irgendwo unterwegs ... Nachdenklich kaute ich für einen Moment auf meinem Gummi herum, bevor ich mich wieder an meinen Kunden wandte. »Noch nicht«, sagte ich. »Erst in der heißen Phase.«

Und Willy blieb auch bis zum Abend verschwunden. Allmählich fing ich an, mich ernsthaft zu fragen, wo er wohl stecken könne. Dann fiel mir die schwelende Geschichte mit den Eierköppen wieder ein, und plötzlich fand ich mich regelrecht besorgt. Wir hatten schon länger nichts mehr von ihnen gehört, nicht seit dem Abend der versuchten Erstürmung, doch Gerüchte über geplante Racheakte wollten nicht verstummen.

Charly und ich nahmen die Jungs ins Gebet, jeden einzelnen von ihnen, doch keiner konnte sich erinnern, wann genau Willy das Haus verlassen hatte, noch hatte irgendjemand eine Ahnung, wohin er gegangen sein könnte. Also holte ich meine alte 650er Yamaha aus der Garage, Charly schwang sich auf den Sozius, und wir bollerten in die Stadt, mal nachfragen.

Willy war, was Anmache anging, durchaus nicht auf ein Schema festgelegt. Es gibt ja Leute, die versuchen es immer auf die gleiche Masche, immer in der gleichen Kneipe, bei dem immer gleichen Typus. Nicht so unser Willy. Er ließ sich treiben, landete irgendwo und improvisierte aus dem Stegreif. Auf die Frage: Wo um alles in der Welt hattest du die/den/*das* denn wieder her? bekam man von Willy nicht zweimal die gleiche Antwort.

Die versoffene Nymphomanin hatte er seinerzeit von einem Schützenfest mitgebracht, einen pickligen, weißblau gestreiften 16-Jährigen von einem Bundesligaspiel, die beiden ungeheuer fetten, bis dahin unberührten neuseeländischen Travellerinnen vom Duisburger Bahnhof, die ungewaschene minderjährige Ausreißerin von der Kirmes, eine bis auf den Zustand eines medizinischen Modells für den menschlichen Knochenbau heruntergehungerte, hysterische Direktorsgattin von der Einweihungsfeier der neuen Sparkassenzentrale. Und natürlich jede Menge anderes Material aus den diversen Kneipen, Bars und Discos der ausufernden Ruhr-City.

Da man nicht überall zugleich suchen kann und die Teilnehmer einer Tanzveranstaltung von vor drei Tagen nur recht mühsam zu befragen sind, versuchten wir es logischerweise erst mal in den Kneipen, wo man uns kannte. Und selbst das war schon ein abendfüllendes Programm.

Die Auskünfte, um es gleich zu sagen, flossen spärlich, die Getränke mit Fortdauer der Nachforschung in ansteigendem Maße reichlich. Irgendwo unterwegs verloren wir die Yamaha aus den Augen, und irgendwann auch unser eigentliches Vorhaben. Stattdessen rannten uns zwei Mädels über den Weg, die wir noch von unserer Sylvesterfete her kannten, eine Kaffeebohne mit Rastazöpfen und eine Blonde mit Bubikopf und einem kreisrundem Mund, und irgendwie war es das dann gewesen, mit Suchen.

Am nächsten Morgen – die Blonde schlief noch tief und fest, beide Arme um mein Kopfkissen geschlungen – hatte ich ein bisschen einen dicken Kopf, und – Willys Zimmer war immer noch leer – ein bisschen ein schlechtes Gewissen und – Post.

Ohne Absender. Ich riss den Umschlag auf, entnahm ihm einen Brief ohne Anrede.

Und ohne Unterschrift.

Dafür aber mit einer äußerst präzisen Lösegeldforderung, untermauert mit einer detailgenauen Drohung gegen Leib und Leben unseres Willys, sollten wir – das heißt, die Stormfuckers – nicht zahlen oder es wagen, die Polizei einzuschalten.

Ich hatte den letzten Satz gerade gelesen, stand da und fragte mich, wo um alles in der Welt wir eine Million hernehmen sollten, als es an der Türe klingelte.

Ich ging hin, machte auf, und es war die Polizei.

»Kristof Enrico Kryszinski?«, fragte der Beamte und stand ganz ruhig. In Zivil, in einem *Trenchcoat*, das muss man sich mal vorstellen, allein und doch mit dem ganzen Apparat hinter sich, bildlich gesprochen, einschließlich des festgeschriebenen Gewaltmonopols. Anders, als es in seiner Branche üblich ist, machte er keine Anstalten, an meinen Schultern vorbei ins Haus zu linsen.

Ich nickte, auf seine Frage, wie man in dem Fall so nickt. Vorsichtig, zögernd. Als ob das etwas änderte.

»Mein Name ist Menden, Kommissar, Kripo Mülheim.«

Was für ein langer und seltsamer Name, dachte ich, abgelenkt.

»Ich habe hier ein Amtshilfeersuchen. Es scheint sich, dem Text nach, um einen Fall von Kidnapping zu handeln.«

Das war einer dieser Momente, in denen man die Hand heben und um eine Auszeit bitten möchte. Wie? Was? Woher? dachte ich und sah von dem Brief in meiner Hand zu dem Kommissar und wieder zurück. Nahm man die in dem Schreiben geäußerten Drohungen ernst, war Willy schon so gut wie tot.

»Haben Sie sich in den letzten Wochen mehrmals in den Niederlanden aufgehalten?«, fragte Mendenkommissarkripomülheim, und ich glaube, ich erbleichte.

›*Plus vierzehn Monate Reststrafe*‹, dröhnte eine hohle Stimme durch mein Hinterstübchen. Mag sein, Menden genügte mein Farbtonwechsel als Antwort, auf alle Fälle sprach er weiter. »Zwei dem Namen nach wohl chinesische Geschäftsleute aus Amsterdam haben sich bei der örtlichen Polizei gemeldet und behauptet, der Fahrer des Wagens MH-KK 7«, er deutete mit dem Kinn auf den gelben, vor dem Portal parkenden VW-Bus, »hätte eine ihrer Mitarbeiterinnen, eine Deutsche, gewaltsam entführt.« Sprach's und stand ganz ruhig.

Ich schluckte. Diese beiden Bastarde! So einen Nerv muss man erst mal haben. Vollkommen unschlüssig sah ich dem Kommissar ins Gesicht. Seine Augen waren … schwer zu beschreiben. Man versuche, sich ein funkelndes, intensiv leuchtendes Grau vorzustellen.

So.

Damit kommt man nicht nur Mendens Augen recht nah, sondern erahnt auch, warum ich sie als schwer zu beschreiben bezeichnet habe. Es waren die Augen eines Prüfers. (Mündliches Examen.) Eines Prüfers, der weiß, dass du schwimmst, saumäßig schlecht vorbereitet bist, dich durchhangelst, der aber nicht eingreift, sondern seelenruhig abwartet, ob du dich an den eigenen Haaren aus dem Sumpf ziehen oder aber mit dem Toupet in der Hand gluckernd versinken wirst.

Ja, jetzt hab ich es, glaube ich.

Ich löste mich von diesem Blick und sagte: »Kommen Sie rein. Ich mach uns 'nen Kaffee.«

Die Morgen sind im Fuckers' Place zum Verschlafen gedacht, deshalb hatten wir die geräumige Küche erst mal für uns.

»Donnerwetter«, entfuhr es Menden beim Reinkommen. »Das muss das komplette Programm sein.« Bewundernd betrachtete er einen wahren Berg von Plastiktöpfen. »Sind Sie ein Fan dieser Marke?«

»Nein«, antwortete ich und, als er mich etwas verständnislos ansah, fügte ich »Willy...« hinzu, biss mir dann aber auf die Zunge und brach ab. »Es ist eine lange Geschichte.« (Wirklich wahr. Die mit drei Tagen und zwei Nächten höchstwahrscheinlich längste Tupperware-Party aller Zeiten.)

Danach stand er eine Weile herum, bis ich ihn nötigte, sich an den Tisch zu hocken, weil er mich nervös machte. Ich setzte Wasser auf, spülte zwei Tassen, löffelte Kaffeepulver in die – wie nennt man die Dinger eigentlich? – Pressfilterkanne, warf ein schimmelig gewordenes Toastbrot in den Müll, blickte lange und nachdenklich auf die 14 Bierdosen und das einsame Senfglas im Kühlschrank, suchte in erster Linie nach den richtigen Worten.

Menden saß da mit den Armen auf dem Tisch, schwieg und sortierte mit dem kleinen Finger versonnen die angesengten Pappröllchen im Aschenbecher.

Schließlich gab ich mir einen Ruck und schilderte die ganze Angelegenheit mehr oder weniger exakt so, wie sie sich zugetragen hatte, bis hin zu dem Verschlag und Doris' Gesundheitszustand. Ich sagte: »Darum, und auch auf den Wunsch ihrer Familie hin, habe ich sie ... mitgenommen.«

»Gut«, fand Menden, stand auf und verabschiedete sich. Ohne abzuwarten, bis der Kaffee fertig war. Und dafür hatte ich ihm extra eine Tasse gespült. An der Türe stieß er beinahe mit Scuzzi zusammen, der sich reflexartig den kleinen Stick aus dem Mundwinkel riss und hinter seinem Rücken zu verstecken versuchte, doch der Mann im Trenchcoat nickte ihm nur flüchtig zu und verließ auf direktem Weg das Haus.

»Wa-wa-wa?«, begann Scuzzi, immer noch perplex, selbst nachdem die Haustür längst ins Schloss gefallen war, »wawawas macht denn der Bulle hier bei uns in der Küche?«

Ich erklärte es ihm.

»Und, hat er dir geglaubt?«

Ich dachte eine ganze Weile nach und antwortete dann: »Ich habe nicht die geringste Ahnung.«

Wir holten die Jungs aus den Betten und trommelten sie in der Küche zusammen. Ich las den Brief vor. Der Unglaube, der die Küche füllte, war so dick, dass man ihn in Blöcke hätte schneiden können. Entführung und Erpressung sind, wie Erdrutsche und -beben, Dinge, die anderen Leuten zustoßen. Leuten im Fernsehen.

Die beiden Mädels, die durch die allgemeine Unruhe aufgeweckt worden waren, sahen betroffen drein, versuchten, sich nützlich zu machen, und fühlten sich doch fehl am Platz, überflüssig. Man merkte es ihnen an. Sie waren zum Feiern hergekommen, und die Party war mit einem Schlag vorbei.

»Das ist doch Blödsinn«, schnaubte der vierschrötige D.O. »Da will uns doch einer verkackeiern.«

Seine richtigen Initialen sind eigentlich J.F., für Jürgen Fontane. Bei einem solchen Nachnamen ist es nur eine Frage der Zeit, bis man ›Theodor‹ genannt wird, und wenn man dann noch stark zu Achselnässe neigt, wird das bald zu ›Deodor‹ gebogen, kurz ›Deo‹. Ein paar gebrochene Nasenbeine, ausgeschlagene Schneidezähne und im Hals steckengebliebene Lacher später hatte man sich – seltsamerweise – auf die jetzige Sprech- und Schreibweise geeinigt.

»Immerhin: Willy ist stinkreich«, sagte Charly.

»Theoretisch«, wandte ich ein. »Bis er an die wirklich dicken Beträge herankommt, sind es noch ein paar Jährchen.«

»Also. Willy hat kein Geld. Wir haben kein Geld. Was soll das dann?«, fragte Scuzzi. »Wo soll das hinführen?«

»Wir wissen bis jetzt nur, dass Willy seit ein paar Tagen nicht zu Hause war«, stellte Charly fest. »Kristof und ich haben gestern Abend ein bisschen herumgefragt. Vielleicht hat das jemand mitgekriegt und versucht jetzt, eine schnelle Mark zu machen. Steht in dem Brief irgendwas darüber, wie wir Kontakt aufnehmen könnten?«

»Nur das, was ich euch vorgelesen habe«, antwortete ich. »Kein Übergabemodus, kein eigentlicher Beweis, dass sie Willy wirklich haben. Kein Lebenszeichen.«

»Ich wette meine linke Arschbacke, dass die Eierköppe dahinterstecken«, sagte Pit Bull und schlug mit der Faust auf den Tisch. Alle sahen ihn an. Mit vollem Namen hieß er Peter Buhlschmidt, doch war er einer von diesen Weißblonden, die eigentlich rothaarig hätten werden sollen, mit unbräunbarer Haut und, dank seiner Angewohnheit, schon morgens im Bett einen Bong wegzuziehen, meist ziemlich blutunterlaufenen Augen. Dazu kam seine gedrungene Ringergestalt. Und sein Temperament.

»Geht mir schon lange auf den Sack, dieses braune Gesocks«, grollte er. »Lasst uns jetzt sofort da rausfahren und alles kurz und klein kloppen.«

Mit ›da raus‹ meinte er das Hauptquartier der Ironheads, ein als Hundeschule getarntes, fast schon paramilitärisches Ausbildungscamp. Mal eben da raus und alles kurz und klein schlagen war ein völlig idiotischer Vorschlag.

»Entweder sie haben Willy, dann holen wir ihn uns zurück, oder sie haben ihn nicht. Dann haben sie eben Pech gehabt. Auch nicht tragisch.«

»Nur auf Verdacht da raus und einen Krieg vom Zaun brechen ist Schwachsinn«, sagte Charly und damit war das Thema beendet.

»Und sonst?«, fragte Poppel und drehte seinen früh ergrauten Kopf in meine Richtung. »Du bist hier doch der große Detektiv, oder? Keine weiteren Schlussfolgerungen? Handschrift? Papier? Briefmarke? Stempel?«

Ich ignorierte den höhnischen Tonfall und hielt den Briefbogen hoch. »Schreibmaschine, würde ich sagen, ganz normales Papier.« Ich griff nach dem Umschlag. »Ebenfalls mit Schreibmaschine an mich adressiert, *holländische* Marke«, rings um den Tisch schossen Brauen in die Höhe, »in Arnheim abgestempelt. Gestern«, fügte ich nach einem kurzen Check des Wandkalenders hinzu. »Das heißt, die Idee mit dem Trittbrettfahrer können wir vergessen. Wer immer das hier abgeschickt hat, wusste von Willys«, ich wedelte mit der Hand, suchte das passende Wort, »*Verschwinden*, bevor Charly und ich angefangen haben herumzufragen.«

»Holland«, sagte Charly.

»Und gleich sagst du wieder, nur auf Verdacht da raus und einen Krieg vom Zaun brechen wär Scheiße«, knurrte D.O.

»Ich war gleich dafür, sie richtig fertig zu machen, die blöden Reisfresser. Aber ihr hattet ja wieder humanitäre Bedenken.« Poppel schnaubte. Es war seine typische Haltung. Egal, was wir anstellten, wir gingen ihm nie hart genug vor. Jeder hat seine Gründe, Biker zu werden, und bei Poppel mit dem lustigen Namen war es offensichtlich Hass. Auf alles und jeden. Manchmal fragte ich mich, ob er in einem anderen Club nicht besser aufgehoben wäre.

Wie immer in solchen Situationen schaltete Charly auf Durchzug. Das Recht auf freie Meinungsäußerung ließ er uns, mit einem gewissen diktatorischen Großmut. Zumindest, bis er eine Entscheidung gefällt hatte. Wer danach nicht die Schnauze halten konnte, lernte das sehr schnell.

»Also los, wir stochen alle Mann nach A'dam und setzen die Daumenschrauben an.« Pit Bull nahm noch einen Zug, setzte den Bong mit einem Knall auf den Küchentisch und ließ Rauch aus allen seinen Schädelöffnungen wabern.

Hasch macht friedlich, haben wir als Teenies immer gesagt. In Wahrheit macht es träge, mucker, verfressen und blöd. Bis sich, bei Leuten, die sich wirklich hineinknien, die Wirkung irgendwann umzukehren beginnt. Pit Bull brauchte morgens eine Dosis, die einen normalen Menschen kalt auf die Laken geschickt hätte, um überhaupt die Klüsen aufzukriegen. Auf ihn wirkte das Zeugs in letzter Zeit mehr und mehr wie Speed.

»Erst kloppen wir alles zu Klump, und dann fragen wir höflich, wo sie unsern Willy haben.«

Das einzige, was sich nicht umzukehren scheint, ist der blödmachende Faktor.

»Sag, hältst du es für möglich, dass deine Chinesen auf diese Methode versuchen, eine Art von Ablöse für ihre Nutte einzutreiben?«, wandte sich Schisser an mich.

Ich dachte an die beiden aggressiven Asiaten, an ihre vier aus dem Nichts aufgetauchten Landsleute in ihren scharfen Bügelfalten und an dieses Klima äußersten Respekts, das das ganze, nun wirklich raue Viertel bei ihrem Auftauchen zu packen schien.

Jeden Tag wurde in der Ruhr-City irgendwo ein chinesisches Restaurant eröffnet, in den unmöglichsten Vororten, Läden, die manchmal keine zehn zahlenden Gäste pro Abend sahen, aber damit erstaunliche wöchentliche Umsatzzahlen erwirtschafteten. Trotzdem …

Ich schüttelte den Kopf. »Sie hatten nur meine Autonummer, plus eventuell, von Doris, meinen Vornamen, aber keine Adresse. Und außerdem hätten sie mich in dem Fall ja wohl kaum bei den Bullen angezeigt.« Und ich erzählte kurz von Mendens Besuch. Die folgende Empörung war so stark, dass nicht viel gefehlt hätte, und sie wären alle zusammen aus der Türe gestürmt und losgejagt, Amsterdam niederzubrennen.

»Denkt mal nach«, sagte ich, nachdem Charly für ein wenig Ruhe gesorgte hatte, sah von einem zum andern und blieb bei Hoho hängen, ich weiß auch nicht warum, »denkt mal nach, mit wem wir im Laufe der, sagen wir mal, letzten sechs Monate sonst noch so alles Ärger gehabt haben.«

»Ohooooh«, machten sie alle, gedehnt, wie aus einem Mund.

Yamahas XS 650 war nie ein Kurvenstar. Harte, schmale Reifen, eine spillerige Gabel und Schwinge, hölzerne Bremsen, ein Rahmen aus so was wie Bleirohr und Federelemente der schwammigsten Sorte addierten sich zu einem Fahrverhalten irgendwo zwischen ›vage‹ und ›bedenklich‹. Doch mit ihrem Paralleltwin verfügte sie über ein recht bulliges Triebwerk, das, sobald man es erst mal von allen überflüssigen schalldämpfenden Restriktoren befreit hatte, auch recht bullig klang. Ein guter Motor, wenn man ein wenig nervös und sich über die Richtigkeit seines Tuns nicht so ganz sicher ist. Ein Motor, auch von der Anordnung her, wie ein Paar geballter Fäuste. Oder, was der Spanier als ›cojones‹ bezeichnet. Gusseiserner, ballernder Machismo im Doppelpack.

Ich trieb ihn unter Grollen die von Äckern gesäumte Straße zum Essen/Mülheimer Flughafen hoch, auf dessen Kettwiger Seite die Ironheads ihr Domizil hatten.

Ein Anfangsverdacht ist ein Anfangsverdacht und somit besser als gar keiner, hatte ich zu Charly gesagt, als er mich in die Stadt fuhr, wo die Yamaha immer noch neben dem Eingang der ›Käse-Ecke‹ parkte, und nein, hatte ich auf seine Frage geantwortet, ob er nicht besser mitkommen sollte, hier raus.

Manche Sachen zieht man besser allein durch.

›Hunde-Rekrutierverein Eiserner Kopf‹, darunter firmierte das Fort der Eierköppe. Denn etwas anderes war es nicht. Ein stacheldrahtbewehrter Palisadenzaun umgab das Gelände, und der einzige Zugang war ein tagsüber von zwei Mann bewachtes und nachts zugezogenes und verschlossenes, stählernes Rolltor. Um nicht gleich an der Pforte abgewiesen zu werden, beschloss ich, sie zu ignorieren.

Die Chancen, noch am gleichen Tag genäht, geschient, verdrahtet und verpflastert zu werden standen gut genug, um Wetten drauf abzuschließen. Sicher, meine Gang würde mich rächen, doch was für ein Trost ist das, wenn die Zunge nur noch nackten Gaumen spürt, wo vorher dein – gerade erst wieder halbwegs angewachsener – blitzender Charme gesessen hat?

Ruhig, gleichmäßig und beharrlich brummelte der Zweizylinder zwischen meinen Unterschenkeln vor sich hin, etwas von seiner Kraft und Gelassenheit mittels harmonischer Vibrationen auf mein Nervenkostüm übertragend dabei. Es sind Momente wie dieser, an die du zurückdenkst, nachdem du das Ding bedenkenlos verhökert hast für etwas mit einer buntlackierten Vollverkleidung und einem Tacho bis 300. Momente wie dieser kommen dir dann immer mal wieder hoch, und du verziehst wehmütig das Gesicht in einem Anfall von Nostalgie und wiegst bedauernd dein Haupt, doch dann schwingst du das Bein über die Neue, klemmst dir die Hacken unter den Arsch, reißt den Hahn auf, dass sie kreischt, und wenn dann das Vorderrad in den Himmel steigt, lachst du wieder und sagst dir: Scheiß der Hund drauf.

Das Tor zum Fort kam in Sicht, und ich ließ die Yamaha rollen. Strich mir mit trockener Zunge über die Schneidezähne. Schluckte, wo es nichts zu schlucken gab. Schaltete einen Gang herunter, was das Grollen in ein zweistimmiges Röhren verwandelte. Noch hundertfünfzig Meter vielleicht. Entschlossen zog ich das Gas bis hinten hin auf und nahm den Kopf herunter. Alle meine Motorräder hatten und haben gerade, breite Lenker. Das macht breite Schultern und verleiht einem, vor allem in Verbindung mit einem angriffslustig geduckten Kopf, eine aggressive Erscheinung Als ich vielleicht noch hundert Meter zurückzulegen hatte, tauchten zwei Mann links und rechts in der Toröffnung auf und starrten mir entgegen.

Hätte ich bei ihnen anhalten wollen, hätte ich schon längst das Gas wegnehmen und bremsen müssen. Sie winkten mir energisch, das zu tun. Mein Gas blieb offen. Sie wurden ein bisschen hektisch, schrien sich Sachen zu. Noch fünfzig Meter. Das Tor zuzuziehen blieb überhaupt keine

Zeit. Doch da war ja noch der *Schlagbaum*. Hässliches Wort, wenn man sich in meine Lage hineinversetzt, geduckte Haltung, hohe Geschwindigkeit, hölzerne Bremsen und alles. Die Drehzahl wanderte in den roten Bereich, was bei der XS hochschalten, Gas wegnehmen oder aber anfangen zu beten bedeutet, doch stattdessen knipste ich bei weiterhin voll aufgedrehtem Gas nur für einen Moment die Zündung aus, und in genau dem Augenblick, als die beiden Wächter das rotweiße Stahlrohr auf Höhe meines Helmes zu ziehen versuchten, eine Zehntelsekunde bevor es zu krachendem, knirschendem Kontakt kommen musste, einen Wimpernschlag vor einer sirenenheulenden Blaulichtfahrt in die Notaufnahme, schaltete ich sie – immer noch bei Vollgas – wieder ein.

Der folgende Fehlzündungsknall hätte einem Möllemann das Bäffchen von der Pläte gerupft.

Krähen stiegen auf. Letztes Laub rieselte aus kahlem Geäst. Die beiden Pförtner fanden sich links und rechts auf dem Boden wieder. Und ich war durch. Ohne Delle in der Dachtel. Mir war schwer heiter zumute, bis mir aufging, dass ich voll auf die Treppe zum Vereinslokal ›Haselnuss‹ zusteuerte und der Platz zum Bremsen niemals, niemals, niemals reichen würde. Trotzdem zog ich den Hebel für die vordere Bremse bis zum Griff und stemmte mich mit all meinen 70 Kilos auf den für die hintere und hoffte, wie man das so macht, auf ein Wunder der Verzögerung. Das ausblieb. Immerhin brachte ich das Hinterrad zum Blockieren und schaffte es noch, driftend eine Art Ausweichmanöver einzuleiten und – was dann kam, kennt jeder, der mal eine XS besessen hat: Urplötzlich scheuert dein Arsch über die Straße, während dein treues, teures Gefährt mit stiebenden Funken und diesem *hässlichen* Geräusch von Stahl auf Asphalt davonschliddert, bis es irgendwann irgendwo gegenscheppert, und anschließend ist die Gabel krumm. Jedes Mal.

Ich selbst rutschte mit Schwung bis gegen die untersten Stufen der Treppe, gongte unterwegs noch mit dem Helm einen Mülleimer von den Beinen und blieb für einen Moment mit dröhnendem Schädel liegen, wo ich lag. Hinterm Haus konnte man eine ganze Anzahl tiefgestimmter Hunde tobsuchtartig in ihren Zwingern randalieren hören.

»Sieh an. Ein Arschfucker.« Ich machte die Augen auf. Wollte mich aufsetzen, doch ein Stiefel auf meiner Brust hielt mich unten. Es war sein Träger, der sprach. Gereizt besah ich ihn mir. Abgesehen von den Stiefeln und einer schwarzen Lederhose trug er nur ein Unterhemd mit Bundesadler vorne drauf. Bei um die null Grad und einem fiesen Wind. Auf den britischen Inseln gibt es ein Wort für diesen Typus. Es heißt ›Hard Man‹. Das sind Kerle, die grundsätzlich keinem Streit aus dem Weg gehen und immer und überall den ganz Stählernen und den ganz Miesen heraushängen lassen müssen. Dies hier war Wolf, Hard Man aus dem Bilderbuch und Boss der Eierköppe persönlich, da war ich mir sicher. Er kam eigentlich aus Dortmund, war erst kürzlich zu den Ironheads gestoßen und hatte, wie man hörte, schon nach einem Monat oder so den Laden übernommen. Indem er in einer einzigen Nacht nacheinander sieben Kontrahenten in die Intensivstation schickte. Oder so ähnlich. Biker-Folklore, halt. Ich kannte ihn nur von Beschreibungen her, und doch schien mir eine Verwechslung unwahrscheinlich. Schließlich gibt es, mal ganz im Ernst, nur so und so viele Leute auf der Welt, die eine komplette Rolle NATO-Draht um den Hals tätowiert haben.

»Ein leibhaftiger Arschfucker. Und wir brauchten ihn noch nicht mal fangen.« Er hatte den behäbigen, selbstgefälligen Tonfall von jemand, der sich klar im Vorteil weiß. Und ich musste diesen Punkt vergeben: Er *war* im Vorteil. Ich sah einen Wald von Hosenbeinen hoch. Olivgrüne Uniform-Hosenbeine. Ich sah in lauter höhnische Gesichter, gerahmt von rasierten Schläfen und gekrönt von HJ-Seitenscheiteln. Ich schaute auf ein Paar spitzer, schwarzer Ohren über einem Wust von schwarzem Fell, der vorne in einem ledernen Maulkorb mündete, aus dem kehlige

Laute drangen und schaumiger Speichel auf den Reißverschlussbereich meiner Hose tropfte. Ich blickte, zum Schluss, in ein nicht zusammenpassendes Paar Augen. Wolfs Augen. Eins bierflaschenbraun, das andere weinflaschengrün. Plötzlich war mir, als wäre ich besser nicht hergekommen.

Ich habe ein paar Jahre auf dem Bau hinter mir. Gleich auf meiner ersten Baustelle wurde ich einem Eisenbieger zugeteilt, den alle nur ›Das Tier‹ nannten.

Das Tier vereinte die Statur einer russischen Kugelstoßerin mit dem Temperament einer gespannten Rattenfalle. Wann immer ich ihm zu langsam arbeitete oder zu schnell, etwas falsch machte oder richtig – ich kam nie hinter das Schema – gab er plötzlich ein Geräusch von sich wie ein angestochener Kampfstier, griff sich den nächstbesten Gegenstand – egal was es war, Latthammer, Moniereisen, Brechstange, Stechbeitel, Kreuzhacke – und drehte sich zu mir mit der Gewissheit, dass er im Begriff sei zu töten, und der gleichzeitigen Gleichgültigkeit über mögliche Konsequenzen in seinem blau angelaufenen Gesicht und seinen kleinen, nicht zueinander passenden Augen. Das eine braun, das andere grün.

Man mag mich dafür schelten, doch seither bin ich mit einem Vorurteil behaftet, was Träger dieser farblichen Konstellation ihrer Sehorgane angeht.

»Ich brauche einen *Spaten*«, sagte Wolf. Ein Satz, wie er tagtäglich mit größter Selbstverständlichkeit über die Theken von Eisenwarenhandlungen in aller Welt gesprochen wird. Ein Satz, der, nüchtern betrachtet, nicht mehr ausdrückt als den Wunsch um Aushändigung eines vollkommen harmlosen Gartengerätes. Trotzdem riss er mir den Puls in Bereiche, die ein Hochschalten angeraten erscheinen ließen. Oder Gas wegnehmen oder anfangen zu beten.

Vielleicht muss man ein paar Jahre auf dem Bau hinter sich haben, um zu wissen, dass der einzige wirkliche Unterschied zwischen einem Spaten und einer Axt eigentlich nur der Winkel ist, in dem Stahlschneide und Holzgriff zueinander stehen. Mit einem scharfen Spaten lassen sich armdicke Wurzeln durchtrennen. Vielleicht muss man aber auch nur platt auf dem Rücken liegen, einen Stiefel auf der Brust, umgeben von feindseligen Nazi-Bikern auf ihrem eigenen Terrain, um mehr als gewöhnlich in diesen Satz hineinzuinterpretieren. Auf alle Fälle schienen jetzt ein paar Worte von mir recht angebracht. Ich räusperte mich.

»Psst«, machte Wolf, »ich glaube, er möchte noch etwas sagen.«

Bisher waren wir einander noch nicht vorgestellt worden, also mimte ich Unwissenheit, holte tief Luft und sagte: »Ich verhandle nur mit eurem Boss persönlich.«

Wolf nahm den Stiefel von meiner Brust und beugte sich tief herunter zu mir.

Die Schwierigkeit, jemandem mit zwei verschieden gefärbten Iriden in die Augen zu schauen, besteht hauptsächlich darin, dass man hin- und hergerissen wird und sich nicht entscheiden kann. Bier? Wein? Bier? Wein? Bier? So ging's mir, als Wolf seinen flackernden Blick in den meinen versenkte.

»Vorher läuft hier gar nichts?«, fragte er, und nach ein paar Sekunden schweigenden Starrens platzten wir beide heraus.

Die beiden Sätze waren reines ›Miami Vice‹ gewesen, fester Bestandteil jeder Sendung. Und die Dons der Drogenkartelle Südfloridas fielen jedes, aber auch wirklich jedes Mal wieder darauf herein. Zum Schreien.

Aah, wundervoll. Es gibt doch nichts Besseres als ein freies, gemeinsames Lachen, um einer bedrohlichen Situation die Schärfe zu nehmen. Wolf richtete sich wieder auf, grinste, tat, als müsse er sich eine Träne aus dem Augenwinkel wischen, machte ›huh‹, wandte sich zum Gehen und sagte, an seine Leute gerichtet: »Brecht ihm alle Knochen, karrt ihn irgendwo auf einen Acker und steckt ihn an.«

Ich stand, ohne den eigentlichen Vorgang des Aufstehens mitbekommen zu haben. Zahlreiche Hände griffen nach mir. »Pfoten weg!«, schnappte ich. Mir reichte es. Mindestens sechs Fäuste hielten meine Arme. Aus irgendeinem Grund gab mir das ein besseres Gefühl, als wenn sie mich einfach so laufen gelassen hätten. Ein Gefühl von Stärke, Wichtigkeit. Mit dem Knie schob ich den grollenden Maulkorb von meinem Hosenschlitz weg. Der Hund, ein schwarzer Schäferhund mit Zottelmähne, knurrte lauter. Seit ich das Tor passiert hatte, liefen die Dinge nicht ganz so wie erhofft. Ich zog meine letzte Karte.

»Wolf?«, fragte ich, raunend, fast schon vertraulich. Er ging einfach weiter. »Woo-olf?«, machte ich noch mal. Es klang wie ein Augenzwinkern. Als wollte ich ihm an den Arsch. Na, fast so. »Ich soll dir schöne Grüße bestellen«, schickte ich hinterher. Unter diesen Umständen, in diesem Tonfall, ein Satz, der geradezu schwanger vor Unterschwelligkeit daherkam. Was für Grüße konnten das sein, die in der Lage wären, auch nur das Geringste an meiner Situation zu verbessern? »Von Heiko«, fügte ich nach einer kunstvollen kleinen Pause hinzu.

Wolf stoppte, drehte sich langsam zu mir, und eine Bö fuhr ihm durch den seitengescheitelten, schläfenrasierten Haarschnitt.

Wieso friert er nicht, dachte ich. Das ist doch nicht normal. Nicht mal jetzt, dachte ich. Nachdem der Name gefallen ist. Ich würde frösteln, jetzt, an seiner Stelle, und wenn wir Hochsommer hätten. »Er kommt bald raus«, sagte ich, freundlich.

»Wann?«

Ich sah an mir herunter, auf all die Fäuste, die mich hielten, auf den schäumenden Köter, und sagte nichts. Auf eine viel sagende Art.

»Lasst ihn los.«

Wolf und Heiko, Charlys älterer, respektierter, wenn auch alles andere als geliebter Bruder, hatten zusammen was laufen, vor ein paar Jahren, einen flotten kleinen Handel, und Wolf haben sie an der Grenze verhaftet, und noch am gleichen Tag haben sie auch Heiko gebustet, bei sich zu Hause, und die Bullen sind rein und schnurstracks auf das Versteck zu, in dem die Kilos gebunkert waren. Am gleichen Tag noch. Schnurstracks drauf zu. Nicht viele Leute wussten von diesem Versteck. Eigentlich nur zwei. Und Heiko ist kein Mann, den man leichtfertig verpfeift. Heiko ist, so gesehen, kein Mann, über den man sich leichtfertig *äußert*.

Die zahlreichen Hände gaben mich frei, und ich sah mich einmal in alle Richtungen um, hatte ich bis dahin doch in erster Linie in den Himmel geschaut.

Beide Verfahren wurden damals getrennt geführt, doch auffällig blieb, wie milde Wolfs Strafe ausgefallen war.

Ich besah mir die oben angespitzten Palisaden, die dahinter angeordneten Stacheldrahtrollen, betrachtete kurz etwas, das aussah wie der Beginn eines Aushubes für einen Wassergraben, ließ meinen Blick über das massive Stahltor auf seiner in den Boden eingelassenen Schiene und das Wachhäuschen schweifen, dessen Schießscharten misstrauisch über den Zaun lugten. Überall waren Scheinwerfer montiert, und von weiter hinten konnte man wieder mal eine Vielzahl von Hunden jaulen hören.

Ich nickte mir eins. Genau so würde ich auch wohnen wollen, wenn ich es mir mit Heiko Zimmermann verdorben hätte.

»Lass uns reingehen«, sagte ich und deutete auf die Türe zur ›Haselnuss‹. »Wir müssen uns unterhalten.«

»Ich habe dich was gefragt«, kam es frostig zurück, doch ich hatte ihn bei den Kurzen und Lockigen, wie man so schön sagt, und mit einigem Widerwillen folgte er mir in die Kneipe.

Was heißt ›Kneipe‹: Es war bloß ein rechteckiger, kahler Saal, Fenster auf der einen, aus Profilbrettern zusammengefrickelte Theke auf der anderen Längsseite, davor ein paar Barhocker und unter den Fenstern ein paar Tische und Stühle, das meiste davon Plastikformmöbel. An Decke und Wänden hingen noch die Papiergirlanden der Weihnachtsfeier. Wir waren die einzigen Gäste.

›Vereinsheim-Cafeteria‹ kam einem beim Betreten des Raumes in den Sinn, ›Militärbaracken-Casino‹, oder aber ›Vorortgemeinde-Mehrzwecksaal‹. Alles mit dem Zusatz ›Am Arsch der Welt‹. Die ganze Bude roch nach tristen, mechanischen Besäufnissen und Stumpfsinn. Ein Ambiente, wie geschaffen für den Typus des hasserfüllten Brüters.

Wir hockten uns auf zwei Hocker, Wolf brüllte nach einer ›Helga‹, und eine, wie alle hier halb kahl geschorene Hooliga mit Haltungsschaden kam durch einen Perlenvorhang geschlurft. Wortlos und ohne einen von uns beiden anzusehen stellte sie zwei Gläser, eine Familienflasche Cola und eine halb volle Flasche Doppelkorn vor uns auf den Tresen und schlurfte wortlos wieder davon.

Wolf begann, sich eine Zigarette zu drehen. »So, so«, machte er nachdenklich.

Ich drehte mich von ihm weg und starrte schweigend aus dem Fenster.

Draußen ließ ein schnieke und schneidig auftretender Ausbilder eine Reitgerte gegen die Flanke eines seiner Springerstiefel schnalzen. Auf seine knappen Kommandos hin bildete eine Handvoll, tja, anderswo würde man sagen ›Prospects‹, doch bei den militärisch ausgerichteten Ironheads ging es mehr Richtung ›Rekruten‹, eine Reihe und stand stramm. Sie gehorchten klaglos, doch so richtig begeistert schienen sie mir nicht zu sein. Alle waren ungefähr im Lehrlingsalter, die meisten, würde ich sagen, Typus ›Dachdecker‹, und blickten auf eine Art vor sich hin, für die es wahrscheinlich kein anderes Wort gibt als ›dumpf‹.

»Nu red schon«, forderte Wolf und paffte seinen Docht an, doch ich hatte noch an Spaten und Acker zu kauen und bekam die Zähne deshalb nicht recht auseinander.

»Uund *hopp*, Vierzehn, auf den Bauch und vorwärts!« Man konnte dem Ausbilder das Vergnügen ansehen, mit dem er einen seiner Schützlinge nach dem anderen in den

Dreck schickte und sie unter einem Stacheldrahtgeflecht hindurchkriechen ließ.

»Und du, Zwölf, brauchst gar nicht so zu grinsen. Du bist der Nächste! Auf den Bauch! Und *hopp*! Oder ich jage Matto hinter dir her!«

Bei Erwähnung seines Namens sprang der schwarze Schäferhund auf die Beine und zerrte an der Kette, mit der der Ausbilder ihn hielt.

»Ihr seid durchnummeriert?«, fragte ich. »Mit dir als Eins und ihm da draußen als was? Nummer Zwei?«

Wolf schüttelte den Kopf. »Nur der Nachwuchs«, entgegnete er. »Eine der kleinen Ideen von Nagold.« Er sah mich an, als erwarte er eine Frage, doch ich nickte nur knapp. ›Nagold‹ war der Name einer Bundeswehrkaserne, in der es zu besonders auffälligen Rekrutenschindereien gekommen war. ›Der Schleifer von Nagold‹ ging damals durch die Presse und landete, meine ich, sogar vor Gericht. Muss unwiderstehlich gewesen sein, sich diesen Namen anzueignen.

»Ist halt der Ansicht, man müsse sie erst brechen, um gute Kämpfer aus ihnen zu machen.« Wolf stieß Luft und Rauch durch die Nase. »Ich warte einfach mal das Ergebnis ab«, meinte er gleichmütig, obwohl man spürte, dass es ihm gegen den Strich zu gehen schien.

»Und ihr anderen, im Laufschritt, marsch!« Nagold stand da, Kampfanzug makellos, Halstuch frisch gebügelt, Haarschnitt wie alle hier, nur einen Tick … eleganter, irgendwie. Er liebte es offensichtlich, seine Stirnlocke in die Augen fallen zu lassen, wenn er auf halb verstohlene Weise an seiner Zigarette sog, und genauso, sich anschließend mit einem graziösen Kopfschwung wieder klare Sicht zu verschaffen. Hätte man ihn gefragt, als was er sein Grinsen beim Herumkommandieren bezeichnete, er hätte vermutlich ›sardonisch‹ geantwortet. Ich dachte kurz darüber nach, was ihm zur Vollkommenheit fehlte, bis es mir aufging: Es war ein Monokel. Ja, das und ein ›von‹ vor dem Namen.

Er und Wolf mimten, jeder auf seine Art, BBC-Nazi-Stereotype.

Wolf machte das Frontschwein, die Kampfmaschine, die nur durch eine Überdosis der eigenen Medizin zu besiegen sein würde, und Nagold gab den sadistischen Schöngeist. Den Nazi-Aristokraten, der in Gefangenschaft mit Häme auf die zivilisierten Verhörmethoden der Briten reagiert und sich schließlich dem ihn erwartenden fairen Prozess und letzten Endes nur gerechten Standgericht durch eine heimtückisch verborgene Zyankalikapsel entzieht.

»Sag mal, Zweiundzwanzig, kann es sein, dass du *schwul* bist?«, ließ er seine metallisch klingende Stimme über das ganze Gelände erschallen.

»Jetzt geht das wieder los«, murrte sein Präsident neben mir.

Zweiundzwanzig, ein rotwangiger Bubi mit der Art von Figur, die einem die Küche einer übervorsorglichen Mutter einbrocken kann, blieb irritiert stehen, erblühte zu einiger Röte und salutierte ungelenk.

»›Klein machen‹, nennt er das. Also, ich weiß nicht.« Man merkte Wolf an, dass er körperliche Ertüchtigung, Ausbildung an der Waffe und grundehrlichen Kameradschaftsgeist nach wie vor für das klassische Dreibein zum Schmieden einer Truppe hielt.

»Wer hat etwas davon gesagt, dass du stehen bleiben sollst, Zweiundzwanzig? Und *hopp*, schön weiterlaufen. Siehst du, genau das meine ich: Du läufst wie ein Schwuler. Und wenn du den Mund aufmachst, redest du wie ein Schwuler, und manchmal meine ich sogar, du denkst wie ein Schwuler. Und du, Einunddreißig, siehst mir so aus, als ob du am liebsten seine Hand halten würdest.«

Einunddreißig, den gerade noch das Lachen angekommen war, zog eine straighte Miene und bemühte sich sichtlich um einen heterosexuellen Laufstil.

Wie viel angenehmer ist es doch, ein Stormfucker zu werden, dachte ich. Ein Jahr Bier holen und Charlys Moped putzen und dann noch eine wüste Party und du darfst die Farben tragen. Da fiel mir etwas ein.

»Wer sind eigentlich die beiden Typen, wegen denen ihr mit uns in den Krieg ziehen wolltet?«, fragte ich.

»Waren«, kam die Antwort, halb bitter, halb zufrieden. Knapp und viel sagend und es der Deutung überlassend, ob die beiden nur in ihrer Funktion als Ironheads aufgehört hatten zu existieren oder generell, gänzlich. Ich wollte nach Einzelheiten fragen, doch Wolf kam mir zuvor.

»Nun mach schon dein Maul auf«, forderte er und goss die Gläser voll. Mit dem Klaren. »Du bist doch nicht ohne Grund hier aufgetaucht«, fügte er hinzu und gab noch einen kleinen ›Blubb‹ frischer Cola in jedes Glas. Hob seines kurz auf Augenhöhe, sagte ›Prost‹ und nahm einen ordentlichen Schluck. Ich rührte meins nicht an. Es gibt eine Zeit, einen Ort, eine Gesellschaft, ein Getränk. Hier stimmte nichts davon.

»Also pass auf«, sagte ich. »Machen wir es kurz: Ihr rückt unseren Willy wieder raus, und zwar sofort, und ich sehe anschließend zu, dass ich meinen Einfluss auf Heiko geltend mache.«

Ein derart jeglicher Grundlage entbehrendes Versprechen, dass ich mich abmühen musste, um ein ernstes Gesicht zu behalten. Ich hatte ungefähr so viel Einfluss auf Heiko Zimmermann wie auf diese beiden hinfälligen Tattergreise, denen kein normaler Mensch auch nur einen Autoschlüssel anvertrauen würde, die aber unbegreiflicherweise trotzdem von Washington und Moskau aus die Geschicke der Menschheit steuern durften, und zwar mit halsbrecherischer Geschwindigkeit immerzu haarscharf am Rande des Abgrundes entlang.

»Euern *Willy*?«, fragte Wolf und seine an zwei Flaschenböden erinnernden Augen nahmen einen ungläubigen, völlig verblüfften Ausdruck an. »Den Halbschwuli? Was sollen wir denn mit dem?«

Ich trat ins Wohnzimmer. Meine blonde Geliebte mit dem kreisrunden Mund saß Scuzzi gegenüber auf der Couch. Im Schneidersitz. Sie hatte eines meiner karierten Flanellhemden an und nicht viel mehr, und ihr Make-up von gestern war noch nicht wieder restauriert.

Scuzzi hing in einem Sessel und trug einen Frottee-Morgenmantel über einer gestreiften Pyjama-Hose. Frühstückszeit war eigentlich vorüber, zwanzig Minuten vor der Tagesschau, doch das nur nebenbei. Zwischen den beiden auf dem Couchtisch stand ein Schachbrett. Figuren und alles.

»Kein Zettel, kein Gruß, kein Kuss«, sagte sie, als ob sie mein Eintreten nicht bemerkt hätte. »Er ist einfach aufgestanden und hat sich verdrückt.«

»Ja, so ist er mit Frauen«, sagte mein Freund Pierfrancesco, mich gleichfalls ignorierend, und hielt die Flamme eines Plastikfeuerzeugs an den Kopf seiner Purpfeife, »manchmal ein richtiges Macho-Arschloch.«

»Ich wette, er hat sich noch nicht mal meinen Namen gemerkt.« Die Blonde machte einen Zug auf dem Brett.

Scuzzi tat einen Zug an seiner Pfeife.

»Ach übrigens«, meinte sie, leichthin, »Schach.«

»Moment mal«, mischte ich mich ein. »Ich musste dringend aus dem Haus und dein Name ist, äh ...«

»Moment mal, Deliah«, unterbrach mich Scuzzi, unter heftigem Husten, »was soll das heißen: ›Schach‹?«

»... ›Deliah‹«, führte ich meinen Satz zu Ende und warf Scuzzi einen dankbaren Kuss zu.

»Ja«, bestätigte Deliah, »Schach. Und Matt in zwei Zügen.«

Scuzzi, der sich gerade mit ein wenig Calvados stärkte, hustete einen Teil davon direkt wieder aus.

»Und weißt du, was er gleich zu Anfang aus meinem Namen gemacht hat?«, fuhr sie fort, immer noch ohne mich zu beachten. »*Delilah*«, gab sie selbst die Antwort. »Und er hat diesen Song von ... von ...«

»Tom Jones«, half ich ihr auf die Sprünge.

»... von Tom Jones angestimmt. Vor allen Leuten: *Forgive me, Delilah*«, sang sie, schauderhaft falsch, »*I just couldn't take any mooooore ...*«

»Ja, so ist er, wenn er trinkt ...«, sagte Scuzzi, den Blick starr auf das Brett gesenkt und die Rechte tief ins Nackenhaar vergraben, wo es ihn intensiv zu jucken schien, »... furchtbar.«

Und, an mich gewandt: »Was ist mit Willy? Haben ihn die Eierköppe oder nicht?«

»Nett, dass du fragst«, gab ich säuerlich zurück. Ja, ich war ein wenig muffelig. Nach einer Mission wie der, die hinter mir lag, erwartet man einen etwas interessierteren Empfang als den, der mir hier zuteil geworden war. »Wo sind die anderen?«

»Charly und Hoho sind einkaufen. D.O. und Poppel stellen sich irgendwo vor. Als Rausschmeißer in 'ner Dorfdisco, wenn ich's richtig verstanden habe. Schisser ist ... Wo Schisser ist, weiß ich nicht. Und Pit? Hat sich bei mir nicht abgemeldet. Habe ich noch jemanden vergessen? Egal. Und wo Willy steckt, hoffte ich eigentlich von dir zu erfahren.«

»Und ich weiß es auch nicht. Passt auf«, wandte ich mich an beide. »Ich muss eben duschen und dann wohl noch mal für 'ne Stunde weg. Beruflich. Sollte, während ich unter der Dusche stehe, das Telefon für mich gehen, sagt, ich rufe zurück. O.k.?« Sie nickten.

Bevor ich rausging, legte ich Deliah kurz den Finger unters Kinn und hob es an, damit sie mich ansah. Sie blickte recht skeptisch.

»Wirst du nachher noch hier sein?«, fragte ich mit tiefer Stimme und ließ meine Lider auf Halbmast sacken.

»Ich will auf alle Fälle Revanche«, beeilte sich Scuzzi.

»Mal schauen«, antwortete sie etwas spitz. Ich küsste ihren runden Mund. Ihre Zunge züngelte.

»Kann man unter ›Schach‹ noch rochieren?«, fragte Scuzzi. Sie löste sich von mir.

»Nein«, sagte sie fest.

»Dieses Schwein«, sagte Ragobert mit viel Gefühl zu dem Ende eines fingerdicken Drahtseils, über das er gebeugt stand wie ein Chansonnier über sein Mikrofon, »dieses gottverdammte Schwein.« Und er hob den Blick mit einer

Mischung aus Wut und Trauer in den weiten, frostklaren Sternenhimmel. Dorthin war er entschwunden, der wundervoll runde, pralle, rotgelbe, schwungvoll beschriftete, McDagobertinische Werbe-Fesselballon. Alles, was auf Erden zurückblieb, war ein kniehoher, matratzengroßer Betonklotz mit einer handkurbelbetriebenen Seilwinde obendrauf. Und, eben, dieser restliche Meter Seil. Edwin Knauff hielt ihn mir hin. Ich besah mir die Schnittstelle von allen Seiten, prüfend, schweigend, holte dann eine Taschenlampe aus der Jackentasche, beleuchtete und besah sie mir ein weiteres Weilchen. Schließlich, als Ragobert schon anfing, deutlich rappelig zu werden, sah ich auf, sah ihm direkt ins Gesicht und sagte: »Papageienschnabel.«

Und er schenkte mir diesen Ausdruck nichts begreifender Verblüffung, den ich in den letzten Wochen so an ihm schätzen gelernt hatte.

»Hier«, fuhr ich fort, leuchtete mit der Lampe und deutete mit dem Finger, »sehen Sie selbst: Eine Eisensäge hätte die Drahtenden aufgefasert. Ein Bolzenschneider hätte sie in der Mitte zusammengekniffen. In beiden Fällen wäre die Schnittstelle … unsauberer geworden. In beiden Fällen hätte es auch länger gedauert. Nur mit einem so genannten ›Papageienschnabel‹ bekommt man einen so schnellen und so sauberen Schnitt.« Ich sah ihn an. Er hing an meinen Lippen.

»Es ist die Scherwirkung«, erklärte ich. »Womit die praktische Seite geklärt wäre. Bleibt die logistische.« Ich warf das Kabel zu Boden und stemmte die Hände in die Hüften. »Wie konnte das überhaupt passieren? Hatte ich Ihnen nicht *dringend* geraten, den Ballon bewachen zu lassen?«

Er senkte den Kopf, nickte, hob ihn dann wieder und bewegte ihn ruckartig zu den beiden Gestalten, die mit allen Anzeichen von Unbehagen neben dem gelbroten Transporter mit dem weltbekannten Schriftzug warteten. Sie wirkten recht verloren auf dem großen, ansonsten völlig leeren Geviert des Saarner Kirmesplatzes.

»Meine Wachmannschaft«, bemerkte Ragobert säuerlich. Wir gingen rüber zu ihnen, und ich nahm sie in ein zähes, von viel Rumgedruckse bestimmtes Verhör. Es waren zwei ganz normale McDagobert's-Angestellte, fast noch Kids, gerade mal achtzehn, neunzehn Jahre alt. Und der Umstand, erst, ohne es zu merken, mit Klebeband über den Türfugen im Transporter eingeschlossen worden zu sein und dann noch hilflos mit ansehen zu müssen, wie der Täter seelenruhig das Ballonkabel durchtrennte und sich dann freundlich winkend aus dem Staub machte, wirkte sich nicht sehr förderlich auf ihr Selbstwertgefühl und damit, verständlicherweise, auch nicht auf ihre Auskunftsfreudigkeit aus.

Immerhin bekam ich eine recht präzise Zeitangabe – kurz nach halb sieben, kurz nach Einbruch der Dunkelheit also – und eine allererste, wenn auch vage Täterbeschreibung aus ihnen heraus. Männlich, mittelgroß bis groß, wahrscheinlich schlank, dunkler Trainingsanzug, mit Handschuhen und einer Sturmhaube maskiert, keine Angaben zum Schuhwerk. Nur um des Effektes willen leuchtete ich hinunter auf den zertrampelten Kies des Kirmesgeländes.

»Eine Sturmhaube?«, fragte ich den etwas Gesprächigeren der beiden. »Beschreib das ein wenig näher.« Ich wusste natürlich, was das war. Praktisch, die Dinger. Verhindern, dass einem beim Motorradfahren im Winter die Helmbelüftung die Stirnhöhle in einen Eiskanal verwandelt oder die Ohren in Kartoffelchips und die Nase in ein Stück Stearin, das erst bleich wird und dann ganz allmählich schwarzviolett wie durch grünes Glas betrachteter Rotwein, bevor sie sachte zu müffeln anfängt und großzügig weggeschnitten werden muss. Praktisch, echt.

»Nun, so eine Mütze zum Überziehen, halt. Schwarz. Mit rotem Rand, da, wo man durchkuckt. In der Mitte, zwischen den Augen, zusammengenäht. So, wie es die Autonomen haben. Oder die von der Hausbesetzerszene. Wenn sie sich mit den Bullen anlegen.«

»Aaha«, machte ich gedehnt. «Aber er war alleine? Ich weiß, das ist jetzt nicht so toll, das zugeben zu müssen, aber er war alleine? Nur ein Mann?« Das denkbar magerste Nicken antwortete.

»Und, hat er irgendwas gesagt? Euch bedroht? Parolen gerufen? Irgendwas?«

»Ja. Bevor er verduftet ist, hat er noch ›*Wohnraum statt Fast Food!*‹ gerufen.«

»Das war ein Glückstag für uns«, sagte ich zu Edwin Knauff. Er hatte seine beiden Nachtwächter weggeschickt, und auch wir standen im Begriff, aufzubrechen. Trotzdem, diese meine Bemerkung schien ihn nicht recht zu überzeugen. Er sah wieder hoch in den nächtlichen Himmel, als erhoffte er, gegen alle Wahrscheinlichkeiten, die wundersame Rückkehr seines Ballons.

»Was wir heute in Erfahrung gebracht haben, erlaubt uns, den Täterkreis so weit einzugrenzen, dass es einer Schlinge zu ähneln beginnt.«

Mühsam riss er sich von der Betrachtung des Firmaments los und sah mich an.

»Wir haben es, wie es aussieht, mit höchster Wahrscheinlichkeit mit einem mutterkomplexbehafteten Fanatiker aus dem linken Spektrum zu tun«, sagte ich. »Einem Hausbesetzer oder zumindest einem Sympathisanten. Und wir haben einen weiteren Schlüssel zu seiner Person: Denken Sie an das verwendete Klebeband. Faserverstärkt! Denken Sie an den Papageienschnabel. Denken Sie an den Brandbeschleuniger, den er für die Plakatwände benutzt hat!« (Dr. chem. B.-D. Lüthinghaus, Dr. Hoho für Freunde, hatte eine schriftliche Analyse der Zusammensetzung erstellt. Brisant, war sein Fazit gewesen.) »Das sind die Werkzeuge und Materialien eines Fachmannes. Was wir suchen, ist meiner Ansicht nach ein linker Sympathisant, der in einem technisch vielseitigen Beruf arbeitet. Wenn es Ihnen also recht ist, werde ich meine Kontakte zur Polizei ausnutzen und diese Eckdaten einmal durch deren Fahndungscomputer laufen lassen.« (Eine etwas vollmundige Versprechung. Meine Kontakte zur Polizei beschränkten sich im Groben auf gelegentliches ›Ihre Papiere!‹ und ›Haben Sie etwas getrunken?‹ von deren und automatische Unschuldsbeteuerungen von meiner Seite, doch einen Kunden wie McDagobert's macht man entweder glücklich, oder man hat ihn mal gehabt.) »Außerdem denke ich ernsthaft darüber nach, einen V-Mann in diese Szene einzuschleusen.«

Willy, dachte ich. Willy könnte man wundervoll und in aller Unschuld für so was einsetzen. Er würde sie schon schwindelig kopulieren, diese Autonomen. Dann wahrscheinlich fünf davon mit nach Hause schleppen, wo es anschließend unsere Aufgabe wäre, sie wieder rauszuschmeißen, bevor sie anfangen konnten, *unser* Haus zu besetzen. Und irgendwo dazwischen würden sie ihm alles erzählen. Ja, Willy wäre goldrichtig dafür. Doch Willy stand nicht zur Verfügung.

Edwin Knauff pumpte meinen Arm zum Abschied. ›Fahndungscomputer‹ und ›V-Mann‹ hatten den richtigen Nerv getroffen, und die Aussicht auf baldige Vergeltung schien ihn einigermaßen über den Verlust seines Fesselballons hinwegzutrösten.

»Wir kriegen ihn, den Schweinehund«, versicherte ich ihm noch, »glauben Sie mir. Wir kriegen ihn. Tot oder lebendig.«

Soweit beruhigt stieg er in seinen Dienst-Mercedes und rauschte davon, ließ mich allein zurück auf dem weiten, leeren, kalten Platz. Fröstelnd stand ich da, dachte an meine letzten Worte, und dann stand ich noch eine ganze Weile länger da und dachte an Willy.

In der Küche herrschte dicke Luft. Mein Eindruck von vorhin, nämlich so was wie der einzige zu sein, den Willys Verschwinden interessierte, hatte sich in Rauch aufgelöst. Wenn man so will. Rings um den Tisch rauchten die Köpfe. Mein Bericht über meinen Besuch bei den Ironheads war mit viel zustimmendem Gemurmel bedacht worden. Vor die Wahl gestellt, entweder auf dem Hintern sitzend weitere Entwicklungen abzuwarten, oder aber sofort aktiv zu werden, war die Mehrheit fürs Handeln, ja, fürs Zuschlagen, blind und in alle Richtungen auf einmal.

»Was soll das heißen: Sie haben Finanziers?«, fauchte Poppel. »Glaubst du diesen Scheiß?«

Ich zuckte die Achseln. »Ich kann hier nur wiedergeben, was Wolf mir gesagt hat, und meine Eindrücke schildern. Und mein Eindruck ist, dass er wirklich überrascht war, als ich Willys Entführung erwähnte, und der andere ist, dass diese Typen von irgendwoher Geld bekommen.«

Die ›Haselnuss‹ mochte billig und lieblos eingerichtet sein, doch unter einem mittels Tarnnetz unsichtbar gemachten Schuppendach hatte ich zwei olivgrüne Unimogs und einen ›Iltis‹, den zivil eigentlich nicht erhältlichen Bundeswehr-Jeep gesehen, alle in, soweit es sich feststellen ließ, gutem Zustand. Und auch die sonstige technische Ausrüstung des Geländes, von der Beleuchtung bis hin zu den Klettergerüsten und Stacheldrahtverhauen zum Rekrutenschinden, wirkte tadellos und … teuer. Die Ironheads hatten Geld, woher auch immer.

»Und das glauben wir einfach und streichen sie von der Liste?«, fragte Schisser und rutschte auf seinem Stuhl hin und her. Ich sah zu Charly, und der schüttelte den Kopf.

»Nein«, sagte er. »Wir stufen sie nur ein bisschen zurück.«

Nachdenkliches Schweigen senkte sich wieder über die Küche. Pit Bull sog blubbernd an seinem Bong. Scuzzi nuckelte am Hals seiner Calvadosflasche. Schisser kaute mit einiger Entschlossenheit Gummi. Hoho mampfte Kartoffelchips, Poppel und D.O. hielten sich an Büchsenbier, Charly blickte mit gerunzelten Brauen auf seinen Notizblock. Ratlosigkeit in allen Mienen.

»Also«, fuhr ich fort, »da Willy immer noch nicht wieder aufgetaucht ist, müssen wir jetzt also endgültig davon ausgehen, dass Entführung und Lösegeldforderung ernst gemeint sind. Das heißt, wir müssen auch akzeptieren, dass Willy in Gefahr ist. Um ihn heil zurückzubekommen, können wir entweder rauskriegen, wer ihn hat und wo, und dann befreien, oder aber auf die Forderung eingehen und ihn freikaufen.« Schnauben ringsum. Kopfschütteln.

»Bis wir wissen, wo Willy festgehalten wird, müssen wir auf alle Fälle so tun, als *wollten* wir darauf eingehen. Und für den Fall, dass wir nie dahinterkommen, müssen wir uns gleichzeitig bemühen, das Lösegeld irgendwie zusammenzukratzen.« Schnauben ringsum, Kopfschütteln, tippende und kreisende Gesten im Stirnbereich. Keiner von uns hatte, was man ein ›regelmäßiges Einkommen‹ nennen könnte. Bis auf Scuzzi vielleicht, dessen Umsatzzahlen recht stabil waren. Nicht zuletzt deshalb, allerdings, weil ein Teil seiner Abnehmer im gleichen Haus mit ihm wohnte. Und auf Pump kaufte. ›Doch Umsatz ist Umsatz‹, tröstete er sich. Fuckers' Place war ein ›von der Hand in den Mund‹-Haushalt. Mund/Nase/Lunge/Blutbahn, sollte ich vielleicht sagen. Kurz, was immer es bei uns zusammenzukratzen gab, es würde nicht mal für eine Anzahlung auf unsern Willy reichen.

»Ja«, sagte ich, »ich weiß, was ihr sagen wollt. Doch ich habe mir schon meine Gedanken gemacht. Wir werden Willys Vermögensverwalter ins Vertrauen ziehen müssen. Einer von uns sollte gleich morgen früh zu ihm gehen und mit ihm sprechen. Wer, entscheiden wir später. Denn es gibt noch mehr zu tun. Charly hat, glaube ich, schon Verschiedenes vorbereitet.«

Charly sah von seinem Block auf und nickte gewichtig. »Heute Morgen«, begann er, »stand die Frage im Raum, mit wem wir im letzten halben Jahr so alles Schwierigkeiten gehabt haben. Ich hab mal eine Liste erstellt. Eine Hitliste. Eigentlich zwei. Links stehen Einzelpersonen, rechts Gruppierungen. Wem von all diesen Arschlöchern wäre eine Entführung am ehesten zuzutrauen?«

Er hatte die Liste nach subjektiven Gesichtspunkten geordnet, doch seine absolute Nummer eins wurde ohne Diskussion von allen akzeptiert. Schließlich standen diese Leute nicht nur in dem Ruf, sie hatten uns schon bewiesen, dass ihnen alles zuzutrauen war. Erpressung im weitesten Sinne sowieso. Das Problem war nur, verglichen mit diesen Leuten waren die Stormfuckers das, als was sie sich sonst immer gerne bezeichneten: nur eine Hand voll ganz, ganz lieber Jungs.

Ein, wenn man so will, blöder Zufall hatte dazu geführt, dass wir überhaupt mit denen aneinander geraten sind.

Luigi war unser Stammitaliener. Nahe genug am Fuckers' Place, um bequem zu Fuß hinzukommen, und immer noch nahe genug, um einigermaßen bequem auf allen Vieren wieder zurückzukommen, sollte der Chianti wieder mal so lecker gewesen sein. Oder der Frascati. Der Asti Spumante. Wenn nicht der Grappa.

An diesem Abend waren wir fast alle da gewesen, zu einer Feierabendpizza nach einem gemeinsamen Job. Die Stimmung war gut, wenn auch instabil, kippelig, weil ein paar von uns noch mit den Nachwirkungen der ›Roten‹ zu ringen hatten, was durch die Einnahme größerer Mengen der oben erwähnten Getränke weiter verschleppt wurde. Wir hatten eine ganze Wohnwagensiedlung britischer Wanderarbeiter auseinander genommen, die idiotisch hohe Fußballwetten auf Pump abgeschlossen hatten und nun, nachdem England mächtig eins auf die Mütze gekriegt hatte, doch tatsächlich dachten, einfach die Achseln zucken und Schulden Schulden sein lassen zu können. Zehn Prozent von allem, was wir aus ihnen herausgeholt hatten, war unser, und so war Geld genug da für Pizzen und Nudeln und Salate und auch für eine ganze Menge der oben erwähnten Getränke, und ich stand gerade auf einem Stuhl und gestikulierte der Kellnerin mit einer Literkaraffe, als die Eingangstüre unter Krachen und Splittern in den Raum gefallen kam. Wir waren alle noch aufgekratzt – Knüppel und Steine und Flaschen waren geflogen, auf beiden Seiten war anschließend einiges zu verbinden gewesen, wenn auch auf britischer Seite einiges mehr – doch Adrenalin braucht eben seine Zeit, um sich wieder abzubauen, und die ›Roten‹ brauchen noch länger, also waren wir alle noch ziemlich gepuscht, ziemlich fickrig, ziemlich kurzluntig und dachten sowieso im ersten Moment das Logische, nämlich dass es die Briten auf Rachefeldzug seien, die da durch die Türöffnung gestürmt kamen, und als wir unseren Irrtum endlich bemerkten, war es eh schon zu spät. Denn der Angriff galt gar nicht uns, und es waren auch nicht die Briten. Der Angriff galt Luigi, und es war die Mafia. Was dann passierte, war hässlich, richtig hässlich.

Dass wir uns gleich recht verstehen: Nadelstreifen, Gamaschen, Borsalinos und Maschinenpistolen mit Hutschachtelmagazinen waren es nicht, die da zur Türe hereinplatzten. Auch keine Ray-Bans, Streichholzschnäuzer, mit Schnappmessern manikürte Fingernägel. Keine schnieken Zelluloid-Mafiosi mit ebenso scharfen Bügelfalten wie Umgangsformen, kommandiert von einem schläfengrauen Padrone, der als Letzter die Szene betritt und, nachdem sich der Pulverdampf ein wenig gelegt hat, in das entsetzte Schweigen hinein mit unbewegter Miene, sonorer Stimme und markantem Akzent seine Forderungen wiederholt, ein letztes Mal, wohlgemerkt, während die Scherben der Zerstörung unter den Sohlen seiner wie Spiegel glänzenden italienischen Schuhe knirschen.

Nichts davon. Gar nichts.

Was da über die eingetretene Türe hinweggestürmt kam, war einfach … *Abschaum.* Fleckige Unterhemden, ausgebeulte Jogginghosen, haarige Arme, schwielige Fäuste, Werkzeuge an Stelle von Waffen: Hämmer, Äxte, Brecheisen, eine Kettensäge. Ich hatte ja noch nie geglaubt, dass die Drahtzieher der Mafia zu solchen Auftritten persönlich erscheinen (sie müssten ja bekloppt sein), doch dass sie ein solches verkommenes Pack vorschickten, hätte ich nun auch wieder nicht gedacht. Müsste ich sie charakterisieren, ich würde sagen: analphabetische, südländische Bergdorf-Primitivlinge, kurz vom Eichelnsammeln oder Ziegenhüten oder Kuhscheißeschaufeln weggeholt für ein bisschen wirklicher Drecksarbeit. Einer, erinnere ich mich, trug noch Gummistiefel. Ein anderer Badelatschen.

Sie kamen herein, überzeugt, das Überraschungsmoment auf ihrer Seite zu haben, und wir sprangen auf, als hätten wir nur auf sie gewartet. Jetzt waren alle überrascht. Dann drehte die Kettensäge hoch.

Manchmal träume ich noch davon. Es war so hässlich. Abgesehen von meinen mit Zweitakt-Kreischen angefüllten, schweißnassen Träumen habe ich noch eine lange, gezackte Narbe in meinem Oberschenkel. Von einer abgebrochenen Grappaflasche. Wundervoll, ehrlich. Verletzung und Desinfektion auf einmal, wenn man so will. Hat gebrannt wie die Hölle, sich aber kein bisschen entzündet, anschließend. Und war allemal besser, als die Kettensäge abzukriegen, wie einer von Luigis Kellnern. Kurz nur, zwar, *Gott sei Dank*, weil Hoho sehr rasch einen Barhocker niederpfeifen lassen konnte und damit das entnervende Motorgeräusch zum Schweigen brachte, und trotzdem so *hässlich*. Stille folgte, scheinbare Stille, den kurzen Moment lang, den all die anderen Laute brauchten, um bis ins Bewusstsein vorzudringen. Das Klirren von Glas. Das Bersten von Mobiliar. Das Scharren von Füßen. Schweres Atmen. Grunzen. Die ganze Palette im Grunde unbeschreibbarer Laute, die durch den Anprall toter Gegenstände auf lebendem Gewebe entsteht. Dazu Keuchen. Stöhnen. Wimmern. Schreie – Schreie vor Wut, Schreie vor Schmerz, Schreie vor Angst. *Schluchzen*. Es war hässlich, einfach hässlich. Und so sinnlos, das Ganze. Denn nicht einmal Luigi war damit gedient gewesen.

Im Gegenteil. Denn Luigi zahlte schon. Jetzt wird's kompliziert. Oder auch nicht. Luigi zahlte also schon Schutzgeld an – nennen wir sie Gruppierung ›A‹. Der Schlägertrupp, dessen Bekanntschaft zu machen wir die Freude gehabt hatten, gehörte allerdings zu Gruppierung ›B‹, die bestrebt war, Gruppierung ›A‹ das Terrain streitig zu machen. Dadurch, dass wir ihre Attacke vereitelten, machten wir uns unfreiwillig zu Gruppierung ›C‹ und damit gleich beide anderen Banden zu Feinden. Mit einem Schlag. Ich sag doch, wir sind gut in so was.

Die Wochen, die folgten, waren Wochen des Belagerungszustandes.

Man kann vieles vergessen. Den halben Fuhrpark abgefackelt zu bekommen, war bitter, sicher. Aber … Wir waren versichert. Zwei Tonnen gammeligen Fisch im Vorgarten zu finden, war an Widerwärtigkeit kaum noch zu überbieten, doch … Man lebt und lernt. Diese Methode, Druck auszuüben, war selbst uns neu.

Man kann auch manches vergeben. Einmal durch den gellenden Schrei ›Feuer!!‹ geweckt worden zu sein und anschließend für Monate mit einem Pulverlöscher neben dem Bett geschlafen zu haben, jedoch nicht. Phosphor. Ich meine, *Phosphor.* Es ist die Demütigung der Angst, der Angst vor *jemandem*, nicht *etwas*, die im Gedächtnis eine Narbe bildet wie ein Vulkankrater und von da ein Flämmchen am Züngeln hält, ein Flämmchen namens Hass.

Die von Lazlo Cinosil, besser bekannt als ›der Schwede‹, geleitete Gruppierung ›A‹ hatte sich schließlich durchgesetzt und die alte Ordnung wiederhergestellt. Das Missverständnis zwischen uns und ihnen wurde nie so richtig bereinigt, und es gab auch nie ein Friedensabkommen. Wir lebten in einem von gegenseitigem Misstrauen geprägten Waffenstillstand. Das vorherrschende Gefühl war, noch eine Rechnung offen zu haben.

– Sie hatten unsere in der Einfahrt geparkten Motorräder angesteckt, wir hatten ihrem Boss das nigelnagelneue BMW-Coupé geklaut, es auf eine 120 Meter hohe Abraumhalde gesteuert und dann alleine weiterfahren lassen. Sie hatten den Fisch geliefert, wir mit Buttersäure geantwortet. Dann kam die Nacht des Phosphors, und anschließend haben wir lange darüber nachgedacht, ob wir die Auseinandersetzung weiter eskalieren lassen oder zurückstecken sollten. –

Wir haben zurückgesteckt. Leicht war's nicht gefallen. Und jetzt, wo der Verdacht entstand, der Schwede könne hinter Willys Verschwinden stecken, stand die Frage im

Raum, ob nachzugeben wirklich die richtige Entscheidung gewesen war.

Kapitel 3

Der Morgen brachte die Post, und in der Post war ein an mich adressierter Brief, und in dem Brief war ein Polaroid. Deliah sah mir über die Schulter, als ich es hervorzog, und schnappte entsetzt nach Luft. Danach machte es eine stille, nachdenkliche, beinahe geschockte Runde von Hand zu Hand, einmal rings um den Frühstückstisch. Bis D.O. das Schweigen brach.

»Ich meine, als die Dicke Wanda ihn durchgelassen hatte, hätte er schlimmer ausgesehen.«

Ein paar nickten, wenn auch vage. Viel schlimmer, wenn, dann nicht, konnte man aus ihren Mienen lesen.

Die Dicke Wanda war eigentlich gar nicht *so* dick, sondern eher, was man als ›stabil‹ bezeichnet. Körperlich gesehen, nicht geistig.

Ihre mentale Verfassung war ungefähr so stabil wie ein auf Luftdruckänderungen, Temperaturschwankungen, Erschütterungen und Geräusche reagierender Sprengstoff. Sie hatte, was man ›einen Ruf‹ nennt. Unter den verschiedenen Dingen, die man ihr nachsagte, waren ein, tja, *schwieriges* Temperament, der Hang zu unnötiger Grausamkeit, eine schier unmöglich zu erfüllende Erwartungshaltung an die Leistungsfähigkeit ihrer Liebhaber, gekoppelt mit dem Nimbus, nur außerordentlich schwer ins Bett zu kriegen zu sein. Irgendwann abends waren wir mal auf sie zu sprechen gekommen, ein paar Geschichten über sie aus erster, zweiter oder auch dritter Hand hatten die Runde gemacht, und Willys Augen waren größer und größer geworden, bis sie die Brillengläser bis zum Rand zu füllen schienen.

Noch in der gleichen Nacht hat er sich auf die Pirsch gemacht.

Zwei Tage später schleppte er sie an.

Schwer zu verführen und dann unersättlich, das stachelte Willys Libido an, wie es in grüner Chartreuse gelöste Spanische Fliege nicht vermocht hätte.

»Eigentlich geht's mir nur ums Rumkriegen«, hat er mir mal gestanden. »Je schwieriger, desto besser.« Aussehen, Alter und Geschlecht waren nebensächliche Kriterien. Was ihn befeuerte, waren Widerstand und schwierige Umstände. Er war, so gesehen, und abgesehen mal von seiner Diamantschleiferbrille, der übertrieben schlaksigen und unkoordinierten Körperhaltung und -sprache und dem frei in den Raum ragenden Gebiss, ein richtiger, echter, wahrhaftiger, in der Wolle gefärbter Urenkel Don Juans.

Und wie sein geistiger Vorfahre blieb er gerne die ganze Nacht dabei, bis nichts mehr kam als heiße Luft. Wenn er also behauptete, es ginge ihm ausschließlich ums Verführen, war das nur die halbe Wahrheit. Er rammelte auch mit einiger Begeisterung und Variationsfreude. Bis zur Erschöpfung. Und ab da, ab dem Punkt, wo es beim besten Willen nicht mehr ging, ab da verlor er jegliches Interesse. Schlagartig. Für immer. In der Hinsicht war er wie ein Kind, das unglaubliche Geduld und Energie aufgebracht hat, um etwas Schwieriges wie z.B. das Einradfahren zu erlernen, nur um in dem Augenblick, wo es das Gerät wirklich beherrscht – vorwärts, rückwärts, seitwärts, Treppe rauf, Treppe runter – abzusteigen, das Ding in die Garage zu stellen und nie wieder einen Blick draufzuwerfen.

Jetzt sind lebende, fühlende Personen keine Einräder. Und lassen sich nur ungern so behandeln. Ich meine, vorwärts, rückwärts, seitwärts, Treppe rauf, Treppe runter machten die meisten ja noch relativ klaglos mit. (Selbst wenn sich gerade bei den letzteren Übungen schon mal etwas Publikum auf den Absätzen einfand.) Es war der ›Nie-wieder-einen-Blick‹-Part, an dem sie sich stießen.

Allen voran Wanda.

»Ich war wund«, verteidigte sich Willy später, »mein Schwanz war nur noch rohes Fleisch, und meine Eier waren auf Erbsenformat zusammengeschrumpft. Ich hätte nicht mal mehr gekonnt, wenn man mir Sylvia Kristel mit Nutella eingeschmiert nackt auf den Bauch gebunden hätte.«

Ein bildlicher Vergleich, der damals alle ringsum in ein kurzes, nachdenkliches Schweigen hatte fallen lassen. Alle, muss ich dazusagen, die noch übrig waren, nachdem wir die Dicke Wanda endlich vor die Tür und die Verletzten ins Krankenhaus befördert hatten.

»Entweder er hat sich gewehrt, oder diese Schweine haben ihn absichtlich so zugerichtet, um uns Feuer unterm Arsch zu machen.«

Wie auch immer, er sah wild aus. Wild genug, um wahrscheinlich allen am Tisch einen Stich zu versetzen. Körperliche Blessuren auszuteilen und einzustecken war den meisten Stormfuckers täglich Brot, doch Willy hatte einen Sonderstatus. Schwer zu sagen, wieso, doch wenn es um Willy ging, legten wir alle eine gewisse Gluckenhaftigkeit an den Tag.

Ich kann mich nicht erinnern, wie oft er unter den unmöglichsten Umständen (Elefantentreffen, das größte Winter-Motorradtreffen der Welt, 15° minus, die einzige Frau weit und breit eine tätowierte Biker-Mamma der allerersten Stunde, mehr schon eine Biker-Grandma, unterwegs mit einem holländischen Chapter der *Angels*, ausgerechnet, und Willy wankt in einem unbeobachteten Moment rüber, als sie sich gerade zum Pissen in die Büsche schlägt, und versucht, sie in sein Zelt zu locken) mit den unmöglichsten Typen aneinander geraten ist, und immer haben sich ein oder mehrere Fucker gefunden, um ihn wieder rauszuhauen. Es war wie ein Instinkt.

Jetzt nicht zu wissen, wen zu hauen, um Willy vor weiteren Schwierigkeiten zu bewahren, machte die großen Jungs seltsam hilflos.

Das Telefon in der Halle schrillte in das brütende Schweigen hinein, und alles zuckte zusammen. Ich ging dran.

»Und, werdet ihr zahlen?« Wer immer am anderen Ende war, gab sich Mühe, ein heiseres Flüstern und mithilfe harter ›Rs‹ einen Akzent zu produzieren.

»Ja«, sagte ich, »klar. Kein Problem. Wann und wo sollen wir die Übergabe stattfinden lassen?«

»Ihr habt das Geld?« Ein Japsen. Heiserkeit, Flüstern und Akzent wie weggeblasen. Dies waren keine Profis. Und das waren schlechte Nachrichten.

»Blödsinn«, antwortete ich. »Woher? Wir müssen es erst auftreiben. Und dafür brauchen wir Zeit.«

Ganz, ganz schlechte Nachrichten. Amateure sind völlig unberechenbar.

»Wie viel Zeit?« Heiser, flüsternd.

»Einen Monat, ungefähr.«

Nervenschwache Typen, die meisten von ihnen.

»Einen *Monat*?« Bisschen schrill.

Einer von ihnen verliert kurz seine Maske, und sie bringen das Opfer um. Der Pizzabote vertut sich in der Hausnummer, klingelt im falschen Moment an der falschen Türe, und sie bringen sich, das Opfer und den Pizzaboten um. Eine Polizeistreife fährt verdächtig langsam die Straße hinunter, und alles gerät in Panik, flieht Hals über Kopf nach Spanien und lässt das Opfer verhungern, verdursten, in einem Erdloch ersticken. Es ist zum Kotzen mit denen.

»Okay«, lenkte ich ein, »wir können versuchen, es in vierzehn Tagen zusammenzukratzen, aber versprechen kann ich's nicht.«

»Vierzehn Tage?« Wieder schrill. »Hört zu«, Heiserkeit setzte wieder ein, und Geflüster, die bedrohliche Variante, »wir geben euch drei Tage. Drei, verstanden?« Auch die rollenden Rs kehrten zurück. Ich grunzte verstehend. »Und danach schicken wir euch euern Willy in kleinen Portionen nach Hause. Scheibchenweise, sozusagen. Auch verstanden?«

»Sagen wir fünf Tage. Eine Million ist ein Haufen Geld.«

»Drrrei!« Und aufgelegt. Ich stand einen Moment brütend, wütend und frustriert. Mit solchen Leuten ist es immer ein Scheiß-Verhandeln.

»So«, sagte ich in die Runde, »eine Million in drei Tagen. Irgendwelche Vorschläge? Ich höre.«

Willys Konten waren das Naheliegendste. Das, worauf die Entführer spekulierten. Fraglich blieb, wie der Vermögensverwalter reagieren würde. Einer musste mit ihm sprechen, möglichst sofort.

Sollte er sich stur stellen, die Polizei einschalten wollen oder sollten sich formale Hindernisse ergeben, blieb Strategie 2: Wiederum Willys Konten. Man müsste sie beleihen können. Gut, nicht bei der Bank, nicht mit einer Geschichte wie dieser. Aber es gibt andere Möglichkeiten. Teuer, sicher, aber immer noch besser als die Scheibchen-Variante. Jemand müsste mal mit Luigi sprechen. Was eine interessante Frage aufwarf: Wenn der Schwede hinter all dem steckte und nur einen sagen wir, auf unerfahren mimenden Anrufer vorgeschickt hatte, und wir liehen uns das Lösegeld bei ihm, dann … dann … erhm. An dem Punkt wurde mir leicht schwindelig. Dann würden wir ihm ja quasi sein eigenes Geld als Lösegeld zurückgeben und … und … und …

»Oh«, machte Dr. Roth-Bichler überrascht, als er mir selber die Türe zum engen Flur seiner Kanzlei öffnete. »Ich hatte eigentlich den jungen Herrn Heckhoff erwartet«, erklärte er mir. »Schon seit ein paar Tagen«, fügte er mit einigem Vorwurf hinzu. »Doch Sie kommen mir im Grunde auch nicht ungelegen«, er wies mir den Weg in sein Arbeitszimmer (Regalwände voll Akten und juristischer Wälzer, zwei Kunstdrucke, Wandkalender ›Englische Landschaftsmalerei‹) und deutete auf einen unbequem aussehenden Stuhl vor seinem lederbespannten Eichenschreibtisch, »denn es gibt ein paar grundlegende Dinge zu besprechen.«

Mit einem kleinen Ächzen ließ er sich in seinem ledernen Drehsessel nieder und musterte mich durch die oberen Hälften seiner auf halber Höhe quergeteilten Brille aus wässrigen, blassblauen Augen. Er hatte die Gestalt eines Jockeys, die fleckige, trockene Haut eines Allergikers und das penibel gekämmte, im Nacken allerdings viel zu lange Haar eines Orchestermusikers. In seinem korrekten, wenn auch verschossenen Anzug wirkte er wie ein zahlennotorischer Pedant, dem alles wurscht ist, solange nur die Bücher stimmen.

Ich weiß nicht, was er in mir sah, aber das Gefühl gegenseitiger Abneigung schwängerte die Luft wie ein warmer Furz mit langer Standzeit.

»Es ist doch wohl richtig, dass Sie und eine ganze Anzahl Ihrer Freunde schon längere Zeit in der Heckhoff'schen Villa zur Untermiete wohnen, oder?«

Ich antwortete: »Das tut im Moment nichts zur Sache. Ich …«

»Antworten Sie mir! Wohnen Sie oder wohnen Sie nicht?«

»Ja, klar«, sagte ich, »doch …«

»Und wieso finde ich dann in den Büchern keinerlei Mieteingänge?« Mit einer Miene ehrlicher Entrüstung patschte er auf einer Seite eines aufgeschlagen vor ihm liegenden Aktenordners herum. Unnötig zu sagen, dass er mir schwer auf die Nüsse ging damit, wie mit seiner ganzen Art überhaupt.

Ich fragte, Silbe für Silbe, weil mühsam beherrscht: »Werden Sie mir zuhören, wenn ich Ihnen sage, dass wir Wichtigeres zu bereden haben?«

»O nein. Erst mal hören Sie mir zu! Wie Sie vielleicht wissen, fungiere ich seit dem tragischen Tod der Eltern als der Vermögensverwalter des jungen Heckhoff. ›Verwalter‹ ist, in diesem Zusammenhang, missverständlich. Im Grunde wird von mir erwartet, dass ich es vermehre, das Vermögen. Und dieser Job wird mir nicht erleichtert durch die immensen Kosten, die der Unterhalt einer Villa zwangsläufig so mit sich bringt. Strom, Wasser, Abwasser, Müllabfuhr, Heizöl, Grundsteuer, Handwerkerkosten, Gartenpflege, Versicherungen, um nur einige Posten aufzuzählen. Ich hatte Herrn Heckhoff – unter anderem – hergebeten, um ihm dringend dazu zu raten, mit Ihnen und Ihren Freunden diese von mir schon mal vorbereiteten Mietverträge abzuschließen.« Und er reichte mir einen Schnellhefter herüber. Ich nahm ihn, automatisch, und legte ihn ungeöffnet auf den Boden.

Halt den Mund, sagte ich zu mir. Wenn du genau weißt, dass nur fruchtlose Beleidigungen herauskommen werden, halt einfach den Mund.

Ich griff schweigend in meine Jacke, zog schweigend den Erpresserbrief heraus und reichte ihn schweigend über den Schreibtisch.

Dr. Roth-Bichler las. Runzelte die Brauen. Las es noch mal. Sah auf und sagte: »Dass wir uns recht verstehen: Dieses Schreiben ändert erst mal nichts an Ihrer Verpflichtung zur Mietzahlung.«

Dr. Roth-Bichler besaß das selten anzutreffende Talent, mich komplett sprachlos zu machen.

»Und?« Charly goss Nudeln ab. Deliah war aus, arbeiten, und die meisten Stormfucker waren unterwegs, herumfragen, wer wann wo Willy zuletzt gesehen hatte. Ich versprach mir nicht viel davon. Eine ganze Reihe Leute würden am Hals gepackt und geschüttelt werden, und die Auskünfte würden spärlich und widersprüchlich ausfallen. Aber sie mussten etwas tun, das verstand ich gut.

Ich antwortete: »Katastrophe.«

»Kein Geld.«

»Kein Pfennig. Ohne Willys Unterschrift wird die Bank nichts, aber auch gar nichts herausrücken.«

»Sagt er«, hängte ich nach einer nachdenklichen, kleinen Pause hintendran. Bis dahin hatte ich nur Roth-Bichlers Wort.

»Wo ist das Problem?« Charly stellte Teller auf den Tisch

und brüllte Scuzzis Namen. »Unterschreibst du nicht auch immer seine Briefe?«

»Nicht immer. Nur ab und zu.« Willy verfasste seit rund einem Vierteljahr jede Woche einen Brief an ›Dagmar‹. (Sein ›Projekt‹, wie er es nannte. Es sollte wohl so was wie sein Meisterstück werden, was Verführungskunst anging. Nicht, dass es bis jetzt auch nur ein allerkleinstes Zeichen der Ermutigung von der Seite der zu Verführenden gab, aber das hat Willy ja noch nie irritiert.) Verfasste, wohlgemerkt, denn Willy war ein bisschen ein Legastheniker, und die Reinschrift blieb – ich weiß nicht, wie das gekommen ist – jedes Mal an mir hängen. In einem kurzen Moment der Verwirrung fragte ich mich, wer das wohl jetzt für ihn tat. Plötzlich hatte ich keinen Appetit mehr.

»Urkundenfälschung«, sagte ich, nach einer kleinen Pause, »mit einem Notar? Nicht drin. Roth-Bichler hat fast der Schlag getroffen, als ich das anregte.«

Was ich erst mal für mich behielt, war der Umstand, dass der Vermögensverwalter sich nicht nur brüsk weigerte, zur Lösung des Problems beizutragen, sondern auch noch unverhohlen den Verdacht äußerte, wir, die Fuckers, könnten hinter der Sache stecken. Ein Gedanke, der, aus seiner Sicht, noch nicht einmal so abwegig erscheinen musste. Im Endeffekt bereute ich es, ihn ins Vertrauen gezogen zu haben. Es verkomplizierte die Situation nur noch weiter.

Die Tür ging auf, und zusammen mit Scuzzi kam Schisser herein, ein Blatt Papier in der Hand, das er grübelnd und an seinen Lippen nagend wieder und wieder studierte.

»Ich habe mir etwas überlegt«, sagte er, setzte sich an den Tisch und nahm erst mal kaum Notiz von dem Teller Nudeln, den Charly ihm rüberschob. Zu sehr nahm ihn seine Lektüre in Anspruch. »Wegen der Million«, schickte er hinterher. »Wir könnten etwas drehen.« Er sah auf. »Nicht ganz einfach, aber machbar.« Und er senkte den Blick wieder auf sein Papier. Bekrakelt mit Namen, Zahlen und vielen, vielen hin und her und kreuz und quer zeigenden Pfeilen, soviel ich ausmachen konnte.

»Wie?«, fragte Charly, und –

»Wo?«, fragte Scuzzi.

Ich ahnte, was nun käme, und mit »Am Raffelberg« bestätigte Schisser meine Vermutung und gabelte abwesend ein paar Bissen in sich hinein.

Schisser war mit beinahe hundert Siegen auf dem Weg zu einer steilen Profi-Karriere, als er mit neunzehn noch mal einen verspäteten Wachstumsschub bekam und mit einssiebzig zwar nicht unbedingt riesig, aber ein für allemal zu schwer wurde für einen Berufsrennreiter. Sein Gespür für Pferde blieb allerdings erhalten, und so ritt er heutzutage zu, testete Galopper auf ihre Fähigkeiten und beriet potentielle Käufer. Er hätte bequem leben können von seinen Rennbahnkontakten, wenn er es bloß schaffte, das Geld von da mitzunehmen und auf die Bank zu bringen. Stattdessen ließ er es regelmäßig an Ort und Stelle. Am Wettschalter.

Wer mich kennt, weiß, dass ich besonders geistreiche Bemerkungen gerne mit ›Äh‹ einleite.

»Äh«, begann ich, »aber wir haben Winter.«

Schisser sah kurz auf und nickte dann.

»Stimmt«, meinte er. »Der morgige Renntag ist ein Versuch. Die Winter werden milder, heißt es, und all das schöne Geld, das in dieser Zeit auf Gäule in Südafrika verwettet wird, könnte auch genauso gut hier bei uns bleiben. Vorausgesetzt, das Geläuf ist frostfrei und die Außentemperatur ist über 5°, wird morgen gerannt. Und – um zum Thema zu kommen – sowohl im Vierten wie im Neunten, dem Hauptrennen, hätten wir je eine ideale Zusammensetzung.« Er zog ein Programmheft aus seiner Arschtasche, glättete es mit der Hand auf dem Tisch und klopfte drauf wie der Pfarrer auf die Bibel.

Jetzt kommt er wieder mit einem seiner todsicheren Tipps, dachte ich, innerlich schon mit dem Kopf schüttelnd.

»Lauter Jockeys, die ich seit Jahren kenne. Und seit Jahren schon arbeiten wir an, na ja, so einer Geschichte. Ein

Plan, eher. Wir haben lange, lange daran herumgetüftelt und jedes einzelne Detail schon x-mal durchgesprochen. Das Hauptproblem war bisher, es braucht zusätzlich zu zwei kompletten Feldern untereinander abgesprochener Reiter noch einen Haufen Leute, die die Wetten abschließen, und die müssen absolut verlässlich sein. Ein Wort nach draußen, und wir sind alle unsern Job los und landen vor Gericht.«

Ein hundertprozentig sicherer Plan, auf der Rennbahn eine Million zu machen? Mir verzog es das Gesicht wie Zahnschmerzen. Doch Schisser sprach weiter und wir stellten unsere Fragen, und dann zeigte er uns das bekrakelte Blatt und erläuterte weiter, und den Rest des Nachmittags und Abends hingen wir dann abwechselnd am Telefon, um alles einzufädeln.

»Wahnsinn, mit einer so kurzen Anlaufzeit«, wie er fand.

Wahnsinn, das Ganze, fand ich. Doch es gab keine Alternative. Keinen zweiten kurzfristig realisierbaren Plan außer Schissers. Wir mussten es versuchen. Wettbetrug, um das Kind beim Namen zu nennen, Wettbetrug in großem Stil. Und Kristof mittenmang.

›*Vierzehn Monate*‹, raunte ein Geist und blies mir kalt in den Nacken.

»Hören Sie«, sagte ich ins Telefon, »uns bleibt kaum eine Wahl. Wir haben weder Fingerabdrücke noch sonst verwertbare Indizien. Wollen wir diesen Attentäter vor Gericht bringen, müssen wir ihn auf frischer Tat ertappen. Und das können und das werden wir.«

Während die Stormfuckers noch mal in die Ruhr-City ausgeschwärmt waren, um Informationen über Willys Verbleib zusammenzukratzen, hatte ich noch bis spät in die Nacht über der McDagobert's-Problematik gebrütet. Und, anders als meine Kuttenbrüder, mit Erfolg.

»Jetzt möchte ich Sie bitten, nochmals Ihre Unterlagen zu durchforsten. Wir haben die Orte, wir haben die Tage der bisher verübten Anschläge. Hinter beidem glaube ich ein System ausmachen zu können. Wenn ich es richtig entschlüsselt habe, sollte ich in der Lage sein, Ort und Tag des nächsten Anschlags zu prognostizieren. Und um wirklich gezielt zuschlagen zu können, bräuchte ich nun unbedingt von allen bisherigen Attacken die Uhrzeiten.«

Oi, da kamen einige Einwände.

»Herr Knauff, das ist mir klar«, fuhr ich fort. »Trotzdem müssen Sie irgendwann benachrichtigt, in Kenntnis gesetzt, alarmiert worden sein. Diese Zeiten, sofern Sie sie notiert haben, würden mir fürs erste schon weiterhelfen.«

»Häng ein«, mahnte mich Charly, »wir müssen los.«

»Aah, und, Herr Knauff«, raunte ich viel sagend, »es wäre vielleicht ganz gut, wenn Sie sich den morgigen Tag nicht mit zu viel Terminen vollpflastern würden.«

Oi, ich wusste ja nicht, wovon ich sprach. Sein Terminkalender war, wie es sich anhörte, voller als die Kleiderschränke Elton Johns, und das auch noch bis ans ferne Ende des Jahrtausends –

»Herr Knauff«, unterbrach ich ihn, »wenn meine Datenauswertung richtig ist, liegt morgen wieder ein Anschlag an, und wenn Sie und ich unsere Hausaufgaben richtig machen, dann werden wir auch wissen, wo und wann. Verstehen Sie mich? Schon morgen kann dieser Terror ein Ende haben. Und da, dachte ich so für mich, wären Sie doch sicher gerne persönlich mit dabei? Nicht, dass es nötig wäre ... Ich habe genug freie Mitarbeiter, um ...«

Oi, neinneinneinnein, dafür würde sich Zeit finden und wann und wo und wie und *war* das alles aufregend.

Ich machte für morgens um neun einen Termin mit ihm in seinem Büro, legte auf und stürmte aus dem Haus.

Fünf Grad, und keins mehr. Für die Jahreszeit eigentlich zu warm und trotzdem – urrh. Windig dabei. Tristesse am Himmel, Unlust am Boden. Feuchtkalter, zugiger Dauerdämmer. Ein Tag, um schon mittags einen Korken rauszurupfen und sich ein bis zwei Stunden später mit einem Anruf bei einer Verflossenen zum Idioten zu machen. Ein Tag, an dem du dich unversehens am Schalter eines Reisebüros wiederfindest, Karibikprospekte in der Hand, ohne recht mitbekommen zu haben, überhaupt aus dem Haus gegangen zu sein. Ein Tag, um einen Blauen in die Lottoannahme zu bringen. Oder eben auf die Rennbahn.

Keine Mopeds, keine Kutten. Körperschmuck und Hautverzierungen sollten entfernt, verdeckt oder zumindest unauffällig getragen werden. Wir alle kannten uns nicht.

Anreise individuell. Mit dem Fahrrad, zu Fuß, mit Mutters Opel Manta oder, wie Präsident Charly, zur allgemeinen Erheiterung, mit der Straßenbahn.

Deliah und ich gingen als Pärchen. Es war unser erster gemeinsamer Ausflug. Bis jetzt hatten wir, auch aufgrund der angespannten Lage natürlich, weder viel unternommen noch besonders viel gequatscht miteinander. Nur im Bett, so'n bisschen, postkoital. Sie war unkompliziert, direkt, ehrlich, anspruchsvoll, sie hatte eine charmante, verspielte, fordernde Art und wirkte aufgeschlossen in beinahe jeder Hinsicht, doch spreche ich hier immer noch ausschließlich übers Bett. Ansonsten wusste ich nicht so viel über sie. Genauso wenig wie über unseren, tja, Status. Und der interessierte mich schon.

»Sind wir jetzt eigentlich zusammen?«, fragte ich sie und quetschte mich auf den Beifahrersitz ihres kleinen, in, wie ich fand, fragwürdigem Emanzenlila lackierten Honda Civic.

»Wenn wir zusammen sind«, antwortete sie sybillinisch, kokett lächelnd, und es war vom Tonfall her nicht zu entscheiden, ob es möglicherweise als Gegenfrage gemeint war.

Hm, dachte ich, vielleicht ein andermal.

Jeder von den Jungs hatte zwischen achtzig und hundertzwanzig Mark in der Tasche, rund zwei Mille also alle zusammen. Und, für die Vergesslichen, einen von Schisser selbst ausgefüllten, kleinen Wisch mit Zahlen. Nummer des Rennens, Nummern der Pferde in der richtigen Reihenfolge, Nummer des Schalters, an dem der Wettschein zu holen sei, ungefähre Uhrzeit. Beim Startschuss des letzten Rennens zu verzehren, der Wisch.

Alles war durchgeplant, es klang richtiggehend simpel. Nur zwei der Reiter traten in beiden Rennen an, doch alle beteiligten Jockeys steckten unter einer Decke. Sie hatten zwei Drittel der Einnahmen verlangt, doch Charly hatte nicht mit sich reden lassen. Halbe-halbe oder gar nix. Für uns wurde es auch so schon knapp genug. Schätzungen gingen von ›mindestens 500 000‹ pro Seite aus. Mindestens. Nach oben war ›alles offen‹. Ah, ich war skeptisch. Die schönste, die hoffnungsfroheste Schätzung wird mich nicht über Nacht zum Optimismus bekehren. Ich hatte schon zu viele Vorschusslorbeeren in der Suppe enden sehen.

»Oh, sieh doch nur, was für schöne Pferde!« Deliah deutete strahlend auf die dampfenden, schnaubenden, schäumenden Teilnehmer des gerade absolvierten ersten Rennens, die mit Decken behängt an uns vorbeigeführt wurden. Ich hatte keinen rechten Blick dafür. Ich war nervös. Obwohl wir uns alle nicht kannten, konnte ich nicht anders, als mir ständig den Kopf nach den anderen Stormfuckers auszurenken. Wenn ich nicht gerade auf die Uhr starrte. Untätiges Warten zehrt an mir wie dauerndes Bremsen an einem Reifen. Es macht mich dünn, außenrum.

Manche, vor allem die, die nicht im Fuckers' Place wohnten und die ich deshalb manchmal nur alle paar Wochen und dann unweigerlich in Biker-Kluft zu Gesicht bekam, erkannte ich buchstäblich kaum wieder. Der Coole Eric, zum Beispiel, der eine Goldwing fuhr und den ich bis dahin immer nur in Fransenjacke und Schnürjeans aus – *braunem* – Leder erlebt hatte (das ganze Ensemble jedes Mal aufs Neue eine Beleidigung für die Sinne), trug heute, was aussah wie seine Arbeitsklamotten: dunkelblaues Sportsakko mit Binder über Jeans und festem Schuhwerk. Abgesehen einmal von der bis an die Schläfen reichenden Sonnenbrille ähnelte er in dieser Aufmachung mehr einem jugendlichen DFB-Funktionär als einem der besten Bodyguards der Republik, Schutzengel der Prominenz. Zurzeit war er in

Bonn beschäftigt, wo alle Security der Welt vonnöten schien, den amerikanischen Verteidigungsminister, der gekommen war, unserem zu allem strahlend nickenden Kanzler einen Probelauf des Dritten Weltkriegs auf deutschem Boden schmackhaft zu machen, vor den tollwütigen Pazifisten in Schutz zu nehmen.

Er hatte sich das Adjektiv zu seinem Namen hart erarbeitet, war wirklich der Coolste von allen, nicht aus der Ruhe zu bringen, Eiswasser in den Adern und was nicht noch alles. Bis auf eine winzige schwache Stelle, von der die wenigsten wussten. Ich flüsterte Deliah etwas ins Ohr, wir schlichen uns hinter ihn und ich sagte laut ›Debbie Harry‹, und es war wieder einmal entzückend zu sehen, wie sich seine Ohren röteten. Er hatte die Sängerin der Pop-Band ›Blondie‹ mal eine ganze Tournee lang gebodyguarded, und irgendetwas muss sie mit ihm angestellt haben. Auch wenn er nicht drüber spricht. Da ist er zu cool zu. Genauso wie dazu, sich nach uns umzudrehen, rote Ohren hin oder her.

Das zweite Rennen wurde gestartet, begleitet von Lautsprechergetöse. Eine Handvoll Rösser und Reiter hopperte über die Bahn, bog in eine Kurve, geriet außer Sicht, tauchte wieder auf, kam noch mal vorbei, und am Ende hatte eines gewonnen.

Alles ganz toll.

Nervös lief ich hin und her, Deliah an meiner Seite.

Ich zeigte ihr den Schlingernden Horst, den Stormfucker mit der Rekordzahl an Motorradstürzen. Horst zog ein Bein nach.

Ich zeigte ihr Katzoff den Vertilger. Katzoff mit den bluttriefenden Packtaschen. Katzoff den Metzgersohn, der im Glauben lebte, Bikertreffen seien einzig und allein dazu da, sich von morgens neun bis nachts um drei mit angekohlten Schweinefleischprodukten voll zu stopfen. Eines Tages wächst Katzoff noch ein Rüssel, heißt es immer. 'Nen Ringelschwanz, so sagt man, hat er schon.

Ich zeigte ihr Mattes, den vegetarischen Späthippie, vor

dessen Zelt wir immer Katzoffs Grill aufbauten und der sich auf unseren Treffen meist mit einer Diät aus Salzstangen und Büchsenbier in Form hielt.

Ich sah noch ein paar mehr, doch schließlich war auch der dritte Lauf vorbei und Deliah und ich trennten uns kurz, um an verschiedenen Totalisatoren unsere Hunderter zu setzen wie angewiesen.

Diese Wette diente im Grunde nur der Geldbeschaffung für das neunte und letzte Rennen. Um niemanden zu beunruhigen, war ein von der Wahrscheinlichkeit her mittelprächtiger Zieleinlauf geplant. Erst im Hauptrennen sollte ein krasser Außenseiter alles durcheinander krempeln und eine Rekordquote bringen.

»Und wie wollt ihr das hinbiegen?«, hatte ich gefragt. »Da ist doch Fachpublikum vor Ort. Die Jockeys können doch nicht allesamt mit angezogenen Bremsen durchs Rennen gehen, damit am Ende eine vierbeinige Ente als Erste durchs Ziel watschelt.«

Und Schisser hatte mir Recht gegeben. Im Prinzip. Das Knifflige sei halt, einerseits die schnellen Pferde ein bisschen langsamer zu machen und gleichzeitig den Außenseiter um ziemlich genau die gleiche Marge schneller.

»Und das geht? Ich meine, ohne dass es auffällt?«

Und Schisser war mir mit diesem wissenden Lächeln gekommen, das mir immer jegliches Vertrauen raubt. Diese fachmännische Geheimnistuerei, diese Insider-Überheblichkeit, mit der sie einen behandeln, als wäre es ein klares Zeichen von Hirnschaden, auch nur zu fragen.

Der Kapitän der Titanic hat ganz genauso gelächelt, als er von irgendeinem dämlichen Fahrgast nach der Gefahr durch die großen Eisberge da vorne befragt wurde. »Dieses Schiff ist unsinkbar«, hat er den armen Trottel dann freundlich belehrt und sich nur mit Mühe zurückhalten können, ihn ins Ohrläppchen zu zwicken.

»Du wirst sehen«, hat Schisser geantwortet und bei Gott, er sollte Recht behalten.

Das vierte Rennen ging glatt über die Bühne. Fast schon zu glatt, wie ich fand. Gerne hätte ich mich bei den anderen darüber beklagt und meiner anhaltenden Skepsis Ausdruck verliehen, doch kannten wir uns ja alle nicht. Auch wenn Hoho – in dünnschissbraunem Lederblouson, Hosen mit Bügelfalte und Halbschuhen (als er mir zuzwinkerte, dachte ich für eine irritierte Sekunde: Wer ist denn die riesige, fette Schwuchtel?) – und ein paar andere aus der intellektuellen Oberschicht der Gang sich verstohlene Gesten und mimische Verrenkungen nicht verbeißen konnten. Falls sie ihre Scheine weisungsgemäß ausgefüllt und ihr Geld eingezahlt und nun ihren Gewinn kassiert hatten, sollten wir alle im Schnitt zwischen 1600 und zweieinhalb Mille in den Taschen haben. Plötzlich begriff ich, wie Glücksspiel funktioniert: Wir waren drauf und dran, vierzigtausend Mark an die Schalter zu tragen. Und obwohl wir das Risiko zu unseren Gunsten gefingert hatten, genügte ein vertretener Huf, und die Patte wäre futsch.

Was folgte, waren zweieinhalb lange Stunden für einen Mann mit meiner Geisteshaltung.

»Kuck mal, sieht Scuzzi nicht süß aus mit seiner Pudelmütze?«

Hm, ich wusste nicht so recht. Rotgrüngelb. Und, unübersehbar selbst auf die Entfernung, passend zur Mütze stoned wie die Vorstufe zu einer Lobotomie. Genau wie Pit Bull, natürlich. Und der Rest der Fucker bekämpfte die innere Anspannung nach Kräften mit Bier. Als wäre dies hier nichts als eine große Party. Um trotzdem hellwach zu bleiben, sah ich den einen oder anderen verstohlen eine ›Rote‹ einpfeifen. Mir wäre lieber gewesen, sie hätten das gelassen, doch kannten wir uns ja alle nicht, und so sah ich einfach weg, nahm Deliah am Arm und tauchte ein in die hin- und herwogende Masse der Finanziers dieses ganzen Spektakels hier: der pferdesportbegeisterten Spielernaturen, Freunde und Förderer des ›Spiels der Könige‹, wie man es auch nennt.

Spiel der Könige, mein Huf. Wer geglaubt hat, Hoho mit seinem Eppinghofener Frühschoppen-Outfit, Scuzzi mit seinem handgestrickten, bunten Pudel oder Charly mit seines Bruders silbrig-glänzendem Hochzeitsanzug wären unter Umständen das Objekt der einen oder anderen gerümpften Nase geworden, war anscheinend noch nie beim Pferderennen. Ich meine, ich war ja selber das erste Mal da. So möchte ich nur sagen, sie passten perfekt. Möglich, dass es oben, in der VIP-Lounge über der Tribüne, anders aussah, doch ein Großteil des gemeinen, mich umgebenden Fußvolks schien mir direkt aus Styrum zu kommen, aus Dümpten, aus Hamborn, aus Osterfeld. Und man spürte deutlich, dass jede zweite Mark, die hier aufs Spiel gesetzt wurde, vorher durch ein Amt ausgezahlt worden war. Die Fuckers konnten sich noch so mies verkleidet haben, sie fielen nicht stärker auf, als wenn sie sich zu einem Match vom VFB Speldorf eingefunden hätten. Oder zum Winterschlussverkauf.

Wir wogten also hin und zurück, diese ganzen Vorort-Louis und Deliah und ich, hin zum Führring, wo man sich die Zossen vor dem Lauf noch mal aus der Nähe anschauen und im Gleichklang mit jeder Menge Kackeäpfel fachmännische Kommentare fallen lassen konnte, und von da zum Wettschalter und weiter zur Zielgeraden, wo sich die fachmännischen Kommentare kurze Zeit später auf ihre tatsächliche Sachkenntnis überprüfen ließen. Da die Kriegskasse selbstverständlich nicht angerührt werden durfte, schloss ich nur fiktive Wetten ab und verlor bis zum Hauptrennen meine sämtlichen fiktiven Einsätze. Und obwohl ich zumindest kein Geld verloren hatte, deprimierte mich meine Strähne der Erfolglosigkeit und stimmte mich noch einen Tacken defätistischer, als ich es vorher schon gewesen war. Dies alles war Blödsinn, fühlte ich, und Willys Schicksal an so ein Spielchen zu binden erschien mir grob fahrlässig und völlig unverantwortlich.

Allen anderen aus meiner Gang machte es Spaß, wie mir schien. Eine große Menge versammelte sich um den Führring, mittlerweile gut zerknautschte Programmhefte in fickrigen Fingern und drängend und schubsend im Versuch, bei den mit Scheuklappen bewehrten und mit Decken behängten, von burschikosen Burschen und ebenso burschikosen Mädels an Stricken geführten, für mich allesamt gleich aussehenden dürren Gäulen irgendein noch so verstecktes Zeichen guter oder schlechter Tagesform auszumachen. Unserer, der – so alles fluppte wie geplant – angehende Sieger, schiss mit sieben Kötteln einen mehr als jeder andere, was mich für spätere Renntage auf eine neuartige Idee der Führring-Bewertung brachte. Doch – kam es mir nur so vor, oder zuckte das Vieh unter der Haut? Und mahlte mit den Kiefern wie ein Kokser mit 'nem Kaugummi? Wie, schoss mir durch den Kopf, macht man ein Pferd eigentlich ›ein bisschen schneller‹? Oder besser: womit? Alarmiert suchte ich mit den Augen nach den anderen Stormfuckers, um zu sehen, ob sie meine Beobachtungen, meine Bedenken teilten, doch wen immer ich erspähte erschien mir aufgekratzter Stimmung und leuchtenden Auges, manche eindeutig zu aufgekratzt, zu leuchtend. Ich fragte mich, wie viel Rote wohl mit wie viel Alk runtergespült worden waren, und hoffte, nun aus zwei bangen Gründen, dass alles gut ablaufen möge. Deliah tätschelte meine Hand und gab beruhigende Geräusche von sich, auf eine fast schon mütterliche Art, trotzdem war meine Zunge trocken und mein Hals rau, als der Start des letzten Laufes in zwei Minuten über die klassisch scheppernde Lautsprecheranlage bekannt gegeben wurde.

Ich ging zum Schalter, ich setzte das Geld, ich griff mir den Schein und hielt ihn umklammert, ich marschierte mit langen Schritten zum Zaun, direkt an der Ziellinie, meine Begleiterin auf ihren hohen Hacken protestierend im Schlepptau, ich krallte mich in den Maschendraht und starrte mit zusammengebissenen Zähnen, voller Wut, mich auf diesen Mist eingelassen zu haben, und gleichzeitig auch voller Hoffnung, dass der Plan aufgehen und wir unseren Willy schnell und einigermaßen wohlbehalten zurückbekommen sollten. Nur um uns augenblicklich in die Jagd nach den Tätern zu stürzen, senkrecht und heulend, und dann gnade ihnen Gott.

Rechts, ein ganzes Stück die Zielgerade hoch, fädelten sie die unwilligen, nervös stöckelnden Gäule nacheinander in die Startboxen. Wie man diese im Kreis herumtrippelnde Meute hysterischer Primadonnen in eine vorher festgelegte Reihenfolge zwingen wollte, war mir völlig schleierhaft.

Und wenn wir sie packten, die Drecksäcke, bekämen wir ja auch die Moppen wieder zurück, ging mir auf, und plötzlich verschmolz ich mit der Menge wie ein Tropfen mit dem Teich. Teilte mit einem Male all ihre gerade noch so trivialen Hoffnungen und Sehnsüchte, bangte, flehte und betete mit ihnen.

Geld, dachte ich. Gott, könnte das Spaß machen.

Patsch, die Gatter flogen auf, alle Teilnehmer kamen herausgeschossen und stoben mit flatternden Schweifen und wippenden Ärschen unter dumpfem Trommeln, handliche Rasenstücke in die Luft schleudernd, an uns vorbei, bogen in die erste Kurve und verschwanden erst mal hinter Hecken.

Zwischen fünfzig und hundert Mille für jeden, dachte ich, Suzuki GSX 1100 R, dachte ich, das schnellste Serienmotorrad der Welt, dachte ich, in Blauweiß, dachte ich, mit 'nem feuerroten ›R‹ am Heck und 'nem breiten Superbike-Lenker und 'ner Devil-Tröte und –

Hörte ich richtig, oder lag unser Gaul ganz hinten? Yep, Letzter, ausgangs des ersten Bogens.

Aah, verdammt, wie hatten wir uns nur auf einen Plan einlassen können, den ein Haufen Pygmäen ausgeheckt hatte? Ein Haufen mieser kleiner Scheißer? Ich sah mich schon die krumme XS-Gabel zum Richten bringen und ein weiteres Jahr mit maximal 180 durch die Gegend juckeln, und dann fiel mir Willy wieder ein und ich kam wieder zu mir und es war kalt, hier draußen.

Das Feld hatte die Gegengerade hinter sich und unser

Klepper lag an vierter Stelle und holte ständig auf. Mitten durch die zweite Kurve begannen die Jockeys und der Streckensprecher gemeinsam das Tempo anzuziehen. Bis hierhin, begriff ich, war alles nur Spaß gewesen.

Da kamen sie wieder in Sicht, in Schräglage auf die Gerade hinaus beschleunigend wie vierbeinige Motorräder. Unser Gaul war Dritter und außen und gewann trotzdem an Boden. Der Streckensprecher und das wettende Volk spürten die Chance einer sich anbahnenden Sensation. Alles, jeder, ob er nun entsprechend gesetzt hatte oder nicht, starrte dem herannahenden Feld entgegen.

Zweiter! Und die beiden anderen in genau der richtigen Reihenfolge! Deliah hielt meinen Arm umklammert, dass mir die Fingerspitzen taub wurden.

Noch zweihundert Meter, und unser Kandidat holte weiter auf, alle hatten jetzt die Gerte draußen, es sah echt aus, völlig überzeugend, die Lautsprecherstimme begann zu klingen wie gerapptes Jodeln, die Menge schrie, trampelte und gestikulierte, die Reiter, die Pferde, sie gaben ihr Letztes, ihr Aller–

Es war *zu* echt. Unser Gaul ging knapp in Führung, gepeitscht von der Gerte und dem unkontrollierten Geschrei aus tausend Kehlen, doch irgendwas war mit ihm nicht in Ordnung. Der Schaum lief ihm aus dem Maul wie aus einer überladenen Waschmaschine, er rollte mit den Augen, er verlor an Boden, der Jockey geriet in Panik, drosch wie von Sinnen mit der Gerte, das Pferd machte sich noch einmal lang und noch mal und bekam den Kopf wieder nach vorne und dann, direkt vor unseren Augen, blieben die Vorderbeine plötzlich einfach hinten, wie an Bändern zurückgehalten, man sah – verrückterweise – förmlich den Punkt auf der Bahn, wo sie hätten aufsetzen sollen, doch es wurde nichts draus, es war, als ob der Körper oben schneller geworden wäre als die Hufe unten, und dann flog der Jockey aus dem Sattel und flog und flog.

Mit einem Wumms, den man in den Füßen spürte, schlug

der schwere Pferderumpf nach einem schmerzhaft anzuschauenden Überschlag auf der Grasbahn auf. Wälzte sich noch mal mit scharrenden Hufen, streckte noch einmal in zittrigem Krampf die Beine und entspannte sich dann auf die unmissverständliche, endgültige Weise, bevor der herbeigeeilte Veterinär auch nur Zeit gehabt hätte, seine Tasche aufzumachen. Kackte noch einen letzten Köttel und dann war Schluss.

Einen Meter vor der Ziellinie.

Kurze, völlige Stille.

Ich war schon auf dem Rückweg, seltsam zufrieden, wie es nur ein Prophet sein kann, der alle seine düstersten Vorahnungen bestätigt sieht, Deliah immer noch mit beiden Händen an meinem Arm, immer noch zurückstarrend, auf den Kadaver, als das Gebrüll endlich losbrach.

›Rote‹ in Kombination mit Alkohol sind als Kriegsdroge so erfolgreich, weil sie gezielt den Teil des Hirns lahm legen, der am ehesten bereit wäre, sich zu arrangieren, sich abzufinden. Den Part in uns, der auch mit einer Niederlage leben könnte. Sie machen, dass einem die Vorstellung eines Nachgebens abstrakt erscheint, geradezu absurd. Warum? fragt man sich, sobald der rote Nebel über das Bewusstsein sinkt, warum zurückweichen? Wegen der zwölf Männekes mit ihren albernen Holzknüppeln?

Gleichzeitig sind sie wenig empfehlenswert, ja regelrecht hinderlich in Situationen, die eher diplomatisches Geschick erfordern.

Der Jockey war schuld, darin waren sich alle einig. Er lag immer noch am Boden, umstanden von Ärzten und Sanitätern, und war entweder bewusstlos oder tot oder stellte sich nur so, etwas, das ich an seiner Stelle auch getan hätte, angesichts einer sich in eine Tobsucht hineinsteigernden Menschenmenge.

Deliah hielt mich fest, als Teile des Mobs begannen, den Zaun niederzureißen. Teile des Mobs, die ich offiziell alle nicht kannte. Charly war unter ihnen, zerrte einige zurück und verteilte Schwinger an die Widerspenstigen, was zu

Buhrufen aus der Menge führte. Polizei marschierte auf der anderen Seite des Zauns auf, was in noch mehr Buhrufen resultierte.

Ich wollte nur weg. Alles, was mir jetzt noch fehlte, war eine Klopperei mit den Bullen. ›*Vierzehn Monate*‹ raunte es in mir, kaum zu hören allerdings wegen eines nervenzerfetzenden, hysterischen Gekeifes direkt über meinem Kopf.

Irgendjemand in der VIP-Lounge gab sich alle Mühe, meine Vorstellung zu zerstreuen, dort oben ginge es vornehmer zu als hier unten. Spuckend und mit überschnappendem Organ forderte er, den Jockey zu vierteilen, die Tribünen in Brand zu setzen, das Renngericht zu lynchen. Ich sah auf, und für einen Sekundenbruchteil war mir, als ob ich den Schreihals von irgendwoher kannte, doch genau da trat er einen oder zwei Schritte zurück, um mit einem weiteren VIP hinter ihm seine Entrüstung zu teilen, und ich hastete weiter.

»Vierzig Mille zum Teufel!« Scuzzi konnte es nicht fassen. »Und unser Urlaub auch.«

Wir hatten uns nach dem Rennen alle in der ›Käse-Ecke‹ getroffen und unser weiteres Vorgehen besprochen.

»Wer unter Willys Dach wohnt«, hatte Charly entschieden, »bleibt hier.« Die anderen, bis auf den Coolen, der eh nicht weg konnte, sollten fliegen, sich aber bereithalten, jederzeit zurückzukommen, falls es die Situation erforderte.

»Vierzig Mille.« Wir, die ›Internen‹, waren mittlerweile zurück im Fuckers' Place, und Scuzzi sprach aus, was die meisten wohl dachten. »Wenn wir die halbwegs gescheit anderswo investiert hätten …«

»Hätten wir Willy mit ein bisschen Glück in fünfzig Jahren auslösen können«, unterbrach ihn Charly, der auf jegliche Art von Gejammer allergisch reagiert. »Wir haben's versucht, und es hat nicht hingehauen, also müssen wir jetzt was anderes probieren. Vorschläge, jemand?«

»Warum nutzen wir nicht Scuzzis Verbindungen?«, fragte

Poppel, fleckig grinsend. Scuzzi hob sofort ablehnend die Hand. Seine Verbindungen sind einem Dealer alles. Wortwörtlich.

»Bestellen einen Zentner Koks, zahlen *nicht*, sondern werden grob, und verticken das Zeugs anschließend im gesamten Ruhrgebiet? Drei Tage, und wir haben das Geld.«

»Und noch drei Tage, und ich bin tot«, raunzte Scuzzi. »Tolle Idee. Nächster Vorschlag.«

»Wir könnten machen, was wir früher immer gemacht haben, wenn wir knapp waren«, sagte D.O., lächelnd in süßer Erinnerung.

»Ja«, sagte Poppel und grinste.

»Nein«, ging ich dazwischen, denn ich ahnte, was jetzt käme: ihre alte Masche. Nutten klatschen. Man beobachtet einen Abend lang irgendwo den Straßenstrich und merkt sich die Zeit, wann die Luden mit ihren Daimlern zum Abkassieren angerollt kommen. Das erste Mal pro Nacht meist so gegen Elf und, weil Zuhälter Gewohnheitstiere sind wie alle anderen, eigentlich immer um die gleiche Zeit. Den nächsten Abend kommt man ihnen eine halbe Stunde zuvor und ›wird grob‹, wenn die Mädels sich weigern, den Zaster rauszurücken.

»Das sind Kindereien«, sagte ich. »Und hast du mal durchgerechnet, wie viele Nutten man für eine Million ohrfeigen müsste? Vergiss es.«

»Wir könnten das Geld über Scuzzis Verbindungen investieren und …«

»Vergiss meine Verbindungen!«

»Stell dich nicht so an!«

»Geht und klatscht Nutten so viel wie ihr wollt, aber lasst mich aus dem Spiel, hört ihr?!«

»Du könntest ruhig deinen Teil dazu beitragen, Willy rauszuhauen!«

»Ach, tu ich das nicht? Ich habe nur schlicht und einfach nicht vor, mich von euch beiden in eine Lage manövrieren zu lassen, die mich Kopf und Kragen kosten kann.«

»Kopf und Kragen … jetzt hau mal nicht so auf die Kacke.

Schließlich sind wir ja auch noch da, was soll dir da schon passieren?«

»Ach ja? Ihr seid auch noch da? So, wie ihr für Willy da wart? Und verdammt viel genutzt hat es ihm, hier, kuckt euch das Foto noch mal an!«

»Ah, jetzt sind wir also schuld an seiner Entführung? Ist es das? Willst du das damit sagen?«

Und so weiter und so fort. Ich ließ sie in der Küche zurück. Gute Jungs, sicher, Salz der Erde, wenn's ans Handeln ging, doch bei Gott keine große Hilfe beim Denken.

Da war praktisch null Chance, das Geld aufzutreiben. Es war ein Zeichen von Aktionismus als einer Ausdrucksform der Hilflosigkeit, dass wir es überhaupt versuchten. Genau wie dieses ziellose Abklappern von Kneipen und Discos, dieses latent drohende Befragen von Gästen und Personal, das den Jungs in den letzten Tagen eine Menge neue Freunde gemacht haben dürfte.

Nein, wenn wir Willy finden wollten, mussten wir nicht draußen anfangen, sondern drinnen. Bei Willy selbst. In seinem Zimmer.

Ich drückte die Türe auf und knipste die Deckenlampe an.

Es war, nimmt man den Charakter des Bewohners als Prämisse, kein ganz gewöhnlicher Raum.

In der Mitte, auf einem Couchtisch, thronte der massive schwarze Kasten des Fernsehers, mit dem Rücken zur Türe. Dahinter stand ein altehrwürdiges Ledersofa an der Wand, darüber, auf der kunstvoll gespannten Leinentapete, fünfzehn gerahmte Autogrammfotos von Dagmar, alle mit einem entzückenden Lächeln. Neben dem Sofa ein Tischchen mit einem Silbertablett, und darauf der seligen Mutter Heckhoffs ganzer Stolz, ein sündteures, ich glaube chinesisches Teeservice. Alles auf Hochglanz, staubfrei, keimfrei. Teeservice nie benutzt. Alles teuer und elegant und ein bisschen steif, vielleicht. Alles in diesem vom Licht des Fernsehers bestrichenen Teil des Zimmers.

Der Rest der Bude war eine völlig andere Geschichte. Der Rest der Bude stand im krassesten vorstellbaren Gegensatz zu ›ein bisschen steif‹. Einmal abgesehen von den Laken, sollte ich vielleicht sagen. Und der einen oder anderen verirrten Socke, womöglich. Davon einmal abgesehen war der Rest der Bude … locker. Locker im Umgang mit überkommenen Vorstellungen von häuslicher Ordnung, persönlicher Hygiene und allgemeiner Moral. Manche der Fotos an den Wänden hätten einen David Mapplethorpe erbleichen lassen. Auch wenn er sicherlich Spaß gefunden hätte an dem vielen Spielzeug, das praktisch überall herumlag. Oder -hing: Wenn es nicht unter der Decke schwebte, wie die aufblasbare … *tja*. Eine Meerjungfrau war es nicht. Meerjungfrauen ähneln gemeinhin vom Nabel abwärts einem Fisch. Und nicht einer besonders zotteligen Ziege mit einem Euter, neben dem sich Samantha Fox wie ein Fahrrad mit Platten auf beiden Reifen vorgekommen wäre. Von manchen der anderen bunt verstreuten Artikel konnte man nur ahnen, wofür sie gut sein mochten. Nach der genauen Funktion dieses langen, spiralförmigen Dings mit den Federn und Glöckchen auf der einen und den zwei Metern stacheldrahtumwickelten Gartenschlauchs auf der andern Seite hatte ich mich bei allem Interesse nie zu fragen durchringen können. ›*Es geht mir eigentlich nur ums Rumkriegen*‹. Ja, ja, Willy…

Erst mal rührte ich nichts an, sondern ließ nur den Blick schweifen, ziellos. Ich suchte nach nichts, sondern wartete, dass mir etwas ins Auge spränge. Etwas, das hier nicht hingehörte, oder, umgekehrt, eine Leere, eine Stelle, an der etwas gewesen war, das jetzt fehlte.

Nicht zuletzt, um Willys wöchentliche Briefe an Dagmar in eine lesbare Form zu bringen, hatte ich mich öfter und länger hier aufgehalten als jeder andere der Hausbewohner. Ich kannte das Inventar also einigermaßen.

Mittendrin, tief versunken, Fühler des Unterbewussten in alle Richtungen ausgestreckt, hörte ich meinen Namen rufen. Telefon. Aah, verdammt.

»Habt ihr das Geld?« Heiseres, raues Flüstern.

»Fast«, sagte ich. Das ›hätten wir's gehabt‹ ließ ich unausgesprochen. »Wir kratzen es aus allen Ecken und Enden zusammen, doch noch haben wir es nicht komplett.«

»Ihr solltet euch besser beeilen.« Was sollte das heißen? Eine Stinkwut sprang mich an wie ein Reflex.

»Und ihr solltet uns besser mit einem Lebenszeichen versorgen«, blaffte ich zurück. »Denn sobald wir das Vertrauen verlieren, Willy lebend wiederzusehen, alarmieren wir die Bullen, die Presse, das Fernsehen. Dann machen wir *Wind*«, bölkte ich. »Habe ich mich klar ausgedrückt?«

»Ihr wollt ein Lebenszeichen?« Die Stimme am anderen Ende klang ruhig heute, beinahe entspannt. Sie schienen sich sehr sicher zu fühlen. »Könnt ihr haben.« *Klack/Tuuut*. Langsam legte ich den Hörer auf die Gabel. Hass wühlte in meinen Eingeweiden wie ein Aal.

Ich ging wieder zurück in die Küche. Die Stimme am Telefon hatte geklungen, als ob wir mit all unseren Nachforschungen noch nicht mal nahe gekommen wären.

Wir mussten den Druck erhöhen. Wenn uns Nachfragen nicht weiterbrachte, mussten wir observieren.

Kapitel 4

Ich habe so ein Ding mit meinem Anfangsverdacht. Es ist fast wie ein Aberglaube. Oder, anders gesehen, so was wie ein Fixpunkt. Mein Anfangsverdacht ist das, worauf ich zurückfalle, wenn alles andere nichts gebracht hat.

Ich hatte Scuzzi um etwas zum Wachhalten gebeten, und als ich bereit war, loszuziehen, drückte er mir eine Thermoskanne in die Hand, deren bräunlicher Inhalt roch wie aufgebrühter Kompost. Ich hatte etwas in Pulver- oder Pillenform erwartet und zog ein entsprechendes Gesicht. Enttäuschung wegen nicht erfüllter Erwartung, Misstrauen betreffs Wirkungsgrad und -weise des dargebotenen Ersatzes und allgemeine Zweifel an der geistigen Gesundheit des Anbieters. So ein Gesicht zog ich.

»Guarana«, erklärte Scuzzi. »Das ist was ganz Neues. Zumindest hier bei uns. Kommt aus dem Urwald.«

»Ah«, sagte ich. Ich hatte mich von Kopf bis Fuß in Armee-Tarnfarben gekleidet und mir sogar das Gesicht in Dunkelgrün gefärbt. Sollte das Dschungelgebräu etwa eine Ausdrucksform sein von Scuzzis vermeintlich hoch entwickeltem Sinn für Ironie? Eine Sekunde dachte ich darüber nach, wo ich es ihm hinkippen sollte. In den Kragen? In die Anlage, aus der das unfassbar schlichte Geschrammel von Status Quo drang? Der Mann hat alle ihre Platten. Fünfzehn, sechzehn Stück, eine pro Jahr, so sicher wie Urbi et Orbi. Und alle von hinten bis vorne voll mit dem einen, dem einen einzigen, immer gleichen Gitarrenriff. Manchmal frage ich mich, ob es nicht ein Zeichen von Mitgefühl und Barmherzigkeit wäre, meinen Freund Pierfrancesco ein für allemal aus seinem Elend zu erlösen.

»Das Zeugs hält dich die ganze Nacht wach, gleichmäßig und am Stück, glaub es mir einfach.«

Also gut. Pierfrancesco Scuzzi mag nichts von Musik verstehen, doch was Drogen angeht, kann man seinem Urteil normalerweise blind vertrauen.

»Echt. Es ist so gut, dass ich groß damit einsteigen wollte«, sagte er noch. »Bis ich erfuhr, dass es, stell dir vor … dass es gar nicht illegal ist. Tsä.«

Ich ließ Deliah bei ihm zurück (noch etwas, wo man ihm normalerweise vertrauen konnte, wenn auch nicht gerade blind), zog mir den Helm über und kickte die XS an. Fuhr sie vorher schon nicht so toll, so war sie jetzt, mit der krummen Gabel, regelrecht störrisch zu bewegen. Dafür ließ sie sich leichter im Gebüsch verstecken als ein Auto, und ein dunkelgrün gefärbtes Fahrergesicht fällt unter einem Helm auch generell weniger auf als am Steuer eines gelblichen

Transporters ohne Scheibe vorne. So langsam, wollte mir scheinen, musste ich bei meinem Fuhrpark mal bei.

Es fröstelte. Ganz allgemein und mich im Besonderen. Aus 5 Grad am Tag war ein knackiger Nachtfrost geworden, der Dunst in der Luft zu Reif kristallisiert und hinabgesunken. Kalt dabei, frostig halt.

Glitzernd unter einer dünnen Decke rauen Reifs lag das Camp zum Eisernen Kopf zu meinen Füßen, in einigem Abstand, was Höhe anging, wegen der besseren Überschaubarkeit, und auch Weite, der misstrauischen Wachhunde mit leichtem Schlaf wegen. Die Krone einer Kiefer diente mir als Nachtasyl und Aussichtsturm und Tarnung zugleich, waren die umgebenden Bäume in ihrer winterlichen Entlaubung doch recht ungeeignet, einen heimlichen Beobachter vor feindlichen Blicken zu schützen, olivgrün oder nicht.

Ruhig war's, und kalt, falls ich das noch nicht erwähnt haben sollte. Lausig, trotz der Windstille. Mit dem Arsch auf einem Ast balancierend, dicht an die harzige Borke des schlanken Stammes geschmiegt, war es schwierig, sich warm zu halten. Füße vertreten ging schon mal gar nicht. An dem Strick, mit dessen Hilfe ich mich hier hoch gehangelt hatte, holte ich meine zu einem Bündel geschnürte Ausrüstung hoch: Schlafsack (Bundeswehrmodell mit der berühmten, alle Anforderungen in ihr Gegenteil verkehrenden Funktionsweise: In Sommernächten unerträglich, brütend heiß, im Winter dagegen oftmals kälter als die umgebende Außenluft, dafür aber mit Ärmeln, was unter Umständen recht praktisch sein kann), Fernglas, Scuzzis Dschungelkompostaufguss.

Einen Gefangenen muss man bewachen, füttern, mit dem Nötigsten versorgen. Eine Geisel muss man irgendwo wegschließen, wo Nachbarn keinen Verdacht schöpfen. Und selbst wenn man so ideale Voraussetzungen hat wie ein mit einem Palisadenzaun umfriedetes, im Mondlicht ein wenig an ein antikes Römerlager erinnerndes Camp, so muss man doch Sorge dafür tragen, dass Besucher und Nichteingeweihte keinen Wind von der Sache bekommen. Kurz, sie würden Willy kaum in der ›Haselnuss‹ eingesperrt halten. Sondern wenn, dann in einem der vielen Schuppen oder von mir aus auch Zwinger, die über das Gelände verteilt waren. Und selbst falls man die Geisel in einem Erdloch festhält und hungern lässt, muss man sich doch etwas einfallen lassen, um das geforderte Lebenszeichen zu fabrizieren.

Deshalb hockte ich hier wie ein Affe im Geäst.

Die ›Haselnuss‹ war in Betrieb, doch es schien ein eher ruhiger Abend zu sein. Im Licht, das durch die Glasfront nach draußen fiel, parkten ein Gespann und zwei Solomaschinen – alles BMWs – sowie ein Taunus mit Barockschnauze in mattem Schwarz mit einem großen weißen Stern auf der Fahrertüre.

Gläserklirren, Männerstimmen, gelegentliches raues Lachen, dumpfe Bässe im Marschmusiktakt, ab und zu ein kurzes, resignatives Jaulen aus einem der Zwinger war alles, was an Geräuschen bis zu meinem Baum drang.

Sie würden sich beraten, doch kaum alle Mann hoch. Wenn, dann gab es nur einen kleinen Zirkel Eingeweihter, und zu denen müssten im Grunde alle ›internen‹ Ironheads gehören. Sie würden sich also beraten, wie ein geeignetes Lebenszeichen auszusehen habe, und dem guten, alten Polaroid-Foto mit ›BILD‹-Schlagzeile vor der Brust würde nur schwer zu widerstehen sein. Größtmögliche Aktualität verlangte im Grunde die BILD von – mittlerweile – heute, was für mich abwarten bis zum Morgen bedeutete. Dafür Scuzzis aufgebrühtes faules Laub. Ich konnte nur hoffen, dass es wirkte. Schmecken tat es jedenfalls wie eine mittelalterliche Kur gegen die Beulenpest.

Wollte man andererseits das Lebenszeichen schon heute früh in der Post haben, würde es die Zeitung von gestern tun müssen, dann rasch das Bild gemacht, eingetütet und zur Hauptpost gefahren. Dazu würde man dann wohl aber erst mal rasch die Externen nach Hause schicken.

Und darum war ich jetzt schon hier, statt erst im Morgengrauen. Ich wartete auf ein bisschen Bewegung da unten im Camp, ein bisschen Action. Heimliches Gemurmel, konspiratives Herumgeschleiche, Taschenlampen, Schlüsselrasseln, Fotoblitze hinter vergitterten Kellerfenstern oder schlecht schließenden Blendläden. Ich wartete und wartete. Irgendwann verabschiedeten sich die letzten Gäste der ›Haselnuss‹, ohne erkennbare Hast, pissten unter sinnentleertem Gelaber noch mal irgendwo gegen, starteten dann ihre Motoren, knallten die Türen des alten Fords und entfernten sich unter dem üblichen Getöse aufgebohrter oder abgerosteter Auspuffanlagen. Danach wurde das Rolltor zugezogen, eine letzte Patrouille zog ihre Runde, mit an kurzen Ketten keuchenden Kampfhunden, dann wurden die Vierbeiner weggesperrt, und zu guter Letzt sperrten sich die Zweibeiner selber weg, und das gesamte Gelände fiel ins Dunkel.

Dunkel wurde es. Und still. Und kalt. Arschkalt. Ich zog mir den Bundeswehrschlafsack über, fummelte die Arme in die Ärmel, muckelte mir den Rest so gut es ging um die Beine, und fast augenblicklich schien es noch kälter zu werden.

Ich versuchte, wie man das so macht, aus verstohlen gerauchten Zigaretten etwas Wärme zu ziehen, aus dem galligen Inhalt der Kanne. Vergeblich, wie man sich denken kann. Thermoskannen, will mir manchmal scheinen, sind so konstruiert, dass sie Heißgetränke für etwa den Zeitraum wirklich *heiß* halten, den man mit einem offenen Behälter, einer Tasse etwa, auch hinbekäme, und von da ab dann schlagartig und für immer *lau*.

Als der Morgen endlich graute, war ich so steif gefroren, dass ich keine Ahnung hatte, wie ich jemals wieder von dem Baum runterkommen sollte.

Meine einzige Chance schien mir, sanft einzunicken und der Schwerkraft den Job zu überlassen, doch Scuzzis Buschdoktorbrühe hielt mir die Döppen offen wie versprochen. Wie ein Hammerhieb auf den Daumen.

Die Wachmannschaft drehte ihre Runde, öffnete das Rolltor und bezog Posten. Wovon lebten die? fragte ich mich, nebenbei. Stütze, wahrscheinlich, antwortete ich mir, nebenbei.

Ein grüner Ex-Polizei-Transit nahte, rollte ungehindert durchs Tor, kam zum Stillstand. Ein Häuflein olivgrüner Rekruten mit Knobelbechern an den Füßen und Gewehrattrappen aus Holz in den Händen kletterte heraus und stand eine Weile fröstelnd herum.

Allmählich machte ich mir wirklich Sorgen. Alles an mir war –

Nein, noch mal.

Alle meine Glieder waren –

Noch mal. Arme, Beine, Hände, Füße, alles war steif. Vor Kälte. Ich kam mir vor wie paralysiert. In acht Metern Höhe. Hoffnung auf wärmende Sonnenstrahlen wollte sich nicht recht einstellen. Nicht mit einer Wolkendecke wie dieser.

Ein Knall lenkte mich ab.

Mit einem Knall flog die Türe zur ›Haselnuss‹ auf, Nagold, der sardonische Ausbilder von neulich, erschien in ihrem Rahmen, Springerstiefel, Kampfanzug, weißes Halstuch, selbst seine Gerte hatte er wieder dabei, ehrlich, es fehlte nur das Monokel, baute sich auf der obersten Stufe breitbeinig auf, verschränkte die Arme vor der Brust, und kaum hatte sich das fröstelnde Häuflein von Rekruten in einer Reihe postiert, da schallte auch schon das erste, fröhliche »Und *hopp*!« über den Hof.

Die Rekruten begannen ein Lauftraining, während Nagold zu den Zwingern rübermarschierte. Gespannt hielt ich mir das Fernglas mit klammen Pfoten ans Geschau. Hunde. Er kümmerte sich um die Hunde. Schaufelte Futter aus einem Papiersack in Näpfe, verteilte sie unter Kläffen, Japsen, Heulen und Jaulen (von Seiten der zu Fütternden) hierhin und dahin, holte schließlich das große, mit einer Mähne behangene Biest von einem Schäferhund aus seinem Verschlag, legte ihm Maulkorb und Leine an und zog los, seine Rekruten anspornen.

Hm.

Ich ließ das Fernglas sinken. Kein Frühstückstablett, keine BILD-Zeitung, keine Sofortbildkamera. Erst da bemerkte ich, dass eine Gestalt das umzäunte Gelände verlassen hatte und sich zwischen den Bäumen hindurch näherte. Auf der Schulter eine – Axt. Die Gestalt umrundete den silbernen Stamm einer Buche, und ich erkannte, wer es war. Mein Freund mit den verschiedenfarbigen Augen. Wolf, von allen Genossen dieser Zeit.

Zu all den durch Froststarre gehemmten Bewegungen stellte ich jetzt als einzigen Zusatz noch das Atmen ein, während Wolf, ein Liedchen pfeifend, unter meinem Baum vorbeikam. Und weiterstiefelte durch das Laubwerk, das Buschwerk. Ohne aufzusehen.

Pfeifend verschwand er aus meinem Blickfeld.

Ich kannte das Liedchen, fiel mir auf. Es war ›Ja mir san die lustigen Holzhackabuam‹.

Mitten im ›Holloridiie‹-Teil brach es ab.

»Nanu, ein neuer Busch?«, hörte ich Wolf fragen, mit, wie ich fand, ziemlich dick aufgetragener Überraschung. »Seit gestern gewachsen?«, fragte er weiter, im gleichen Volksbühnen-Tonfall. »Und mitten auf meinem liebsten Spazierweg? Na, das geht aber nicht!«

Ich zählte zwei, drei, vier wuchtige Hiebe. Es klang, wie geahnt und befürchtet, nicht nach knackendem Buschwerk. Sondern eher wie Blechwerk. Wie knickendes, beulendes, reißendes Blechwerk, und nach splitterndem Glaswerk klang es dann auch noch.

»Ach du jeh!«, hörte ich dann, mit reichlich übertriebenem Bedauern. »Da war ja noch was drin, in dem Busch! Sieht aus wie – *sah mal aus wie* – ein Motorrad! Eijei, der Scheinwerfer, dujeh, der Tank! Und das Rücklicht und die Armaturen und das vordere Schutzblech! Ja so ein Pech aber auch! Wem mag die Maschi- *das Wrack* wohl gehören? Was für ein sträflicher Leichtsinn, es gerade hier zu parken. Wo doch jeder weiß, dass dies unser Holzeinschlaggebiet ist!«

Mit jedem Wort kam die Stimme näher, bis Wolf wieder unter meinem Baum auftauchte. Axt auf der Schulter.

»Was hatte ich denn eigentlich vorgehabt?«, fragte er sich selbst und rieb sich mit großer Geste nachdenklich das Kinn.

»Ah, ja«, fiel's ihm wieder ein. »Baum fällen«, sagte er, sichtlich erfreut, dass es ihm wieder eingefallen war. Nahm die Axt von der Schulter und trieb sie ohne ein weiteres Wort in den Stamm der Kiefer, dass ich den Hieb bis in den Hintern spürte.

Ich dachte so was wie: Äh, Moment mal.

Tschuck, tschuck, tschuck machte die scharfe Schneide. Mit jedem zweiten Hieb flog ein Stück Holz im Format von einem Pfund Gouda durch die Gegend. Ich räusperte mich verhalten.

Wolf reagierte nicht. Er führte eine saubere Axt, dass musste man ihm lassen. Große, gleichmäßige Schwünge, zielgenau, in einem schönen Rhythmus. Hellgrau stieg sein Atem in ständig neuen Wölkchen in die Morgenluft. Keilförmige Baumsegmente begannen sehr rasch, einen gelbroten, aromatisch duftenden Halbkreisbogen um das Wurzelende meines luftigen Beobachtungspostens zu bilden.

Ich räusperte mich noch mal. Etwas lauter als vorher.

Wolf pfiff wieder dieses Lied, taub für meine kehligen Äußerungen. Der Kopf der Axt verschwand mittlerweile bei jedem neuen Schlag zur Gänze aus meinem Blickfeld, das hieß, er musste schon einen ordentlich tiefen Keil hineingehackt haben, in die einzige Stütze dieses meines hohen Sitzes.

Ich sagte: »Also gut.«

Also gut wie in: ›Also gut, ihr habt mich gefunden.‹ Oder: ›Also gut, ich sehe es ein.‹ Oder: ›Also gut, zweijeieinhalb Promille *sind* ein bisschen über dem gehesetzlichen Lihimit, ababer …‹

Wolf hielt inne, stützte sich auf sein Werkzeug, puffte große Wolken Atemluft. Ohne zu mir hoch zu sehen, sagte er: »Das ist der einzige Baum im gesamten Umkreis, von dem aus man unser Camp halbwegs getarnt und halbwegs bequem observieren kann. Ich wollte ihn schon lange fällen.«

Möglichst geräuschlos tastete ich meine Taschen nach allem, nach irgendetwas von Gewicht ab, ließ schließlich mein Schlüsselbund, mein Taschenmesser, mein Feuerzeug und sämtliches Kleingeld in die Thermoskanne gleiten, schraubte sie zu und wickelte das Fernglas mit seinem eigenen Riemen daran fest.

»Dann können wir auch die Videokamera wieder abmontieren, die wir extra auf diesen Baum hier ausgerichtet haben.«

Ich sollte jetzt wohl nach der kleinen, glänzenden Linse Ausschau halten, doch ich war abgelenkt.

Sachte streckte ich meinen Arm aus und platzierte das Bündel aus Kanne und Fernglas möglichst exakt senkrecht über Wolfs halb rasiertem Skalp. Und ließ los.

Wolf machte einen Schritt beiseite.

»Ich zeig dir den Film mal«, sagte er, als Kanne und Fernglas vor seinen Füßen auf dem Waldboden aufschlugen und ich mir eins mit der Faust vor den Schädel gab. »Fängt ein bisschen schleppend an«, meinte er und sah das erste Mal hoch, »aber das Ende wird spektakulär.«

Und *tschuck, tschuck, tschuck*. Mir war, fiel mir auf, gar nicht mehr kalt. Und auch nicht mehr steif. Rasch ließ ich das Seil herab und glitt vorsichtig von meinem Ast. Ich hätte den Scheiß-Schlafsack noch abstreifen sollen, doch dafür war es jetzt zu spät.

Tschuck tschuk tschuck tschuck tschuck. Ein erster leichter Ruck ging durch den Baum. Noch am Ast baumelnd, wickelte ich mir das Seil als Bremse um den Arm und begann einen eiligen Abstieg.

Tschucktschucktschuck und *KNACK*!! Blitzartig, ohne weitere Vorwarnungen, gab die Kiefer nach und knickte mit pfeifendem Rauschen zu Boden. Polyesterflocken stoben aus meinem Ärmel, als ich mich noch während des Sturzes weiter abseilte.

Der Aufprall war erwartet hart, wurde aber gemildert durch den Umstand, dass ich mich gleichzeitig senkrecht und, durch die Fallbewegung des Baums, seitwärts bewegte. Ein Ast peitschte mich, und dann überschlug ich mich ein paar Mal und kam, wie sollte es anders sein, in den Brombeeren zu liegen. War *doch* gut, den Schlafsack angelassen zu haben, sagte ich mir, mal wieder um eine Erfahrung reicher. Kiefernnadeln spuckend befreite ich mein an ungefähr achtzig Dornen hängendes rechtes Ohr, schälte mich aus dem Sack und überprüfte rasch, ganz wie nach dem üblichen Motorradcrash, meine Pelle auf Löcher, mein Gebein auf Brüche und mein Nervenkostüm auf möglicherweise gekappte Verbindungen. Als allererste Maßnahme knibbel ich immer mit den Zehen. Wenn das geht, weißt du, der Rest ist halb so schlimm. Es ging. Es ging ganz wunderbar. Atmen fiel ein bisschen schwer, irgendwo zwischen Schulterblatt und Wirbelsäule war ich auf einen Stein oder sonst was Hartes gefallen, doch ansonsten schien ich am Stück zu sein. Also stand ich auf.

Wolf war blass. Sehr, sehr blass. Wäre wohl jeder, mit ’ner guten Tonne Holz auf dem Fuß.

Ich beugte mich über ihn, sah ihm ernst in die Flaschenböden und sagte: »Die letzten Schläge macht man am besten von der Rückseite her. Dann fällt einem der Stängel auch nicht auf die Gräten.«

Platt auf dem Rücken liegend, atmete er gleichmäßig, wenn auch deutlich schneller als gewöhnlich und durch zusammengebissene Zähne hindurch. Ob er meine Tipps mit Dankbarkeit aufnahm, war unmöglich zu sagen.

»Wo ist unser Willy?«, fragte ich beiläufig und wischte und pustete ein paar Krümel und etwas Staub von dem Stammende über Wolfs Fuß. Wie man das so macht. Bevor man sich draufsetzt.

»Pass auf«, presste Wolf hervor. »Lass uns auf einen Deal einigen. Ich sage dir, was ich über euren Willy weiß, und du rennst los und holst meine Leute. Okay?«

Ich nickte. Das hörte sich doch ganz vernünftig an.

»Also: Euer Willy ist ein perverses, halb warmes Arschloch, das nichts anderes in seinem hohlen Schädel hat als ficken, ficken, ficken.«

Etwas einseitig und überspitzt formuliert und für eine Charakterstudie allzu sehr an der Oberfläche verweilend, doch nicht ohne wahren Kern, wie ich zugeben musste. Dabei gleichzeitig aber überhaupt nicht das, was ich hatte hören wollen. Noch ehe ich etwas Entsprechendes äußern konnte, keuchte Wolf schon weiter.

»Wo er ist, wo er sein könnte, ich weiß es nicht. Immer noch nicht. Keine Ahnung. Und es ist mir auch scheißegal. Ehrlich.«

Missmutig und im vollen Bewusstsein, übervorteilt worden zu sein, machte ich mich auf ins Camp, seine Jungs holen.

Ragobert war blass, sehr blass. Die Hände in abwehrender Haltung vor sich, wich er Schritt um Schritt zurück bis an die Stirnwand seines Bürocontainers.

»Ich bin's nur, Herr Knauff«, sagte ich, und er atmete erleichtert aus.

Ich kam geradewegs aus dem Wald, noch in voller Kriegsbemalung, und hatte mich mit der XS, die immer noch fuhr, wenn auch mit heftigen Aussetzern, auf der für den Wachmann blinden Seite an einem Möbelwagen vorbeigequetscht und sie direkt vor dem Container geparkt. Wenn ich mir schon eine Nacht ohne greifbares Ergebnis um die Ohren schlug, könnte ich wenigstens jemanden dafür bezahlen lassen, das war die Idee.

Ich zog mir Helm und Sturmhaube vom Kopf, um mein blutig gerissenes Ohr zur vollen Wirkung zu bringen.

»Fast hätte ich ihn gehabt«, stieß ich hervor. »Um ein Haar! Ich kann es nicht fassen, dass er mir noch mal entwischt ist!« Frustriert begutachtete ich einen Riss im Knie meiner Tarnhose, aus dem eine frische Schürfwunde herausleuchtete.

»Gemäß meiner Spiralen-Theorie habe ich mich an dieser beleuchteten Litfasssäule an der Kölner Straße auf die Lauer gelegt. Wissen Sie, dieses Ding, auf dem steht: ›Nur noch 6 Tage Hunger‹! Saublöder Spruch, nebenbei.«

Er wollte etwas einwenden, doch ich ließ ihn nicht.

»Also, zu Ihrer Beruhigung: Ihre Säule steht noch. Dafür hat sich dieser Dreckskerl an meiner Maschine ausgetobt.« Mittels viel sagendem Deutens mit dem Kinn drängte ich ihn zum Fenster. »Mit einer Axt. Ich konnte ihn stoppen, doch aufhalten konnte ich ihn nicht. Ich bin ihm noch nachgerannt, aber im Aubergwald hat er sich in ein Tannendickicht verdrückt, und kurze Zeit später habe ich seine Spur verloren, gottsverdammich.« Ich ging rüber zum Waschbecken, seifte mir die Visage ein und verbrauchte zwei Dutzend Papierhandtücher, bis ich die grüne Schminke runter hatte und die Striemen, die mir der Kiefernast verpasst hatte, sichtbar wurden. »Immerhin kann ich die Beschreibung, die uns Ihre beiden Angestellten von dem Attentäter geliefert haben, einigermaßen bestätigen. Auch wenn er mir etwas größer vorkam. Und schwerer, massiger.«

Ragobert sah in brütendem Schweigen hinaus auf das Wrack meiner Yamaha.

»Setzen Sie die Reparatur auf die Rechnung«, seufzte er schließlich.

Ich stieß die rechte Faust Richtung Decke, machte einen Riesensatz in die Höhe, schlug o-beinig die Hacken zusammen und gellte *Yipppieee*!

Innerlich, selbstredend. Nur innerlich. Äußerlich blieb ich geschäftsmäßig nüchtern.

»Das macht jetzt auch keinen Unterschied mehr«, schickte er resigniert hinterher.

Er klang so fertig, dass ich mir spontan Sorgen machte.

»Gibt es irgendwelche Neuigkeiten, von denen ich noch nichts weiß?«, fragte ich.

»Ja haben Sie denn in den letzten 24 Stunden keine Nachrichten gehört?«, fragte er zurück.

Ich dachte kurz nach und musste dann verneinen.

Seufzend ging er zu seinem Schreibtisch und schaltete einen Cassettenrecorder ein, spulte zurück zum Anfang und presste ›Play‹.

Ein Nachrichtensprecher äußerte sich in unverwechselbarem, sonorem Sprachfluss zu einem schweren Verkehrsunfall auf der A3, bei dem insgesamt sieben Menschen zum Teil schwer verletzt worden waren und nach Angaben der Polizei ein Sachschaden von … Ich sah Ragobert fragend an, doch er bedeutete mir, noch einen Augenblick Geduld zu haben. Nach einem Atemzug Pause begann der Sprecher die nächste Nachricht zu verlesen.

»Der führerlose Fesselballon, der gestern Morgen den Flugbetrieb des Düsseldorfer Flughafens für Stunden zum Erliegen gebracht hat, treibt nun mit der Windströmung immer weiter nach Osten ab. Nicht zuletzt aufgrund der vorherrschenden hochnebelartigen Bewölkung haben sich alle bisherigen Bemühungen von Polizei und Bundesgrenzschutz, ihn zu Boden zu bringen, als vergeblich erwiesen.«

Ich wollte etwas sagen, doch Ragobert hob rasch die Hand. Das war noch nicht alles, verriet mir seine lauschende Miene.

»Die DDR-Regierung hat in einer ersten Stellungnahme zu diesem Thema in ungewöhnlich scharfer Form darauf hingewiesen, dass sie, so wörtlich, ›eine Verletzung ihres Luftraumes durch Flugkörper gleich welcher Art nicht zu dulden bereit sei‹. Verteidigungsminister Wörner ließ derweil verlautbaren, er werde alles in seiner Kraft Stehende veranlassen, um das Problem so schnell wie möglich aus der Welt zu schaffen.«

Edwin Knauff schaltete ab.

»Da haben wir den Salat«, meinte er bitter. »In einer Stunde kommt ein Kamerateam vom WDR. Sie wollen eine Stellungnahme. Was soll ich denen erzählen?«

Hu, hier war rasches Denken gefordert.

»Stellen Sie es als bedauerlichen Unfall dar. Wir können unmöglich zulassen, dass dieser Psychopath eine dermaßene internationale Publicity erfährt. Das wäre wahrscheinlich genau das, was er will. Nein, lassen wir ihn in seinem eigenen Saft schmoren. Vielleicht outet er sich ja, und wir kriegen ihn auf diesem Umweg zu fassen.«

Edwin Knauff sah zweifelnd drein, wie bei allen Vorschlägen, die nicht von ihm kamen. »Und so ganz nebenbei lassen Sie einfließen, dass ihr neues Restaurant plangemäß am 23. eröffnet wird.«

Da lächelte er schon wieder.

»Und ich«, ließ ich mich hinreißen, »ich garantiere Ihnen, bis zur Eröffnung habe ich den Kerl.« Vollmundig, das. »Warten Sie's ab«, sagte ich noch, »das wird eine Riesenparty für uns alle!«

»Das wird es«, brummte er und klopfte mir auf die Schulter, »das wird es ganz bestimmt.«

»Geben Sie alles«, rief er mir noch nach, als ich schon auf der Treppe war, und ich antwortete mit einer kämpferischen Geste.

Ajeh, dachte ich, als ich auf dem Weg zum Fuckers' Place an einem Feuerwehrwagen vorbeikam, der neben den niedergebrannten Resten eben jener Leuchtsäule parkte, die noch vor nicht ganz einer Stunde ein Ende des Hungers in gerade mal sechs Tagen versprochen hatte. Ajeh, ajeh. Das wird Ragobert wohl erneut in Depression stürzen. Andersrum betrachtet entsprach es aber eindrucksvoll meiner These.

Da ich schon mal vor Ort war, hielt ich kurz an und stieg ab, um mir den Schaden zu besehen. Zwei Feuerwehrleute in voller Montur wickelten die letzten Meter Schlauch auf die Rolle und machten Feierabendgesichter dazu. Ein Kerl in Zivil pfriemelte in gebückter Haltung in den Resten des verkohlten und zusammengesunkenen Stahlskeletts herum. Als ich näher herantrat, erkannte ich ihn und hätte am liebsten sofort kehrtgemacht. Es war mein Freund Mendenkommissarkripomülheim. Einen geschwärzten und gebogenen Glassplitter in Händen, richtete er sich auf, nahm meine Anwesenheit mit einem kurzen, scharfen, von einem knappen Nicken begleiteten Seitenblick zur Kenntnis und wandte sich wieder seinem Fund zu. In nachdenkliche Betrachtung versunken drehte er das Fragment zwischen seinen Fingern hin und her. Es war klar, dass er mich erkannt hatte, also blieb ich stehen und sah ihm so lange über die Schulter, bis er sich zu einer Äußerung genötigt fühlte.

»Ein Benzin-Brandsatz, möglicherweise«, meinte er nachdenklich. »Ungewöhnlich dünnes Glas, allerdings. War höchstwahrscheinlich von einer Plastikhülle ummantelt, die mit verbrannt ist. Seltsam«, fand er. »Sind Sie zufällig hier?«, fragte er, als ich nichts Rechtes zu sagen wusste, und schenkte mir die volle Aufmerksamkeit seiner Augen in der Farbe von altem Eis.

Ich machte eine vage Geste und eine noch vagere Miene und hoffte, damit durchzukommen.

»Wer macht so was?«, fragte ich, um von mir abzulenken und gewohnheitsmäßig immer in der ersten Reihe, wo es möglicherweise etwas umsonst gibt.

»Ich habe keine Ahnung«, antwortete Kommissar Menden langsam. »Doch es ist ganz gut, dass ich Sie treffe«, fuhr er fort. »Ich hätte Sie sonst aufs Präsidium bestellen müssen.« Mit zusammengekniffenen Augen spähte er durch das rußige Stück Glas hindurch in eine fahle Wintersonne, wohl um mir Zeit zu geben, mein Gewissen zu durchforsten.

Das bräuchte den Rest der Woche, dachte ich bockig.

»Unsere holländischen Kollegen haben ein paar mehr Zeugen befragt und zeigen sich gar nicht glücklich. Szenen wie bei einem Bandenkrieg, sagen sie. Und, kurz vor Weihnachten, Szenen wie bei einem Bandenkrieg direkt vor Ihrem idyllischen Domizil. Ich hätte nicht übel Lust, Ihre kleine Wohngemeinschaft mal ein bisschen auf den Kopf zu stellen.«

Mir schossen die Konsequenzen durch den Kopf. Die Bullen im Haus – wenn Willys Entführer davon Wind bekämen, könnte alles zu spät sein. Dann Willys Abwesenheit – wenn die Bullen anfingen nachzuhaken, würde seine Entführung öffentlich, und wieder könnte alles zu spät sein. Ich fragte mich, wie weit ich Menden ins Vertrauen ziehen könnte, und machte einen erschreckten Schritt zurück. Der Mann war *Bulle*, gottsverdammtnochmal, und alles, was du denen erzählst, wird früher oder später gegen dich verwendet werden.

Also seufzte ich wie jemand, der bereit ist zu gestehen, und sagte: »Die eine Geschichte beruhte auf einem Missverständnis. Normale Reibereien zwischen Motorradclubs. Außerdem wurden *wir* da angegriffen, wie Sie sich vielleicht erinnern werden. Und zu der Sache in Amsterdam habe ich Ihnen meine Version schon geschildert. Es gibt da nichts hinzuzufügen oder abzuändern. Ich habe im Auftrag der Eltern gehandelt und hatte das Glück, dass mir ein paar Freunde bei meiner Aufgabe geholfen haben. Sonst wäre das Mädchen unter Umständen jetzt schon tot.«

So, da hast du's, dachte ich, und jetzt lass uns wieder über Brandschäden reden, von mir aus.

»Ja«, sagte er und nickte. »Und ich hatte inzwischen Gelegenheit, mit der jungen Dame zu sprechen, die Sie ebenso selbstlos wie heldenhaft errettet haben.« Gleichgültig warf er den so lange begutachteten Glassplitter zurück zu den anderen Trümmern.

Warum nur, woher nur wusste ich, dass mir sein nächster Satz den Blinddarm reizen würde? Er wirkte völlig gelassen.

»Nun«, wieder dieser ruhige, *zu* ruhige Blick, »sie hat die Klagepunkte der beiden chinesischen, hrm, Geschäftsleute im Großen und Ganzen bestätigt. Ihrer Schilderung nach ist sie keineswegs freiwillig mit Ihnen mitgegangen.«

Boing, dachte ich, Stange Zigaretten. Andere mögen zuerst an ihre Zahnbürste denken, ihr Rasierzeug, oder was denn jetzt aus ihrem Auto wird, ihrem Goldhamster, mir schießt immer als erstes ›Stange Zigaretten‹ durch den Kopf.

Aah, Scheiße, dachte ich. Doris, dieses kleine, blöde Aas.

Nicht, dass wir uns hier missverstehen: Ich hatte keine Dankbarkeit erwartet. Runterzukommen von der Droge heißt in den meisten Fällen auch, sich massenweise Problemen stellen zu müssen, die alle lange Zeit verdrängt worden waren, weil der Nachschub und seine Beschaffung absolute Priorität genossen. Es fängt an mit dem Körper und seinen Mangelerscheinungen, fehlenden Zähnen, vernarbten Armen und unappetitlichen Infektionen. Dann stehen die meisten noch vor einem Berg von Schulden, haben Strafverfahren über ihren Köpfen hängen. Und dazu steigen dann so nach und nach wahre Alpträume von peinlichen, peinsamen Erinnerungen auf, die man ganz wundervoll hatte unterdrücken können, solange das Opiat seinen schützenden Mantel aus warmem Tran um einen geschlungen hielt, die einen nun aber, da man roh und nackend dasteht, mit zehnfacher Heftigkeit übermannen. Belogene, betrogene, bestohlene Freunde, Verwandte, Bekannte, Suchtkollegen, die Peinlichkeiten des Erwischtwerdens, die Tränenschwüre für einen weiteren Blauen und all die anderen Erniedrigungen, die jede Form von Sucht mit sich bringt. Nein, runterzukommen ist mehr als eine schlichte Entgiftung, ein paar verständnissinnige Therapiesitzungen und alles ist wieder gut. Runterzukommen ist verdammt harte Arbeit, und wer einem die eingebrockt hat, braucht mit Dankbarkeit nicht zu rechnen.

Trotzdem, ein Einsehen sollte sich schon einstellen.

Ich sagte: »Wenn Sie mich jetzt einbuchten, ist nichts gewonnen. Lassen Sie Doris noch ein bisschen Zeit.«

»Gut«, meinte er großzügig. »Vielleicht warten wir besser ab, bis sie aus der Psychiatrie entlassen wird.«

Ich musste mich von ihm wegdrehen, um ein bisschen spontanen Dampf abzulassen. Da drangsalierte er mich hier mit Aussagen einer Zeugin, die in der Klapsmühle saß? Am liebsten hätte ich ihn umgesemmelt.

»Also«, sagte er, und ich meinte, eine schwache Spur von Zufriedenheit in seiner Stimme ausmachen zu können, »zurück zu unserer leidigen Brandstiftung hier. Was ist Ihr Interesse an der Angelegenheit?«

Doch ich ließ ihn einfach stehen.

»Hat das irgendeinen Zusammenhang mit dieser Fesselballon-Geschichte?«, rief er mir nach.

Er fing an, mir gewaltig auf den Sack zu gehen, dieser Menden.

Noch keine Post im Kasten.

Charly saß allein in der Küche.

»Die andern pennen«, sagte er. »Spät geworden, gestern.«

»Und«, fragte ich und warf meinen Helm in die Ecke, »was herausgekriegt?«

Er machte eine vage Kopfbewegung.

»Wie man's nimmt. Hoho und D.O. wollten unbedingt noch mal los, alle möglichen Leute befragen.«

Weia, dachte ich. Ausgerechnet die Schmalsten und Subtilsten der ganzen Gang, bekannt für ihre einfühlsame Interview-Technik. Wir mussten das unterbinden, bevor die Leute anfingen, in Panik durch die Hintertüre zu fliehen, sobald einer von uns nur vor dem Haus auftauchte.

»Das hat nicht viel gebracht.«

Überraschung, dachte ich.

»Kristof, ich habe letzte Nacht beschlossen, alle, die persönlich mit Willy zu tun haben oder hatten, einmal etwas näher zu beleuchten. Schisser und Pit haben sich deshalb die Hütte von diesem Roth-Bichler etwas aus der Nähe angeschaut.«

»Roth-Bichler?«, fragte ich. Freund der Familie, Vermögensverwalter, fast so was wie ein Onkel vom Willy. Hm.

»Wohnt nicht schlecht, der Typ. In 'ner Villa unten an der Ruhr, nicht weit vom Finanzamt. Großes Haus, wenn man bedenkt, dass er allein lebt. Hat gestern Abend so was wie 'nen Herrenabend veranstaltet. Zehn, zwölf weißhaarige alte Knacker, aber alle mit Geld. Lauter dicke Autos, manche mit Chauffeur. Blieben bis gegen eins. Danach war alles ruhig.«

Hm, dachte ich. Großes Haus mit vielen, leeren Zimmern. Trotzdem. Und der Typ wohnte allein. Und war nicht viel größer als 'ne Parkuhr. Sinnlos, das Ganze, aber lass sie, dachte ich.

»Bis auf die alten Knacker haben sie niemanden ein- und ausgehen sehen?«

»Frag sie selbst, aber denk dran, sie schlafen erst seit 'ner Stunde oder zwei.«

Ich machte mir eine geistige Notiz und verschob das Gespräch mit den beiden auf später. Never kick a sleeping dog, wie man so sagt. Sowohl Schisser als auch Pit Bull schnappten schon mal nach einem, wenn man sie weckte.

»Und was war mit dir?«, fragte ich. Charly grinste dünn.

»Ich?«, machte er. »Ich hatte mir gedacht, ich schau mal nach, mit wem Lazlo Cinosil zur Zeit so privat verkehrt. Du weißt schon, der Schwede.«

Ich nickte. Der ›Schwede‹ war, muss man wissen, alles, aber kein Skandinavier. Er betrieb nach außen hin einen Lieferservice für italienische Restaurants und Pizza-Buden. Original italienische Lebensmittel und Spirituosen, doch hat man seine LKW-Fahrer niemals selbst eine Kiste stemmen gesehen. Stattdessen halfen sie in der Zeit des Abladens den jeweiligen Besitzern bei der Buchführung. Ein Service, für den sie in – so munkelte man – größeren Summen Bargeld bezahlt wurden. Seinen Spitznamen hatte der Schwede von seiner irritierenden Vorliebe für hellblonde Toupets, keine wirklich glückliche oder überzeugende Wahl über einem Paar Brauen und einem Resthaarkranz in der Farbe von Dieselruß.

»Er wohnt immer noch in diesem scheußlichen Bungalow in Breitscheid oben. Ich parke den Commo also ein bisschen weiter weg, zwischen zwei anderen Autos und auch nicht unbedingt direkt unter einer Laterne, und ich habe es mir gerade so eben gemütlich gemacht, da stehen schon vier Kerls um den Wagen herum, und einer von denen bittet mich sehr höflich, auszusteigen. Ich steige also aus und frage, was ist, und er sagt, was ich auch geantwortet hätte, nämlich: ›Security.‹ Und ob ich nicht auf ein Viertelstündchen mit reinkommen wolle?«

Wir sahen uns an. Keiner von uns hat jemals auch nur ein Wort mit dem Blondperückten gesprochen, geschweige denn sein Haus betreten.

»Als die drei anderen sich alle hinter meinem Rücken postierten, wurde mir klar, dass das nicht wirklich eine Frage gewesen war.« Er goss sich einen Kaffee ein, hielt mir auch die Kanne hin, doch ich lehnte ab. Sobald ich von Scuzzis neuer Wunderdroge runterkam, wollte ich mal ein paar Stunden pofen.

»Also zeigen sie mir den Weg, und wer empfängt mich? Der Schwede persönlich, blonder denn je. Ob ich zu ihm gewollt hätte? fragt er mich, die Freundlichkeit in Person, bittet mich hinein, macht mir was zu trinken, setzt sich mit mir in die dicksten Sessel, macht mich mit seiner Torte bekannt, kurz, seift mich so richtig schön ein. Kam dann auf diese leidige Geschichte zwischen uns und seinem Verein zu sprechen, bezeichnete die ganze Angelegenheit als ein bedauernswertes Missverständnis und versprach, alles sei vergeben und vergessen, wenn wir auch bereit wären, die Vergangenheit ruhen zu lassen und so weiter und so fort.«

Phosphor, dachte ich, wie ein amerikanischer Weltkriegsveteran womöglich ›Pearl Harbor‹ denkt.

»Um es kurz zu machen: Sie haben anscheinend mal wieder Theater, wie es sich anhörte. Libanesen, diesmal. Boatpeople, mehr oder weniger, aus Beirut herausgebombt und nun entschlossen, sich hier in kürzester Zeit eine neue Existenz aufzubauen und überhaupt nicht zimperlich in ihren Methoden dabei. Wie er sagte. Und fragte, stell dir vor, ob wir ihnen nicht ein bisschen unter die Arme greifen könnten, wenn Not am Mann wäre?«

Phosphor, dachte ich, und dann daran, dass Bandenkriege nichts für mich sind.

Ich sagte: »Wir sind Biker, keine Söldner.«

»Wie man's nimmt«, entgegnete er nach kurzem Nachdenken. Für ihn, schien es, waren die Grenzen fließend, und vielleicht hatte er sogar Recht. »Auf alle Fälle wollte ich ihn nicht vor den Kopf stoßen und ließ es deshalb offen und von vornherein an die Bedingung geknüpft, dass eine Hand die andere wäscht. Aber klar doch, hieß es sofort, aber immer, und zusammen könnten wir Großes erreichen und derlei Schmu. Bis ich, wo ich schon mal da war, auf die Million zu sprechen kam, die er uns möglicherweise leihen soll. Da wurde er doch sehr nachdenklich. Aber er wollte es sich überlegen. Immerhin.«

Deliah kam herein, leicht verpennt und hinreißend in einem gestreiften Pyjama, bis mir aufging, dass es einer von Scuzzis war. Sie akzeptierte mit süßem Lächeln einen Kaffee von Charly, setzte sich graziös auf meinen Schoß und pustete in ihre Tasse.

»Du siehst schlimm aus«, fand sie und strich leicht über meine Striemen auf Wange und Ohr. »Irgendetwas Neues über euren Freund Willy?«

Ich schüttelte nur den Kopf. Plötzlich müde, steckte ich meine Nase in ihr Haar. Hinten, im Nacken. Sie roch nach Bett, nach Nähe, nach Ruhe, nach Sex, nach Sicherheit und nach Schlaf. Sie roch nach allem, wonach ich mich in diesem Augenblick sehnte.

Doch –

»Woher wussten sie von vornherein, dass du es warst, der in dem Commodore hockte? Wir haben jetzt – wie lange – nichts mehr mit denen am Hut gehabt? Anderthalb Jahre? Anderthalb Jahre kompletter Waffenstillstand, und sie observieren uns immer noch? Das kommt mir komisch vor. Und noch was: Wie hat er reagiert, als du mit der Million um die Ecke kamst?«

Charly winkte ab. »Könnte ein Verwandter vom Coolen Eric sein, der Schwede. Er hat so ein Zucken am Auge, deshalb kann man da nicht hinsehen, ohne nervös zu werden, doch abgesehen von dem Tick legt er eine Stoik an den Tag, da machst du dir kein Bild von. Aber mir bleibt ein fischiges Gefühl. Für all seine Scheiß-Freundlichkeit so plötzlich gab es eigentlich keinen plausiblen Grund, vor allem, wo seine Leute mich ja praktisch beim Schnüffeln ertappt haben. Außer, natürlich, sie schnüffeln auch die ganze Zeit schon hinter uns her und finden das normal.«

»Seit anderthalb Jahren?«, fragte ich. »Und wir haben nichts gemerkt?«

»Komisch«, fand er auch. »Eigentlich nicht vorstellbar.«

»Der einzige Reim, den ich mir darauf machen kann, ist der, dass der Schwede und seine Crew uns einzuwickeln versuchen, weil sie irgendetwas zu verbergen haben. Wir beide sollten heute Abend noch mal nach Breitscheid fahren. Hast du dir das Gelände gut angekuckt?«

Charly sah auf. Blöde Frage, sagte seine eine hochgezogene Braue zu mir.

Mein Bett war noch warm. Deliah kroch mit mir hinein, und alles Blut verließ mein Gehirn. Es wurde anderswo gebraucht.

Kurz bevor ich schließlich endgültig wegsackte, merkte ich noch, wie sie aufstand und ihre Sachen zusammenkramte.

»Hsn-wasn?«, fragte ich, zu ermattet für eine distinguierte Artikulation.

»Mittagsschicht, Hase«, antwortete sie nachsichtig. »Die Patienten der Urologie des Evangelischen Krankenhauses warten schon ungeduldig auf mich und meine heilenden Hände.«

Krankenschwester, also. Soll keiner sagen, ich wüsste nicht, mit wem ich Tisch und Bett teile.

Heilende Hände? Urologie? Urgs.

»Und nein, Hase«, sagte sie, ungefragt, »ich werde ganz bestimmt keine Leckerchen aus dem Giftschrank mitbringen.«

»Du scheinst mich zu verwechseln. Ich bin nicht Scuzzi.«

»Das stimmt«, sagte sie nach einem Moment des Nachdenkens, so, als hätte sie etwas Zeit gebraucht, uns unter verschiedenen Aspekten miteinander zu vergleichen. Plötzlich fiel mir der Pyjama wieder ein, und Misstrauen gewann kurz die Oberhand über mein Schlafbedürfnis, und ich hob den Kopf für einen kritischen Blick und eine bohrende Frage, doch da warf sie mir schon von der Türe her eine Kusshand zu und war verschwunden.

Zwei Typen in weißen Jacken bastelten noch ein wenig an einem langen Tisch voller Gläser, Teller, Kerzenleuchter und so fort herum und verzogen sich, als der Schwede hereingesegelt kam, zusammen mit einszweidreivier – fünf anderen Kerlen, allesamt zwanglos gekleidet. Reichlich. Viel zwangloser als Hawaiihemden geht nicht, finde ich. Augenblicklich knallten die Korken, und Schampus schäumte in Gläser, die kurz in die Luft gehalten wurden, während der Schwede etwas in die Runde rief und dann hieß es Kopp in'n Nacken und hau wech den Scheiß.

Draußen, rings um den Bungalow, schlenderten die Beine des Sicherheitspersonals in konzentrischen Kreisen durch die flachen Lichtkegel der Rasenbeleuchtung. Es waren, soweit ich es ausmachen konnte, mindestens drei, und sie rauchten eine Menge, was mich mit einigem Neid erfüllte. Ab und an trafen sie aufeinander, wechselten ein paar Worte, boten einander Zigaretten an, gaben sich gegenseitig Feuer, und dann schlenderten sie weiter, ebenso wachsam wie gelangweilt. Wahrscheinlich sehnten sie ein Ende der Party herbei, doch das konnte dauern, denn bis jetzt hatte man noch nicht mal die Suppe aufgetragen.

Doch erst mal kamen die Damen. Allesamt so blond, wie die Kerle – bis auf den behüteten Gastgeber – dunkel waren. Und wieder floss die Brause.

Mir wurd's, ehrlich gesagt, ein wenig öde. Es gibt bequemere Standorte als zwanzig Meter über Grund auf halber Höhe eines Überland-Strommastes, die beiden zusätzlich noch ein schweres Nachtglas haltenden Arme um einen Eisenträger geschlungen wie um den Hals einer Geliebten, die Füße unsicher auf frostigen Leitersprossen und ganz allgemein leicht zittrig in einem stetigen, beständig und gleichmäßig Körperwärme abtransportierenden Nachtwind.

Doch, es gibt bequemere Standorte, und trotzdem blieb ich, bis kurz nach dem Hauptgang die ersten Entgleisungen zu beobachten waren. Die ersten Gläser umfielen, die erste Bluse geöffnet wurde, die erste der Damen unter dem Tisch verschwand, zu großem Hallo. Dann erst entschied ich, dass hier nichts Ungewöhnliches mehr passieren würde.

Charly wartete unten auf mich.

»Und, was gesehen?«, wollte er wissen.

Ich tanzte mit den Füßen einen kleinen Tangorhythmus, um die Taubheit daraus zu verscheuchen, und meine Zähne klapperten wie Kastagnetten dazu.

»Kalt, da oben?«

Ich schlug mir die Arme um den Oberkörper, und Raureif rieselte von meiner Lederjacke. Weniger wäre mehr gewesen, sagte ich mir. Weniger an Beobachtung.

Wir hasteten einen schmalen Bachlauf entlang zurück zum Commo, den wir im Schatten eines verlassenen Gehöftes geparkt hatten, und es dauerte zehn Minuten Fahrt bei voll aufgedrehter Heizung und Gebläse, bis ich mein Zähneklappern halbwegs gebändigt bekam.

»Sie feiern 'ne Party, drei Mann strolchen außen herum durch den Garten, einer sitzt drinnen an einem Schreibtisch und telefoniert eine Menge. Doch abgesehen von den vieren, würde ich mal sagen, ist da von Nervosität oder erhöhter Wachsamkeit keine Spur. Ich kann mir nicht vorstellen, dass der Schwede zur Zeit ernsthafte Schwierigkeiten mit Libanesen oder sonst wem hat, sonst würde er sich nicht unter hundert Lampen bei offenen Jalousien volllaufen lassen. Jeder halbwegs sichere Schütze hätte ihn von da oben, wo ich war, problemlos erwischen können.«

»Das kapiere, wer will«, sagte Charly.

Der Briefträger schellte mich aus dem Bett. Ich hustete mich den Weg die Treppe hinunter, ich hustete, als ich die Türe aufzog, ich hustete dermaßen, dass der Bote zwei Schritte zurück machte und den Wisch, den er eigentlich unterschrieben haben wollte, selber abzeichnete, bevor er sich eilig und grußlos entfernte.

44 Fieber und 'ne beidseitige Lungenentzündung, so fühlte ich mich.

Na, was hatten wir denn? Ein Einschreiben für Hoho; sicher wegen einer verpassten Rate für seine blöde Harley. Telefonrechnung, Hein-Gericke-Katalog, ein von zarter Hand adressierter Brief für Charly (kein Absender), und auch kein Absender auf dem Brief für mich. Ich wusste schon, was drin war, ehe ich ihn auch nur aufgemacht hatte. Ja, ich war mir so sicher über den Inhalt, dass ich regelrecht zögerte, ihn überhaupt zu öffnen. Schließlich legte ich ihn ungeöffnet oben auf die restliche Post auf den Küchentisch und setzte mir erst mal einen Tee und eine Brühe auf.

Der Brief sah mich an. Ein Lebenszeichen, das hatte ich verlangt.

Mann, war mir schlapp! Die Nase saß zu, die Stirnhöhle saß zu, der ganze Kopf war dicht und stand unter Druck, als ob ich gestern gesoffen –

Grog. Ich erinnerte mich. Da war der eine oder andere Grog gewesen, gestern Abend. Grog für alle. Zum Aufwärmen und als Prophylaxe gegen eine mögliche Erkältung. Schon nach dem dritten war mir irgendwie gar nicht mehr kalt gewesen ...

Der Brief sah mich an.

Über dem fünften oder sechsten war Deliah nach mir sehen gekommen, aufgeweckt durch den Radau, den wir in der Küche veranstalteten, und hatte mich mit ins Bett geschleppt. Gott sei Dank, sonst wäre es mir wahrscheinlich noch elender gegangen, heut Morgen. Und es reichte auch so schon.

Der Brief sah mich an.

Ich hätte ihn schon längst aufgerissen, wenn er nicht in der Mitte ausgebeult gewesen wäre. Ein Brief mit dreidimensionalem Inhalt. Man kann nie wissen, könnte eine Briefbombe sein. Zur Stärkung nahm ich einen vorsichtigen Schluck Brühe. Er quetschte sich vorbei an zwei faustdicken

Mandeln und passierte einen Hals, der sich wie mit einer Holzraspel bearbeitet anfühlte. Jegliche noch so hoch konzentrierte Prophylaxe war damit wohl in den Wind gepisst gewesen.

Der Brief sah mich an.

Ich schlich ein wenig um den Tisch herum. Kann man über Nacht zum Rheumatiker werden? Jede Bewegung kostete Mühe. Ajeh, ich gehörte ins Bett. Für 'ne Woche oder so. Krankenschein. Wo waren eigentlich meine Zigaretten?

Der Brief sah mich an.

Ich sah zurück. Nahm einen Schluck, beugte mich dichter heran. Adresse mit der Schreibmaschine getippt, wie bei dem anderen auch. Marke allerdings nicht in Holland abgestempelt, sondern in Mettmann, diesmal. Breitscheid, wo der Schwede wohnt, gehört zu Mettmann. Zufall? Aller Wahrscheinlichkeit nach, ja.

Trotzdem.

Gegen inneren Widerstand tastete ich den Umschlag ab. Er enthielt einen länglichen, tja, *Gegenstand*. Oh, ich ahnte, und ich hoffte gleichzeitig, meine Ahnung möge mich trügen. Mit einem Küchenmesser trennte ich den oberen Rand auf, fasste, ohne hinzusehen, mit spitzen Fingern hinein und zupfte ein Stück spiegelglatten Kartons ans Licht. Ein, wie ich es mir gedacht hatte, Polaroid-Foto. Willy blickte mir entgegen. Wie erwartet. Er wirkte sehr bleich und sah überhaupt nicht glücklich aus, wenn auch, andererseits, nicht mehr ganz so verdötscht wie auf der ersten Aufnahme. Was, unter anderem, anzeigte, wie doch die Zeit verging. Mit der Rechten klemmte er sich eine – wie ich es mir gedacht hatte – Bildzeitung vor die Brust. Die Linke hielt er einfach nur so in die Luft, Ellenbogen abgestützt, Handrücken zu mir, Finger nach oben.

Daumen, Zeigefinger, Mittelfinger, Ringfinger, – Stumpen. *Blutiger* Stumpen.

Ich musste mich setzen. Vorahnung hin oder her, ich musste mich hinhocken.

»Das ist *ernst*!«, brüllte Charly und hämmerte die Faust auf den Tisch, dass das Frühstücksgeschirr einen Satz in die Höhe machte und die Bodenfliesen rings um die Tischbeine sternförmige Rissmuster entwickelten.

Er hatte ja Recht, aber mit einem Schädel wie dem meinen wäre ich um jedes Dezibel weniger dankbar gewesen.

»Das gibt *Krieg*!«, dröhnte er und trat einen Stuhl, dass es den gegen die Wand schmetterte, von wo er zu Boden rieselte und sich für den Kamin in der Halle empfahl. Stühle haben im Fuckers' Place eine außergewöhnlich unterdurchschnittliche Lebenserwartung.

Mitten auf dem Tisch, senkrecht unter der baumelnden Glühbirne, in einem großen, freigelassenen Kreis zwischen all den Brettchen und Tassen und den für nun wirklich jeden Belang benutzten Tupperdosen lag Willys Finger, und drumherum wurde Kaffee getrunken und geraucht und geraucht. Nur gegessen wurde nicht, und nach sprechen schien es auch den wenigsten zu sein.

»Dafür werden wir sie *büßen* lassen!« Charly gab der Wand zum Esszimmer eins mit der Faust, und auf der anderen Seite konnte man Mutter Heckhoffs Porzellanvitrine zu Boden gehen hören.

Ich war, wie alle am Tisch, völlig seiner Meinung, doch klärte das leider nicht die ungeklärte, leidige Frage nach dem ›Wen?‹. Wen werden wir büßen lassen?

Mettmann. Breitscheid. Zufall? Ich legte den Umschlag wieder hin, griff erneut nach dem Foto, das seine Runde um den Tisch schon zweimal hinter sich gebracht hatte. Hielt es am ausgestreckten Arm von mir weg. Drehte es auf den Kopf. Auf die linke, auf die rechte Seite. Immer auf der Suche nach dem, was ich, was *wir* bis dahin übersehen hatten. Die Schlagzeile war die von gestern. Ich las sie noch mal. MASSAKER IN TIEFGARAGE.

»Wir werden«, schrie Charly und zog ein Bein an, um die Küchentür aus den Angeln zu treten, doch ich bekam ihn mit einer raschen Geste und einem strengen Blick so gerade noch gestoppt. Zugluft könnte in meinem Zustand das Ende bedeuten.

»Weiß einer von euch irgendetwas über dieses Massaker?«, fragte ich, in den Raum hinein. Ich glaubte nicht an einen Zusammenhang, zumindest nicht mit Willy. Sondern … hatte Ahnungen. Manchmal werde ich regelrecht geplagt von den Dingern.

»Ja, da war was im Fernsehn …«, sagte Scuzzi. Wer sonst. Keiner aus dem ganzen Haushalt verbrachte auch nur annähernd so viel Zeit vor der Mattscheibe wie unser Pierfrancesco. »Irgendwas in Duisburg …« Er hätte der Bestinformierte von uns sein können, ein wandelndes Lexikon, eine lebendige Nachrichtenbörse, ein Quell fesselnder Geschichten und Neuigkeiten aus aller Welt, doch bevorzugte er offen die bunte Seichtigkeit der Privaten, und dann war da noch das Problem, dass das Überangebot an Informationen bei ihm auf eine eher begrenzte Speicherkapazität stieß. »Tiefgarage oder so …« Folglich siebte er. Von Hand, wollte mir manchmal scheinen. »Drei Tote, glaub ich«, sagte er. »Ungefähr. Umgemäht in Chicago-Manier, regelrecht hingerichtet. Irgendwelche Südeuropäer, meine ich. Wartet …« Wir warteten. »Libanesen. Ja, jetzt weiß ich's wieder. Drei Libanesen, kaltblütig über den Haufen geschossen. Wahrscheinlich eine Abrechnung unter Landsleuten, vermutet die Polizei. So was in der Art.«

Womit die ausgelassene Stimmung des Schweden wohl geklärt wäre. Nett, uns um Hilfe zu bitten, aber er und seine Leute schienen auch alleine ganz gut klarzukommen. Oder war das nichts als ein Hinweis gewesen, eine versteckte Warnung, uns ein für allemal aus seinen Belangen herauszuhalten? Wenn, dann musste er sich verdammt sicher fühlen. Sicher genug, um jetzt einen Erpresserbrief quasi vom Briefkasten an der Ecke loszuschicken? Mit 'nem Finger drin? Und dieser Schlagzeile? Also, die Methode passte zum Erscheinungsbild. Doch die Aussicht auf eine solche Gegnerschaft war erschreckend. Für mich. Charly und den meisten anderen schien sie gerade recht zu kommen. Rings um den Küchentisch brodelte es nur so vor Wut und Tatendrang.

In mir selbst brodelte das Fieber. Die Stunde auf dem Mast hätte ich mir besser geklemmt.

»Du siehst scheiße aus, Kristof«, fand Poppel. Bei jedem anderen hätte das möglicherweise milde besorgt geklungen, bei Poppel wirkte es wie ein kaum verhehlter Vorwurf. »Als ob du bald abkackst.« Seit Amsterdam schien er zu glauben, er habe etwas bei mir gut und könne sich noch mehr als sonst herausnehmen, doch wenn ich nur eine Sekunde drüber nachdachte, hatten er und seine große Schnauze mich weitaus öfter in Schwierigkeiten gebracht, als dass er mir aus meinen herausgeholfen hätte, und somit schuldete ich ihm nichts. Ich schenkte ihm einen Blick und merkte ihn mir vor.

»Also«, fragte Pit Bull gepresst in die Runde, bevor er einen Teppich von Rauch auf den Küchentisch legte, in dem Willys Finger aussah wie eine Momentaufnahme von einem Schlachtfeld, »die Frage ist doch: Was machen wir jetzt?«

Alle sahen Charly an, der immer noch herumtigerte auf der Suche nach etwas zum Zerschmettern, und ich glaube, wenn er in diesem Moment gesagt hätte: ›Wir trommeln alles zusammen, fahren nach Breitscheid und legen den Bungalow des Schweden in Schutt und Asche!‹, hätte ich einen Wimpernschlag später allein am Tisch gesessen.

Ich hob eine Hand. Gott, mein Denken war nicht so klar, wie es sein könnte, und gut bei Stimme war ich auch nicht, genauso wenig wie bei Kräften. Doch ich sah, dass Charly überfordert war und drauf und dran, sich hinreißen zu lassen. Er macht einen tollen Anführer, keine Frage, doch manchmal braucht es auch einen guten Bremser, und dafür kam mein Befinden wie gerufen. Es hielt mich von allen Aufgeregtheiten zurück.

Ich sagte: »Wir wollten schon Amsterdam niederbrennen, wegen einer holländischen Briefmarke. Dieser Stempel aus Mettmann kann genauso gut eine Finte sein. In dem Fall müssten die Entführer allerdings bestens über unsere

Absichten und Vermutungen informiert sein. Doch woher das? Denkt da mal drüber nach.«

Die Adern an Charlys Hals schwollen an, bis man seinen Puls nur vom Hinschauen zählen konnte. Er boxte sich in die offene Hand, dass einem die Hand Leid tat.

»Du meinst ...«, begann er.

»Ich meine gar nichts«, unterbrach ich ihn. »Doch«, korrigierte ich mich dann selbst und zog Rotz durch die Nase hoch. »Ich meine, wie sollten uns dem Schweden auf die einzige unverdächtige Art nähern. Und gleichzeitig das Lösegeld bereitstellen, bevor wir weitere Körperteile von Willy geschickt bekommen. Wir sollten also noch mal nachfragen, was mit dem Kredit ist. Und dazu wäre es schlau, wenn zwei von uns da rausfahren und bei der Gelegenheit einfach noch mal die Augen offen halten. Ich nehme an, wir kriegen mehr zu sehen, wenn er uns freiwillig ins Haus lässt, als wenn wir versuchen, es zu stürmen.«

Oh, was fanden sie das alle Scheiße.

»Oha«, machte der Schwede und wich mit ängstlicher Miene zurück, »oha, das hört sich aber ernst an«, sagte er dann und machte noch einen Schritt rückwärts, während ich mich weiter gegen den Türrahmen stützte und hustete wie einer, der gut beraten wäre, seine Letzten Dinge zu ordnen. »Was ist mit ihm?«, fragte er Charly. Von Boss zu Boss. »Er sieht nicht gut aus. Er hat doch nicht diese neue Krankheit, diese Schwulenpest oder so was?«

»Bisschen erkältet«, keuchte ich.

»Könnte auf eine Immunschwäche hindeuten, das habe ich erst neulich im ›Spiegel‹ ...«

»Ich bin nur etwas *erkältet*, weil ich gestern ...« sagte ich laut, bevor mich eine erneute Hustenattacke davor bewahrte, den Satz mit ›auf dem Strommast hinter Ihrem Haus Ihre kleine Orgie ausgespäht habe‹ beenden konnte.

»Ich habe ihm auch geraten, sich ins Bett zu legen«, meinte Charly, »aber Kristof nimmt sich alles so zu Herzen.«

»Also gut.« Der Schwede, mit weißblonder, halb rund

geschnittener Ponyfrisur heute, Modell ABBA, bat uns mit einer fließenden Handbewegung in sein Wohnzimmer. Was heißt uns. Er bat Charly. Was mich anging, ließ er mich spüren, war die Schwelle zum Raum eigentlich schon ein paar Meter weiter, als er mich gerne hätte.

Ich brauchte eh noch den Türrahmen als Stütze, also blieb ich erst mal, wo ich war und wo ich zufällig auch den zentralen Flur des Hauses im Auge behalten konnte, und keuchte mir einen zurecht. Der Bodyguard, der uns eingelassen hatte, wich allerdings, bis auf den Respektabstand, den mein Auswurfflug angeraten erscheinen ließ, nicht von meiner Seite. Mit so einer soldatischen Haltung. Stramm. Er sah ein bisschen aus wie einer, der sich in Zivil nie so recht wohlfühlt. Auf eine militärische Art fit und auf eine waffentragende oder aber kampfsportgestählte Art herausfordernd selbstbewusst. Mediterran mit einem unerklärlichen Stich ins Amerikanische. Und der Schwede, selbst mit dem Bäffchen, wirkte wie ein New Yorker Gangster aus einem Scorsese-Film. Es musste seine Auswahl an Hemden sein. Er mochte seine Farben, kein Zweifel, und er mochte sie laut.

Wieder mal fiel mir auf, dass kein Mensch so recht zu wissen schien, woher er und seine Leute eigentlich kamen. Sein Name, wenn es denn der richtige war, half auch nicht weiter. Lazlo Cinosil. Nicht so einfach auf der Landkarte zu platzieren wie ›Franz-Joseph Amigofilzlhuber‹. Oder, wo wir schon mal dabei sind, ›Klärchen Kazmierzak ihrn Jupp‹. Den vonne Kreuzstraße. Wohnt getz aber drüm, hinterde Bahn. *Musse* kennen. Der mittat appe Bein. Kennt *jeder*. Spricht sonn bissken komisch. Als wärer nich von hier. Weiße getz?

»Ich bin ein höflicher Mensch«, begann der Schwede. »Da könnt ihr jeden fragen.«

Bis auf die drei Libanesen, dachte ich. Da kämen wir ein bisschen spät.

»Und ich bin eigentlich immer bereit, zu helfen«, fuhr er fort. Er bedeutete Charly, sich vor ihm auf die andere Seite eines flachen Glastisches zu setzen, während er selbst sich recht lässig auf ein Ledersofa fläzte und das zu erwartende ›Aber‹ noch eine Weile in der Luft hängen ließ. Aller sich aufbauenden Spannung zum Trotz hustete ich stillvergnügt weiter vor mich hin.

»Aber«, kam es, »ich bin auch Geschäftsmann. Und da fühle ich mich doch verschaukelt, wenn da ein paar Typen versuchen, mir mit einer an den Haaren herbeigezogenen Geschichte eine Million aus dem Kreuz zu leiern ohne entsprechende Sicherheiten.«

Mir verschlug es kurz den Husten.

Und Charly knetete es für einen Moment eine tiefe Falte zwischen die Brauen.

»Moment mal«, sagte ich.

»Wieso«, begann Charly und brach wieder ab.

Der Schwede räkelte sich auf seinem Sofa und sah auf eine mitleidige Art angepisst drein. »Eine Million«, schnaubte er. »Eine Million. Wie wollt ihr die jemals zurückzahlen?«

»Das ist leicht«, behauptete ich und knuffte ein wenig Husten durch die Nase, bevor ich weitersprach. »Wir kaufen Willy mit dem Geld frei, und er zahlt es anschließend zurück. Fertig.«

»Fertig«, echote der Schwede und wandte sich mir zu und ich konnte das Zucken um sein eines Auge sehen. »Und was wird, wenn euer Willy, frisch in die Freiheit entlassen, es sich anders überlegt und das Geld lieber für sich behält? ›Herr Cinosil‹, könnte er sagen, ›bitte zeigen Sie mir, wo ich was unterschrieben haben soll.‹«

»Das würde er nie tun«, sagten wir alle wie aus einem Mund. Ich meine, wir alle, alle drei. Nur der Bodyguard hatte sich rausgehalten.

»Seht ihr, ich wusste, dass das jetzt käme«, winkte der Schwede ab, »so was höre ich dauernd. Doch selbst wenn ich so naiv wäre, daran zu glauben, wer garantiert mir die zwei wirklich entscheidenden Dinge: Dass, erstens, eure Geschichte überhaupt *wahr* ist und zweitens, wenn sie wahr ist, dass ihr euren Willy auch wirklich *lebend* wiederbekommt?«

Ähm, tja. Hüsteln (meinerseits). Schweigen (allerseits).

»Also, damit das klar ist: Meine Antwort ist und bleibt nein. Falls ihr jedoch noch einen Rat von mir wollt«, fuhr er fort in einem Tonfall, der ›und da vorne ist die Türe‹ mit einschloss, »wendet euch an den Vermögensberater. Der Mann hat Vollmachten. Er ist es, den ihr überzeugen müsst.«

»Also«, sagte ich und stieß mich von meinem Türrahmen ab, »dann auf zu Freund Roth-Bichler.«

Und ich kann mich täuschen, aber mir war, als ob der Schwede bei Erwähnung des Namens mehr als nur mit dem Auge gezuckt und mir anschließend einen äußerst intensiven, ebenso überraschten wie nachdenklichen Blick hinterhergeschickt hätte.

Charly steuerte den Commodore ruhig und effizient. Er kann, was ich nie könnte: seine Laune und seine Fahrweise auseinanderhalten.

»Wir fahren jetzt sofort zu diesem Roth-Bichler«, bellte er über das gleichmäßige Summen des Motors hinweg, »klatschen ihn an die Wand und machen ihm ein Angebot, das er nicht ablehnen kann.«

»Nein«, sagte ich.

»Weigert er sich, nagel ich ihn mit seiner Krawatte auf dem Schreibtisch an und ohrfeige ihn, bis mir der Arm lahm wird!«

»Nein«, sagte ich.

»Wir treten ihn in den Arsch, bis er einen Scheck ausstellt, und dann zerren wir ihn zur nächsten Bank und heben die Knete ab!«

»Nein«, sagte ich. »Wir werden es stattdessen mit Diplomatie versuchen.«

Er sah mich an, als ob er mich am liebsten während der Fahrt aus dem Auto schmeißen wollte. »Diplomatie?!«, echote er, und die Knöchel seiner das Lenkrad gepackt haltenden Finger verfärbten sich weiß. »Bist du noch zu retten?«

»Wir können nichts tun, als ihn zu überzeugen versuchen. Wir können noch nicht mal rechtliche Schritte einleiten. Wir sind ja nicht mit Willy verwandt. Außerdem hieße das, die Bullen einzuschalten. Und davor schrecke ich irgendwie zurück. Wir werden uns was anderes einfallen lassen müssen. Und bis dahin gehen wir diplomatisch vor. Hörst du?«

»Wenn ich nicht wüsste, dass du Fieber hast, würde ich sagen, du laberst im Suff. Aber gut. Dann übernimm du aber das Reden. Und ich halte mir die anderen Möglichkeiten offen.«

Dr. Roth-Bichler blickte vor sich auf seine Schreibunterlage, als ob ich ihm draufgeschissen hätte. Vollkommen angewidert, doch ansonsten ungerührt.

»Sehen Sie jetzt, wie gottverdammt ernst die Lage ist?«, blaffte ich ihn an. Die Kunst der Diplomatie beinhaltet auch, zu wissen, wann leise, und wann eher deutliche Töne angebracht sind. »Begreifen Sie jetzt endlich, dass Ihr … Ihr …«, ich suchte nach einem Wort, doch Roth-Bichler fühlte sich nicht berufen, helfend einzuspringen, »… *Klient*, von mir aus, sich in den Händen von Gewaltverbrechern befindet? Und somit in höchster Gefahr?!«

Gott, es war warm in der Kanzlei, kragenzerrend, ›Wasser-den-Rücken-runter‹-warm.

Der Notar, Stirn trocken wie ein Löschblatt, bedeutete mir mit einer kleinen, angeekelten Handbewegung, den Finger von seiner Schreibunterlage zu entfernen. Ich fegte ihn zurück in seine Tupperdose, bemüht, mein Schaudern zu verbergen.

»Mein *Mündel*«, sagte er tonlos. »Und ich begreife, meine Herren, ich begreife sehr gut. Doch trotz dieses wirklich … beeindruckenden Beweismaterials und trotz all der Gefühle, die ich, als sein langjähriger Wegbegleiter, dem jungen Herrn Heckhoff entgegenbringe (dem Tonfall nach war unmöglich festzustellen, um was für Gefühle es sich dabei handeln könnte, *alles* schien, mit etwas Phantasie, möglich), sind mir, was den Zugriff auf Herrn Heckhoffs

Finanzen angeht, schlicht und einfach die Hände gebunden. Auch wenn Sie sich das noch so schön ausgedacht haben mögen.« Und der Blick seiner wässrigen Augen hatte, wie er ihn so von mir zu Charly und wieder zurück wandern ließ, etwas durch und durch Herausforderndes.

Charly blickte seinerseits drein wie ein Mann, der all seine Konzentration darauf verwendet, flach und gleichmäßig zu atmen. ›Diplomatie‹ sollte ich für die nächsten Wochen wohl besser aus meinem Wortschatz verbannen, wollte ich keinen Schädelbruch riskieren.

»Ich habe, auch schon aus Verantwortungsgefühl heraus, darüber nachgedacht, eventuell mit meinem Privatvermögen in die Bresche zu springen, doch hat mich der nachhaltige Eindruck, damit den falschen Leuten einen Gefallen zu tun, zu einer anderen Überzeugung kommen lassen.« Wieder dieser Blick. Charlys Atem klang wie beständiges, rhythmisches Seufzen.

Diplomatie, ging mir auf, ist auch eine Art von Kriegführung, nur eben auf verbaler Ebene. Und ich war drauf und dran, bei diesem Schlagabtausch hier eins auf die Mütze zu kriegen. Und das unter den Augen meines Freundes und Präsidenten. Ich putzte mir geräuschvoll die Nase, um etwas Zeit zum Denken zu schinden.

»Mit anderen Worten«, resümierte ich schließlich, »sehen Sie lieber Ihr Mündel tot als Ihre Konten gefährdet.«

»Eine etwas schiefe Darstellung«, kam es sofort zurück. »Im Gegenteil wäre mir kein Betrag zu hoch, wenn ich die Überzeugung hätte, damit Herrn Heckhoff in seiner Zwangslage etwas Gutes zu tun. Die Überzeugung habe ich aber nicht«, schnappte er. »Meine feste Meinung ist, dass man die Anstrengungen vergrößern sollte, seine Entführer zu fassen und der Gerichtsbarkeit zu überstellen, als sie mit Zahlungen in ihrem Treiben zu bestärken.«

»Wir verschwenden hier unsere Zeit«, konstatierte Charly, und wir standen auf.

»Und deshalb«, fuhr Roth-Bichler fort –

»Behalten Sie's für sich«, fuhr ihm Charly dazwischen.

»Und *deshalb*«, wiederholte der Notar, mit Schärfe, »habe ich mich entschlossen, Ihnen beiden ein Ultimatum zu stellen.«

Schon an der Türe, stoppte uns diese Bemerkung mit einem Ruck. Wir drehten uns wieder um, voll Misstrauen unseren Ohren gegenüber.

»*Wem?*«, fragte ich, nur um sicher zu gehen.

»Ihnen beiden. Wie ich sagte. Sollte sich Herr Heckhoff bis morgen Abend nicht auf freiem Fuß befinden, werde ich die Behörden benachrichtigen.«

»Ja haben Sie ...«, brüllte ich, außer mir, doch Charly zerrte mich mit sich fort.

»Sie mieser, kleiner ...«, doch Charly legte einen gehörigen Schritt an den Tag und zerrte mich nun schon das Treppenhaus hinunter.

»Ich dreh Ihnen den verdammten Hals um, sollten Sie ...«, da waren wir auf der Straße und ich wischte mir mühsam den Geifer vom Mund.

»Ah, und noch etwas«, kam es oberlehrerhaft von einem Fenster im ersten Stock herab, und ich blickte wutschnaubend hoch, und etwas in meinem Hirn machte *ratschratsch* wie ein übersprungenes, nur eine tausendstel Sekunde aufscheinendes Dia, ein flüchtiges Déjà-vu, zu schnell, um es festzuhalten, »aber bitte denken Sie doch daran, mir möglichst bald die unterschriebenen Mietverträge zurückzusenden, ja?«

Er besaß ein Talent, dieser Kerl, und er wusste es zur Anwendung zu bringen. Zweites Treffen mit ihm, und zum zweiten Mal war ich danach vollständig von den Socken, sprachlos.

Wenn irgendjemand jemals dazu verdammt war, rasend schnell gesund zu werden, dann ich an jenem Nachmittag.

Bis zum Hals zugedeckt unter mehreren Oberbetten, Brust und Rücken eingeschmiert mit einem Zeugs, das mir die Augen tränen ließ, wie es sonst nur meine Kontoauszüge vermögen, hockte ich im Bett, schlürfte heißen Tee mit

Zitrone, lutschte Halsbonbons und verdaute Aspirin in Mengen, die Neujahrsmorgen in den Schatten stellten.

Andere Dinge waren nicht so leicht zu verdauen.

Ragobert hatte angerufen und den Verlust seiner Leuchtsäule beklagt und mit für ihn ungewöhnlicher Schärfe mehr oder weniger augenblickliche Ergebnisse verlangt. Der verdammte Ballon brachte ihn allmählich um Schlaf und Verstand, und ich bekam den Fallout ab. (Ein Kampfhubschrauber der Bundeswehr war in das herunterhängende Seil geraten, hatte es gekappt, sich dabei ein Rotorblatt beschädigt und heftig zu Boden gemusst, während der Ballon, befreit von der baumelnden Last, in enorme, für Hubschrauber nicht länger erreichbare Höhen aufgestiegen war, wo er mit stoischem Gleichmut seinen Weg gen Osten fortsetzte. Gleichzeitig bereiteten die Warschauer-Pakt-Staaten in großer Hast ein Manöver an der deutsch-deutschen Grenze vor. Das heliumgefüllte Scheißding war kurz davor, Washington und Moskau an den Heißen Draht zu bringen, Grenzschützer, Luftwaffe und die Bonner Riege reagierten kopflos, der altersschwachsinnige amerikanische Präsident faselte vor der versammelten Presse etwas vom kurz bevorstehenden Armageddon, der ›Entscheidungsschlacht zwischen Gut und Böse‹, und sollte diese blödsinnige Geschichte in einem die ganze Welt erfassenden Atomkrieg gipfeln, wollte Ragobert einen Verantwortlichen präsentieren können und hatte da einen Punkt, wie man so sagt.)

Im Versuch, von meinem Auftrag und meiner Reputation zu retten, was noch zu retten war, schwitzte ich über einem Block mit Daten, einem Stadtplan, einem Kalender. Mein Denken war in etwa so klar wie Hühnerbrühe mit Ei drin, also reichlich flockig, doch da musste ich jetzt durch.

Unten in der Küche konnte ich sie rumbölken hören. Die Stormfuckers wollten Blut sehen und wurden sich nur noch nicht einig, wessen. Noch nicht.

Frischer Schweiß brach durch meine Kopfhaut und sickerte in den dicken Wollschal um meinen Hals.

Menden hatte früher am Tag durchgeklingelt und dringend um einen Rückruf gebeten, den er nicht erhalten würde. Irgendwie kam es mir so vor, als ob der Kommissar dabei sei, sich an meine beiden Fälle, den Fall Ragobert genauso wie, unerklärlicherweise, den Fall Willy, heranzurobben und ich das unbedingt verhindern müsste.

Ich schwitzte.

Er legte so ein allwissendes Gehabe an den Tag, der Kommissar, dem ich mich in meiner momentanen Verfassung überhaupt nicht gewachsen fühlte.

Und die verfluchten Entführer könnten jeden Augenblick anrufen, und wir hatten nichts, aber auch gar nichts in Händen. Weder etwas, um mit ihnen zu feilschen, noch etwas, womit wir sie packen könnten.

Mein Schlafanzug klebte mir am Leib.

Hinhalten, wir würden sie hinhalten müssen, und wie sie darauf reagierten, stand in den Sternen.

Ich schrieb die Daten der Anschläge in einer Liste untereinander. Von da übertrug ich sie noch mal auf den Stadtplan, auf dem ich schon die Standorte sämtlicher McDagobertinischer Werbeträger markiert hatte, aktualisiert durch beinahe täglich neu hinzukommende, angemietete Plakatwände, je mehr, je näher das freudige Ereignis der Neueröffnung heranrückte. Und es blieben nur noch ein paar Tage ...

Mir war heiß. Und war ich den einen Augenblick noch ganz fickrig vor Erregung, sicher, jeden Augenblick von einem Genieblitz gestreift zu werden, so fiel ich im nächsten Moment komplett in mich zusammen und hatte unglaubliche Mühe, auch nur die Augen offen zu halten.

Willy, der Schwede, Ragobert, Wolf, Menden, Roth-Bichler, ich konnte und konnte mich nicht auf einen von ihnen konzentrieren, jedes Mal kamen die übrigen von allen Seiten herbei, drängend und schubsend, haltlos lachend, kopfschüttelnd, händeringend, zweifarbig stierend, kühl taxierend, geifernd und schäumend ...

Menschen tun Dinge direkt vor deinen Augen, und du findest dich außerstande, sie zu begreifen.

Deliah. Sie rieb und streichelte und massierte mit allen Anzeichen von verzückter Konzentration auf das Objekt einen langen, schlanken, zuckenden, schwarzen Schwanz. Direkt vor meinen Augen. Schmiegte ihn sich an die Wange. Fasste ihn an der Wurzel, umschloss ihn mit den Fingern und glitt von da an knetend aufwärts bis zur Spitze, ließ ihn aus ihrer Faust flutschen und fing unten von neuem an.

Jemand schnurrte dazu.

Ich fragte: »Was geht hier ab?«

»Oh«, meinte sie, »du bist wach?«

Ich war mir nicht sicher. »Habe ich etwa geschlafen?«

»Aber ja. Und das ist auch das Beste, was du tun kannst, in deinem Zustand.«

Ich wollte ihr gerne stecken, was ich alles Wichtiges zu tun hatte, außer zu pennen, doch irgendetwas kitzelte mich in der Nase, und schon riss mich ein Krakatau von einem Nieser in eine sitzende Position hoch. Eine haarige, kleine, schwarze Katze sprang vom Bett auf den Boden. Haarig, von vorne bis hinten.

»Och, sieh nur, jetzt hast du sie erschreckt!«

»Ja«, sagte ich abwesend und studierte das Oberbett vor mir auf Hirnpartikel, die es mir möglicherweise mit herausgerissen hatte.

»Soll ich dir einen Tee machen?«

»Ja, das wäre nett. Und nimm dieses Vieh mit raus, ja?«

»Das ist kein Vieh. Das ist ein süßes kleines Kätzchen. Ist mir zugelaufen. Und da ich zurzeit mehr hier bin als bei mir, da habe ich gedacht ...«

»Ja, ja. Ja. Aber halt sie hier aus dem Zimmer raus, ja? Bring sie zu Scuzzi. Der mag Katzen. Oh ja, der liebt diese Biester. Schenk sie ihm, von mir aus. Aber tu sie weg.«

»Warum, magst du etwa keine Katzen?«

»Nein. Ich bin ein *Hunde*mensch. Ich warte nur noch, bis ich das richtige Alter erreicht habe, dann hole ich mir einen Rehpinscher. Und den werde ich ausschließlich mit

Schogetten füttern. Doch jetzt muss ich arbeiten. Sei lieb, mach mir einen Tee, tu ruhig ein bisschen Rum rein, und nimm die Katze mit, ja?«

Charly setzte sich auf die Bettkante, und ich fuhr hoch. Ich war über meinen Daten eingenickt und hatte dabei einige Zeilen mit meinem Sabber ausgelöscht. Missmutig packte ich alles beiseite und trank einen Schluck lauwarmen Tees.

»Der Schwede hat angerufen«, sagte Charly. »Etwas seltsames Gespräch.«

Missmutig schnaubte ich in ein Tempo-Tuch, bis der Rotz unten wieder rauslief. Eigentlich mein Job, dachte ich, seltsame Telefongespräche zu führen.

»Also, wenn ich ihn recht verstanden habe, rückt er das Lösegeld heraus, zu einem vertretbaren Zinssatz«, wir sahen uns an, »wenn wir ihm im Gegenzug Willys Vermögenswerte besorgen, die er als Pfand behalten will.«

Wir sahen uns weiterhin an. Skeptisch, könnte man sagen. Und doch …

»Was stellt er sich vor, wie wir die in die Finger kriegen sollen?«, dachte ich laut.

»Wo könnten sie sein?«, fragte Charly zurück.

Und dann gingen wir im Geiste Roth-Bichlers Kanzlei ab und kamen zu dem Schluss, dass der Notar wirklich Wertvolles oder Wichtiges da wohl kaum lagern würde. Anschließend spekulierten wir noch ein bisschen.

Nach kurzem Zaudern ließ ich mich auf Willys steifem Laken nieder. Ich könnte mir hier, so sagte ich mir, praktisch nichts mehr fangen, was ich nicht schon hätte. Matt sah ich mich um, nahm den Faden auf, wo er kürzlich vom Telefon unterbrochen worden war.

Deliah war arbeiten, Charly fuhrwerkte im Haus herum, alle anderen waren draußen, abgestellt zur Observation. Ab und zu rief einer an und gab kurze Berichte ab oder holte sich neue Anweisungen. An Charlys knappen, ohne Zögern abgegebenen Kommentaren merkte ich, er war in seinem Element, er hatte alles unter Kontrolle.

Man meint immer, es geht nicht ohne einen, und dann muss man feststellen, es geht doch.

Müßig ließ ich den Blick schweifen. Soweit ich feststellen konnte, war ich seit Willys Verschwinden der einzige, der das Zimmer betreten hatte. Alles wirkte so, als habe er es gerade eben erst beiseite gelegt, irgendwo rein- oder hintergestopft, aus den Händen fallen lassen, in die Ecke gepfeffert, nur für ein Minütchen weggestellt und anschließend für Wochen dem Schimmel überlassen.

Irgendetwas fehlte. Ich spürte es ganz deutlich, aber kümmerte mich nicht darum, weil ich sonst niemals dahinterkommen würde, was es war. Es würde mich anspringen müssen oder sich in mein Bewusstsein schleichen, eins von beidem. Indem ich danach suchte, würde ich es nie finden. Weil es nicht da war. Weil es fehlte.

Willy, dachte ich, sprich zu mir.

Ich musste mir eingestehen, dass ich ihn vermisste. Er brachte, auf seine Art, Leben in die Bude. Mit seinem Panoptikum an Sexualpartnern, mit seinen verschrobenen Angewohnheiten, mit seiner ganzen Rätselhaftigkeit.

Wie diesem steifen Arrangement aus Sofa und Teeservice. Das war eine jener Seiten an ihm, die mir und allen anderen undurchschaubar blieben.

Auf seinem Schreibtisch lag noch der angefangene Entwurf zu seinem nächsten Brief.

Ich holte ihn mir und hockte mich wieder hin.

libe DAGMAR,

es ist nicht so, wie sie denkn, und um es gleich zusagn, (befor sie mögliherweise falsche vorstelungn bekomen), die junge dame nebn mir auf dem sofa war eien bekante von meinem freunt cahrly, die sich nur danebn gesezt hat, um eine Sendung über eis kunst lauf

unt ich steh in keinerlei bezihung zu ihr.

Ich korrigierte automatisch im Kopf, vervollständigte den abgebrochenen Satz, verschwendete nicht einen Gedanken an den Inhalt. Willy war volljährig, er hatte einen IQ von über 120, er wusste schon, was er tat. Oder?

Wenn man ihn Sachen fragte wie: ›Willy, du glaubst doch nicht etwa allen Ernstes, dass *Dagmar Berghoff dich aus deinem Fernseher heraus beobachten kann, oder?*‹, dann bekam man darauf nie eine Antwort, niemals, sondern immer nur einen Blick zugeworfen, ganz aus den Augenwinkeln heraus, unter gesenkten Lidern hervor, ein Blick, den ich nur als eine Mischung aus Verlegenheit und Verschlagenheit beschreiben kann, ein mimisches Herumdrucksen, funkelnd vor Vergnügen, unwiderstehlich.

Die kleine Katze kam durch die angelehnte Türe herein, sah mich, sprang mir ansatzlos auf den Schoß, trampelte ein wenig auf der Stelle, strich mir mit dem krummgebogenen Ende ihres langen, schlanken Schwanzes unter der Nase herum, und ein Nieser riss mich schier in Stücke.

»Und, bist du zu einem Entschluss gekommen?« Charly saß am Küchentisch und krakelte Listen und Zeichnungen auf Papier, ähnlich denen in meinem Zimmer. Der einzige Unterschied war, er hatte nur einen Fall zum Grübeln. Mir dagegen schwamm die Mirse.

»Die Kanzlei ist nichts als ein Ein-Raum-Büro. Angemietet, wenn du mich fragst. Zu Hause, in seiner Villa, da hat er Platz.«

»Also denkst du, was ich denke?«

»Ja«, sagte ich und versuchte, ›*Vierzehn Mona-*‹ schon im Ansatz auszuknipsen, wie Werbung im Radio.

»Und, hast du schon eine Idee, wie?«

Hatte ich. Und dazu musste ich ein paar Besorgungen machen, was mir ganz recht war, denn mir fiel die Decke auf den Kopf, und Fahren klärt mir unter Umständen schon mal die Flocken aus der Brühe.

Ich zog mir drei Pullis an, lange Unterhose, Pudelmütze, wickelte mir einen von Mutters dicken Wollschals um den

Hals, kramte die gefütterten Lederhandschuhe aus dem Helm, schlüpfte in die Knobelbecher und stapfte aus dem Haus. Orgelte den VW-Transporter auf der letzten Anlasserumdrehung ins Leben, klopfte den Gang rein und stellte mich dem Fahrtwind.

So, dachte ich, jetzt lassen wir uns erst mal 'ne neue Frontscheibe einsetzen.

Der Staatsratsvorsitzende nuschelte Gift und Galle in unverbrämtem Sächsisch, der christdemokratische Buddhakanzler saß da und sonderte Worthülsen ab, sein ihm das ›sch‹ verweigernder Sprachfehler schlimmer denn je, in unmittelbarer Nähe der innerdeutschen Grenze flogen ganze Luftwaffeneinheiten Angriffswellen, ohne es zu schaffen, einen harmlosen Ballon vom Himmel zu holen, der gesamte Warschauer Pakt war von Hysterie ergriffen und zerrte seine Atomwaffen aus den Bunkern, und Ragobert dachte, wenn man den Russen nur einen Schuldigen präsentieren könnte, würde alles wieder gut.

So zumindest klang er am Telefon. Dagmar Berghoff hatte gerade die Tagesthemen verlesen und der die jederzeitige atomare Verdampfung erwartenden Nation eine angenehme Nacht gewünscht.

»Herr Knauff«, unterbrach ich ihn mitten im Lamento, »ich rufe Sie so spät noch an, weil ich gute Nachrichten habe. Wir beide, Sie und ich, werden morgen die Falle zuschnappen lassen. Ich habe die Daten, die Uhrzeiten und auch das Schema der Orte entschlüsselt. Um 19 Uhr morgen Abend werden wir, wenn es nicht mit dem Teufel zugeht, eine Verhaftung vornehmen und den Albtraum beenden. Verlassen Sie sich auf mich.«

Deliah erschien in der Haustür und zog ein strenges Gesicht, als sie mich außerhalb des Bettes erwischte.

»Ich bin morgen Abend gegen sechs in Ihrem Büro«, brachte ich das Gespräch zu Ende, »Sie werden überrascht sein.«

Das würde den morgigen Tag zu einem richtigen Bündel

von Stress schnüren, und nicht zuletzt deshalb ließ ich mich nur zu gerne betten.

»Als du heute Mittag die Katze gestreichelt hast«, murmelte ich, während Deliah mich zudeckte, »bin ich beinahe etwas neidisch geworden.«

»So?«, fragte sie ahnungslos und blickte unschuldig, also ging ich ein bisschen ins Detail.

»Ach«, machte sie und nickte verstehend, während sie mir das Kissen aufschüttelte. »Ja, jetzt verstehe ich. Klar.« Routiniert steckte sie das Laken fest. »Doch das ist natürlich schade. Wenn du nur auch einen … « Sie stutzte. Über meine Mitte gebeugt, praktisch fertig mit Lakenfeststecken. Nachdenklich legte sie einen Finger auf ihren keisrunden Mund. » … hättest …« fuhr sie fort. Und unsere Blicke trafen sich.

Kapitel 5

»Meinst du nicht, das fällt auf?«

Ich klebte gerade, unter Charlys kritischen Blicken, ›sa-Tan antennenservice‹, gefolgt von einer aus dem Buch abgeschriebenen Telefonnummer, nacheinander auf die beiden Türen des Transporters und fühlte mich gut dabei. Es war ein kalter, aber klarer, sonniger Morgen, das Fieber schien weg, und ich hatte gepennt wie ein Klotz. Wie immer, wenn der Schmerz nachlässt, sich eine Depression verflüchtigt oder sonst ein Ungemach von mir abfällt, juckte es mich förmlich vor Tatendrang.

Nichts macht mich kränker, als krank zu Hause rumzuhocken. Der heutige Tag würde eine ganze Menge Risiken mit sich bringen, doch alles war besser als Grippe, wie ich fand. (Na, möglicherweise war das Fieber doch noch nicht ganz wieder abgeklungen.)

»Merkt kein Arsch«, sagte ich und beklebte, sei's drum, auch die Heckklappe noch mit ›saTan‹ und Nummer. »Lies lieber noch mal den exakten Zeitplan vor.«

Charly schnaubte: »Was gibt's da vorzulesen?«, zog aber doch brav einen Zettel aus der Tasche. »Also: Der Mann ist ein Uhrwerk. Er geht morgens um sieben Minuten vor neun aus dem Haus, läuft die sieben Minuten in sein Büro, kommt mittags um sieben nach eins nach Hause zurück, bleibt bis sieben vor drei und macht um Schlag fünf Feierabend. Falls er anschließend keine Einkäufe zu tätigen hat, sollte er somit um ziemlich genau sieben nach fünf wieder zu Hause sein.«

»Und was ist mit ...«

»Ich bin noch nicht fertig. Die Haushälterin kommt um acht und geht wieder gegen zehn. Morgens. Sonstige Aktivitäten in und um das Haus wurden nicht beobachtet. Nachbarn mit Kindern zur Linken, Nachbarn mit Hausangestellten zur Rechten, Nachbarn, die offenbar verreist sind, gegenüber.«

»Fein«, sagte ich und sah auf die Uhr. »Dann kann es ja gleich losgehen.«

»Hast du dich entschieden, wen du mitnimmst?«

»Ja. Poppel.«

»Poppel? Wieso gerade Poppel?«

»Erstens, weil er mit 'nem Schneidbrenner umgehen kann.« Eine etwas dürftige Begründung in einer Gang, deren Kern sich aus der Crew von Charly und Heiko Zimmermanns alter Abrissfirma rekrutiert hatte.

»Brennen? Brennen kann ich auch.« Und passend zur dürftigen Begründung eine lahme Entgegnung. Na ja, es war noch recht früh am Morgen.

Ich hatte ihm schon zweimal gesagt, dass ich ihn unter keinen Umständen mit dabeihaben wollte, und auch warum, doch Charly klang immer noch beleidigt über den Umstand. »Und zweitens?«, fragte er, nachdem ich seine Entgegnung unkommentiert ließ.

»Zweitens, weil er ein Arschloch ist.«

Einen kleinen Moment später nickte er. »Du machst dir also Sorgen?«

»Nein, ich fühle mich leicht und beschwingt und habe fest vor, dieses Gefühl über den Tag zu retten, aber du weißt, wie es ist.«

Und wieder nickte er.

Wenn man etwas beginnt, das in der Folge schief gehen kann, und man hat die Wahl – wen nimmt man dann mit: Seinen besten Kumpel, um ihn fett mit reinzuziehen, oder aber einen Heini, den weder man selber noch sonst wer schmerzlich vermissen würde?

»Und falls sie mich busten, musst du weitermachen und Willy finden. Den andern traue ich's nicht zu.«

Er nickte und verzog sich mit sorgenvollem Gesicht.

›*Vierzehn Mo-*‹, hob es an, doch ich zog rasch den Stecker raus.

»Hier«, sagte ich zu Poppel, »schlüpf mal rein.«

Der Gesichtsausdruck alleine war es wert, ihn und keinen anderen ausgesucht zu haben.

In dem gleichen Laden für Werkzeug und Installationsbedarf, wo ich unter anderem auch die Klebebuchstaben und -zahlen fürs Auto erworben hatte, waren mir quasi beim Rausgehen noch diese zwei wirklich eleganten, in vornehmem Grau gehaltenen, Autorität und Fachwissen verströmenden Arbeitskittel in die Hände gefallen.

»Frisch gestärkt«, sagte ich und half ihm in den Ärmel, »damit wirst du aussehen wie ein Musterbeispiel von einem deutschen Handwerker, auf den daheim in der Reihenhaushälfte die Mutti und die drei Kinderchen warten.« Ich zupfte ein bisschen an ihm herum, machte oben einen Knopf mehr zu, als nötig und bequem war, wischte einen Fussel von seiner Schulter. Ich wusste, ich riskierte einen Hieb, einen Kick, doch wenn ich etwas vorhabe, vor dem ich mich innerlich fürchte, neige ich dazu, das mit Albernheiten zu überspielen.

»Nur die Haare musst du dir zusammenbinden und

irgendeine Mütze aufsetzen, doch ansonsten: perfekt.« Ich strahlte ihn an und senkte dann den Blick. »Nein, doch noch nicht ganz.« Ich wies zum Haus. »Jeans und Turnschuhe«, sagte ich. Und nicht Lederpatchworkhosen mit Fransen an der Naht und Alligator-Cowboystiefel mit aufgesetzter Stahlkappe vorne und angeschnallten Sporen hinten. Poppel ritt eine 500er Royal Enfield Bullett, und ohne regelmäßig die Sporen zu kriegen würde der rappelige Einzylinder vermutlich überhaupt nicht aus dem Quark kommen.

Ein Blick auf die Uhr. Es wurde Zeit.

Langsam und konzentriert umrundete ich den Transporter ein letztes Mal. Vorderes Kennzeichen von einem schon lange verschrotteten Hanomag, hinteres Kennzeichen von einer an die Versicherung verkauften Honda, neue Frontscheibe von der Autoverwertung Sültenfuß. Ein langer Blick auf das Werkzeug, dann zog ich die Schiebetüre zu. Überprüfte noch mal, ob die beiden Leitern auf dem Dachgepäckträger auch richtig verzurrt waren. Waren sie. Wir konnten los.

Poppel kam wieder raus, in Jeans und Turnschuhen, das graue Haar hinten durch den Riemen einer Basketballmütze mit der Aufschrift 49ers gezogen, das Gesicht darunter noch einen Hauch röter als normalerweise. Er wirkte wie ein Muster von einem deutschen Handwerker, mit einem Brummschädel am Montagmorgen und null Bock.

Wir stiegen ein, ich kontrollierte noch mal im Innenspiegel den Sitz meiner Original-Willy-Heckhoff-Seitenscheitel-Perücke, setzte mir das Original-Willy-Heckhoff-Glasbaustein-Modell von Brille auf die Nase und zwängte mir das Original-Willy-Heckhoff-Replica-Gebiss über die Schneidezähne. Lauter Artikel, die im Fuckers' Place zu Dutzenden herumflogen. Seit Willys letzter Geburtstagsparty, der unvergesslichen Fete unter dem schönen Motto: ›Wir sind alle Willy‹.

Zu meiner Zufriedenheit kostümiert startete ich den Motor, und wir röhrten die Einfahrt hinunter.

Niemals zuvor und niemals wieder danach habe ich jemanden so lachen sehen wie Willy an jenem Abend.

Wir bogen im Zockeltempo in die Bleichstraße, und am anderen Ende setzte der Manta von Schissers Mama den Blinker, zog aus einer Parklücke und fuhr davon.

Die Luft ist rein, hieß das.

Das Haus zeigte mit seinem Giebel zur Straße, von der es nur durch einen schmalen Vorgarten getrennt wurde, dunkel und trist um diese Jahreszeit, ein mächtiger Rhododendron das einzige Grün. Gedrehte, gebogene und verschnörkelte Gitter vor sämtlichen Erdgeschossfenstern, von denen die meisten bunt- und bleiverglast waren wie die von Vortkneipen. Dazu die vom Alter nachgedunkelte Klinkerfassade, und die ganze Hütte sprach: Spießerhölle.

Zwischen den Platten in der Einfahrt rechts vom Haus wuchs das Gras, was zeigte, dass sie selten benutzt wurde. Fußgängerhaushalt. Auch die Hausnummer stimmte, wir waren also richtig. Ich lenkte den Transporter die Einfahrt hoch bis vor die Garage. Stieg aus, zog mir ein Paar Arbeitshandschuhe über und klingelte ausgiebig an der massiven Haustür. Nur für den Fall.

»Ftell fonmal die Leiter auf«, rief ich Poppel zu. Diese Scheiß-Zähne. Davon abgesehen gab es nicht den geringsten Grund, sich leise zu verhalten. Im Gegenteil. Ich klingelte noch mal. Niemand öffnete.

Ein Blick auf die Uhr verriet mir, uns blieben etwa zweieinhalb Stunden. Ein Blick in den Himmel, und von Westen her schienen Wolken heranzuziehen. Das war nun nicht so schön, aber nicht zu ändern.

Also, dachte ich, prüfte die Leiter auf sicheren Stand und begann den Aufstieg.

»Jetft gib mir die Dachleiter an.«

Poppel spurte nur so. Er mochte von mir als Detektiv nicht viel halten, dieses ganze Junkie-Reimport-Business beeindruckte ihn nicht die Bohne, doch als Einbrecher hatte ich den Ruf eines Profis, und er schien begierig, etwas zu lernen.

Ich hängte die Dachleiter in einen Leiterhaken, legte sie auf die Fläche der Pfannen und kraxelte hoch bis knapp unter den First. Obwohl ich meinen Atem sehen konnte, war mir eigentümlich warm, und obwohl ich dabei war, ein Delikt zu begehen, war mir eigentümlich heiter zumute. Bei den Nachbarn zur Rechten, den mit den Hausangestellten, wenn ich mich recht erinnerte, erschien das verkniffene Gesicht einer mittelalten Frau hinter einer der Scheiben im ersten Stock und wollte und wollte sich nicht weiterbewegen. Ein Fan. Nach kurzer Überlegung schickte ich ihr eine richtige Breitseite von einem Heckhoff'schen Smile rüber und kniff ihr ein scharfes Auge durch meine dicken Gläser, doch anstatt sanft errötend dahinzuschmelzen, zog sie nur mit einem scharfen Ruck die Vorhänge zu und ward nicht mehr gesehen.

Dann nicht, dachte ich und fing an, Pfannen aufzunehmen.

»Pack daf Werkpfeug unten vor die Hauftür!«, kommandierte ich, schließlich hatte ich den Mann nicht nur zum Zukucken mitgenommen.

»Den Brenner und Gas und Sauerstoff auch?«, kam es von unten, und ich zuckte ein bisschen. Nicht unbedingt die übliche Antennenbauer-Ausrüstung, das. Mehr was für Klempner. Oder Schränker.

»Nein«, antwortete ich, verhalten, und wünschte, ich könnte ihm eins vor sein Schienbein geben für seine Blödheit, »erftmal nicht!«

Nach und nach legte ich eine Fläche von ziemlich genau einem Quadratmeter frei und spähte durch das Loch. In den erwarteten staubigen, nicht ausgebauten, mit allerlei häuslichem Strandgut voll gestellten Spitzboden. Vorsichtig, um mir den neuen Kittel nicht zu zerreißen, tauchte ich zwischen zwei Dachlatten hindurch und wurschtelte mich auf Limbo-Tänzer-Art hinein in das ganze Gerümpel.

Irgendwo musste doch – da war sie. Eine Einschubtreppe. Es gab ein ziemliches Getöse, als ich sie entriegelte und nach unten fallen ließ, doch es war ja niemand im

Haus, und wir als Handwerker konnten selbstverständlich so viel Krach machen, wie wir wollten. Entschlossen stieg ich hinab in den Flur der ersten Etage, sah mich um, und aus einer Ecke knapp unterhalb der Decke blinzelte mir das freundliche Albinoauge eines Infrarot-Bewegungsmelders zu.

Ajeh.

Ich stand einen Moment lang steif und wartete darauf, von draußen ein winselndes Jaulen hereinschallen zu hören, doch alles blieb still.

Ajeh. Noch schlimmer.

Die Haustür war natürlich zweimal verschlossen, doch am Schlüsselbrettchen hing natürlich ein Ersatzschlüssel, und damit schloss ich hastig auf und zog genauso hastig Poppel und die Werkzeugkoffer hinein, bevor ich die Türe wieder zudrückte.

»Du durchsuchft«, fing ich an, brach ab und nahm die Zähne heraus, »du durchsuchst den Keller. Merk dir alles, was abgeschlossen ist, sei es ein Schrank, eine Kiste, eine Türe. Und beeil dich, aber fass um Gottes Willen nichts an, hörst du? Wir dürfen unter keinen Umständen Spuren hinterlassen. Hast du dir die Schuhe abgeputzt? Handschuhe an? Dann los! Und, ach so – sollte es an der Türe klingeln, sollte das Telefon gehen, lass dich nicht stören, sondern überlaff ef mir!« Bei den letzten Worten hatte ich mir die Zähne wieder reingeschoben, wie man vielleicht gemerkt hat.

Poppel schob ab, die Kellertreppe hinunter, während ich in der Diele stehen blieb, rasend nervös und lampenfiebrig, in gespannter Erwartung des Klingelns von Türglocke oder Telefon. Gott, was lief mir die Nase! Der Ärmel meines Kittels war schon ganz kletschig vor Rotz.

Ding-dong! Scheiße, Scheiße, Scheiße!

Ich holte einmal tief Luft, dann zog ich die Haustür ein ordentliches, nichts verbergendes Stück weit auf, sagte »Ja, bitte?« und suchte gleichzeitig im Kopf nach Formulierungen, die ohne ›s‹ oder ›sch‹ auskamen. ›Was gibt's?‹ schied direkt schon mal aus.

»Kann ich Ihnen helfen?«, fragte ich die beiden Zivilbullen, von denen einer seine Dienstpistole umklammert hielt, und schiss mir fast in die Hose. Den hinteren, jüngeren, den mit dem Gesicht eines Möchtegern-Schlagersängers und der passenden, topmodischen Vokuhila-Frisur, den mit dem nervösen Klammergriff um seine Waffe, sah ich zum ersten Mal. Der war auch nicht der Grund für die plötzlichen Kontraktionen meines Schließmuskels. Sondern der vordere, ältere. Der mit dem Wanst. Der mit dem Zinken. Der mit dem Kinn. Der mit dem zentimeterkurz geschnittenen, senfgelben Haar, so drahtig, dass man einen Amboss drauf hätte abstellen können. Den kannte ich, nur zu gut. Kommissar Baer. (Nein, ich werde nicht hingehen und seinen Spitznamen verraten. Auch Polizeibeamte haben ein Recht auf Privatsphäre.)

»Polizei. Wir wurden über Funk davon in Kenntnis gesetzt, dass in diesem Haus ein stiller Alarm ausgelöst wurde, und müssen uns nun davon überzeugen, dass hier alles in Ordnung ist.« Und schon war er drin im Haus, der Kommissar, Schweinsaugen überall. Er und ein Kollege von ihm hatten mich mal, als ich noch klein war, auf einer frisierten und, wie sich später herausstellen sollte, leider obendrein als gestohlen gemeldeten Kreidler Florett erwischt. Die beiden haben mich dann im Keller des Präsidiums nicht übel durchgelassen, weil sie es gerne gehabt hätten, dass ich insgesamt 37 andere Mopeddiebstähle aus der Zeit gestand. (Ich war aber nur für höchstens zehn oder zwölf verantwortlich und beteuerte deshalb auch unter Schlägen weiterhin meine komplette Unschuld.)

Es war klar, dass er mich nicht erkannte, doch unklar, ob das auch so bliebe.

»Wie konnte das passieren?«, fragte er und sah mich bohrend an. Wie warm so eine Perücke ist, dachte ich irritiert und siebte mein Vokabular, um nur ja keinen Argwohn in Bezug auf die Echtheit meiner Zähne zu wecken. ›Z‹ und

›tz‹, fiel mir auf, mussten ebenfalls umschifft werden. Eijeijei.

»Mein Mitarbeiter«, sagte ich, mit einer Kopfbewegung Richtung Kellertüre, hinter der man Türenschlagen hören konnte. »Unerfahren«, fügte ich hinzu. Kann man überhaupt Sätze ohne ›ist‹ bilden? »Wurde der Firma vom Amt vermittelt.« Uff.

»Holen Sie ihn doch mal her.«

»Deetlev«, rief ich, und das Schlagen einer Türe machte die Scheiben im ganzen Haus zittern. Niemand hasst seinen eigenen Vornamen mehr als unser Poppel. »Komm doch mal eben hoch!«

»Und womit sind Sie hier beschäftigt?« Ohne den Kopf zu wenden, schnickte Kommissar Baer mit dem Finger, und der Kollege steckte die Waffe in ihr Holster und zog einen Block ans Licht, klickte die Spitze aus einem Kugelschreiber. Er schien mir gut dressiert zu sein.

»Wir montieren eine Antennenanlage«, antwortete ich, Wort für Wort vorsortierend, und nickte Poppel zu, wobei ich ›Und du hältst die Schnauze‹ in meinen Augenausdruck zu legen versuchte. Überflüssig. Poppel sah nur die Bullen und verschluckte beinahe seine Zunge.

»Aha. Nun, Wolfgang, du nimmst ihre Personalien auf, und ich sehe mich mal im Haus um.« Oh, oh, dachte ich und erinnerte mich, dass damals, bei meiner Verhaftung, die 240 Mark aus meiner Hosentasche nie wieder aufgetaucht waren. Ich konnte den Dickwanst unmöglich unbeobachtet herumlaufen lassen.

»Ich bin nicht befugt«, begann ich, mit einer bremsenden Geste, »irgendjemanden ...«, und ich brach ab. ›Ins Haus zu lassen‹ war eine zu steile Hürde.

»Nun gut. Ich kann Ihnen einen Blick gönnen auf den Ort, wo wir montieren.« Weia! Ich wischte mir verstohlen die Stirn, bevor ich Baer den Weg zur Treppe wies.

»Ja? Schön. Ich sag ja selbst immer, man muss auch gönnen können.« Und er gluckste zufrieden in sich hinein.

Wir kamen bis zur Einschubtreppe. Ich ließ ihm den Vortritt. Zwei Sprossen hoch, und die filigrane Holzkonstruktion gab ein bedenkliches Ächzen von sich, das, mit ein bisschen Phantasie, beinahe klang wie ›Noch ein Schritt und die Sache endet in Splittern und Tränen‹.

Baer knurrte und machte kehrt. »Scheiß drauf«, meinte er.

Glaubte ich für ein Sekündchen schon, gewonnen zu haben, so wartete unten, im Flur, die nächste Schwierigkeit.

»Er weiß nicht, wie *er* heißt«, sagte Wolfgang und deutete beim ersten ›er‹ zu Poppel und beim zweiten zu mir. Und ich wusste wiederum nicht, wie Poppel sich nannte, ging mir auf. Schlampige Vorbereitung, mehr will ich da nicht zu sagen. Und ich will auch nicht noch mal darauf herumreiten, was es war, das mir mit Geisterstimme durch die verschlungenen Gänge meines Gedankensitzes echote.

»Und wie heißt *er*?«, fragte Baer an mich gewandt und meinte Poppel.

»Detlev«, sagte ich und die Kopfhaut unter der Perücke juckte zum Irrewerden.

»Und weiter?« Baer stierte lauernd.

Ich zuckte die Achseln. »Er kam vom Amt, heute morgen, und der« – um ein Haar, und ich hätte ›Chef‹ gesagt, und zwar so, wie es sich heimtückischerweise schreibt – »der Herr Gundlach meinte: Günther, du und Detlev, ihr bildet ein Team, heute.« Gott im Himmel, dachte ich, mach, dass sie sich verpissen, bevor ich kollabiere. Oder mir den Dutt von der Runkel rupfe.

»Herr Gundlach wäre somit Ihr Arbeitgeber?«, fragte Wolfgang und machte Notizen.

Ich nickte. »Werner Gundlach Antennenbau. Telefonnummer …« Baer ging mit einer Handbewegung und einer verschlagenen Miene kopfschüttelnd dazwischen.

»N-nh«, machte er vielsagend und wackelte mit dem Zeigefinger, »die Nummer kriegen wir schon raus.«

»So, dann bräuchte ich noch Ihren Namen.«

»Günther …« äh. Himmelarsch, nimm einen Fußballer,

Kristof, – Matthäuf? Nein. Grabowfki? Nein. Feeler? Auch nein. Beckenbauer? Zu auffällig –

»Becker. Günther Becker. Mit ›th‹. Und ›e‹, nicht ›ä‹.«

Wie in ›Banane‹, hätte ich beinahe hinterhergeschickt. Weiß auch nicht, warum. Stress, wahrscheinlich.

»Becker? So wie unser Boris? Der Tennis ...«

»Genau. Ja. Genau wie un- ... wie der, eben.«

Sie gingen zur Türe.

Ich eilte voran und hielt sie ihnen auf, beflissen wie ein Etagenkellner.

Sie grummelten etwas miteinander.

»Wie sind Sie eigentlich ins Haus gekommen?«

Ersatzschlüssel. Was für'n Wort. Ich zog ihn aus der Tasche und wedelte damit. Stumm.

Draußen hatte es sachte zu regnen begonnen, unangenehm, wenn man das Dach aufgerissen hat. Doppelt unangenehm, wenn man obendrein unter keinen Umständen Spuren hinterlassen wollte.

»Und der Hausherr, hier, wo ist der zu erreichen?« Baer, dieses Arschloch wollte aber auch keine Ruhe geben.

»In ...« wo? Öfterreich? Fpanien? Lukfemburg? Der Chweipf? »In Kur«, sagte ich und hatte plötzlich die freie Wahl. Bad Pyrmont, Baden-Baden, Bad Gaftein, Scheiße ... »In Bad Orb. Kommt morgen wieder.«

So, und jetzt zieht endlich Leine.

Sie waren praktisch draußen, zögerten aber noch, Blick in den Himmel, unter dem schmalen Vordach, und ich dachte ernsthaft daran, ihnen die Türe einfach ins Kreuz zu drücken, als eine weiße, dickschädelige, ungeheuer flusige Katze unter einem Busch hervorgesprintet kam und Kurs auf uns nahm.

Baer packte sie sich mit einem erfreuten ›Hahaa‹ und hob sie hoch. »Gehört die hierhin?«, fragte er und hielt mir das Vieh unter eine sich instinktiv zurückkräuselnde Nase. Ich nickte, weil es mir das einfachste schien. Wasser schoss mir in die Augen. »Ein Prachtstück, finden Sie nicht?« Ich nickte. Atmete durch den Mund. Biss auf die Zähne. Hielt die

Nase hoch. Presste die Knie zusammen. »Perser, würd ich sagen.« Ich nickte, grub mir die Fingernägel in die Handflächen, trat mir mit der Hacke des linken Fußes auf die Zehen des rechten, fühlte mich wie eine Handgranate minus ihren Abzugsbügel, als der fette Schwachkopf das haarige Biest endlich absetzte und ich die Türe schließen konnte. Im Gleichklang mit dem ›*Schnack*‹ des Schlosses riss mir das aufgestaute Niesen den Mopp von der Omme, die Beißer aus'm Maul und die Brille vom Zachel. Hätte nicht viel gefehlt, und er wäre hinterhergeflogen, mein Riechkolben.

»Gesundheit«, hörte ich von draußen, dann hörte ich sie noch ein bisschen grummeln, dann hörte ich sie die Einfahrt hinunterschlurfen, und dann hörte ich Autotüren zuklappen, einen Motor starten und weg waren sie.

Ich weiß nicht, wie es kam, aber ich fühlte mich plötzlich müde, irgendwie. Erst bückte ich mich nach meinen Utensilien, dann ließ ich mich daneben nieder. Nur ein Sekündchen.

»Was ist«, wollte Poppel wissen, »hauen wir ab?«

Ich schüttelte den Kopf. »Bist du mit dem Keller durch? Gut, dann mach in der ersten Etage weiter«, sagte ich und hatte mich gerade wieder hochgerappelt, als irgendwo im Haus das Telefon ging. Ich hastete dem Bimmeln hinterher, fand den Apparat, drückte meinen fliegenden Atem herunter, so gut es ging, und hob ab.

»Werner Gundlach Satellitenantennenanlagen, Bau, Vertrieb und Montage«, meldete ich mich in einem tiefgestimmten, vor Routine triefenden Rutsch.

»Ja, guten Tag Herr Gundlach, Polizeiobermeister Horstmann hier, vom Präsidium Von-Bock-Straße.« Ich musste die Hand auf die Sprechmuschel legen und ein kurzes, triumphierendes Lachen abhusten. ›Die Nummer kriegen wir schon raus‹, mein Arsch.

»Ich habe hier eine kleine Überprüfung vorzunehmen.« Sie hatten sie natürlich einfach hinten vom Transporter abgeschrieben und über Funk weitergegeben.

Von allen Dingen, auf die man wetten kann, gibt es keine sicherere Bank als die Faulheit der Leute.

»Ist das richtig, dass ein gewisser ... Moment, hier steht's: ein Günther Becker und ein Detlev Enfield bei Ihnen beschäftigt sind?« Clever, Poppel, dachte ich. Sowohl ›Detlev Royal‹ als auch ›Detlev Bullett‹ hätten doch sehr nach Künstlername geklungen.

»Becker ist einer meiner langjährigen Monteure«, sagte ich, »den anderen Hänger hat mir heute Morgen das Arbeitsamt geschickt. Warum, hatten sie einen Unfall? Oder haben sie irgendwas verbrochen? Kann ich mir von Becker beim besten Willen nicht vorstellen. Spitzenmann, das.«

»Nein, nein. Es ist nur so, sie haben eine Alarmanlage ausgelöst.«

»Ochsen«, knurrte ich.

»Betrachten Sie das hier als eine Routine-Überprüfung. Sagen Sie mir nur bitte noch, welchen Auftrag sie den beiden heute Morgen gegeben haben. Dann ist die Sache wohl erledigt.«

»Moment«, machte ich und zählte bis fünf, »wo hab ich's denn? Ah, hier: Roth-Bichler, Bleichstraße Nummer 127, Erstmontage einer Schüssel 720mm, inklusive Neuverkabelung sowie Demontage und Abfuhr der alten Dachantenne. Hilft Ihnen das weiter?«

Ja, ja, und vielen Dank auch für meine Kooperation.

»Fickt euch«, sagte ich. Doch erst nachdem ich die Verbindung unterbrochen hatte.

»Nichts«, murrte Poppel und lief hinter mir her. »Auch im Erdgeschoss steht praktisch alles offen. Der Keller ist halb voll Akten. Manche noch aussen Fünfzigern. Viele Zimmer stehen übrigens ganz leer, in anderen sind die Möbel mit so Laken abgedeckt. Die paar Räume, die bewohnt werden, sind so was von aufgeräumt, wie ich's noch nie gesehen habe.«

»Hast du irgendwas angefasst?«

»Nur Türgriffe und so.« Und er wedelte mit seiner behandschuhten Rechten.

»Gut.« Zielstrebig arbeitete ich mich durch das Erdgeschoss, öffnete Türen, spähte hindurch, schloss sie wieder. Der Rücken meines Kittels war nass, durchgeweicht, aber die Dachpfannen waren zurück an Ort und Stelle, die Leitern abgeräumt. Uns blieb etwas über eineinviertel Stunde, und das war bei Gott nicht viel.

»Hier drin war ich auch schon. Alles voll Bücher. Was suchst du? Sollen wir nicht langsam mal verduften? Ehe die Bullen zurückkommen?«

»Nein«, sagte ich, obwohl das nicht alle Fragen beantwortete. Ich suchte, um es kurz zu machen, tragende Wände. Fürs erste.

Roth-Bichlers Haus hatte einen T-förmigen Grundriss, und die beiden Außenwände des, wenn man so will, senkrechten Pfeilers setzten sich, wie ich feststellen durfte, durch den ›Querbalken‹ fort. Ich suchte tragende Wände und öffnete dazu Türen, weil tragende Wände dicker sind als normale Zimmerwände und man das an den breiteren Türzargen erkennen kann. Und das, was ich eigentlich suchte, braucht aufgrund seiner Einbautiefe dickes Mauerwerk.

Den zentralen Raum des, in Ermangelung eines besseren Wortes, Querbalkens bildete ein Kaminzimmer, von dem rechter Hand die Tür zu einer Abstellkammer abging, gefolgt von der Garage, und linker Hand, mit einem großzügigen Durchbruch anstelle einer Türe, eine Art Wintergarten. Eingetopftes Grünzeug ohne jedes Interesse.

Rechts, an der Wand zur Abstellkammer, hing ein mittelgroßer Ölschinken. Vater, Großvater oder Urgroßvater Roth-Bichler in Reitmontur, mit herrischer Miene einen gesattelten, ihm freundlich über die Schulter blickenden Gaul an einer Strippe festhaltend. Ich gaffte es eine ganze Weile an, ohne sagen zu können, warum. Dann erst lupfte ich den Rahmen und spähte dahinter. Also! Mit einem kleinen Ruck hob ich das Bild vom Nagel, und Poppel pfiff durch die Zähne. Wandsafe, altehrwürdig, mittelgroß. Ein Griff für die Verriegelung und ein Drehrad, für die Zahlenkombination. Zwei rechts, zwei links, einen fallen lassen.

»Soll ich den Brenner holen?«, fragte Poppel.

Erst mal probierte ich den Griff. Alles schon dagewesen. Ja, ich kenne Leute, die haben einen auf*gebrannt*, einen Safe, obwohl er gar nicht abgesperrt gewesen war.

Doch das Ding hier war zu, fest verschlossen.

Und sich dabei erwischen lassen.

Ich kenne die dollsten Leute, will mir manchmal scheinen.

»Ach was«, antwortete ich und ließ meine verschränkten Finger knacken. »Das ist ein 8-88er von Dührmann und Lau mit Planetengetriebe. Für dieses Baby brauche ich nichts als ein Stethoskop, ein bisschen Nähmaschinenöl und vielleicht viereinhalb Minuten Zeit.«

Wie viele Jahre kannte ich ihn jetzt? Und in all der Zeit war es das erste Mal, dass er mir einen Blick schenkte, aus dem ich Achtung, Respekt, ja vielleicht sogar einen Hauch von Bewunderung herauslesen konnte.

»Echt?«, fragte er, Mund offen wie zum Fliegenfangen. »Haben wir denn ein Stethoskop dabei?«

»Blödsinn«, holte ich ihn auf den Boden zurück. »Geh und bring mir den Eimer mit dem Maurerwerkzeug. Und beeil dich.«

Auf der anderen Seite der Mauer, in der Rumpelkammer, Rücken an Rücken mit dem Safe also, war Brennholz bis fast unter die Decke gestapelt. Ich hätte weinen können vor Freude. Manchmal hat selbst Fortuna, dieses launische alte Aas, einen guten Tag. Muss mit ihren Hormonen zusammenhängen. In rasender Hast trug ich Schicht um Schicht ab und feuerte die Klötze in eine Ecke. Blickte auf die Uhr. Keine Stunde mehr.

Poppel erschien im Laufschritt.

»Mess mal den Abstand von der Türe zum Safe.«

»Ein Meter zwanzig«, kam die Antwort, zusammen mit dem Zollstock.

Ein Meter zwanzig, maß ich ab, ritzte mir ein Zeichen, schnappte mir einen Maurerhammer und trieb ihn mit der

Spitze in den Putz links von meiner Markierung. Schon in einer Tiefe von gerade mal einer halben Daumenbreite stieß ich auf metallenen Widerstand.

»Flachmeißel, Fäustel.«

Zehn Minuten später stand ich da, weiß bemehlt von Kopf bis Fuß, und hatte die komplette Rückwand des Safes freigelegt. Während Poppel die Putzreste zusammenkratzte, in Eimer füllte und zum Auto trug, griff ich mir den extrabreiten, scharfen Karosseriemeißel, packte den Fäustel, als wollte ich ihn würgen, und atmete einmal tief durch. Holte aus, ließ den Hammer wieder sacken und wischte mir erst mal den Schweiß aus den Augen. Mir war heiß, gottverdammt heiß.

»Alles in Ordnung mit dir?«

»Wunderbar.« Jetzt hieß es entweder – oder.

Ein wuchtiger Schlag, und der Meißel drang durch die Rückwand wie der Öffner durch den Dosendeckel. Stahlblech. Wie so oft. Mit gut drei Millimetern um das rund Zehnfache dicker als das von einer Dose Linsensuppe, aber immer noch nichts als Blech.

Schon manches Mal habe ich mich gefragt, was die Safehersteller eigentlich meinen, wen sie hier verarschen können. Und ich bin auf eine Antwort gekommen: Es sind ihre Kunden, fürchte ich.

Poppel entwickelte ungeahnte häusliche Qualitäten. Ich sah ihn mit Handfeger und Kehrblech, ich sah ihn mit einem Wischmopp, ich sah ihn mit dem Schlauch eines Staubsaugers in der Hand. Und jedes Mal, wenn ich ihn sah, fragte er: »Geht's?«

Um – war das zu glauben? – sieben Minuten vor eins hatte ich die Rückwand endlich herausgestochen. Schon so spät? Ich war vollkommen außer Atem. Meine Knie schwangen wie die Zinken einer Stimmgabel. Weiße, leuchtende Pünktchen wanderten von rechts nach links durch mein Sichtfeld. Wenn der Safe jetzt leer gewesen wäre, ich glaube, ich hätte mich an Ort und Stelle entleibt.

Poppels Blick war der einer Mutter, die sich um ihr einziges Kind sorgt. Er hielt einen großen Postsack auf, wartend. Hastig zog ich die Beute aus dem Safe und ließ sie in den Sack fallen. Es war unmöglich, zu sagen, was es war, außer, dass es sich um Aktenordner, Schnellhefter und ähnlichen Kram handelte. Nichts, um eine Euphorie auszulösen. Kein Bargeld, schon mal, keine Goldbarren, kein Leinensäckchen voll glitzernder Steinchen. Nur blöde Akten. Nur Papier. Doch irgendeinen Wert mussten sie haben, irgendein Geheimnis mussten sie bergen, sonst hätte man sie anderswo gelagert. Obwohl, ich habe auch schon von Geldschränken gehört, in denen nichts als 'ne angebissene Käsesemmel gefunden worden war. Aber was hört man nicht alles …

Poppel begann schon, den Holzstapel wieder hochzuziehen, während ich noch eben ein paar Eichenspäne von innen in den Spalt der Safetüre trieb, bis sie auszusehen begannen wie Blumenkohlköpfe. Diesen Safe, das war mal sicher, würde so bald niemand mehr öffnen. Nicht von vorne, zumindest.

Brennholz an Ort und Stelle, Postsack im Wagen, Zündschlüssel mit fliegenden Fingern ins Schloss gefummelt, und wir hatten drei Minuten nach eins.

Zitterte ich? Wieso zitterte ich so?

»Haft du den Ftaubwauger wieder weggeräumt?«

Wir rollten die Bleichstraße hinunter, und ich musste mich zwingen, nicht mit beiden Füßen auf das Gas zu latschen.

»Ja, hab ich.«

»Die Einfubtreppe! Heilige Pfeiffe, die Einfubtreppe!« Ich raufte mir das geborgte Haar.

»Ist wieder zu. Alles ist so, wie es vorher war.«

Ich setzte den Blinker, bog in die Wertgasse ab und zuckte zusammen, als uns Roth-Bichler entgegenkam, Schirm in der Hand, Aktentasche unterm Arm, Miene und Haltung eines Mannes, der davon überzeugt ist, sich seine Mittagspause redlich verdient zu haben. Noch einmal abgebogen, und er verschwand aus meinem Blickfeld, und ich wollte schon aufatmen, als mir, mit glühender Hitze, der Ersatzschlüssel zu seinem Haus ein Loch in die Hosentasche brannte. Bildlich gesprochen.

Ich erwachte mit einem Niesen, das knallte wie ein Peitschenhieb, als der verschleuderte Rotz die Schallmauer durchbrach. Die Katze war mit einem Satz bei der Türe, sah mich kurz an wie einen Mörder und verschwand. Irgendjemand hatte die blöde Türe nicht richtig zugemacht. Möglich, dass ich es selbst gewesen war, doch das änderte nichts an meinem Vorhaben, Deliah damit zu beschuldigen. »Du gehst sofort wieder ins Bett!«, hatte sie kommandiert, kaum dass ich ins Haus gekommen war. Nun gut, hatte ich gedacht, vielleicht für ein Viertelstündchen. Das war jetzt – Blick auf die Uhr – mehr als drei Stunden her. Schlafen schien zu nützen, denn ich fühlte mich besser, wenn auch die Nase juckte, dass man zu Schmirgel greifen wollte.

Vor mir, auf dem Oberbett, über meinem Bauch, war eine flache Mulde, umkränzt von kurzen, feinen, schwarzen Haaren. Ich nieste noch mal und sie waren fort, flirrten durch die Lüfte. Ich nieste noch mal und war in keiner üblen Laune zum Töten.

Die richtige Einstimmung für das kommende Vorhaben.

Unter der Dusche ging ich im Geiste alles noch mal durch. Die Orte, die Daten, die Zeiten. Checkte wieder und wieder meine Schlussfolgerungen. Ich würde Pit Bull mitnehmen, weil er spurtstark und schnell ist, und D.O., weil er D.O. ist. Groß, hart, mies. Doch, ich hatte ein gutes Gefühl. Eigentlich dürfte nichts schief gehen.

Von Willys Entführern kein Mucks. Nervenkrieg. Es macht einen fertig, ehrlich, zu bangem Abwarten verdammt zu sein. Es macht einen so aggressiv, dass ich diesen Arschlöchern praktisch kaum eine Überlebenschance einräumte, sollten wir sie zu fassen kriegen. Seit dem Finger in der Post hatte Charly einen Blick drauf, der absolut zum Fürchten war.

Wir, Pit Bull, D.O. und ich, ließen ihn zurück, die Stellung halten oder wie immer man das nennen will. Er wünschte uns Glück, nur halb bei der Sache, und vertiefte sich wieder in seine Notizen. Manchmal, dachte ich, ist es regelrecht erleichternd, wenn man noch andere Sorgen hat.

»Oh, nein, nicht der! Das Ding hat ein Vermögen gekostet.« Ragobert lief durch sein Büro und rang die Arme.

»Doch, Herr Knauff, gerade deshalb, natürlich. Nach all der Publicity mit dem Ballon (Ostwind brachte das Scheißding wieder zurück, blies es aus dem Grenzgebiet, aber keineswegs aus den Schlagzeilen) wird sich unser Mann nicht mehr mit dem Anzünden von Plakattafeln zufrieden geben.«

»Und was macht Sie so sicher, dass es ausgerechnet die aufblasbare Figur treffen soll?«

»Der Ort. Hier, sehen Sie selbst. Man muss nur die Spiralform der Anschläge fortsetzen, und der Anschlagsort wird beinahe zwangsläufig.« Ich zeigte es ihm auf der Karte, und er musste wieder mal zugeben, dass da was dran war an dem, was ich sagte.

Sie hatten eine beinahe zehn Meter hohe, aufblasbare und von innen beleuchtete Figur auf einer Wiese direkt an der B1 aufgestellt, gehalten von Drahtseilen an dicken, in den Boden getriebenen Holzpflocks.

Es war der widerliche Clown, den konstruktiven Notwendigkeiten einer Aufblasfigur folgend um einiges rundlicher als sonst, der im Schneidersitz dahockte und grinste und grinste.

»Genauso zwangsläufig wie Datum und Zeit. Ich habe alle Daten hier.« Mit Schwung zog ich mehrere mit Listen vollgeschmierte Blätter aus einer schmalen Aktentasche. »Die Leuchtsäule.« Ich deutete auf ein Kreuz auf dem Stadtplan, dann zurück zu meiner Liste. »Abgefackelt vorgestern, am 17.1., zwischen acht und neun Uhr morgens. Der Ballon.« Finger auf den Plan, und wieder auf die Liste. »Seil gekappt am 13.1., achtzehn bis neunzehn Uhr abends. Die große Plakatwand gegenüber vom Allkauf? 3.1. Und im Dezember? Anschläge am 29., am 5. und am 1. Der November? 11., 7. und 2. Und das allererste Attentat geht zurück auf den 31. Oktober. Was fällt Ihnen auf?«

Nichts. Vielleicht ratterte ich diese Fakten etwas zu schnell herunter, auf alle Fälle wirkte mein Kunde sachte überfordert.

»Primzahlen«, sagte ich und klatschte die Hand auf den Schreibtisch zur Untermalung. »Samt und sonders. Unser kleiner Teufel liebt Primzahlen.«

Ragobert sah kurz auf und nickte dann mit einiger Heftigkeit und Ausdauer.

»Jetzt seh ich's auch«, meinte er.

»Und wenn wir die Zeiten vergleichen, kommen wir darauf, dass die Zerstörungen immer abwechselnd zwischen morgens und abends und immer in der einen Stunde zwischen acht und neun beziehungsweise achtzehn und neunzehn Uhr stattfinden. Als ob der Täter sonst keine Zeit hätte. Dies wäre ein interessanter Schlüssel zu seiner Person, doch werden wir den jetzt nicht mehr brauchen. Es bleiben, alles in allem, nur noch zwei Primzahlen übrig. Die 19, das ist heute, und …«

»Die 23! Das Datum der Eröffnung!« Ragobert wurde so bleich wie die Schminke des Clowns gleichen Namens.

»Und die Windung der Spirale lässt nur noch zwei Orte zu: Die Wiese an der B1, und …«

»Das Restaurant! Damit wäre die Katastrophe komplett!« Er sank auf seinen Bürostuhl und hielt sich den Kopf.

»Der Anschlag auf die Säule geschah morgens, so dass der heutige wieder abends stattfinden wird. Kommen Sie«, sagte ich fröhlich und hätte ihn beinahe am Händchen genommen, so verzweifelt schaute er drein, »Datum, Zeit und Ort … wir gehen jetzt und schnappen uns den Kerl!«

Der gelbliche Transporter mit der ›saTan‹-Beschriftung parkte unauffällig am Straßenrand, so postiert, dass die rechte hintere Ecke auf die Clownsfigur deutete. Somit konnten wir das Ding durch die mit schwarzer Folie von außen undurchsichtig gemachte Heckscheibe beobachten und hatten gleichzeitig auch noch die Schiebetüre auf der richtigen Seite zum raschen Raussprinten.

Ah, ich hatte ein gutes Gefühl. Seelisch. Körperlich gesehen war ich froh, Pit Bull und D.O. dabeizuhaben. Mir war nicht nach Rennen, und nach Rangeleien mit Verdächtigen war mir auch nicht recht.

Ich erläuterte Herrn Knauff eben kurz, warum der Transporter genau so postiert war und nicht anders (der Mann zahlte meine Rechnungen und sollte ruhig mitbekommen, wie viel gedankliche Leistung hinter all meinen Maßnahmen steckte), dann schob ich ihn rasch und unauffällig durch die Schiebetüre in den Wagen. Und verlor ihn kurz außer Sicht. Pit Bull hatte offensichtlich gemeint, noch kurz eben einen Bong wegziehen zu müssen. Ich befürchtete schon Klagen von meinem amerikanophilen Kunden, doch Ragobert wedelte nur mit mühsam unterdrücktem Husten den Qualm beiseite und machte sich dann flüsternd mit den beiden bekannt. Rauchen schien ihm, unter den angespannten Verhältnissen, ein adäquates männliches Verhalten zu sein.

Ich sah auf die Uhr. Es war kurz vor sechs.

Erst mal passierte nicht viel. Wir hockten schweigend und beengt auf Kisten, starrten gespannt nach draußen. Jäger in Lauerstellung. Eine Übung in Geduld und Konzentration.

Ein alter Mann mit einem Dackel zockelte durchs Bild, ein Rennradfahrer surrte vorbei, eine Mutter schob einen Buggy, zwei Schulmädchen trugen Schultaschen, eine schwarze Katze schlich sich über die Wiese. Vier Paar Argusaugen verfolgten jede Bewegung.

Ich weiß nicht, was es war, aber der Anblick der Katze genügte, mich in ein Niesen zu jagen, das den Transporter einen Satz in die Luft machen ließ. Meine drei Mitstreiter sahen mich erschreckt, ja entsetzt an, und ich entschuldigte mich leise. ›Ich werd doch wohl nicht zum Allergiker‹?, dachte ich besorgt.

Eine leichte Brise kam auf, und die Figur wobbelte hin und her und wieder hin, soweit es die Drahtseile zuließen.

»Womit haben Sie ihn eigentlich gefüllt?«, fragte ich.

»Pressluft. Dadurch, dass wir ihn von innen illuminieren wollten, mussten alle farbigen Segmente aus durchgefärbtem Material bestehen, die dann von Hand zusammengenäht wurden. Sündteuer. Und die vielen Nadelstiche machen die ganze Sache leider ziemlich porös. Wir haben ihn deshalb ständig an eine Pressluftflasche angeschlossen, mit einem Druckregulierungsventil dazwischen. Warum fragen Sie?«

»Er kommt mir ein bisschen leichtfüßig vor. Mir graute ganz kurz vor einem weiteren Flugkörper.«

»Nein, nein, nein!« Ragobert lachte unfroh. »So was passiert uns nicht noch mal, da können Sie sicher sein!«

Halb sieben und immer noch nichts. Ich hatte, um nicht die ganze Zeit diesen verfluchten, immerzu grinsenden, wobbelnden Clown anstarren zu müssen, mein Augenmerk auf die Büsche in seinem Rücken gerichtet und nach verdächtigen Bewegungen Ausschau gehalten. Jetzt wurde es langsam ein bisschen zu dunkel dafür.

»Wie machen Sie eigentlich die Beleuchtung an?«, fragte ich. »Zeitschalter?«

»Ha! Damit irgendjemand daran herummanipuliert? Wohl kaum. Ich habe das hier.« Er kramte in seiner Manteltasche und brachte ein abgerundetes, schwarzes kleines Ding zum Vorschein, in etwa so groß wie ein Feuerzeug. »Remote Control«, sagte er stolz. »Von Texas Instruments. Soll ich einschalten?« Und er richtete das Ding auf die Figur, und ich wollte, einem Impuls folgend, noch rasch etwas einwenden, einen winzigen Moment des Aufschubs erreichen, nur noch einmal ganz kurz darüber nachdenken, ob das jetzt das Richtige sei, da hatte er schon den Knopf gedrückt, und Ragobert McDagobert erwachte zum Leben. Er wurde hell. Sehr hell. Grell, geradezu. Und er schwoll an. Es blähte ihn. Kurz, aber kräftig. Er wurde grell hell und furchtbar feist und dann machte es PAU!! wie Gottes eigene Brötchentüte, und der aus durchgefärbten Einzelteilen zusammengenähte und von innen illuminierte, aufgeblasene Clown flog uns in tausend Fetzen um die Ohren.

Einen Wimpernschlag lang saßen wir still, beobachteten das Aufsteigen und Vergehen einer mächtigen Feuersäule, gefolgt vom Herabregnen flatternder Fragmente, dann brachen sich Flüche Bahn.

Ich selber äußerte, wenn ich mich recht erinnere, die nicht weiter spezifizierte oder personifizierte Aufforderung, mir mit der Zunge über das Gesäß zu fahren.

Pit Bull beschwor, meine ich, den sakrosankten Stuhl.

D.O. bezog sich stattdessen auf sein Antlitz.

Edwin Knauff schwieg.

»Ja leck mich doch am Arsch!«, brüllte ich, außer mir.

»Ach du heilige Scheiße!«, rief Pit Bull.

»Meine Fresse!«, entfuhr es D.O.

Edwin Knauff sagte nichts. Er saß da, die Fernbedienung immer noch auf die Stelle gerichtet, wo bis vor wenigen Sekunden noch die grinsende Clownsfigur vor sich hingewobbelt hatte, und schwieg das Schweigen eines von seinem eigenen Nervenkostüm zur Strecke Gebrachten.

Dann stieß einer die Türe auf, und wir stürmten alle ins Freie. Bis auf meinen Auftraggeber. Der schlafwandelte eher ins Freie, taumelte, wo wir rannten. Recht hatte er. Viel zu sehen gab es eh nicht. Ein etwa sonnenschirmgroßer, runder, schwarzer, leicht qualmender Fleck in der Wiese, ein Stück Schlauch, aus dem eine kleine, gelbe Flamme züngelte, verbunden mit einer Druckarmatur, die am Kopfende einer grauen, im Gras liegenden Stahlflasche saß. Ich schraubte den Verschluss zu, und das Flämmchen verlöschte, dann drehte ich die Flasche zur Seite, bis die Aufschrift ›BUTAN‹ sichtbar wurde. Jetzt war alles klar.

»Dieser Verbrecher hat die Pressluftflasche gegen eine Gasflasche getauscht«, erklärte ich den Umstehenden, bestehend aus den üblichen, aus dem Nichts aufgetauchten Schaulustigen, meinen beiden Gangbrüdern und meinem Kunden, der, Blick und Fernbedienung auf einen Punkt irgendwo in weiter Ferne gerichtet, mitten auf dem schwarzen Fleck stand und einer wundervollen Musik zu lauschen schien, die nur er alleine wahrzunehmen in der Lage war.

»Damit wurde, in gleichem Maße, in der Luft durch die Nähte entwich, brennbares Gas in die Figur gepresst, bis ein zündfähiges Gemisch entstand, das dann, ausgelöst durch einen elektrischen Funken beim Einschalten der Beleuchtung, detonierte.«

Hätte ich Rilke vorgetragen, Edwin Knauff hätte nicht entrückter dreinblicken können.

Hoffentlich bekrabbelt er sich bald wieder, dachte ich. Ich hab noch eine Rechnung in der Post.

Schlaf. Aah, Schlaf! Er wollte nicht kommen. Nicht zu mir, jedenfalls. Deliah suhlte sich geradezu darin, sie pofte tief und fest und plagte sich nicht mit Ängsten, Beklemmungen, Schweißausbrüchen. Sie schnarchte sogar leicht.

In ein paar Tagen war bei McDagobert's Eröffnung, und noch pumpten sie Herrn Knauff voll Psychopharmaka, doch schon morgen würde ich mir von ihm was anhören müssen.

Mir graute vor dem morgigen Tag, ich fühlte mich machtlos. Alles schien mir zu entgleiten.

Mit Willy gab es kein Vorankommen, wir traten auf der Stelle, und die Entführer verhöhnten uns noch dazu.

Außerdem wurde ich wieder von meinen berühmten Vorahnungen geschüttelt. Ich konnte mich drehen, wie ich wollte, überall sah ich diesen Kommissar Menden lauern. Sein Blick sagte mir: ›Der kleinste Fehler, und ich nehm dich hopps!‹ Und der Grundton meiner Vorahnungen war, dass ich diesen Fehler bereits begangen hatte und jetzt, in diesem Augenblick, anstatt mich auf dem feuchten Laken zu wälzen und nach Schlaf zu lechzen, schon längst dabei sein sollte, energisch gegenzusteuern, wollte ich mich Mendens Zugriff noch entziehen.

Seltsam, aber an Kommissar Baer verschwendete ich kaum einen Gedanken.

Irgendwie nicht meine Kragenweite, nicht meine Liga, nicht meine Hubraumklasse, der Typ. Was immer der Fehler sein mochte, den ich begangen zu haben ahnte, Baer würde nicht darauf kommen. Sondern – und schwupps, da war er wieder – Menden.

Als das Telefon ging, stand ich auf, zog mir was über, schlich mich davon. Schon beim Öffnen der Türe wischte mir die Katze zwischen den Beinen hindurch ins Zimmer und versteckte sich unter dem Bett. Luder, verdammtes. Mich immer mal wieder an der Wand abstützend, nieste ich mich den Flur hinunter.

Es waren die Externen. Wegen schlechten Wetters auf Ibiza hatten sie kurzfristig umgebucht und befanden sich jetzt auf Gran Canaria.

Noch zwei Flugstunden weiter weg, dachte ich, wenig begeistert.

Bombenwetter hieß es, 28° im Schatten und keine Wolke am Himmel.

Ich machte »hm«.

Der Schlingernde Horst war mit der Mietvespa ins Hafenbecken von Las Palmas gerauscht und hatte rausgefischt und aufwendig reanimiert werden müssen; fuhr aber schon wieder.

»Ah«, sagte ich.

Der rein vegetarische Mattes hatte vier Liter Sangria getrunken, mit Obsteinlage und allem. Und komplett wieder ausgekotzt. Spektakulär. Alle hatten Sonnenbrand.

»Soso«, brummte ich.

Ein Hotel weiter hatte das schwedische Nationalkader für Rhythmische Sportgymnastik sein Winter-Trainingslager aufgeschlagen. Und ah, wenn ich was zu schreiben hätte, hier war die Nummer, unter der sie zu erreichen waren.

Ich notierte und hängte wortlos ein. War ich ein bisschen neidisch? Ein *bisschen*?

Scuzzi war noch auf. Er hockte auf seinem Bett, hielt einen kleinen Flitzer zwischen spitzen Fingern und starrte nachdenklich auf den großen Halbkreisbogen aufgefächerter Papiere zu seinen Füßen. Als ich eintrat, sah er kurz hoch.

»Krüschel, mein Junge, du siehst mitgenommen aus«, fand er. »Du gehörst ins Bett.«

Ich murmelte was und setzte mich neben ihn. Gemeinsam studierten wir die Beute meines Einbruchs. Im Hintergrund versuchte ein neckisch säuselnder Sänger einen Bruder Louielouielouie davon zu überzeugen, dass er zu nichts tauge.

»Ich will verratzt sein, wenn ich weiß, was das alles für ein Krempel ist«, meinte Scuzzi. »Und wozu dieser Typ das Zeugs in einem Safe aufbewahrte. Nichts davon sieht aus, als ob man es in eine, tja, Währung umwandeln könnte. In Scheinchen, wenn du verstehst, was ich meine. Ich frage mich, ob das wirklich als ein Pfand für eine Million durchgeht. Für mich sieht das hier aus wie ... Buchführung.« Routiniert pfiff er sich ein Löffelchen Pulver ein, bot mir auch was an, doch ich schüttelte den Kopf. Irgendeinen Wert mussten die Papiere besitzen, sie mussten einfach ...

Der Sänger im Hintergrund ließ von dem Bruder Louielouielouie ab und säuselte jetzt mich an. Ich sei sein Herz, wimmerte er, seine Seele.

»Und von Buchführung versteh ich nichts. Das ist einer der Nachteile«, fuhr Scuzzi fort, »wenn man wie ich ein Geschäft führt, das ausschließlich in Bargeld abgewickelt wird. Oder als direkter Warenaustausch. Eine, wenn man so will, zutiefst mittelalterliche, ja steinzeitliche Form des Handels. Kauri-Muscheln gegen Felle, Felle gegen Tabak, Tabak gegen Salz, Salz gegen Silbermünzen. An die feineren und moderneren Möglichkeiten der Verwaltung, des Transfers und der Mehrung von Werten wird man so nicht herangeführt. Sicher, es hat steuerliche Vorteile, das liegt auf der

Hand, und es ist garantiert auch eine Frage der Größenordnung, davon können wir ausgehen, doch ...«

»Wir müssen das Zeug sehr schnell irgendwo bunkern«, unterbrach ich den für mein Empfinden um diese Uhrzeit etwas sehr regen Fluss seiner Gedanken. »Irgendwo sicher. Vielleicht sollten wir deinen kleinen Kaufladen auch gleich mitnehmen. Mich plagt ein Gefühl. Da bahnt sich Ärger an. Ich muss eine ganze Menge checken, heute Nacht noch, wenn möglich rückwirkend.« Ich kramte den Postsack aus einer Ecke und hielt ihn auf, zu säuselndem Gesang im Hintergrund. Phonetisch unentschieden zwischen dem englischen Cherry und dem französischen Chérie wurde nun eine Schärieschärie Lady angebrunstet. »Irgendetwas braut sich zusammen. Ich fühle es.«

»Hach, kuck mal, wer da draußen steht! Na, aber nichts wie rein mit euch, ihr Süßen.« Scuzzis Mama klickte das kleine, vergitterte Fensterchen zu und zog stattdessen die eisenbeschlagene Türe auf. »Pierfrancesco, mein *Baby*!« Ihre Stimme vibrierte vor mütterlicher Emotion. »Und Kristof, du kleiner Lauser!« Sie ging mir vielleicht bis zur Schulter, doch das war nicht immer so gewesen. »Wie oft noch muss ich euch sagen, ihr sollt euch öfter bei mir blicken lassen?« Strahlend schloss sie uns in ihre nackten, mütterlichen Arme und drückte uns an ihren gerade mal zur Hälfte bedeckten, urmütterlichen Busen. Ihr Parfüm war von der Quanti- und Qualität, die einem durch eine ungläubige Nase rein- und als geringelte Rauchwölkchen durch die Ohren wieder rausgeht. »Setzt euch. Macht's euch gemütlich!« Einladend klopfte sie auf zwei plüschige Barhocker und schob ab, hinter die Theke. Das blaue Paillettenkleid saß an ihr wie die Spiegelscherben an einer Discokugel und reflektierte die einheitlich rote Beleuchtung als einen Funkenregen von Lila. »Was wollt ihr trinken?« Seit etwa einem Jahr führte sie die Rosalita-Kellerbar unter der Käse-Ecke und ging, wie man so sagt, auf in ihrem Job. »Fanta?« Das Plinkern ihrer schweren Wimpern ließ einen merklichen Windzug durch die Bude wehen.

Hatte sie ›Fanta‹ gesagt? Für manche Eltern bleibt man, scheint's, ein Leben lang der rotznäsige Bengel in kurzen Hosen, an den sie sich am liebsten erinnern.

»Ach«, reagierte sie auf Scuzzis und meinen, na, leicht skeptischen Blick, »ich vergesse doch immer wieder, was für große Jungs ihr schon seid!« Selbstkritisch schüttelte sie den Kopf unter einer weißen Lockenperücke, um die Ludwig XIV. sie beneidet hätte. »*Cola*, also.«

Erst als Scuzzi und ich einen weiteren, reichlich ratlosen Blick getauscht hatten, platzte sie heraus. Unsere Gesichter! Ha! Es kostete sie bestimmt drei Minuten, sich wieder einzukriegen und obendrein eine halbe Rolle Küchenkrepp im Bemühen, dabei ihr Augen-Make-up im Zaum zu halten. Unsere Gesichter!

Schließlich ging sie hin und braute uns zwei hohe Tassen heißen, süßen Balkankaffees, der so stark war, dass er mit je zwei doppelten Cognacs auf Trinkfertigkeit verdünnt werden musste. »Hier«, sagte sie, »trinkt das. Ist doch kalt draußen.«

Ich roch einmal dran und brauchte anschließend die andere Hälfte der Küchenrolle für den entstehenden Rotzfluss.

»Bisschen leer hier«, fiel mir nach zwanzig Trompetenstößen und einem Rundblick auf, doch Scuzzis Mama schüttelte nur knapp das Haupt und deutete vielsagend in Richtung der Séparées.

Ein Vorhang teilte sich, und eines ihrer Mädels kam mit einem Tablett herausgestöckelt, eine neue Runde Erdbeersekt und anderer, farbenprächtiger Drinks ordern, also schlürften wir erst mal weiter unseren Kaffee. Ich war etwa beim dritten Schluck, als mir etwas um die Beine strich, und als ich die Tasse absetzte und runtersah, blickten zwei schrägstehende, blaue Augen unter schwarzgekrönten Pinselohren zu mir hoch.

»Fru-Fru!«, freute sich Scuzzi und hob die Katze auf seinen Schoß.

Mir riss es beinahe augenblicklich ein Niesen ab, das durch die Kellerbar peitschte wie ein Schuss und in einem hohen, scharfen »*Aiiiiiiii!!!!!*« aus einem der Séparées gipfelte.

»Ich hab mich so erschreckt«, entschuldigte sich eine kleine Dunkelhäutige und wischte sich mit dem Handrücken einen Blutstropfen von den Lippen, während Mamma Scuzzi mit dem Verbandszeug unterm Arm an ihr vorbeirauschte wie ein in voller Fahrt befindlicher Löschzug an einem an den Straßenrand gedrängten Fiat.

Mit dieser ganzen Aufregung dauerte es beinahe eine dreiviertel Stunde, bis wir den Postsack endlich in ihrer Wohnung in der zweiten Etage verstaut hatten.

So, die Papiere waren sicher untergebracht, jetzt musste ich nur noch mein anderes Sorgenkind loswerden.

Zwei Uhr war längst vorbei, als wir vor dem windschiefen Wellblechtor in einem der vielen kleinen schlecht beleuchteten Industriegebiete Oberhausens anhielten. Tiefes Bellen und das Scharren von Pfoten gegen Blech begrüßte uns.

Ich stieg aus, sagte: »Warte einen Moment« zu Scuzzi, zog mich am Tor hoch und schwang ein Bein drüber. Rolls und Royce, Ata Rieses Deutsche Doggen, sprangen in die Höhe, überschlugen sich in der Luft, drehten sich wie wild im Kreis, bellten und geiferten, was das Zeug hielt. Es war schon recht laut, was sie da veranstalteten, aber ich mag Doggen, also schimpfte ich nicht mit ihnen.

Langsam, vorsichtig, um mir nicht die Plörren zu zerreißen, ließ ich mich auf der anderen Seite herunter. Die beiden umsprangen mich kläffend, verteilten Schaumflocken von ihren Mäulern nach allen Seiten, peitschten die Luft mit ihren Schwänzen.

»Na, kommt schon her!«, rief ich. »Kommt zu Onkel Krüschel!« Mit ausgebreiteten Armen ließ ich mich auf ein Knie herunter, und sie kamen von beiden Seiten begeistert angehechtet und leckten mir binnen Sekunden die Frisur in einen Irokesen hoch.

»Zu nichts nütze, diese Viecher«, fand Ata, der mit einer von der rechten Faust gehaltenen und auf der rechten Schulter abgestützten Meterlänge Stahlrohr aus dem Dunkel aufgetaucht war. Es nagt an ihm, doch alle seine Dressurbemühungen haben es nicht geschafft, Rolls und Royce ihre angeborene welpenähnliche Arglosigkeit auszutreiben. »Dachte schon, da kommt einer, der was klauen will«, fügte er hinzu, als sei er noch nicht zur Gänze vom Gegenteil überzeugt.

Ich stand auf und sah mich um. Wer immer, begrüßt von der Stimmgewalt der beiden Hunde, anschließend noch den Nerv besaß, über den Zaun zu klettern, musste schon von einem außerordentlich verzweifelten Verlangen getrieben sein.

»Tja, Ata«, sagte ich, »das ist halt der Preis, den man zahlt, wenn man sich mit solchen Schätzen umgibt.« Sinnend standen wir einen Moment und betrachteten seine im Licht des Mondes funkelnden Reichtümer.

›Weißware‹ (Kühlschränke, Herde, Waschmaschinen), stapelte sich links, ›Buntes‹ (Kupfer, Blei, Zink) lag sortiert in kleineren Haufen in der Mitte, ›Stahl‹ bildete ein rostiges Gebirge im Hintergrund.

»Es schläft sich schlecht mit dem Neid der Leute, was?«

»Da kannst du Gift drauf nehmen. Und die Tölen sind auch keine Hilfe.«

»Weigern sie sich weiterhin, Besucher in Stücke zu reißen?«

»Stur.« Mit baumelnden Zungen und schaukelnden Klöten staksten die beiden als schwarze Schatten neben uns her, in Richtung auf Atas Behausung, einen schon etwas älteren, nicht mehr hundertprozentig rechtwinkligen und alles in allem – wie soll ich sagen? – leicht abgegriffenen Wohnwagen.

»Trotzdem könntest du sie ab und zu mal baden.« Ich erinnerte mich, dass Rolls einmal silbergrau und Royce früher ein schwarzweißer Schecke gewesen war. Mittlerweile hatten sie die gleiche Farbe wie die Flecken, die sich auf dem Asphalt bildeten, wo immer ich meine XS parkte.

»Wozu? Werden ja eh wieder dreckig.«

Eine Maxime, die Ata, nebenbei bemerkt, nicht nur bei seinen Hunden zur Anwendung brachte, sondern auch vollen Herzens auf seine eigene Person übertragen hatte. Böse Zungen behaupteten, man könne ihn eine Woche in Bitumen marinieren, und beim Rausziehen sei mit bloßem Auge kein Unterschied zu vorher feststellbar. »Doch was willst du eigentlich von mir, mitten in der Nacht?«

»Ich bin geschäftlich hier«, sagte ich.

»Kaufen oder verkaufen?«

»Letzteres.«

Man kann nicht in das Haus eines Pedanten einbrechen, ohne dass der das merkt. Das war es, was mir seit gestern Abend keine Ruhe ließ. Poppel und ich hatten uns alle Mühe gegeben, keine Spuren zu hinterlassen, doch es würde nicht genügen.

Ich lag mit offenen Augen im Bett und draußen graute der Morgen.

Irgendeine Tür ist zu, die immer offen stehen muss, damit eine bestimmte Topfpflanze Luft bekommt, der Telefonhörer liegt falschrum auf der Gabel, die Haustür – ich hatte die Haustür nicht wieder zweimal abgeschlossen! Wenn Schwitzen wirklich gut wäre gegen Erkältungskrankheiten, hätte ich mittlerweile eigentlich keinerlei Symptome mehr zeigen dürfen.

War das Misstrauen erst mal geweckt, würden sich andere Spuren finden.

Dann ein Anruf bei den Nachbarn – Antennenbauer? Was für Antennenbauer? – 110!

›Ein gelblicher VW-Transporter, sagen Sie? Haben Sie zufällig das Kennzeichen? Nein? Na, nicht schlimm. Mir kommt da ein Gedanke.‹

Menden, dachte ich. Menden. Mülheim ist ein Dorf, und wenn sich ein mysteriöser, aufwendig eingefädelter

Einbruch ereignete, bei dem dem ersten Augenschein nach nichts gestohlen wurde, würde er davon erfahren, und wenn dann im Gespräch der gelbliche Transporter erwähnt werden sollte, meinte ich schon hören zu können, wie es ›*Ping*‹ bei ihm machte.

Unfähig, in den ersehnten Schlaf zu driften, stand ich auf und schlurfte in die Küche.

Charly schlief bei brennendem Licht, im Sitzen, den Kopf auf den Armen, die Arme auf seinen Listen.

Kapitel 6

Der Umschlag war in Luxemburg abgestempelt, diesmal, und mit Schreibmaschine an mich adressiert. Er enthielt kein Polaroid, keine Drohungen, Forderungen, Anweisungen zur Lösegeldübergabe, nichts dergleichen.

Alles, was er enthielt, war ein Ohr.

Ein linkes menschliches Ohr, dessen zackige Schnittkante auf die Verwendung eines Brotmessers mit Wellenschliff schließen ließ.

Allmählich machte sich so was wie Entsetzen breit. Wir hatten es mit Bestien zu tun. Und immer noch kein Wort, kein Anruf von diesen Schweinen.

Dafür von Ragobert. Die erwarteten fetten Vorwürfe wegen des Verlustes der Aufblasfigur. Ich ließ ihn eine Weile meckern und konterte dann damit, wie nahe dran wir gekommen waren, bevor ich mir eine Entschuldigung abrang dafür, den Gegner unterschätzt zu haben, verteilte die Schuld aber im gleichen Atemzug auch noch auf ihn und seine Leute, die schließlich die ausgetauschte Gasflasche nicht bemerkt hatten. Er akzeptierte das, grunzend, und wollte dann mit mir Maßnahmen zur unauffälligen Sicherung des Restaurants besprechen. Wir machten ein Treffen später am Tag aus.

Ich fühlte mich etwas schmierig, als ich zum Abschied sagte: »Was mich nicht verwundern würde, wäre, wenn jetzt, kurz vor knapp, noch ein Erpresserbrief bei Ihnen einginge.«

Oi, das würde ihn auch nicht weiter überraschen. Nichts, meinte er, könne ihn jetzt noch überraschen. Wir hängten ein.

Schmierig deshalb, weil ich Edwin Knauff auf eine Art mochte. Und auch, weil ich mich für im Grunde loyal halte. Nur gibt es eben auch bei moralischen Fragen wie der nach der persönlichen Loyalität eine Staffelung nach Wichtigkeit. Und Willy ging eindeutig vor. Ich musste mir einfach eine Hintertür offen lassen, falls der Deal mit dem Schweden platzen sollte. Schmierig hin, schmierig her.

Während in der Küche über die Luxemburger Marke gerätselt wurde, schleppte ich mich auf mein Zimmer, um einen Erpresserbrief über eine Million Mark zu entwerfen. Das Gefühl, mich damit unter Umständen tief in die Scheiße zu reiten, war übermächtig.

Um elf kam der Anruf, mich, und zwar schleunigst, auf dem Präsidium an der Von-Bock-Straße einzufinden.

Stange Zigaretten, dachte ich, und ein weiteres Hemd war reif für die Wäsche. In einem Anfall von Letzte-Minute/Letzter-Strohhalm-Panik durchforstete ich mein Zimmer nach einem älteren Foto von mir, suchte und fand Deliah, die bei Scuzzi auf dem Teppich hockte und mit ihm zusammen die Katze puselte. Sie sah hoch, sah meinen Gesichtsausdruck, sprang auf die Füße, ließ sich kurz schildern, worum es ging, und schleifte mich unverzüglich ins Bad.

»Sag mal«, meinte sie, während sie Klapptüren klappte und Schubladen zog und Töpfe, Tuben und Tiegel zusammensuchte und vor Mutter Heckhoffs dreiteiligem Schminkspiegel ausbreitete, »was ich mich schon länger frage: Sind eigentlich einer oder mehrere deiner Kumpels hier homosexuell?«

Ich wusste gleich, worauf sie hinauswollte.

»So, der Scheitel?« Sie scheitelte mich.

Ich hielt ihr das Foto hin. »Nein, also, andere Seite.« Sie scheitelte um, kämmte und schnippelte rasch und entschlossen, warf immer wieder einen Blick auf das Bild zwischendurch. »Weil, ihr habt hier ein unglaubliches Sortiment an Schminkutensilien. Ist ja 'ne halbe Parfümerie, euer Bad.«

»Das kann ich dir erklären«, sagte ich.

»Na, da bin ich aber gespannt. Hier, schmier dir das schon mal auf die Nase und unter die Augen.«

»Was ist das?«

»Hämorrhoidensalbe.«

»W-?«

»Nu, mach schon. Zum Abschwellen gibt es nichts Besseres. Und inzwischen kannst du mir verraten, wer von euch Süßen 48 verschiedene Lippenstifte und 24 Schattierungen Lidschatten braucht.«

»Das war so«, begann ich. »Eines Mittags letzten Herbst klingelte es bei uns an der Türe, und Willy rief eilig: ›Ich mach auf!‹«

»Soll ich dir nur die roten Flecken vom Fieber wegschminken oder willst du aussehen, als kämst du gerade aus dem Urlaub?«

»Ich will aussehen wie sechzehn.«

»Wollen wir das nicht alle?«, gurrte sie. Dabei sah sie aus wie sechzehn. Na. Sechzehneinhalb.

»Also Willy öffnet die Haustür und draußen steht ...«

»Mach mal Mund und Augen zu, jetzt kommt ein bisschen Puder. So. Besser.«

»... und draußen steht eine Avon-Vertreterin.«

Mit ihren Köfferchen, in ihrem Kostümchen, duftend, wohlfrisiert und geschminkt, der Rock eine sittsame Handbreit über dem Knie, die Pumps mit Absätzen, aber keinesfalls zu hoch, Nagellack und Lippenstift aufeinander abgestimmt, jedoch zurückhaltend im Ton. Mit einem Wort: adrett.

Willy, der sie bestellt hatte, bat sie mit vollendeter Höflichkeit herein, und nur ein wirklicher Kenner seiner Stimmlage konnte den hochgefahrenen Hormonausstoß dahinter erahnen. Wirkte die Vertreterin zu Anfang leicht verstört, weil keine einzige Frau im Haushalt zu sein schien, so lockerte sie über Tee, Gebäck, Willys zwangloser Konversation und dem einen oder anderen kleinen Likörchen doch sichtlich auf. Als Willy scherzhaft fragte, ob man die Schaumbäder auch mal ausprobieren könne, kicherte sie schon. Aah, Willy verstand das Eis zu brechen wie kein zweiter.

Sie blieb bis spät am nächsten Abend und ist nie zurückgekommen, um ihren Sortimentkoffer abzuholen.

»Sie war es, die das große ›DANKE!‹ hier quer über den Spiegel geschrieben hat.« Mit feuerrotem Lippenstift.

»Ah«, sagte Deliah. »Ich hatte mich schon gefragt.«

Menden blickte mich voller Misstrauen von oben bis unten an.

»Sie kommen mir verändert vor«, knurrte er.

Ich zuckte die Achseln, blickte meinerseits einmal an mir rauf und runter.

»Ich meine, ich hätte die gleichen Sachen an wie bei unserem letzten Treffen.« Was nicht ganz stimmte. Letztes Mal hatte ich grünbraune Tarnklamotten unter der Lederjacke getragen, und Gummistiefel, heute waren es Jeans und Cowboystiefel mit außen getragener Stahlkappe. Aber zumindest die Jacke war dieselbe, und das seit mittlerweile einem ganzen Jahrzehnt.

»Setzen Sie sich.«

Ich winkte ab, blieb lieber stehen, hielt den alten Bell-Helm unter den Arm geklemmt. Hoho hatte mir die Zündung repariert und auch die Beleuchtung, doch die XS sah immer noch aus und fuhr sich auch immer noch wie ein Wrack, und trotzdem wäre ich heute selbst dann damit hierhin gekommen, wenn ich sie hätte schieben müssen.

Menden setzte sich an seinen Schreibtisch, las ein bisschen in dem einen DIN-A4-Blatt, dann in dem anderen, sortierte sie von hier nach da und wieder zurück. Sprach erst mal nichts weiter.

Anders als während der Fahrt war ich nun froh, unter der Jacke nur ein T-Shirt anzuhaben. Es war warm in Mendens Büro. Auch wenn mein Kopf kühl blieb, als rage er in die Wolken.

»Sie sind doch der Halter eines hellgelben VW-Transporters?«, kam es unvermittelt, wenn auch nicht unerwartet. Roth-Bichler hatte also mit den Bullen gesprochen. Wie geahnt.

»War«, korrigierte ich ihn.

Mendens Brauen hoben sich eine Nuance, er sortierte rasch noch mal die Papiere vor sich auf dem Tisch, bis er das Blatt fand, das er suchte, er sah hinein, dann zu mir auf und forderte: »Erklären Sie mir das näher.«

Hm. »Hier, snief das«, hatte Scuzzi zu mir gesagt. »Macht dir die Nase frei und einen kühlen Kopf.«

»Hab ich verschrottet. Vor ein paar Tagen.«

»Das Straßenverkehrsamt behauptet etwas anderes.«

Ich zuckte die Achseln. Manche Leute sabbeln auf Koka ja unablässig, schnattern in einem fort. Bei mir bewirkt es eher eine Maulsperre. Und anstatt mich aufzudrehen, bringt es mich runter. Ich werde cool davon. Ganz cool, fast schon gleichgültig.

Menden brauchte kein Koka. Zumindest nicht für extra Coolness. Er sah mich ausdruckslos an. Abwartend.

»Warten Sie«, rang ich mir schließlich ab. »Möglich, dass ich's hier irgendwo habe.« Und ich ging durch meine Taschen, bis ich fand, was ich suchte, und es ihm über den Schreibtisch reichte. Es war ein Kaufvertrag, eine Woche alt. Wenn man bereit war, dem angegebenen Datum Glauben zu schenken. Oder sonst irgendetwas, das Ata Rieses Unterschrift trug.

Der Kommissar überflog den Text, stand dann auf, sagte: »Ich kopier mir das eben«, und ging aus dem Raum.

Ich atmete einmal durch und dachte gerade: So, die Hürde hätten wir, da kam er schon wieder zurück, und mein

Innerstes machte, aller angesnieften Coolness zum Trotz, einen kleinen Hopser. Denn er kam in Gesellschaft.

»Sehen Sie ihn sich genau an«, forderte Menden. »Kommt er Ihnen bekannt vor?«

»Da brauch ich gar nicht groß kucken«, entgegnete Kommissar Baer, und eine Stange Camel ›ohne‹ kreuzte den Pfad meines Denkens, während eine hohle Stimme zwischen meinen Ohren es passend fand, mir einen Zeitraum von insgesamt vierzehn Monaten in Erinnerung zu rufen. »Die Visage würde ich überall wiedererkennen. Dafür habe ich ein fotografisches Gedächtnis.«

›Ich werde den guten Yogi doch nicht unterschätzt haben?‹, fragte ich mich.

»Und?«

»Das ist der Rocker, den wir vor sieben, acht Jahren mal wegen Mopeddiebstahls drangekriegt haben. Kaum verändert, seit damals. Hat sich dann vor Gericht mit einem Haufen dreister Lügen wieder so gut wie herauslaviert. Zwei Monate Jugendstrafe, meine ich. Und die auch noch zur Bewährung.« Er grunzte ein auf eine viel sagende Art kritisches Grunzen.

Die Erwähnung der Bewährung kam nicht so gut an, bei mir.

»Ich meinte etwas anderes. Kommt er Ihnen sonst woher bekannt vor?«

Baer begaffte mich kritisch, schob die Unterlippe vor, schüttelte den Kopf.

»Sind Sie sicher?« Baer nickte. Ich hätte ihn küssen können. Und Schwamm drüber über die alten Geschichten, dachte ich.

Wem das gar nicht schmeckte, war Menden. Er nahm Baer mit nach nebenan, wo ich sie durch das dicke Glas hindurch streiten sehen, aber nicht hören konnte.

Menden gestikulierte, er, Baer, solle gefälligst noch mal genauer hinschauen.

Baer blickte genervt zu mir. Er schüttelte den Kopf. Bockig, jetzt. Sprach. Hielt die flache Hand vor sich auf eine

Höhe deutlich geringer als die meines Scheitels. Menden wies ihn auf die Absätze meiner Stiefel hin. Baer wischte das beiseite. Brauchte beide Hände, um Schultern anzuzeigen, die um einiges schmaler als die meinen waren. Deutete Glubschaugen an, einen dicken Zinken von Nase, nahm seinen Unterkiefer zurück und entblößte in wenig vorteilhafter Weise seine Schneidezähne. Mimte jemanden, der mit eingezogenem Hals herumeiert wie Otto Waalkes, und nicht mit durchgedrücktem Kreuz dasteht, gerade wie Pothmanns Eiche, cool bis ans Herz hinan. Schließlich schüttelte er noch mal den drahthaarigen, dicken Kopf und trollte sich.

»Sie können gehen«, sagte Menden, als er wieder reinkam. Mehr nicht.

Zu Hause gab ich Poppel seine Stiefel zurück, Schisser seine Einlagen, Deliah ihre Schulterpolster. Das Koks war verflogen, und all die Dinge, die Menden *nicht* gesagt hatte, fuhren Skateboard in der Halfpipe meiner Schädelbasis.

»Warum machen die so was?«, fragte Charly. Vor ihm auf dem Tisch stand eine milchig-transparente Tupperdose voll Spiritus, in der ein Finger und ein Ohr schwammen.

»Druck«, meinte Schisser. »Sie wollen uns unter größtmöglichen Druck setzen. Und sie haben Erfolg damit.«

Nicht von der Hand zu weisen, was er sagte. Alle in der Küche wirkten schlaflos, rastlos, ratlos.

Männer unter Druck.

Poppel war heute nicht dabei. Er hatte eine Bekannte in Duisburg, und zu der hatte ich ihn geschickt. Besser, er hielt sich für ein paar Tage vom Fuckers' Place fern, bis diese Roth-Bichler-Geschichte etwas abgekühlt war. Wenn sie abkühlte. Noch, so sagte mir mein Instinkt, hatte der gute Notar gar nicht gemerkt, dass sein Safe keine Rückwand mehr besaß. Für ihn musste es so wirken, als hätten wir es über das Schloss versucht und wären gescheitert.

»Was machen wir mit den … Sachen?«, fragte Charly. Wir hatten abgesprochen, Schauplatz und Ergebnis des

Einbruchs im kleinsten Kreis zu halten. »Können wir die Brocken überhaupt in Geld umwandeln? Wo hast du sie, nebenbei?«

»Sie sind sicher«, sagte ich, als das Telefon in der Halle schellte.

Mit dem mittlerweile üblichen *Gruiik* aus meiner Magengegend ging ich hin und hob ab.

Es war Lazlo Cinosil. Besser bekannt als »Der Schwede«.

Ich sagte: »Das muss Telepathie gewesen sein.«

Ein schwaches »Tsk« am anderen Ende deutete an, dass mein Gesprächspartner mit Esoterik nicht viel am Hut hatte.

»Sie haben die Sachen«, stellte er fest.

Was sollte ich dazu sagen? Noch dazu am Telefon? Dass der eigene Apparat abgehört werden könnte, erscheint einem exakt so lange unwahrscheinlich, bis einen der nächste Satz direkt vor den Haftrichter führen kann.

»Tja, äh«, improvisierte ich, »mal angenommen …«

»Heute Abend, gegen zwanzig Uhr bei mir.« *Knacks Tuuuuhuuuuut.*

»Stellen Sie augenblicklich eine Million D-Mark in kleinen und gebrauchten Scheinen bereit und warten Sie auf weitere Anweisungen oder die McDagobert's-Eröffnungsparty endet in einem Blutbad.«

Im Grunde war das nur logisch. Eine Serie von Anschlägen, ohne einen einzigen Bekennerbrief, ohne eine begleitende Pressekampagne wie ›Rettet den Regenwald‹ oder Ähnlichem, als verunsichernde Einleitung und unmissverständlicher Hinweis auf die Ernsthaftigkeit der verbrecherischen Absichten, und dann, kurz vor knapp, *Wammm!* diese Forderung. Nachdem die Burg sturmreif geschossen war, oder wie immer man es ausdrücken möchte.

Ich zog den Wisch aus der Maschine und dachte darüber nach, dass ich die nun würde verschwinden lassen müssen und wohin damit und was wäre, wenn man den Brief zu mir zurückverfolgen könnte und was für ein Durcheinander in meinem Kopf herrschte, fast so schlimm wie in dem Zimmer, in dem ich saß, einmal abgesehen vom Bereich, den der Fernsehbildschirm bestrahlte …

Auf eben dem Sofa hatte Willy es noch vor kurzem mit der pickeligen Urlaubsvertretungsbriefträgerin, die an diesem Morgen ihre Runde bei unserer Adresse abgebrochen hatte, getrieben und war, selbstvergessen, vom Gong der Tagesschau überrascht worden, was für die Postbotin einen äußerst abrupten Coitus interruptus bedeutete und für mich einen Schreibauftrag mit einigem an herumgedrucksten Formulierungen.

Wann war das gewesen …? Moment mal, das musste der 8. Januar gewesen sein, der letzte Brief, den ich für Willy getippt hatte, bevor er … Das hieß, inzwischen war schon wieder einer fällig geworden, denn unser bebrillter Don Juan schrieb einen jede Woche, jeden siebten Tag, seit Monaten, durch nichts und niemanden davon abzubringen, von seinem ›Projekt‹. Und Willy wäre nicht Willy, wenn er das nicht auch aus der Verschleppung heraus versuchen würde …

Und im selben Augenblick blieben meine Augen, die, während ich so sinnierte, durch das Zimmer gewandert waren, an einem bestimmten Punkt hängen. Okay, es waren meine Blicke, die gewandert waren, nicht die Augen, die Gott sei Dank weiterhin fest in ihren Höhlen saßen, und sie waren es denn auch, meine Blicke wiederum, die hängen blieben. An einem Punkt. Einem Nagel, um es präzise zu sagen. Einem Nagel in der Wand. Neben der Türe. Daran hatte es gehangen. Das Paar, das ich intuitiv seit Tagen hier vermisste, ohne in der Lage gewesen zu sein, es benennen zu können. Jetzt konnte ich es.

Die Fußrasten scharrten in jeder Kurve wütend über Flickenasphalt, Straßenbahnschienen, Kopfsteinpflaster und was einem die Ruhr-City noch so an Straßenbelag vor die Räder wirft, der Motor röhrte und spotzte und brüllte, dass man jeden Augenblick erwartete, zwei glühende Kolben durch den Tank geschossen kommen zu sehen, die Reifen jaulten beim Bremsen und Beschleunigen ihren Protest hinaus, und die Federelemente gingen vorne und hinten abwechselnd auf Block. Trotzdem kam es mir so vor, als ob wir stünden, und mir war klar wie nie, dass die Anschaffung einer Elfhunderter unumgänglich wäre, und wenn es mich ruinierte.

Andere Verkehrsteilnehmer verschluckten ihre Zungen und gafften uns hinterher, als ob sie gerade von den vier apokalyptischen Reitern passiert worden wären. Dabei waren wir nur zwei. Ich vorne am Lenker mit einem Messer zwischen den Zähnen – so viel vor noch, heute – und mein Freund Pierfrancesco Scuzzi in unnachahmlicher Gelassenheit hintendrauf. Wenn er mit mir unterwegs ist, sieht er es stets als seine vornehmste Aufgabe an, Leute, die ich gerade geschnitten, ausgebremst, aus dem Weg gedrängt, um ihre Vorfahrt gebracht oder beinahe überfahren habe, durch freundliches Winken wieder mit sich und der Welt zu versöhnen.

Wir umrundeten das Wedaustadion komplett auf dem funkensprühenden Auspuff liegend, und Scuzzi versuchte derweil, sich einen Joint anzustecken.

Ein letzter Fehlzündungsknall weckte den Aushilfsstudenten im Kassenhäuschen aus seinen Tagträumen, und ich hielt ihm ein Foto unter die Nase, während der überhitzte Motor der XS unter mir tickte wie eine rasch ablaufende Zeitbombe. Scuzzi bekam seinen Joint endlich an und blies mir den Qualm ins Genick.

»Wer solln das sein?«, fragte der Typ im Kassenhäuschen, wischte sich eine fettige Strähne aus der Stirn, sah vom Foto zu mir, zu Scuzzi und erhob sich dann ein bisschen aus seinem Stuhl für einen Blick auf unser Gefährt, als dämmere ihm erst Schritt für Schritt, dass wir im Begriff schienen, uns mitsamt einem Motorrad Eintritt verschaffen zu wollen.

»Freund von mir. War bis vor …« Verdammt, was für eine lange Zeit schon! »… zehn, zwölf Tagen öfter hier. Erinnern Sie sich?«

Nö. Und noch so ein Blick auf die XS. »Sie dürfen hier nicht …«

»Lass dir zwei Tickets geben«, sagte ich zu Scuzzi, der abstieg, dann manövrierte ich die Yamaha ein paar Meter zurück und lehnte sie an einen Baum.

»Schlittschuhe können Sie in der Halle mieten«, rief uns der Kassenheini noch nach.

»Toll«, fand Scuzzi.

»Außer im Kontakthof vom Puff kommst du nicht leichter an was vor die Buxe als in der Eishalle, glaub mir«, hatte Willy mir anvertraut und seine neuen Schlittschuhe vom Nagel neben der Türe genommen. »Du musst unbedingt mal mit da hin.«

Ich hatte es dann trotzdem nie getan – Eislaufen verband sich vor meinem geistigen Auge irgendwie beharrlich mit diesen schwuchteligen Eintänzern im Fernsehen – und jetzt war ich letzten Endes dann doch hier gelandet.

Die Eisfläche beschränkte sich, wie ich mit Erleichterung feststellte, auf die Eisfläche. Umgeben von Banden. Überall sonst konnte man mit normalen Schuhen auf gewohntem Untergrund herumlaufen.

»Hey«, fand mein milde gedopter Freund, als wir aus dem eher dusteren Gang heraustraten, hinein in das grelle Licht der Deckenfluter, »scharf hier. Und klasse Musik läuft auch.«

Ich schenkte ihm einen Blick, den ich ausschließlich für solche Gelegenheiten reserviere. Vergeblich. Er kriegt es nie mit. Nie. Selig lächelnd stand er da, nahm die Szenerie in Augenschein und ließ sich ›*Holyda-hay …*‹ schrill und mit blechernem Hall und in völlig überflüssiger Lautstärke um die Ohren krähen. ›*… let's celebra-hate …*‹

Madonna. Mein Gott, Madonna. Was soll ich sagen? Seit dieses Popmusik-Wetterfähnchen das erste Mal ihr Cartoon-Enten-Stimmchen erhoben hatte, hielt sie mich in einem Zustand von extremem, an Ekel grenzendem Widerwillen. Um mir beim überall und immerwährenden Erklingen ihrer Liedchen zumindest *etwas* Erleichterung zu verschaffen, stellte ich mir regelmäßig vor, sie sei meine Nachbarin. Eine Tür weiter. Sozialer Wohnungsbau. Friseuse, arbeitslos. Und verheiratet. Mit einem Kerl, der Nacht für Nacht besoffen nach Hause kommt und sie ordentlich durchlässt. Sie so richtig schön vertrimmt. Blaue Augen, wackelnde Zähne, angeknackste Rippen, die volle Show.

Der Kerl und ich, dachte ich dann immer, wir beide, wir könnten die besten Kumpels werden.

Schön, sagte ich mir mit einem weiteren Seitenblick auf meinen Freund Pierfrancesco, dann schicken wir ihn halt aufs Eis, wenn's ihm hier so gut gefällt.

Und es bedurfte noch nicht mal der Überredung. Ich gab ihm das zweite Foto, das ich dabeihatte – Schulfotograf, und Willy hatte sich sichtlich bemüht, sein perversestes Grienen in die Linse zu halten, doch die einzigen anderen Bilder von ihm, die ich in der Eile finden konnte, zeigten ihn entweder bewusstlos zwischen leeren Flaschen oder aber verprügelt, verstümmelt und mit 'ner BILD-Zeitung vor der Brust – und Scuzzi hechelte davon, sich Schlittschuhe mieten.

Ich fragte ein bisschen herum, griff mir jeden, der vorbeikam, ließ aber gleichzeitig das Törchen zur Eisfläche nicht aus den Augen, bis mein bekiffter Begleiter unsicher angestakst kam und die erste Kufe auf die tückische Oberfläche setzte.

›*Like a virgin, hey!*‹ quäkte es aus den Lautsprechern, doch Scuzzi schien die Musik nicht mehr ganz so zu genießen wie am Anfang. Hohe Konzentration furchte ihm die Stirn in zwei Hälften, und sein Griff an die Bande war der eines Mannes, der weiß, dass dies sein letzter Halt vor dem Abgrund ist. Und dann überraschte er mich. Ich hätte drauf gewettet, dass er für immer am Rand blieb oder andernfalls keine fünf Meter schaffte, ohne sich auf den Hintern zu setzen, doch nach nur ein paar noch etwas zittrigen Probeschritten ließ er tapfer die Bande los, stieß sich recht energisch ab und glitt erstaunliche zehn, fünfzehn Meter weit, bevor es ihm beide Füße gleichzeitig nach hinten wegriss und er der Länge nach den kalten Spiegel küsste.

›... *touched for the very first time* ...‹ trällerte es mitleidlos.

Zwei Teenager in Kaninchenfelljacken halfen ihm hoch, und ich sah sie die Lockenköpfe schütteln, als er ihnen, wieder auf schwankenden Kufen, rasch Willys Bild zeigte. Nie gesehen, las ich aus ihren Mienen.

Eine ganze Menge Leute erinnerten sich allerdings. Manche lebhaft.

»Ja, der war oft hier«, hieß es. »Immer am Grinsen.«

»Lief ganz passabel. Hing allerdings die meiste Zeit an der Pistenbar herum.«

Na, dahin war ich – Recherche – sowieso unterwegs. Außenrum, allerdings. Nicht auf dem vermeintlich kürzeren Weg, auf dem Scuzzi es probierte.

»Willy, ja«, erkannte ihn der sonnenstudiogeröstete und sportstudiogeblähte Barmann mit dem Krokodil auf dem Hemd sofort wieder. »Immer am Picheln. Immer am Baggern. Immer am Grinsen.«

Unser Willy, dachte ich, seltsam berührt. Wie er leibt und lebt.

Nur darüber, was ich eigentlich in Erfahrung bringen wollte, bekam ich nichts Konkretes heraus.

»Och, du«, meinte der Barmann auf Anfrage und sog kurz Luft zwischen den Zähnen hindurch, als er Scuzzi, nur noch sechs Meter entfernt, nach einem halben Salto rückwärts flügelschlagend darniederkrachen sah, »das waren ständig andere. Und oft ziemliche Geschosse, um es vorsichtig auszudrücken.« Die beiden Teenager von vorhin kamen wieder angefegt und halfen meinem Freund zurück auf die Kufen, bürsteten ihn ab, hinten und vorne, und giggelten nicht schlecht dabei.

›Wo gibt's hier die Schlittschuhe?‹, fragte ich mich, für einen Moment abgelenkt.

»Einmal kam er mit einer an, die war so dick, dass das Eis unter ihren Kufen rissig wurde. Und einmal ...«

Ich ließ es mir alles erzählen. Die eine oder andere Person kam mir selbstredend bekannt vor, und sei es von ›Vorwärts-rückwärts, Treppe-rauf, Treppe-runter‹, doch, wie gesagt, irgendetwas Konkretes, meinen Puls Beschleunigendes kam nicht dabei herum. Bis ich Scuzzis Schlittschuhe zurück zur Ausgabe brachte. Während er sich noch etwas stärkte und wahrscheinlich den Teenies ein bisschen Dope andrehte.

»Oh, ja, der Willy«, entfuhr es dem mütterlichen Typus hinter dem Ausgabeschalter, und ihre Augen leuchteten auf. »Netter Junge. Gibt immer Trinkgeld.«

Ein Fünfer fand seinen Platz neben Scuzzis Kufen.

»Doch die Gestalten, mit denen er sich umgibt ...« Sie schüttelte den Kopf auf eine mütterliche Art. »Bis auf letztes Mal«, erinnerte sie sich. »Vor ... vierzehn Tagen oder so muss das gewesen sein. Ich weiß noch, ich dachte: Na, das ist ja endlich mal eine Abwechslung zum Besseren. Nicht so ... na ja, so abgerissen, wie die anderen oft.«

»Könnten Sie mir eine Beschreibung geben?«, bat ich.

Und sie gab sie mir.

Und mein Puls beschleunigte sich. Ganz konkret.

»Heiner«, sagte ich, »hast du irgendetwas da, was sich noch bewegt?«

Ich hatte die XS bei meiner Yamaha-Werkstatt zurückgelassen, und Volker, der Inhaber, hatte nach längerer, schweigender, kopfschüttelnder, mehrfacher Umrundung der Maschine alleine für die Erstellung eines Kostenvoranschlages »mindestens 'ne Woche« kalkuliert.

Heiner Sültenfuß ließ einen fast schon beleidigten Blick über sein Gelände schweifen, begleitet von einer weiträumigen ›Such-dir-was-aus‹-Geste.

Ich folgte Blick und Geste und sah Autos, die auf den Dächern anderer Autos parkten, Autos ohne Räder, ohne Motoren, Getriebe, Inneneinrichtungen. Ich sah Autos, die ihre Karriere mit mehreren Rittbergern beendet hatten, Autos, die ein Raub der Flammen geworden waren, Autos, die Betonpfeiler oder den Gegenverkehr umarmt hatten, plus einen Lieferwagen, der zur denkbar ungünstigsten Zeit einen Bahnübergang gequert hatte.

»Heiner«, präzisierte Scuzzi, rauchend, fröstelnd, »ich glaube, Kristof meint etwas, das sich aus eigenem Antrieb bewegt, und nicht nur mit 'nem Schubs die Rampe in den Schredder hinunter.«

Ja, da müssten wir mal kucken, fand Heiner und nahm uns mit auf einen Rundgang über seinen Platz und hinein in die beginnende Dämmerung, Heiners Wangen rot und unser Atem weiß im trockenen Ostwind.

Schrott, Schrott, Schrott, wohin ich auch blickte. Kompletter Schrott jenseits aller noch so niedrig gesteckten Erwartungen.

Heiners Sicht, musste ich feststellen, differierte in irritierendem Maße von der meinen.

»Da drüben, der Rekord, Heckschaden, sicher, aber noch zu reparieren, und der Motor hat erst achtzigtausend gelaufen.« Er deutete auf einen Opel mit einem Kofferraum wie eine sich aufdrängende Gelegenheit, das Wort ›Faltenbalg‹ einmal anders als im Kontext reiferer Weiblichkeit zur Anwendung zu bringen.

»Und hier, der Kadett, was wäre damit? Bräuchte 'nen neuen Kopf, aber den geb ich dir dabei.«

Ich lüftete die Haube, und vier schwarze Kolbenböden gähnten mir aus den unterschiedlichen Tiefen ihrer rostroten Laufbuchsen entgegen.

»Kein Opel, heute, Heiner«, entschied ich und ließ die Haube wieder zufallen.

»Tja, dann könnte ich dir noch den CX da vorne anbieten, hat zwar keinen TÜV mehr, aber ...«

»Und keinen Citroën, Heiner.«

»Wieso nicht?«, wollte Scuzzi wissen, und ich schenkte ihm diesen bestimmten, eigentlich für musikalische Fragen reservierten Augenausdruck als Antwort.

»Ja, ich weiß, die Autos machen Probleme«, gab Heiner zu, »doch wenn man einen an der Hand hat, der sich nur ein bisschen damit auskennt, dann ...«

»Genau«, fand Scuzzi. »Sind doch scharfe Autos.«

»Keinen Citroën, Heiner.«

»Sieh mal der GS hier, gutes Beispiel, da ist nix dran bis auf einen minimalen Defekt an der Hydraulik ...«

»Definitiv keinen Citroën, Heiner.«

»Du hast ja noch nicht mal einen Blick drauf geworfen«, protestierte Scuzzi.

»Na, hast ja Recht, Kristof. Aber sonst ist nicht viel, fürchte ich, im Moment. Wärste mal gestern gekommen, da hatte ich noch 'nen astreinen Käfer hier, nur vier Vorbesitzer, mit Schiebedach sogar ...«

»Was ist denn mit dem roten da drüben?«

»Ach, Kristof, ich weiß nicht. *Japaner.* Das taugt nichts, wenn du mich fragst. Kuck nur, wie die rosten.« Er hatte Recht: Der Wagen sah aus, als ob er die letzten zwei Jahre bis zur Hüfte in Salzlake geparkt hätte. Aber als ich nachzählte, kam ich auf vier Räder, eins mehr als der Durchschnitt der anderen Aspiranten hier. »Dann weiß ich nicht, wie das mit der Zuverlässigkeit ist. Nimm, zum Beispiel, den VW, der läuft und läuft und ...«

Die Fahrertüre war nicht abgeschlossen, und als ich mich reinsetzte, steckte der Schlüssel im Zündschloss. Der Lenkradkranz bestand aus feinstem Holzimitat, und der Schaltknauf sogar aus Echtholz. Es sind die Details, sage ich immer, die Feinheiten, die die Autos verkaufen.

»Toyota Carina«, las Scuzzi von der hinteren Haube ab, »mal im Ernst: Wer fährt denn so was. Nur Prolltypen, wenn du mich fragst. Und durch die Rostlöcher könnte man eine Mütze werfen.«

»Oder mit Ersatzteilen. Sicher, die ersten fragen nach, also werde ich mir mal ein paar ins Lager legen, aber trotzdem, dieser japanische Kram wird sich nicht durchsetzen, so was ist doch nichts gegen einen VW, Kristof.«

Ich drehte den Zündschlüssel, und der Motor sprang mit dem heiseren Röhren eines ins Plusquamperfekt übergegangenen Endschalldämpfers an.

»Gekauft«, strahlte ich.

Ich hatte Scuzzi abgesetzt und war alleine nach Breitscheid gefahren. Weil der Schwede das so haben wollte. Und er hatte mich selber an der Türe empfangen. Nach einem längeren Blick durch die Videoüberwachung, davon konnte man ausgehen, aber nichtsdestotrotz.

»Erkältung besser?«, fragte er zur Begrüßung, und als ich nach kurzem Nachdenken nickte – sie war tatsächlich abgeflaut –, reichte er mir auch die Hand. »Gut«, fand er. »Sehr gut. Gesundheit ist alles.«

Er führte mich in sein Wohnzimmer, wies mir einen Sessel an, und kaum dass ich saß, erschien einer der – sagen wir mal – Leibwächter und fragte, was ich trinken wolle. Alles ganz zivilisiert. Auch so ein Männerhaushalt, dachte ich. Fast wie bei uns. Ich bat um ein Bier.

Der Schwede ließ sich mir gegenüber auf der Couch nieder, und wir nahmen einander in Augenschein. Er hatte sich heute für das Modell ›Heino‹ entschieden, falls es sich nicht um den Typ ›Brian Jones‹ handelte. Ansonsten trug er mal wieder ein Hemd, das mich meine Sonnenbrille vermissen ließ, dazu Jeans und italienische Schuhe.

Ich meinerseits lief rum wie immer.

Mein Bier kam und für den Schweden ein hohes, schmales Glas mit einer klaren, leicht perlenden Flüssigkeit, in der zwei Eiswürfel schwammen. Mineralwasser, mochte ich wetten.

Wir prosteten einander zu, er setzte sein Glas auf einen Untersetzer, spreizte die Finger seiner recht großen Hände und stieß ihre Spitzen federnd gegeneinander.

»Schildern Sie mir doch erst mal, was Sie bei Roth-Bichler alles aus dem Safe geholt haben«, begann er unvermittelt und sah von seinen Fingerübungen hoch. Wo sein Blick einmal hinzielte, blieb er auch. Unverrückbar. Trotz des Zuckens. Er erinnerte mich an jemanden, und meine Abwehr-Automatismen wollten anspringen, bis ich mir ins Bewusstsein rief, dass dies hier definitiv nicht die Polizei war.

»Wo haben Sie übrigens Ihr Gewerbe erlernt?«, fragte

er, noch ehe ich eine Antwort formulieren konnte. »Irgendeine Form von …«, er zögerte, »… staatlicher Organisation?«

Hm? Worauf sollte das denn hinaus?

»Oder … politischer?«, schickte er hinterher.

Ich brauchte einen Moment. Geheimdienst oder Terrorgruppe, das war es, was er andeutete. *Dickes* Kompliment, so gesehen.

»Nein, ich bin Autodidakt«, antwortete ich, gestand damit im gleichen Atemzug den Einbruch *und* den Diebstahl ein und lachte auch noch, geschmeichelt. Er war richtig gut, der Schwede. Wo *er* wohl sein Gewerbe erlernt hatte?, fuhr es mir durch den Kopf.

»Sie scheinen eine Menge zu wissen«, stellte ich fest.

Er zuckte die Achseln. »Ich habe einen Informanten im Präsidium sitzen«, gab er unumwunden zu. »*Muss* man haben«, schickte er sachlich hinterher.

»Und dieser … Informant glaubt, dass *ich* es war, der bei Roth-Bichler eingestiegen ist?« Vielleicht hatte ich doch noch Fieber. Mit der Raumtemperatur jedenfalls war das Ausmaß meiner Transpiration nicht zu rechtfertigen.

Er winkte ab. »*Jemand* scheint das zu glauben. Doch das ist unwichtig. Beweisen müssen sie es können. Und danach sieht es zur Zeit nicht aus. Doch lassen Sie uns, ehe wir weitersprechen, noch mal ganz kurz eine wichtige Frage klären: Die Sachen sind sicher untergebracht?«

Ich nickte.

»Gut.« Er entspannte sich etwas und dachte nach.

»Woher wissen Sie eigentlich, dass Roth-Bichlers Safe leer geräumt wurde?«

Lazlo Cinosil nahm die Hände in den Nacken und sah zur Decke hoch.

»Der Antennendienst«, meinte er gelangweilt, »räumte einen großen, prallen Postsack aus dem Haus in seinen gelblichen Transporter. Heute Morgen parkt der Servicewagen einer Geldschrankfirma in der Einfahrt des Notars.

Spätnachmittags habe ich dann bei der Firma angerufen, mich in Roth-Bichlers Namen gemeldet und vorsichtig angefragt, ob der Monteur zufällig irrtümlich einen Wertgegenstand aus dem Safe an sich genommen habe. Oder so ähnlich. Die Antwort war: Da war nichts mehr zum An-sich-Nehmen. Weder zufällig noch irrtümlich noch sonst wie. Das Ding war leer.«

Roth-Bichler würde mich verdächtigen, oder besser, uns, die Stormfuckers, und er würde die Bullen auf unsere Spur hetzen. Die würden dann einen Durchsuchungsbefehl fürs Fuckers' Place beantragen, etwas, auf das dieser Menden nur gelauert hat … Es war zu erwarten gewesen, doch kam es jetzt schneller als geahnt. Die Bullen im Haus … Was könnte dabei herauskommen? Wie würden die verfluchten Entführer reagieren? Saß ich hier möglicherweise einem gegenüber? Vielleicht sollte ich dem Schweden vorschlagen, ganz einfach den Willy gegen den Safe-Inhalt zu tauschen und ab dafür? Vielleicht würde *er* das gleich vorschlagen? Plötzlich wünschte ich, es möge so kommen. Dann noch eben die McDagobert's-Eröffnung hinter uns bringen, dem Spuk der Anschläge ein Ende bereiten und anschließend alle Mann hoch sechs Wochen nach Gran Canaria. Strandbuggy fahren und Strandhasen pimpern und Willy mittendrin, langsam, aber sicher seine körperlichen und seelischen Blessuren auskurierend …

Ich sah hoch und direkt in Lazlo Cinosils forschenden Blick.

»Doch wissen Sie was«, fuhr er fort, wo er abgebrochen hatte, »meinem Informanten zufolge hat Roth-Bichler den Diebstahl bis jetzt noch nicht angezeigt.«

Hä? Also vielleicht doch keine Hausdurchsuchung, war das erste, das mir durch den Kopf ging. Dann erst das *Warum nicht*?

»Das kann nur bedeuten, dass er nicht will, dass das Material aus seinem Safe in die Hände der Polizei gelangt«, schlussfolgerte ich, und der Schwede lächelte zufrieden wie ein Lehrer über den Eifer eines Schülers.

»Wirft ein bisschen ein neues Licht auf den guten Notar, oder was meinen Sie?«, fragte er. »Was ist«, fuhr er fort, »sollen wir uns die Sachen mal anschauen?«

Eineinhalb Stunden später saßen wir uns wieder gegenüber, nur dass ich diesmal von Scuzzi begleitet wurde und der Schwede Albert dabeihatte, französisch ausgesprochen und als sein Buchhalter vorgestellt. Ich war in einem Zustand jenseits großer Verwunderung, und so nahm ich nur einfach zur Kenntnis, dass Albert den sonnengebräuntesten und mit Abstand langlockigsten Buchhalter darstellte, der mir jemals untergekommen war, und dazu der mit den entschieden meisten Armreifen, -bändchen und -kettchen. Kurz, er sah aus, als ob er sich wesentlich besser zwischen den Schenkeln von Ferienclub-Touristinnen zurechtfände als zwischen den Pappdeckeln von so etwas Sprödem wie Halbjahresbilanzen.

Nachdem wir uns alle bekannt gemacht hatten, schob ich, was Scuzzi während der Fahrt aus dem Postsack gefischt hatte, über den flachen Couchtisch und bedankte mich abwesend bei dem Bodyguard, der mir ein frisches Bier gebracht hatte. Kaffee wäre vielleicht besser gewesen, aber scheiß drauf. Ich blickte eh nicht mehr durch, mit oder ohne Kaffee.

Nur eine Seite aus jedem der Aktenordner, hatte ich Scuzzi angewiesen, und genau das war es auch, womit ich auf Lazlo Cinosils gerunzelte Brauen reagierte.

»Eine Seite aus jedem der Ordner«, sagte ich. »Damit Sie sich einen Überblick verschaffen können.«

Achselzuckend gab der Schwede die Bögen an Albert weiter.

Ein Schweigen entstand. Scuzzi fragte nach einer Weile, ob jemand was dagegen hätte, wenn er sich einen kleinen Spliff ansteckte, und niemand hatte. Während Scuzzi sich also in rotäugigen Gleichmut paffte, zutzelte ich an meinem Bier herum.

Gott, ich wünschte, dieser ganze Zirkus hätte ein Ende.

Ich fühlte mich mürbe, richtiggehend bröselig. Was immer der Schwede oder Albert gleich sagen oder verlangen oder vorschlagen sollten, ich würde dem nicht viel entgegenzusetzen haben und es wahrscheinlich einfach abnicken. Ich wollte Willy zurück, und alles andere war mir wurscht.

Albert ging Bogen auf Bogen mit kritischem Interesse durch. Ab und zu fiel ihm etwas auf, das er dann dem Schweden zeigte, woraufhin der nonverbale Kommentare nickte oder brummte.

»Worum geht es jetzt eigentlich«, fragte ich, als mir eben diese Frage durch die Birne geisterte, »sind es immer noch nur Sicherheiten für einen Wucherkredit oder haben Sie da schon irgendetwas gefunden, dass sich direkt in Geld umwandeln lässt?« Und, als Lazlo Cinosil nicht antwortete, sondern nur mit vorgeschobener Unterlippe über den Tisch blickte, schob ich noch, halb vertraulich: »Müssen wir überhaupt noch den Umweg über einen Kredit machen?«, hinterher.

»Kann ich hiervon Kopien ziehen?«, fragte Albert dazwischen, mit ein paar Blättern in der Hand, und ich nickte nur knapp, woraufhin er abschob.

»Also«, sagte ich, »Herr Cinosil, Butter bei de Fisch, wie man bei uns sagt.«

»Jiddisch«, sagte er. »›Butter bei de Fisch‹ ist jiddisch, genauso wie ›Maloche‹, ›Mischpoke‹ und eine ganze Anzahl anderer farbenprächtiger Ausdrücke in Ihrer Gegend hier.«

»Ah«, sagte ich, kurz nach dem Faden suchend, der mir entglitten war. »doch worauf ich hinauswollte …«

Der Schwede unterbrach mich mit einer Handbewegung.

»Jaja«, meinte er, »weiß ich. Machen wir's kurz: Ich habe keine Million zu verleihen. Und niemand sonst wird es tun. Ich habe Wilfried Heckhoffs Schufa-Auskunft eingeholt. Der Mann hat kein Geld. Seine Konten sind leer, und über ein größeres Anlagevermögen ist nichts bekannt.«

»Aber …« warf ich ein.

»Selbst auf dem Haus, in dem er wohnt, lastet eine Hypothek. Euer Willy ist pleite.«

»Aberaber …«

»Aber«, schnitt mir der Schwede ein weiteres Mal das entgeisterte Gestammel ab, »sobald wir die gesamten Unterlagen in Händen haben, könnten wir nachforschen, wo das Geld hingewandert ist, sollte er jemals welches besessen haben.«

Das waren niederschmetternde Neuigkeiten. Völlig. Kein Geld, kein Lösegeld. Dies war das, was man eine Bier-Situation nennen könnte. Ohne Umschweife setzte ich mir die Flasche an den Hals.

»Davon abgesehen sind ein paar von Roth-Bichlers Akten nicht ohne Interesse für … *mich*. Ja, sagen wir es so. Ich würde sie Ihnen gerne abkaufen. Für na, was meinen Sie zu … fünfhunderttausend Dollar?«

Und ich atmete einen Viertelliter Pils ein.

Alle, bis auf Scuzzi natürlich, aber alle anderen rings um den Küchentisch starrten mich genauso baff an, wie ich wohl den Schweden angestarrt haben musste. Nachdem ich fertig war mit Husten.

Der erste, der seine Sprache wiederfand, war Hoho.

»Hoho!«, entfuhr es ihm.

»Entweder *du* willst uns verscheißern«, meinte Pit Bull, »oder der Schwede.«

»Da müsste der Kram ja das Doppelte oder Dreifache wert sein«, gab Charly zu bedenken.

Ich schüttelte den Kopf. »Das meiste davon ist auf dem freien Markt nicht absetzbar. Wir können von Glück reden, dafür überhaupt einen Käufer gefunden zu haben«, log ich. Denn Lazlo Cinosil hatte das Zeugs überhaupt nicht gekauft. Die Dollars hatte er uns praktisch geschenkt.

»Und wieso Dollars?«

Ich zuckte die Achseln. »Das ist halt die Währung, in der er einen so großen Betrag in so kurzer Zeit auftreiben kann«, log ich.

»Und wann kriegen wir den Zaster?«, wollte Schisser wissen. Poppel, fiel mir auf, war immer noch abwesend, bei seiner Duisburger Torte.

»Mor-« fing ich an, warf dann einen Blick auf die Küchenuhr – es war nach eins – und korrigierte mich. »Heute noch«, log ich. »Heute Abend ist Übergabe.«

»Dann habt ihr ja euren Willy bald wieder«, freute sich Deliah und rieb meine Schulter. Mann, ich war müde.

»Ja, sobald diese Schweine sich wieder melden, vereinbaren wir einen Ort, eine Zeit, und dann dürfte es eigentlich keine Probleme mehr geben.« Log ich.

»Nach allem, was ich über ihn gehört habe, bin ich richtig gespannt, ihn mal kennen zu lernen.«

»Ja«, log ich, »das glaube ich gern.«

Ich log, falls das noch keinem aufgefallen sein sollte, schon die ganze Zeit.

Der Schwede hatte die Dollars nämlich da gehabt. In einer Camping-Kühlbox, die ein weiterer Bodyguard angeschleppt hatte, schob er sie uns über den Tisch.

»Okay«, sagte ich, ein bisschen erstaunt über diesen Mangel an Zeremonie, »mein Partner hier zählt das Geld, und ich gehe inzwischen und hole den Sack.«

Ei, das stimmte sie heiter, den Schweden, den Bodyguard mit dem frischen Bier für mich und den Bodyguard, der das Geld geholt hatte, und auch Albert, der mit einem Aktendeckel unterm Arm im Türrahmen lehnte.

»Bisschen neu, die Scheine«, fand Scuzzi, unempfänglich für die plötzliche Heiterkeit, und pfrrrrrtete ein Bündel mit dem Daumen.

Sie hatten den Sack nämlich schon längst aus dem Toyota geklaut gehabt. Das war es, was ich meinte mit ›praktisch geschenkt‹. Und die Dollarscheine *waren* ein bisschen neu. Und ein bisschen falsch, wie der Schwede auf seine offene Art eingestand. Was, so gesehen, das ganze Geschäft wieder etwas in Relation rückte. Und mich zum Lügen nötigte. Denn wenn tatsächlich Informationen aus dem Fuckers' Place nach draußen drangen, mussten Scuzzi und ich diese hier unbedingt geheim halten. Vor allen.

Und auch die Sorgen um Willy hatten damit noch längst

kein Ende. Denn einer längeren oder genaueren Prüfung hielten die verdammten Scheine nicht stand. Außer für ein kurzes Täuschungsmanöver waren sie so gut wie wertlos.

»Freust du dich nicht?«, fragte Deliah mit einem prüfenden Griff unter die Bettdecke.

»Wenn alles klargeht, könnten wir auch schon bald auf Ibiza sein. Mit Willy. Wäre das nicht toll?«

Fast hätte ich sie mit ›Gran Canaria‹ verbessert, verbiss es mir aber im letzten Moment.

»Doch«, log ich stattdessen und kam, selbst nachdem wir's zweimal getan hatten, noch lange nicht in den Schlaf.

Kapitel 7

Ich schlug die Augen auf, und die verdammte Katze purrte mich an. Von Deliahs Kissen aus.

»Frühschicht, Hase«, hatte sie mir ins Ohr geflüstert und mich zum Abschied auf die Wange geküsst, und so sehr ich auch versucht hatte, ebenfalls aufzustehen, es war mir irgendwie nicht geglückt.

Jetzt, aber ...

»Musst du so haaren?«, fragte ich, und sie schenkte mir einen Blick voller Behaglichkeit, in dem die Antwort mitschwang, dass sie keineswegs haaren *müsse*, es ihr aber allerhöchstes Vergnügen bereite, vor allem im Bett.

»Unsere Wege«, prophezeite ich ihr und stemmte mich aus den Laken, »trennen sich in Kürze. Und zwar, wie es aussieht, für immer.«

Damit schlurfte ich in Unterhose in die Halle und begann den Tag mit dem ersten von hunderttausend Telefonaten.

»Schwester Deliah hat Urlaub«, erfuhr ich und nickte mir eins. Irgendwann schreibe ich mal ein Buch über die völlig verkannten, nützlichen Seiten von Schlafstörungen.

Auch mein nächster Anruf brachte mich nicht an das angepeilte Ziel, und wieder ohne jede Überraschung für mich.

Diese Stunden in dunkler Abgeschiedenheit, ohne Kommunikation, ohne Zerstreuung, Ablenkung, bieten die Chance, den Geist neu zu ordnen und eine hohe Konzentration des Denkens herbeizuführen.

Entschlossen hängte ich ein, ging hin, zerrte Scuzzi aus dem Bett und hielt ihn an, mit D.O. genauso zu verfahren. Ich hätte es andersrum machen können, ja, tatsächlich wäre D.O.'s Zimmer sogar näher gewesen als das von Scuzzi, aber wenn ich einmal einen Zustand hoher Konzentration erreicht habe, gibt es für fast das gesamte Wie und Warum meines Handelns seine Gründe.

»Aber Kristof hat gesagt, dass es wichtig sei«, hörte ich Scuzzi protestieren, während ich die Tasten meiner Schreibmaschine bearbeitete, »und ein Tritt in den Bauch war wirklich genug, mich zu erinnern, dass du nicht gerne geweckt wirst, D.O. Vielen Dank auch, du hättest mich nicht obendrein noch zu würgen brauchen.«

Ich tippte den Brief zu Ende, kopierte Willys krakelige Unterschrift, schrieb einen Namen und eine vollständige Adresse auf den Umschlag, faltete den Brief hinein und drückte ihn, in der Küche, Scuzzi in die Hand.

»Sieh zu, dass du ihn persönlich übergibst«, sagte ich. »Und lass dich auf gar keinen Fall abwimmeln.«

»Und wozu soll das gut sein?«, fragte er.

»Ich habe diese Briefmarken-Spielchen satt. Ich will wissen, wo Willy steckt. Ob in Holland oder in Luxemburg oder, wie ich vermute, irgendwo hier in der Gegend. Und auf diese Art kriegen wir es hoffentlich raus.«

Scuzzi nickte.

»Und wozu hast du dann mich aus dem Bett geholt?«, grollte D.O., der Cornflakes und Milch auf eine Art schaufelte, die unweigerlich Erinnerungen an diese Schulausflüge zu landwirtschaftlichen Betrieben weckte.

»Du fährst ihn.« Speziell an die Fütterungsvorgänge.

»Wohin?« Und da insbesondere die des so genannten ›Borstenviehs‹.

»Hamburg«, antwortete ich. »Und ihr müsst schon heute Nachmittag zurück sein.«

Er nickte, als wäre das nichts. D.O. hatte das schnellste Motorrad von uns allen, eine Tausender Kawasaki, und er steuerte sie durch den Verkehr wie ein Bowler seine Kugel durch die Kegel.

Nach einem Blick auf seine Armbanduhr wischte er sich mit dem Ärmel großflächig übers Kinn, sagte »Dann los!«, stand auf, zog den ob der Eile und ob eines noch nicht fertig eingenommenen Frühstücks protestierenden Scuzzi mit sich, und keine zwei Minuten später hörte ich vor dem Haus die Kawasaki aufbellen und sich Augenblicke später heulend entfernen.

Ranziger Käse auf schalem Toast, runtergespült mit abgestandenem Kaffee, und das, während ich mich anzog, so sah *mein* Frühstück aus, und dann hastete ich runter, spät dran zu meiner Verabredung, und lieh mir den Commodore.

Ragobert hätte jedes letzte bisschen von Vertrauen in mich verloren, wenn ich bei ihm mit dem Toyota vorgefahren wäre.

Er hatte sich wieder gefangen. Kein träumerischer Ausdruck mehr in seinem Gesicht, keine private Musikvorführung in seinen Ohren. Edwin Knauff sah drein wie ein Mann, den man an sein Limit gepuscht hat. Er wirkte härter als sonst, kälter als sonst und bis auf die Knochen genervt. Ein falsches Wort von mir, und ich war den Job los, das brachte er ohne große Worte und trotzdem unmissverständlich rüber.

»Zumindest der Ballon ist endlich am Boden«, sagte ich.

Ein großer, bunter, heliumgefüllter Luftballon, ein Ding von unvorstellbarer Harmlosigkeit und Unschuld, und doch war ein hörbares Aufatmen um die ganze Welt gegangen, als unsere Luftwaffe endlich mit stolzgeschwellter Brust seinen Abschuss bekannt geben konnte. Strange days, indeed.

Ragobert seufzte einmal kurz und nahm mich dann mit in den Neubau, wohl um mir zu zeigen, wie viel Geld und Arbeit hier in den letzen Monaten investiert worden waren und was damit, in seinen Augen, alles auf dem Spiel stand.

Es war ein Chaos. Graugesichtige Monteure hämmerten, schraubten, sägten, pinselten an der Inneneinrichtung herum. Die angehende Küche wurde aus verschachtelten Nirostastahlteilen aneinandergefügt, in einer Ecke des Gastraumes waren noch nicht mal die Bodenfliesen verlegt und die Wände gestrichen, während man in einer andern schon das Mobiliar aus seinen Plastikhüllen schälte. Lärm, Gereiztheit, Übermüdung, Termindruck, dazu die Lösungsmittel aus Klebern, Reinigern und Farben, das Sägemehl und diverse Kalkstäube bildeten die auf Dauer graugesichtig machende Atmosphäre.

»Also, lassen Sie hören«, forderte mein Klient und meinte Vorschläge damit.

»Ich könnte Ihnen eine entschlossene, schlagkräftige Schutztruppe zusammenstellen«, sagte ich, wie wir so standen und zusahen. »Deren Job wird es sein, den zu erwartenden Anschlag im Ansatz zu verhindern und den Attentäter unter allen Umständen zu ergreifen. Sie könnten die Nacht zum Eröffnungstag hier Wache schieben, und am Tag selber besetzen wir mit diesen Männern, in Zivil, versteht sich, alle strategisch wichtigen Positionen in und um das Restaurant. Was halten Sie davon?«

So weit, so gut, das hielt er davon. Doch in dem einen oder anderen Punkt hatte er, wie ich befürchtet hatte, eigene, abweichende Ideen. ›In Zivil‹ war eine davon.

»Sie haben angerufen«, knirschte Charly zwischen den Zähnen hervor. »Wollten wissen, ob wir das Geld haben.« Ich nickte. Das überraschte mich nicht. »Ich hab gesagt, wir kriegen es heute Abend, und sie haben aufgelegt.«

»Gut«, sagte ich, mehr nicht. Eins nach dem anderen. Die

Entführer würden heute Abend wieder anrufen, bis dahin gab es, um es mit Queneau zu sagen, andere Katzen zu peitschen. Es wurde Zeit für mich, mit einem Geständnis herauszurücken.

»Charly«, begann ich, »ich muss dir was gestehen.«

Er sah mich kühl an.

Ich sagte: »Ich habe keine Ahnung, wie Deliah mit Nachnamen heißt. Oder wo sie wohnt.« Sein blauer Blick umwölkte sich nachdenklich. »Mag sein, sie hat es mir irgendwann gesagt, mag sein, nicht.«

»Und?«

»Sie hat sich heute Morgen zur Frühschicht verabschiedet, aber im Krankenhaus haben sie gesagt, sie hätte Urlaub.«

Er schien nicht beeindruckt.

Ich nahm den Hörer ab und wählte die Nummer des Evangelischen Krankenhauses. Ließ mich mit der Urologischen Abteilung verbinden. Ein Schwester Andrea meldete sich, dieselbe wie vorhin schon.

»Es ist noch mal wegen Schwester Deliah«, sagte ich. »Da scheint es eine Verwechslung gegeben zu haben. Wir sprechen hier doch beide über Deliah Zapotek?«

Nein, taten wir nicht. »Wie heißt sie dann?«, fragte ich voller Verwunderung. »Meier«, war die Antwort, und als ich nach der Adresse fragte, wurde ich zurückgefragt, warum ich das wissen wolle, und ich gab »Gewohnheit« als Antwort, worauf Schwester Andrea schnappte, dass sie auf solche Anfragen »aus Gewohnheit« mit Auflegen reagiere, was sie dann auch tat.

»Und der letzte Ort«, wandte ich mich wieder an Charly und zeigte ihm den Zettel, auf den ich während des Telefonates ›Meier‹ geschrieben hatte, »wo Willy gesehen wurde, war das Eisstadion in Wedau, und die letzte Person, mit der er gesehen wurde, war eine auffallend hübsche Blonde mit Bubikopf und einem kreisrunden Mund.«

Charly lehnte sich an eine Wand, senkte den Kopf und zupfte an seiner Nasenspitze herum. »Telefonbuch«, meinte er. »Mülheim, Essen, Duisburg, Oberhausen. Und so fort. Was für ein Kennzeichen hat ihr Auto?« Und ich glaube, ich wurde rot. Ich wusste es nicht.

Das Klingeln des Telefons rettete mich. Es war der Schwede.

»Kommen Sie mal rüber«, sagte er. »Wir haben ein, zwei Sachen herausgefunden, die Sie interessieren könnten.«

»Bin unterwegs«, sagte ich.

»Auf Roth-Bichlers Konten herrscht ein enormes Kommen und Gehen«, sagte Albert, strich sich mit der einen bändchenbehangenen Hand die Lockenpracht aus dem Blickfeld und mit der anderen mehrere DIN-A4-Seiten mit Zahlenkolonnen entlang. Der Schwede hockte auf einer Ecke des mit ähnlichen Papieren ausgelegten Schreibtisches und hielt sich bedeckt.

»Und das Kommen kam im Laufe des letzten Jahres mehr und mehr aus dem Heckhoff'schen Besitz. Es gibt Belege über Aktienverkäufe und andere Wertpapierveräußerungen im größeren Stil. Sogar zwei Grundstücksverkäufe sind hier irgendwo festgehalten.«

Er deutete auf weitere Papiere, und ich sah sie mir an und nickte dazu, als ob ich etwas davon verstünde.

»Sie sagten was von ›Gehen‹«, sagte ich dann. »Das muss ja eine Richtung haben.«

»England«, sagte Albert. »Das meiste ging nach England. Hier.« Und er reichte mir den Durchschlag eines Überweisungsformulars.

Ich las ›Camelot Racing‹, und dann las ich noch die Summe. Hunderttausend Mark. Schließlich las ich noch das Datum. Es war der 17.1. diesen Jahres.

»Die Beträge wurden im Laufe der Monate höher und höher«, erläuterte Albert.

»Und alle an Camelot Racing?« Ich verstand nicht ganz. »Was ist das? Unterhält er ein Rennteam?« Der kleine, schuppige Doktor als Sponsor eines englischen Auto- oder Motorradrennstalls wollte mir nicht ins Hirn. Aber echt nicht.

»Pferdewetten«, mischte sich der Schwede ein. »Camelot ist ein Wettbüro. Pferdewetten weltweit.«

Und auf einmal kam von irgendwo her ein Hämmerchen und klopfte mir *pock* eins zwischen die Äuglein. Der Mann im ersten Stock. In der VIP-Lounge. Am Raffelberg. Der mit der überschnappenden, schrillen Stimme. Der den Tod des Jockeys gefordert und den ich nur als flüchtigen Schemen wahrgenommen hatte. Das war Roth-Bichler gewesen.

»Soll das heißen, er hat Willys ganzes Geld für Pferdewetten verballert? Er hat die Knete veruntreut und verpulvert? Ein Notar?«

Wenn das rauskäme, dann wäre für den Doktor der Jurisprudenz aber ganz schön die Kacke am Dampfen, wie man bei uns sagt. Wenn das rauskäme …

»Es sind nichts als Zahlen«, meinte Albert liebevoll, »und doch kann man sie lesen wie einen Roman.«

Ob er das auch zu den Restaurantbesitzern sagt, während er ihnen ausrechnet, wie viel von ihrem Umsatz sie diesen Monat für den ›Schutz‹ des Schweden rausforken müssen?, dachte ich, so nebenbei. ›Ihre Januarbilanz liest sich für mich wie Flaubert‹?

»Meine Theorie ist, er hat sich, als ein paar Wetten dramatisch schief liefen, mal kurz was geliehen, das er dann aus den neuen Gewinnen zurückzahlen wollte. Die Gewinne kamen aber nicht, oder nicht im gewünschten Umfang, also hat er sich mehr geliehen, mehr riskiert, um mehr einzunehmen, weil mittlerweile ja auch die Fehlbeträge angewachsen waren. Glücksspiel auf Pump ist, so gesehen, keine wirklich gute Idee.«

Wenn das rauskäme …

»Was er die ganze Zeit nie angetastet hat, waren die Sparkonten, also die Bargeldbestände. Ich nehme an, weil jeder Trottel einen Kontoauszug lesen kann.«

Selbst unser Willy, dachte ich.

»Bis auf einmal, Anfang dieses Monats, kurz hintereinander mehrere große Beträge von den Sparkassenkonten abgezogen und nicht nach England, sondern, wie es aussieht, auf Konten einer Luxemburger Bank überwiesen wurden.«

Luxemburg. Wieder mal.

»Roth-Bichler hat den Notgroschen zusammengerafft und wollte sich absetzen«, mutmaßte ich.

»Vielleicht. Doch das Seltsame ist, dass es hier, in seiner ansonsten makellosen Buchführung, für die Luxemburger Konten keine Belege gibt.«

Hm.

»Aber was«, wandte ich mich an den Schweden, »mal ganz im Ernst, ist *Ihr* Interesse an der ganzen Angelegenheit?«

»Ah«, antwortete er und zuckte mir unter dem Pony vom Modell ›Prinz Eisenherz‹ freundlich zu. »Und ich dachte schon, Sie fragen nie. Doch für die Antwort muss ich ein bisschen ausholen. Haben Sie schon gefrühstückt?«

»Nicht so richtig, gleichzeitig habe ich einen extrem voll gepackten Tag heute und bin deshalb in Eile, wenn wir also ...«

»Umso wichtiger, gut gefrühstückt zu haben. Spiegeleier? Toast? Wir haben auch Croissants. Italienischen Kaffee, natürlich. Marmelade aus den Obstgärten von Kfar Saba. Hausgemacht von meiner Mama. Sie kennen Kfar Saba?«

Was war das für eine Frage? Musste man das Kaff kennen?

»Eine von Mülheims Partnerstädten«, erklärte er mir.

Wir hatten mehrere? Ich kannte nur Tours, in Frankreich. Da war mal eine Austauschschülerin gewesen ...

»Wie dem auch sei. Die Marmelade meiner Mama müssen Sie einfach probieren.«

»Na gut.«

Kaum im Wagen, musste ich noch mal raus, um einen Flyer unterm Wischerblatt wegzuziehen. Er war von McDagobert's. Auf der Fahrt kam ich unter einer Brücke hindurch, an deren Geländer ein breites Werbeband geflochten war.

Von McDagobert's. Ich bog ab, und ein Plakatkleber strich noch mal mit der Kleisterbürste über seine neueste Arbeit. McDagobert's. Und als ich vor dem Fuckers' Place anhielt und ausstieg, schnurrte ein Bannerflieger über den frostklaren Winterhimmel. McDagobert's, las ich, Neueröffnung, las ich, wie auf dem Flyer, dem Band an der Brücke, der Plakatwand, und dann fummelte ich den Haustürschlüssel ins Schloss, stutzte heftig und sah noch mal hoch in den Himmel, doch da war das Flugzeug samt Banner schon hinter dem Nachbargiebel verschwunden, also sprang ich zurück zum Wagen, holte den Flyer heraus und zerrte auch eine in Gelb und Rot gehaltene Wurfsendung aus dem Briefkasten, überflog beides, zerknüllte beides, stürmte ins Haus und krallte mir das Telefon.

»Was soll das heißen?«, bölkte ich, kaum dass am anderen Ende jemand abgenommen hatte, »Neueröffnung am *Zwei*undzwanzigsten?«

»Tja«, kam es mit einiger Selbstzufriedenheit zurück, »auch ich habe schon mal gute Ideen. Einfach einen Tag vorverlegt, den Termin! Die Monteure sind natürlich ein bisschen bitter, doch damit, denke ich, schlagen wir dem Attentäter ein Schnippchen. Vermasseln ihm seine große Tour, bei der Eröffnung *und* am Tag mit einer Primzahl zuschlagen zu können. Haha. Trotzdem werden wir natürlich alles andere wie besprochen arrangieren. Nur, dass Ihre Leute halt schon heute Abend erscheinen müssen, anstatt morgen erst, und dann sowohl morgen als auch übermorgen den ganzen Tag ihren Security-Dienst versehen werden.«

Heute Abend schon? Die verfluchten Entführer würden heute Abend anrufen, und ich würde es nicht wagen, sie noch mal hinzuhalten …

»Das wird nicht gehen«, begann ich, fieberhaft nach einer Lösung suchend.

»Sie machen wohl Witze«, schnappte Ragobert mit im Umgang mit Lieferanten und unterbezahlten Angestellten gewohnter Autorität. »Wir haben einen Vertrag, Herr Kryszinski. Lesen Sie sich mal den Absatz über Konventionalstrafen durch«, riet er und hängte ein.

Ich trommelte alle, die da waren, in der Küche zusammen und verabreichte ihnen die Neuigkeiten. Die meisten nahmen die Dinge gelassener als ich. Zumindest, so die Haltung, geschah etwas.

»Falls es zu einer Geldübergabe kommt, müssen wir so oder so improvisieren«, meinte Charly. »Die werden das kurzfristig durchziehen wollen. Ich vermute mal, heute Nacht noch. Schließlich sind die Moppen dann ja endlich da. Und um die Frittenbude heute Nacht zu bewachen, dazu reichen zwei, drei Mann. Der Rest wird wohl mal für zwei Stunden weg können, um den Ort der Übergabe auszuspähen, oder was meinst du?«

Was ich meinte? Oh, ich meinte eine Menge. Ich meinte zuviel auf einmal. So meinte ich, zum Beispiel, dass dem Fuckers' Place ein Einbruch oder ein Überfall ins Haus stand, weil Dr. Roth-Bichler alles daran setzen würde, seine inkriminierenden Akten zurückzukriegen und wahrscheinlich uns verdächtigte. Und der gute Notar hatte, wenn ich Lazlo Cinosils Ausführungen glaubte, höchst unangenehme Verbindungen.

Um nicht zuviel erklären zu müssen, machte ich nur ein paar Andeutungen über erhöhte Wachsamkeit, die mit routinierter Abgeklärtheit zur Kenntnis genommen wurden. Erhöhte Wachsamkeit war fast so etwas wie Alltag bei uns.

Dann ging ich mit Charly das Ergebnis seiner Telefonbuchrecherche durch.

»Deliah Meier habe ich keine einzige gefunden, aber dafür siebzehn D. Meiers im näheren Umkreis und in sämtlichen bekannten Schreibweisen. Vier davon habe ich erreicht, und man kennt dort keine Deliah. Das sind die Durchgestrichenen. Bei fünfen ging der Anrufbeantworter dran mit entweder 'nem anderen Vornamen oder nur die Wiederholung der Rufnummer, allerdings nicht mit Deliahs Stimme. Da habe ich mal überall ein Fragezeichen hintergemacht. Bei den restlichen acht Nummern hat keiner abgehoben.«

Alle acht Nummern waren auch mit Adressen versehen. Gut.

»Hast du schon mal dran gedacht, dass sie auch bei ihrer Mutter wohnen könnte? Dann aber gute Nacht.«

Hatte ich nicht. Scheiße. Darum tat ich es jetzt. Und schüttelte den Kopf.

»Sie wohnt allein«, sagte ich. »Sonst hätte sie die verfluchte Katze nicht mit hierhin gebracht.« Apropos …

Die verfluchte Katze hatte mir inzwischen fett auf den Teppich geschissen. Das verfluchte Katzenklo stank nämlich in der Halle vor sich hin, und ich hatte beim Rausgehen heute Morgen wie immer die verfluchte Türe zugemacht. Und jetzt beschwerte sie sich auch noch, das blöde Vieh. Dabei war ich es, der ihren Dreck wegmachen musste … Dünnpfiff, natürlich. Komplett eingezogen in die dämliche Auslegware. Vierhundert Mark hatte ich dafür gelatzt. Und dann noch selbst verlegt.

In den höchsten Tönen quietschend schlich mir das kleine schwarze Miststück um die Beine. War wahrscheinlich hungrig, jetzt, wo sie sich ausgeschissen hatte. Doch erst mal musste ich die Kacke wegmachen. Bloß wie … reiben, wischen, oder warten, bis es eingetrocknet war, und staubsaugen …

Ja, gut. Ja, ich komm ja schon! Ja, hier. Friss deinen Glibber und halt die Schnüss.

Schließlich griff ich mir ein Messer und schnitt kurz entschlossen einen großen Kreis um den Haufen, nahm das Stück heraus, rollte es zusammen und stopfte es draußen in die Tonne. Sah nicht so toll aus, jetzt, mein Boden, aber die Alternativen waren undenkbar gewesen.

Scheiß drauf, sozusagen.

Ich steckte mir eine Pudelmütze und eine Willy-Heckhoff-Brille ein und holte den Toyota aus der Seitenstraße, in der ich ihn versteckt hatte. Keiner brauchte fürs erste von der Existenz dieses Autos zu erfahren.

Mit einem Stadtplan und der Liste der D-Punkt-Meiers

auf den Knien rollte ich los, die Gedanken halb woanders.

Was für ein Interesse könnte Roth-Bichler an einer Entführung seines Mündels haben? Gar keins. Er konnte ja noch nicht mal das Lösegeld raustun, um es dann selber einzusacken. Es ließ sich also für ihn nichts verdienen daran, kein Nutzen daraus ziehen. Außer, wenn Willy nicht wieder auftauchte ...

An der Ecke der Johann-Wolfgang-von-Goethe-Allee parkte ein unauffälliger VW Passat. Obwohl ich eigentlich geradeaus weitergewollt hatte, bog ich ab in die Allee und strich sie in normalem, eher zügigem Tempo hinunter. Vor dem Fuckers' Place parkte ein unauffälliger Ford Granada, und am Ende der Straße eine weiterer, unauffälliger Passat. Allen drei Autos war gemein, dass sie in nicht aufpreispflichtigen Farben wie Senfgelb, Ketchuprot und Mayonnaiseweiß lackiert und mit jeweils drei männlichen Passagieren besetzt waren.

Keine hundert Meter weiter, auf dem Parkplatz eines Hotelrestaurants, wartete ein voll besetzter Mannschaftswagen in offiziellem Polizeigrün.

Mir rang sich ein tiefes Seufzen ab, fast schon ein Stöhnen. Musste das jetzt sein? Hatte ich nicht genug an den Hacken?

Von der Telefonzelle an der Ecke rief ich zu Hause an und hörte, noch während ich mit Charly sprach, schon diverse Klospülungen rauschen, dann stellte ich den Wagen wieder in der Seitenstraße ab, ließ Pudelmütze und Brille auf dem Sitz liegen und ging gemessenen Schrittes zurück ins Haus.

Kaum drin und *Dingdong*, schon klingelte es ziemlich laut an der Türe.

»Alle Mann in die Küche«, rief ich, »mit den Händen auf dem Tisch. Und lasst sämtliche Türen offen stehen!«

»Hast du jetzt das Kommando?«, maulte Schisser, und Charly knurrte ihn an, wenn's ihm nicht passe, könne er sich ja mit einem Messer bewaffnen und in seinem Zimmer verbarrikadieren. Nur solle er sich anschließend, bitteschön, nicht beschweren, wenn er über den Haufen geschossen werde.

Dingdongdingdong, und ich ging hin und öffnete. Mendenkommissarkripomülheim stand da, einen Schritt dahinter flankiert von Baer und dessen Assi Wolfgang, beide, anders als ihr Anführer, sichtlich nervös und, man spürte es, nicht völlig einverstanden mit dessen Vorgehensweise. Ihr Anblick zeigte mir, wie klug und weitsichtig es mal wieder von mir gewesen war, Poppel nach Duisburg geschickt zu haben.

Menden holte seine Dienstmarke aus der einen, einen richterlichen Durchsuchungsbefehl aus der anderen Manteltasche, während seine beiden Kollegen steif dastanden und kratzig knarzende Kurzwellenempfänger und dunkel dräuende Dienstwaffen umklammert hielten.

»Aber kommen Sie doch bitte herein«, bat ich, nach einem förmlichen Blick auf Wisch und Marke, und überhörte das hässlich nachgeäffte *›Aber kommen Sie doch bitte herein‹* aus der Küche. Draußen, auf dem Rasen und der Einfahrt, schwärmte ein olivgrün kampfangezogenes Kommando in Springerstiefeln, Schutzwesten, Sturmhauben und schwarzer Schminke um die Sehschlitze nach allen Seiten aus, automatische Angriffswaffen im Anschlag, und machte, zumindest wie ich es sah, jede Form von Outlaw-Biker-Macho-Widerstandsgehabe ebenso überflüssig wie lächerlich wie letzten Endes gefährlich. Alles hat seine Grenzen, und die der Auflehnung gegen die Staatsmacht sind viel enger gezogen, als man es, selbst vor sich selber, zugeben mag.

Menden kreuzte die Schwelle, als ob er einer Einladung zum Kaffeekränzchen folgte, doch Baers und Assi Wolfgangs Blicke zuckten wie die von Reptilien, und ich konnte hinter ihren fiebrigen Stirnen die Schlagzeile *›Kripobeamte als Geiseln genommen und bei Erstürmungsversuch tödlich verletzt‹* lesen.

Mitten in der Halle blieb der Kommissar stehen, drehte sich zu mir um, sagte: »Wir würden sehr gerne mit Herrn

Wilfried Heckhoff sprechen«, und das durch die Haustür hereinflutende Licht ließ seine Augen aufleuchten wie zwei blassgraue Bühnenscheinwerfer.

Sie schienen auf mich. Auf das Podium geschubst, ohne Zeit gehabt zu haben, meinen Text zu lernen. Showtime. Ich schluckte.

»Das ist leider unmöglich«, konstatierte ich, was auf der Hand lag. Was konnte die Polizei von Willy wollen? Wer hatte …? Eine aus der Fassung geschraubte und trotzdem aufleuchtende Glühbirne erschien eine Handbreit über meinem Scheitel. »Denn«, wiederholte ich nur, was sie schon von anderer Seite erfahren hatten, »Wilfried Heckhoff ist entführt worden.«

Die Idee dahinter, gar nicht erst zu leugnen, war auch, sie möglichst schnell wieder loszuwerden. Ich hoffte, Willy in den nächsten 24 Stunden entweder zu finden und mithilfe nackter, brachialer, lang aufgestauter Gewalt zu befreien, oder ihn mit den im Kofferraum des Toyotas wartenden Dollars auszulösen. Wollte ich Willy finden, musste ich mich beeilen, den paar Spuren, die ich hatte, hinterher hecheln, und dazu musste ich mich frei bewegen können, und dazu musste ich, verdammt noch mal, die verdammten Bullen loswerden.

»Kommen Sie bitte mit auf mein Zimmer. Ich werde Ihnen alles erklären.«

Ein gehässiges Echo echote durch die Halle, und ich fragte mich, ob Freund Schisser sich bemühte, mir den Poppel zu ersetzen.

»Sie werden wissen wollen, warum wir die Behörden nicht benachrichtigt haben«, schickte ich voraus, hob den ersten Erpresserbrief von meinem Schreibtisch und reichte ihn Menden. »Wir haben uns damit nur an die Anweisungen der Entführer gehalten.«

Die Katze kam um die Ecke ins Zimmer geschossen, wofür sie sich um ein Haar eine Kugel von Baer eingefangen hätte. Unbeeindruckt sah sie kurz von einem zum anderen, entschied, wer der Wichtigste war, stakste an ihn heran und begann, ihre Krallen an seinem Hosenbein zu schärfen. Ohne von der Lektüre des Briefe abzulassen, schob Menden sie sanft und doch nachdrücklich mit dem Fuß beiseite, woraufhin sie sich über das andere Hosenbein hermachte.

»Und wer immer Sie benachrichtigt hat« (denn so viel war mir gerade mit dem Aufleuchten der Glühbirne klargeworden), »hat bewusst gegen diese Anweisungen verstoßen und gleichzeitig die damit verbundenen Drohungen ignoriert.« Ich nannte keinen Namen. Aber mir fiel nur einer ein, eine einzige Person, für die Willys Rückkehr mit möglichen Nachteilen verbunden war. »Wenn Sie, wie wir, die Drohungen ernst nehmen«, und ich drückte Menden noch die beiden Polaroids in die Finger, »müsste Ihnen klar werden, dass Ihre reine Anwesenheit hier das Leben des Entführten weiter gefährdet.«

So, und jetzt packt euch. Je eher ihr wieder verduftet, desto besser für alle.

Doch halt, dachte ich. Wenn Roth-Bichler uns die Bullen auf die Bude schickte, musste er doch damit rechnen, dass die seine ganzen Papiere in die Finger bekamen …

Außer, er wusste, dass wir den Krempel schon längst verhökert hatten …

Nur, woher? …

Aah, kann mal einer den Hummelschwarm aus meinem Schädel lassen?

Menden war so nett. Er setzte sich an meinen Schreibtisch und reduzierte mein Denken mit einem Handgriff auf ein einziges Problem.

Er griff nach meiner Schreibmaschine, drehte das eingespannte Blatt ein Stück heraus und wollte gerade etwas eintippen, wohl, um die Schriftbilder zu vergleichen, als er stutzte und – las. Das Geschriebene auf dem eingespannten Bogen.

Ab dem Moment war ich ein Selbstmordkandidat ersten Ranges: Kryszinski geht hin und trennt sich selber den Kopf vom Rumpf, weil er mit der eigenen Blödheit nicht länger weiterleben kann.

»Was ist das?«, fragte Menden und stubste den Brief leicht mit dem Finger an.

»Das ist ein Gedankenspiel«, wand ich mich und wünschte den Tod herbei. »Es sollte eine Art letzter Rettungsanker sein, falls alle anderen Versuche, Willy freizubekommen, scheitern sollten.«

Er wandte mir den Kopf in Zeitlupe zu, und ich hätte mir am liebsten eine Tüte über den Kopf gezogen. Und am Hals verschnürt.

»Nur ein Gedankenspiel«, konnte ich mich, wenn schon nicht die Hände, so doch die Töne ringen hören.

»Wie kommen Sie gerade auf diese Restaurantkette? Haben Sie, als wir uns an der zerstörten Leuchtsäule trafen, nicht behauptet, Sie hätten nichts mit denen zu tun?«

Alles, aber auch alles, was ich ihm nicht erzählen wollte, Himmelarsch! Alles, binnen vielleicht fünf Minuten. Die Schande des Ganzen würde mich bis ins Grab verfolgen, da war ich mir sicher.

»Doch«, gab ich widerwillig zu, »ich arbeite für die. Wie Sie wissen, bin ich Detektiv. Und das Geld«, beeilte ich mich, hinterherzuschicken, »das Geld haben wir inzwischen anderswo aufgetrieben.«

»Eine Million?«, fragte Menden und tippte etwas auf meiner Maschine, verglich das Getippte mit dem des Erpresserbriefes, hin und her und wieder hin. Schließlich zog er den Bogen heraus, faltete ihn zusammen mit dem Brief auf handlicheres Format und ließ beides in seiner Manteltasche verschwinden. »Sie haben eine Million D-Mark aufgetrieben? Darf ich fragen, wie und wo?«

(›Nun, wir sind einfach irgendwo eingebrochen und haben anschließend die Beute verhökert. Gegen Falschgeld, allerdings. Und das bringen wir jetzt als Lösegeld in Umlauf. Hehe.‹)

»Wir haben Wilfried Heckhoffs Vermögenswerte beliehen. War nicht ganz einfach«, sagte ich.

Menden ging nicht weiter darauf ein. Er gab einem das Gefühl, sämtliche Lügen zu durchschauen, und gleichzeitig die, die er einem nicht direkt nachweisen konnte, irgendwo nach hinten zu sortieren.

»Zu Ihrem Beruf«, meinte er nachdenklich, »nur ein kleiner Rat von mir: Kommen Sie uns nicht in die Quere, hören Sie? Strafverfolgung ist und bleibt unser Job. Und um den zu machen, sind wir hier. So, und jetzt führen Sie mich durch sämtliche Zimmer dieses Hauses, und dann machen Sie mich mit dem Rest Ihrer Bande bekannt.«

Es zog sich über eine Stunde hin. Baer blieb immer dicht bei uns und raunte Wichtiges wie »Wir sind jetzt im Badezimmer erste Etage« in sein Funkgerät, Assi Wolfgang sicherte jedes Mal die Türe, Menden öffnete Schränke und Schubladen, stellte Fragen nach den jeweiligen Bewohnern der jeweiligen Zimmer, deutete immer wieder an, dass seiner Ansicht nach ich und die Stormfuckers die Hauptverdächtigen seien.

Schließlich knöpfte er sich noch die Jungs in der Küche vor, ging mit jedem noch mal zurück zu dessen Zimmer, fragte jeden noch mal nach dem Verbleib von, natürlich, Willy, aber auch dem von Poppel, Scuzzi und D.O., und bekam von allen in etwa gleich lautende Antworten wie »Weiß nich, entführt, eben«, »Bei seiner Torte in Duisburch« und »Nach Hamburch irgn'n Wisch abholen«, was ihn nicht unbedingt besser stimmte.

»Die Fahndung nach Wilfried Heckhoff ist draußen«, informierte er uns, sobald alle wieder in der Küche versammelt waren. »Wir haben jetzt Kenntnis, sind somit zum Handeln gezwungen, ob es Ihnen oder den Entführern passt oder nicht. Damit läuft die Maschine an, bis hin zu Interpol. Und Sie«, und er sah von einem zum anderen, »werden uns über sämtliche neuen Entwicklungen auf dem Laufenden halten. Jegliche in einem Fall wie diesem zurückgehaltene Information erfüllt den Tatbestand der versuchten Strafvereitelung. Habe ich mich klar genug ausgedrückt?« Zum einen Ohr rein und zum andern wieder raus, konnte er aus unseren Mienen lesen und hatte wohl auch nichts anderes erwartet.

Nachdem die Drei gegangen waren und auch die Sturmtruppe rings um das Haus wieder abgezogen hatten, stellte ich mich kurz den vereinigten vorwurfsvollen Blicken.

»Denkt ruhig, ich sei den Bullen in den Arsch gekrochen«, sagte ich. »Nächstes Mal lassen wir Schisser an die Türe, und dann sehen wir uns alle auf der Wache wieder, niedergeknüppelt und an Händen und Füssen gefesselt, wie echte Kerle.« Damit drehte mich um und ging.

Ich hatte das Richtige getan und jegliche Konfrontation vermieden, und doch fühlte es sich so weich, so falsch, so rückgratlos an. Ich schwor mir, bei nächster sich bietender Gelegenheit mit irgendetwas Wildem, Halsbrecherischem meinen Ruf wieder aufzupolieren. Und das, obwohl ich den Mechanismus hinter diesem Denken durchschaute.

Drei Zäune und zwei Nachbargärten später war ich wieder in der Seitenstraße, setzte die Brille und die Mütze auf, ließ den Motor an, und ab ging's zu der nächstgelegenen der von Charly aufgelisteten Adressen. Oembergsiedlung, Saarn.

Ich tuckerte im Zweiten die lang gezogenen Einbahnstraßen mit ihren eintönigen Ketten einfallsloser Einfamilienhausbebauung entlang, trat das Gas nur, wenn der Motor zu spucken begann, überließ meinen Augen den Job, nach einem emanzenlila lackierten Honda Civic Ausschau zu halten, und harkte derweil das Beet meiner Gedanken.

Eines der Charakteristika von Biker-WGs wie dem Fuckers' Place ist, dass Frauen selten lange bleiben. Und mein Verständnis haben sie. Ich meine, sie müssten bekloppt sein, auf Dauer ihre Bedürfnisse hinter denen einer Horde ungehobelter Kerle zurückzustecken. Es muss für sie so ähnlich sein, wie mit einem Fußballer ins Trainingslager zu ziehen: Wenn gesprochen wird, dann meistens nur über die immer gleichen, ermüdenden Themen, zu denen sie als Partnerin wenig beizusteuern hat, und wenn, belächelt oder ignoriert wird, und die einzige Zeit, in der sie ihren Kerl für sich hat, ist er meist nicht mehr in der Lage für zusammenhängende Satzbildung und eh nur noch an einem interessiert.

In Retrospektive hatten Deliah und ich sehr viel miteinander geschlafen und höchst wenig miteinander gesprochen. Sie war fast vom ersten Augenblick ihres Auftauchens an widerspruchslos in die einzige Rolle geschlüpft, die ihr eine auf sich selbst konzentrierte Männergemeinschaft ließ: hübsch anzuschauendes Paar Titten im Hintergrund. Kristofs Puppe, nur dann einen zweiten Blick wert, wenn man riskieren wollte, von ihm bei nächster Gelegenheit eins mit der Bratpfanne übergezogen zu kriegen.

Selbst mit dem vergleichsweise umgänglichen Scuzzi hatte sie nur Schach gespielt, Dope geraucht, ferngesehen und … »Sonst nichts!«, wie er mir versichert hatte.

Hm. Alles Mögliche also, nur nicht viel geredet.

Dafür aber umso mehr gehört.

Sie war, wie mir allmählich immer klarer wurde, die ganze Zeit über ein perfekt mit dem Hintergrund verschmolzenes, hübsch anzuschauendes Paar Ohren gewesen.

Kein lila Honda in der ganzen Oembergsiedlung, und vor der angegebenen Hausnummer der Kattowitzer Straße parkte ein Renault. Also weiter, nächste Adresse, Altstadt, Mülheim. Mittlerweile war es Nachmittag geworden, und die Zeit drängte, deshalb trat ich ein bisschen aufs Pedal.

Ich weiß gar nicht, was Heiner Sültenfuß hat, dachte ich, als wir auf der Mendener Brücke kurz an die hundertsechzig drankamen. Die Karre läuft nicht schlecht, dachte ich, wie wir so dem sanften, aber schmalen Geschlängel der Mendener Straße folgten, und sie liegt auch ganz gut auf der Straße, und als dann noch die eng stehenden Fassaden der Dohne das Röhren des Auspuffs zurückwarfen, hatte ich für einen Moment das Grinsen im Gesicht.

Kein lila Honda in der ganzen verdammten Altstadt.

Kein Grinsen mehr auf Kristof Kryszinskis Gesicht. Dafür zwanzig Minuten mehr auf seiner Uhr.

›Ob Willy überhaupt noch lebt?‹, fragte ich mich das hundertste Mal, heute alleine.

Eppinhofener Norden stand als nächstes auf dem Zettel. Ich presste die Carina die Aktienstraße hoch, ich drehte Kreise und Achten um, was sich als eine Ansammlung unansehnlicher Wohnblocks herausstellte, die jemand mit einer Sprühdose ›North Bronx‹ getauft hatte, ich trat das Gas bis zum Anschlag auf meinem Rückweg die Aktienstraße hinunter. Ungefähr auf Höhe der Kreuzstraßeneinmündung, Tachonadel beinahe senkrecht, wurde ich von einer Kawasaki überholt. An der nächsten roten Ampel bremste ich mich neben sie.

»Habt ihr die Briefe?«, brüllte ich aus dem heruntergekurbelten Fenster, und D.O. drehte mir den Helm zu, durch dessen raureifbeschlagenes Visier er mich aus blutunterlaufenen Schlitzen anstarrte, umgeben von Lidern, so geschwollen, dass sie wie Brandblasen aussahen. Anstelle einer Antwort weckte er seinen Beifahrer mit einem Rippenstoß aus einer Art von Trance. Scuzzi erkannte mich, zog sich mit den Zähnen einen Handschuh von zitternden, wachsweißen Fingern, fummelte umständlich einen dicken Packen Umschläge aus seiner Jackentasche (in dem Schreiben, das ich gefälscht und ihnen mitgegeben hatte, bat ein durch einen Zeitungsartikel bitter um seine Hoffnungen betrogener W. Heckhoff um Rückgabe sämtlicher Korrespondenz), reichte sie mir rüber, und D.O. kickte den Ersten rein, und weg waren sie. Heim. Ins Warme.

Mit einem Anflug von Gewissen wurde mir klar, auf was für eine frostige Reise ich die beiden da geschickt hatte. So allmählich, dachte ich, scheine ich mir die Sympathien sämtlicher Mitglieder meiner Gang zu verscherzen.

Da war mir noch nicht bewusst, dass dies erst den Anfang darstellte.

15.1.1985

Liebe Dagmar,

wie das Leben so spielt! Eigentlich hatte ich vorgehabt, Ihnen mit diesem Brief eine GROSSE ÜBERRASCHUNG *zu offenbaren, da nimmt mein Schicksal eine plötzliche Wende. Wie Sie wahrscheinlich gesehen haben, befinde ich mich seit ein paar Tagen alles andere als in meiner gewohnten Umgebung und sehe auch etwas, na, abgerissen aus. Schon im nächsten Brief hoffe ich, Ihnen alles näher erklären zu können, bis dahin möchte ich nur, dass Sie mir glauben, dass dies hier keine Gefängniszelle und die Umstände nicht meine Schuld sind. Also, warten Sie bitte auf meinen nächsten Brief und ziehen Sie bitte keine voreiligen Schlüsse. Die* GROSSE ÜBERRASCHUNG *wartet ja auch noch!*

Bis bald, in tiefster Verehrung, Ihr

W. Heckhoff

Ich wusste es! Ich schlug mit der Faust aufs Lenkrad. Was ich hier in Händen hielt, war ein kriminalhistorisches Dokument: Ein Entführter bringt seine Bewacher dazu, ihm einen Fan-Brief zu tippen und *abzuschicken*! Rasch hielt ich den Umschlag ins trüber werdende Licht:

Ich *wusste* es! Mülheim. Abgestempelt in Mülheim a. d. Ruhr. Gierig nahm ich mir den Text noch mal vor. Erstaunlich vergnügt und optimistisch für ein Verbrechensopfer, doch ein Blick auf das Datum verriet mir, dass Willy vor sechs Tagen auch noch einen kompletten Satz Finger und ein intaktes Paar Ohren besessen hatte. Langsam las ich weiter.

›*Große Überraschung*‹, ojeh, was das wohl heißen mochte? Wahrscheinlich wollte er um ihre Hand anhalten – was heißt hier wollte, korrigierte ich mich, wenn, dann will er es immer noch – › … *wie Sie wahrscheinlich gesehen haben, befinde ich mich …*‹

Der dicke Stapel, die schiere Anzahl der samt und sonders, bis auf diesen einen, von *mir* getippten Briefe mag als Erklärung oder Entschuldigung herhalten, aber für einen kurzen Moment dachte ich allen Ernstes daran, Dagmar Berghoff anzurufen und zu fragen, wie Willys Verlies im Detail aussah und ob es ihm gut ginge.

Dann startete ich den Motor und fädelte mich aus Willys Gedankenwelt zurück in die meine.

Es war dunkel geworden, und das kleine gelbe Licht piekste und piekste mir pulsierend ins Auge. Eine ganze Tankfüllung verballert. Für Nüsse. Müde setzte ich den Blinker, bog von der Straße ab, hielt neben einer Zapfsäule, schaltete Licht und Motor aus, öffnete die Fahrertüre, schälte mich aus dem Sitz, machte zwei Schritte, kniepte die kleine Klappe im hinteren linken Kotflügel auf, schraubte den Deckel vom Einfüllstutzen, legte ihn auf den Kofferraum, nahm die Zapfpistole vom Haken und – ging dann durch alle diese Bewegungen in umgekehrtem Ablauf und mit zwanzigfacher Geschwindigkeit.

Auf der gegenüberliegenden Straßenseite war gerade ein kleiner, lilafarbener Honda entlanggeschnürt.

Meine Hinterreifen jaulten zwei parallele Halbkreisbögen in den Asphalt, und ich riss die Gänge durch wie sonst nur Mahnbriefe von der Stadtverwaltung, bis ich die Rückseite des Honda mit meinen Scheinwerfern bestrich. Er trug, wie sich herausstellte, Essener Kennzeichen. Da hätte ich noch '«nen Tag und noch 'ne Tankfüllung lang herumsuchen können. Eine hellhaarige, bubiköpfige Fahrerin saß am Steuer. Sie war allein. Ich folgte in wechselndem Abstand, saugte mich vor Ampeln nahe heran, um nicht bei Rot drüberbrezeln zu müssen, und ließ mich anschließend wieder zurückfallen, wechselte die Fahrspuren, sooft welche zum Wechseln da waren. Einmal meinte ich im Innenspiegel des Honda diesen kreisrunden Mund auszumachen, diese weichen Lippen, die mir süße Töne ins Ohr gepustet hatten, süße Küsse aufgedrückt und … ähhh …

Ich hatte einmal beschlossen, mich keinen Sentimentalitäten hinzugeben, hatte mir klargemacht, dass ich bei Gott andere Sorgen hatte und Frauen so oder so kommen und gehen, und doch wollte mir manchmal scheinen, als ob ich möglicherweise unter gewissen Umständen ab und zu mal vielleicht nicht ganz so knallhart strukturiert wäre, wie ich immer gerne meine.

Deliah stach zügig in die Mülheimer City hinein, folgte ohne Anzeichen von Verwirrung dem schikanösen Zickzackkurs, den ein der Umnachtung anheim gefallenes Planungsamt den Autofahrern dieser Stadt aufnötigt, umrundete dann aber ohne erkennbaren Grund zweimal hintereinander den gleichen Block, was mich kurz in eine Parklücke zwang, und verschwand schließlich, gerade als ich wieder Blickkontakt bekam, mit abgeschalteten Scheinwerfern abrupt nach rechts in der … Bleichstraße.

Tsä, dachte ich, passierte die Einmündung und bog eine Straße später rechts ab und beschleunigte kräftig. Wollte Deliah die Bleichstraße als Durchgangsstraße benutzen, müsste sie am nächsten Stoppschild wieder meinen Weg kreuzen. An der Bushaltestelle kurz davor bremste ich den Wagen zusammen, parkte, löschte alle Lichter und rutschte im Sitz, soweit es ging, nach unten.

Drei Minuten vergingen.

Noch mal drei Minuten, und ich stand ein wenig atemlos im tiefen Schatten der Auffahrt von Hausnummer 127. Sieben Häuser weiter die Straße hinunter konnte ich ein lila Dach aus einer ganzen Reihe zurückhaltender lackierter Autodächer herausleuchten sehen.

Was machte meine Bis-heute-morgen-noch-Geliebte hier, bei diesem dreimal so alten Doktor der Jurisprudenz? Denn sie war hier, da war ich mir sicher, auch wenn ich sie nicht hatte hineingehen sehen. Wo war die Verbindung zwischen diesen beiden? Was um alles in der Welt mochten sie jetzt gerade zu besprechen haben? Wenn ich bloß … Wenn ich bloß …

Punktuelle Hitze rötete mir den Schenkel, und stechender Rauch stieg mir in die Nase, als ein lange vergessener Ersatzhaustürschlüssel zum zweiten Mal versuchte, mir ein Loch in die Hosentasche zu brennen.

Der Flur auf der anderen Seite des Türspions war unbeleuchtet. Im nächsten Augenblick war ich drin. Wischte den Schlüssel an meinem Sweatshirt ab und hängte ihn zurück an seinen Haken.

Ich könnte immer noch behaupten, die Haustür habe offen gestanden. Ich könnte immer noch behaupten, geklingelt und geklopft und gerufen zu haben. Ich könnte immer noch behaupten …

›*Vierzehn Monate*‹, hauchte es mir kühl ins Genick.

Alles dunkel, nur durch die Belüftungsschlitze der Badezimmertüre fiel Licht.

»Die Schmerzen lassen und lassen nicht nach«, hörte ich schwach, tapste ein paar leise Schritte, ging in die Hocke und hörte schon viel besser.

»Diese Tabletten sind völlig wirkungslos!« Es war Roth-Bichler, ganz klar, und er war ziemlich aufgebracht, was seine Stimme hoch und schwankend werden ließ. An wen erinnerte sie mich?

»Wenn das nicht bald besser wird, muss ich zurück ins Krankenhaus. Kannst du mir mein altes Zimmer wieder …«

»Nein«, hörte ich Deliah. »Und nun stehen Sie mal einen Moment ruhig«, mahnte sie. »Das tut jetzt ein bisschen weh.«

»Wie, nein? Was meinst du mit nein?«

Ein kurzes *Rrtsch!*, augenblicklich gefolgt vom feuchten Zischen zwischen den Zähnen eingesogenen Atems, und Deliah sprach weiter.

»Das ist ja immer noch entzündet«, stellte sie fest. »Haben Sie die Tabletten auch wirklich genommen?«

»Ja, Kruzitürken, morgens, mittags, abends. Aber beantworte jetzt meine Frage! Was heißt hier: nein?«

»Nein heißt, ich gehe nicht dahin zurück. Schon morgen

fliege ich in die Sonne. Die Fuckers haben das Geld tatsächlich aufgetrieben.«

»Wa-was?« Roth-Bichler schnappte hörbar nach Luft, etwas, wozu ich ihn nie gekriegt hatte, es war immer umgekehrt gewesen. »Woher?! Haben sie irgendwas von Luxemburger Konten erwähnt?«

»Nein, sie haben was geklaut und es dann verkauft. Irgendwelche Wertpapiere oder so was. An einen Schweden. Taten ziemlich geheimnisvoll.«

»Verkauft? Wertpapiere? Verkauft? An einen Schweden? Was für einen Schweden?«

»Weiß ich auch nicht.«

Ein kurzes Schweigen entstand.

»Ja, und was wird jetzt aus unserer *Vereinbarung*?«, fragte Roth-Bichler dann.

»Deshalb bin ich ja hier.« Deliah war die Ruhe selbst. »Wir brauchen das vereinbarte Geld.«

»Geld!« Und hoch ging sie wieder, die Stimme. An wen erinnerte sie mich? »Ihr alle wollt Geld! Und immer im Voraus! Noch heute Morgen habe ich mit – du weißt schon – mit *ihm* telefoniert. Wo bleibt das Geld, wollte auch er wissen. Und ich habe ihm das Gleiche geantwortet, was ich jetzt dir sage: Wo bleibt die Aktion? Das gilt für euch ebenso wie für ihn. Die Bewegung verliert die Geduld mit ihm und seinen Leuten. Die letzte Aktion war zu lasch, die neue lässt auf sich warten. Deshalb haben sie die Spenden eingefroren. Dadurch, und nicht zuletzt durch deinen heißen Rennbahntipp, stehe ich kurz vor der Pleite. Es kommt nichts mehr, haben sie mir von der Bewegung zu verstehen gegeben, bevor es nicht geknallt hat. Der große Knall muss kommen, habe ich ihm gesagt, so wie schon hundert Mal versprochen, dann sprudeln auch die Geldquellen wieder, aber vorher nicht. Es muss knallen, knallen, knallen!«

Wovon redet er?, fragte ich mich. Wen meint er? Kann er nicht mal Namen nennen?

»So, schön vorsichtig hinsetzen.« Nicht aus der Ruhe zu

bringen, ganz Krankenschwester. »Lockerlassen. Das tut jetzt noch mal ein bisschen weh ...«

Ein Grunzen, ein gepresstes Stöhnen, dann ein pullerndes Geräusch, das von einem Seufzen der Erleichterung begleitet wurde.

»Bleiben Sie noch einen Moment sitzen. Ich gehe eben und hole Ihnen eine frische Unterhose.«

Hossa, das hatte mich aber rasch auf den Beinen. Und platt an die Wand gedrückt.

»Du wartest! Ich bin noch nicht fertig! Ihr habt unsere Vereinbarung schon einmal gebrochen, indem ihr eure verdammten Nebengeschäfte eingeführt habt. Seid ihr von Sinnen? Erpresserischer Menschenraub! Wollt ihr bundesweite Schlagzeilen? Wo habt ihr ihn überhaupt? Wisst ihr, dass einer dieser Rocker ein *Detektiv* ist!?«

Jetzt fiel's mir ein. Irgendein Sänger. Ein regelrechter Kastratentenor. Dauernd im Radio. Nur auf den Namen kam ich nicht. Ich würde Scuzzi mal fragen müssen.

»Pssst!«, machte Deliah, hinter der Türe, und ich hielt die Luft an. »Die Nachbarn«, mahnte sie, und ich atmete wieder, schlich mich aber trotzdem allmählich, Schritt für Schritt, zurück Richtung Haustür.

»Ich habe gesagt«, presste Roth-Bichler hervor, »ihr sollt ihn *beseitigen*, und zwar sofort! Beseitigen, habe ich gesagt! Dann, habe ich gesagt, gibt es Geld. Vorher nicht! Und daran hat sich nichts geändert.«

»Wir mussten unsere Pläne kurzfristig ändern. Uns bleibt nur noch der Weg ins Ausland. Mit der erstbesten Maschine. Wenn Sie also verhindern wollen, dass Willy schon Montag mit einem Anwalt vor Ihrer Türe steht und Einblick in seine Akten verlangt, sollten Sie jetzt, hier und heute ...«

Und *ka-lick* machte die Haustüre.

Nur zwei tiefe Atemzüge später drang Licht durch den Türspion.

Der Vorbesitzer der Carina war wie ich. Ascher voll bis zum Stehkragen und Reservekanister so leer, dass man nicht mal mehr mit der Nase feststellen konnte, ob er jemals Sprit enthalten hatte. Grummelnd ließ ich den Kofferraumdeckel wieder ins Schloss fallen und mich zurück in den Fahrersitz.

Ich hatte den Wagen umgesetzt, auf den um diese Uhrzeit entvölkerten Parkplatz des Finanzamtes, und hatte gut zehn Minuten Zeit, das eben Gehörte gedanklich zu verarbeiten, bis der lila Honda endlich aus seiner Parklücke zog, das Sichtfeld meiner Windschutzscheibe passierte und erst nach Abbiegen in die Wilhelmstraße die Scheinwerfer einschaltete.

Jetzt lag alles an den japanischen Konstrukteuren. Ich konnte nur hoffen, dass sie die Reserve im Tank großzügig bemessen hatten. Etwa fünfzig Liter wären mir recht gewesen. Das kleine gelbe Licht im rechten oberen Drittel des Tachometers pulsierte nicht mehr, es schien nun permanent und mit wachsender Intensität.

Und, ah, verdammt! – Deliah wiederholte diesen Blödsinn mit Um-den-Block-fahren, was mir unter den gegebenen Umständen natürlich überhaupt nicht in den Kram passte. Ich ließ sie außer Sicht geraten, wendete rasch, so dass sie mir kurz darauf entgegen kam, rollte weiter, bis ihre Rücklichter aus meinen Spiegeln verschwanden, riss den Wagen mit der Handbremse herum und nahm die Verfolgung wieder auf, mit dem widerwilligsten Vollgas meines ganzen Lebens.

Sie bog ab auf den Dickswall, wollte also anscheinend zurück nach Essen, gottsverdammich. Ich sah mich schon auf der Autobahn stranden, hörte schon die blöde Frage ›Sie sind doch Mitglied?‹ von einem dieser Heinis in Gelb, doch soweit sollte es nicht kommen. Oder anders, soweit sollte *ich* nicht kommen.

Obere Saarlandstraße, leicht linksrum, leicht bergauf, und der Motor nahm kein Gas mehr an. Verreckte mir unter dem Fuß. Der Honda zog mühelos davon, da konnte ich das Lenkrad des Toyota hin- und herreißen und das Gaspedal pumpen, wie ich wollte, die Karre hopste noch zweimal kurz nach vorn, vergaste, zündete und verpuffte die letzten Tropfen und das war's gewesen. Zähneknirschend bog ich von der Straße, um dem weißen Mercedes-Transporter Platz zu machen, der mir cholerisch blinkend und hupend im Genick saß. Mit gequält dröhnendem Diesel beschleunigte er vorbei, nahm die nächste Kurve auf zwei Rädern. ›GV-Service‹ stand an seiner Flanke, etwas, das mir vorhin schon ein mildes Runzeln entlockt hatte. Denn, mal im Ernst, *GV*? Was für ein Service ist in dem Zusammenhang denkbar? Hinten, auf dem Heck, las ich jetzt des Rätsels Lösung: Das Kürzel hieß, ausgeschrieben, ›*Gastronomie-Versorgungs*-Service‹.

Ah, dachte ich. Eine Frage beantwortet, zehn neue aufgeworfen. Vorhin, damit meinte ich nämlich vorhin, auf dem Parkplatz des Finanzamtes. Da hatte der Transporter noch in der Bleichstraße geparkt.

Ich rannte los, Kanister unterm Arm.

Was für ein Interesse konnte Gastronomie-Versorger Lazlo Cinosil an den Bewegungen von Deliah Meier haben? Und bevor die ersten schlüpfrigen Bemerkungen kommen: Ich rede von den Bewegungen auf der Landkarte. Und reagiere auf jede Form von Anspielung auf meine Ex-Geliebte etwas empfindlich. Also, Vorsicht.

Der Schwede hatte sich bei unserem gemeinsamen Frühstück als den ›verlängerten Arm eines verlängerten Armes‹ bezeichnet. Ich hatte nicht ganz verstanden. »Diese Schutzgeldschiene ist somit Einnahmequelle und, wenn man so will, Deckmantel zugleich. Denn was immer ich auch tue, es wird sich selbst bei Aufdeckung stets als kriminelle Machenschaft erweisen. Als ordinäres Verbrechen. Und das ist gut so.«

So richtig verstand ich, ehrlich gesagt, immer noch nicht. Und was das mit Deliah und Willys Entführung zu tun haben könnte, verstand ich am allerwenigsten.

»Sagt Ihnen der Name ›VS Fertest‹ etwas?«, hatte er mich gefragt. Es war der Name eines Kontos, auf das Roth-Bichler großzügige Summen weitergeleitet hatte, überwiesen von zahlreichen, wie es schien, Spendern, denn Rechnungen oder Ähnliches waren für die eingegangenen Beträge nie gestellt worden. Und genau diese Kontenbewegungen waren es, die dem Schweden eine Kühlbox voll falscher Dollars wert gewesen waren. »Wer oder was steckt hinter VS Fertest?«, hatte er gefragt, und ich hatte es ihm auch nicht beantworten können.

Ich rannte. Zwei Kilometer in, wie es schien, unter zehn Sekunden. Schlitterte in die Tankstelle, pumpte die fünf Liter ab, zahlte und rannte zurück.

Wir mussten sämtliche Essener D-Punkt-Meiers ausfindig machen und die Verfolgung wieder aufnehmen, wir mussten großräumig ausschwärmen, alle Mann. Keuchend ließ ich den Sprit in den Tank gurgeln, schmiss den Kanister ins Gebüsch, fiel hinters Lenkrad, orgelte den Motor ins Leben und boxte mich mit einem Ruck hinein in den fließenden Verkehr.

Gab es eine Verbindung von ›VS Fertest‹ zu Deliah? Wer war ›Er‹, von dem Roth-Bichler gesprochen hatte? Was sollte das Gefasel vom ›Großen Knall‹?

Doch all das sollte mich im Moment nicht jucken. Ich trat das Gas.

Zum Abschied hatte er noch mal sein Angebot einer Zusammenarbeit zwischen ihm und uns wiederholt, und ich hatte versprochen, es weiterzuleiten. Für mich, hatte ich entschieden, war das allerdings nichts. Genau wie mir unser Geldeintreibergewerbe bis dorthin stand. Schon lange. Ich sah meine Zukunft woanders.

Zukunft, ja.

Mit einem Hitzeschwall fiel mir McDagobert's ein. Ich sah auf die Uhr. Instinktiv verstärkte ich meinen Druck aufs Gas. Was fruchtlos blieb. Das Pedal lag schon platt auf dem Boden, Drosselklappen voll am Anschlag.

Das Fuckers' Place lag im Dunkeln. Ich war entsetzt.

»Wo sind die Externen?«, schrie ich Scuzzi an, den ich

einsam und allein in der Halle sitzend vorfand, auf Armlänge neben dem Telefon.

»Wir sind gefickt«, war seine wenig präzise und meinen Zustand nicht unbedingt stabilisierende Antwort.

»W-w-w?«, machte ich, atemlos. Das Haus sollte schwärmen vor Gran-Canaria-Heimkehrern, der Parkplatz voll sein mit Motorrädern, ich hatte vorgehabt, eine hochmobile kleine Streitmacht zu kommandieren, und jetzt stand ich hier, allein mit Scuzzi, dem Drogisten, dem Popsoftie, dem führerscheinlosen Gelegenheitsschwarzfahrer.

»Fluglotsenstreik«, erklärte er. »Vierundzwanzigstündiger Warnstreik. Vor morgen Abend keine Flüge hin oder her. Und sowohl die Entführer als auch Edwin Knauff haben schon angerufen und gefragt, wo du bleibst.«

Ach du *Scheiße*. Immer alles auf einmal. Aber immer. Ich hatte den Vertrag mit McDagobert's – von mir eilig, ja hastig unterschrieben, repräsentierte er doch, selbst abzüglich der Bezahlung der Jungs, immer noch den Gegenwert einer Elfhunderter Suzuki – nach dem letzten Gespräch mit Ragobert noch mal vorsichtig hervorgeholt und mit spitzen Fingern die eine Ecke hoch gehoben, unter der man die Klausel ›Vertragsstrafen‹ erspähen konnte, und war seitdem das Gefühl nicht mehr losgeworden, mit einer Schlinge um den Hals an den Eiern eines verkaterten Elefantenbullen festgezurrt zu sein.

Doch da war ich, wie es schien, und wie es ja angeblich immer ein Trost ist, nicht der einzige. Edwin Knauffs angehende McDagobert's-Filiale schwärmte nur so vor Handwerkern mit nur für sie sichtbaren Stricken um ihre Verbindung zwischen Kopf und Rumpf.

Der erste, und bleibende, Eindruck war der, Leuten beim unendlich verzögerten Umfallen zuzusehen. Schwer zu sagen, wie viele Stunden ohne Pause die Monteure mittlerweile hinter sich gebracht hatten, doch es waren eindeutig ein paar Dutzend zuviel. Das allgemeine Schlafbedürfnis war mit Händen zu greifen, und man konnte praktisch mit den Ohren spüren, wie ein Taucher beim Absinken in Kälte und Dunkelheit, wie viel Druck hinter der kleinen, lapidaren Floskel steckt, die da heißt: ›Vertrag ist Vertrag‹.

Welch ein Kontrast dagegen meine Jungs! Ich wandte mich ihnen zu und kann, glaube ich, mit Recht behaupten, Energie strahlte von ihnen ab wie Hitze von einem Hochofen, kurz vor dem Abstich. (Bisschen unglückliche Wortwahl hier, ›Abstich‹. Jeder einzelne von ihnen starrte mich an, als hätte er eben das in allernächster Zukunft mit mir vor; mich abzustechen, meine ich.)

»Hey, Jungs«, strahlte ich zurück, »schön, euch zu sehen. Fesch seht ihr aus!«

Charly gab dieses fast unhörbare Pfeifen von sich, das ich bei ihm erst zwei- oder dreimal gehört hatte, und das jedes Mal dem Nächsten vorangegangen war, dem man ›Totschlag‹ kommen kann, ohne wirklich jemanden dabei umzubringen, und Poppel begutachtete das Plastiktablett in seinen Händen, als wäre er sich dessen mangelnder Eignung zum Enthaupten eines Menschen vollkommen bewusst, wolle es aber trotzdem probieren.

»Wieso«, fragte Schisser, und man konnte spüren, wie schwer es ihm fiel, die Worte zwischen den Zähnen hindurchzuzwingen, »wieso«, wiederholte er, während ein sichtbarer Tremor durch seinen sehnigen Torso fuhr, »wieso trägst *du* keine Uniform?« Und ein Grollen ging von ihnen aus, das man in den Därmen spüren konnte.

»Tu ich doch«, behauptete ich und hätte sie um ein Haar an der Gurgel gehabt, alle Mann hoch. »Und glaubt mir«, beschwichtigte ich hastig, bevor sie über mich herfallen konnten, »es war nicht meine Idee.«

Die Wahrheit, und nichts als sie. Edwin Knauff war es, der durchgesetzt hatte, dass meine Stormfucker-Brüder für die ersten beiden Tage das normale McDagobert's-Personal ersetzen sollten, während ich, in einer Aufmachung, wie ich sie vom Coolen Eric kopiert hatte (dunkelblaue Jeans, feste Schuhe, dunkelblaues Sportsakko und, Krönung des Ganzen, ein schnurloses Telefon in ansonsten untätigen Händen), die ›offizielle‹ Security mimte. (Es sollte abschrecken und anziehen zugleich. So sehr Ragobert um die Sicherheit der Anlage besorgt war, so wild war er andererseits darauf, den Attentäter zu fassen zu kriegen und auf Millionen an Schadenersatz zu verklagen.) Und um das normale Personal ersetzen zu können, mussten die Jungs natürlich das normale Trainingsprogramm durchlaufen. Damit waren sie gerade beschäftigt, unter Anleitung des zukünftigen Geschäftsführers. Und auch – selbstredend – die normale Berufskleidung anlegen, etwas, das sie schon hinter sich gebracht hatten.

Und das Ergebnis konnte sich sehen lassen. Schade nur, dass kein Fotoapparat zur Hand war. Eine Rockergang mit gestärkten und gestreiften, wie Kittel getragenen und wie Reifröcke abstehenden Hemden mit scharf gebügelten, *kurzen* Ärmeln und, auf den zusätzlich noch mit Haarnetzen gezähmten Frisuren, diese Pappschiffchen, aus denen oben so was wie Vlieswölkchen herauswuchsen – so was kriegt man nicht jeden Tag vor die Linse. Hinzu kamen, für mich persönlich, die Namensschilder. Klar *kannte* ich die Vornamen von allen, auch wenn ich bei manchen einen Moment grübeln müsste, bei Schisser etwa, dessen Naturell ums Verrecken nicht mit seinem Klarnamen ›Herbert‹ in Einklang zu bringen war, doch benutzte ich sie nie. Wirklich, nie. Hoho jetzt mit ›Ernst-Dieter‹ auf der Brust zu sehen, Pit Bull mit seinem braven ›Peter‹ und D.O. mit ›Jürgen‹ tat mir etwas an.

Am härtesten traf es allerdings und erfahrungsgemäß einen.

»Nein, *Detlef*«, musste Poppel sich gerade das x-te Mal vom zukünftigen Geschäftsführer korrigieren lassen, »es heißt nicht McChickenBurger, sondern ChickenMacBurger, und Herbert *soll* die Namen unserer Produkte bei Bestellung nicht nur wiederholen, sondern wenn nötig *korrigiert* wiederholen, damit unsere Kunden sie sich richtig einprägen und wir Missverständnisse vermeiden. Also bitte, Detlev, noch mal.«

Es war ergreifend, auf eine Art, mit anzusehen, mit wie viel Anstrengung Poppel bei jeder Erwähnung seines Namens gegen einen intensiven Tötungsinstinkt ankämpfte. Er spielte im Augenblick einen Kunden, und Schisser mimte den, der ihn bediente, in sicherem Abstand beobachtet vom Rest der Gang und dem Geschäftsführer, einem Blick auf sein Namensschild nach ein Herr Klusenhoff, woraus ein Blick auf seine fusselige Haartracht aber beinahe zwangsläufig ›Flusenkopf‹ machte.

»Also, ich nehm dann den ChickenMacBurger«, versuchte Poppel es noch mal, maulig.

»Einen ChickenMacBurger«, zwitscherte Schisser mit erzwungenem Frohsinn und tippte die Bestellung in die Kasse.

»Und Pommes dazu«, maulte Poppel.

»French Fries«, korrigierte ihn Schisser scheiße-freundlich.

»McFrench Fries«, wusste es Flusenkopf noch besser. »Ihnen allen, meine Herren, wird aufgefallen sein, dass sämtlichen Bezeichnungen all unserer Produkte entweder ein kurz gesprochenes ›Mc‹ vorangestellt oder aber ein offen vokalisiertes ›Mac‹ innerhalb des Namens zugeordnet wurde.« Er sprach das ›Mc‹ wie ›Mick‹ und das ›Mac‹ wie ›Mäck‹. »Dies gibt unserer Palette einerseits den gewünschten witzigen Anstrich und soll andererseits dazu dienen, unsere Produkte von denen der Konkurrenz zu unterscheiden.«

Wenn schon nicht von der Qualität her, dachte ich so für mich. Dann durch den überschäumenden Witz.

»Also, wenn Sie es bitte noch mal probieren wollten, Detlev?« Er sprach ›Detlev‹ wie ›Deetlev‹, und Poppels ohnehin zur Röte neigendes Antlitz nahm einen Stich ins Blaue an. »Und einmal Mäck. Frensch. Freis!«, bellte er.

»Einmal McFrenchFries«, kam es routiniert zurück. »Groß, mittel, klein?«

»Groß!«

»Wenn Sie dieselbe Bestellung als McDinner-Menü in Auftrag gegeben hätten, bekämen Sie jetzt für den gleichen

Preis ein mittelgroßes Erfrischungsgetränk dazu.« Schisser lief sich eindeutig so langsam warm. Sein Gegenüber war über den Punkt schon länger hinaus.

»Also krieg ich jetzt, oder krieg ich nicht?!«, spie er quer über die Theke.

»Wenn Sie wünschen? Cola, Fanta, Sprite?«

»McCola, McFanta, McSprite«, mischte sich Flusenkopf mit großem Ernst ein.

»Ah ja, richtig. McCola, McFanta, McSprite? Groß, mittel, klein? Mit oder ohne Eis? Mit oder ohne Strohhalm?«

Für einen Moment sah Poppel drein, als ob Schisser angeboten hätte, ihm den Pimmel grün anzustreichen. Dann verlangte er ein Bier. Groß. Und ohne Strohhalm.

»Einen BierMac«, verbesserte ihn der Geschäftsführer, kühl. »Und Alkohol ist den Angestellten strengstens untersagt, wie Sie wohl wissen sollten, *Deet*lev!« (An dem Punkt wäre es vielleicht ganz angebracht, einmal darauf hinzuweisen, dass bis jetzt weder Speisen noch Getränke angeliefert worden waren. Dies war eine strikte Trockenübung. Und doch):

Poppels Augen quollen ein wenig hervor, und mit einem scharfen *Knack!* brach eine Ecke aus dem Plastiktablett in seinen Händen. Ich zuckte richtig zusammen, als im gleichen Augenblick das Schnurlose in meiner Rechten manisch zu fiepen begann. Fiebrig suchte ich den richtigen Knopf, presste ihn und meldete mich. Aus dem Augenwinkel sah ich Charly, der einem starren Poppel sanft, aber bestimmt die Plastikfragmente aus verkrampften Fingern wand. Bevor er jemandem damit Schaden zufügte.

Es war der Schwede, den ich um Rückruf gebeten hatte und der von der Telefonzentrale Scuzzi weitergeleitet worden war.

»Entwischt«, war alles, was er sagte, dann hängte er wieder ein. Mit einem Seufzen verabschiedete ich mich von meiner letzten Hoffnung, Deliahs Spur irgendwie, irgendwo, irgendwann diese Nacht doch noch wieder aufnehmen zu können. Wenn nicht noch ein Wunder geschah und mich aus dem Nichts eine genialische Eingebung übermannte, reduzierten sich unsere Möglichkeiten, Willy aufzuspüren, nun mehr und mehr auf die Geldübergabe und damit auf die allzu dünne Hoffnung, der Schein der schönen Scheine möge lange genug strahlen, um unseren Freund auf die sichere Seite zu bringen. Das war in meinen Augen die denkbar beschissenste Ausgangssituation, eine Lage, die ich unter allen Umständen zu vermeiden gesucht hatte, doch hier war sie, und mir fiel nichts ein, was ich aus eigener Kraft daran verbessern könnte.

Somit blieb Jammern und Fluchen und Sich-mit-der-Faust-vor-die-Stirn-Kloppen, oder aber den Rolladen runterlassen, sich ins Unvermeidbare fügen und in der Zwischenzeit kalt den anstehenden Job zu erledigen.

Also. Da gab es einen Aspekt in diesem Fall, hier, den ich bis jetzt vernachlässigt hatte, und zwar komplett. Vielleicht, weil er schlichtweg zu gottverdammt offensichtlich gewesen war. So was gibt's. Und gar nicht mal selten.

Verstohlen nahm ich den den Fortgang der Arbeiten inspizierenden Ragobert beiseite.

»Erinnern Sie sich, was ich Ihnen über die mechanisch-physikalischen Fähigkeiten des Attentäters gesagt habe?«, raunte ich. »Über seine Werkzeuge und Methoden? Darüber, dass er mit hoher Wahrscheinlichkeit aus einem *Handwerksberuf* kommt?«

Ragobert nickte und folgte mit urplötzlich erwachtem Misstrauen meinem Blick über die graugesichtig einhertaumelnde Schar der Monteure.

»Diese Leute müssen doch tägliche Arbeitsberichte abliefern, oder?«

Er nickte, und ich sah seine Augen mit wachsendem Begreifen an Umfang zunehmen.

»Mit Ankunft- und Feierabendzeiten?«

Er nickte, dass seine Wangen wobbelten. »Primzahltage!«, stieß er hervor, und ich musste ihm hastig bedeuten, die Lautstärke zu drosseln. »Immer zwischen acht und neun Uhr morgens! Und achtzehn und neunzehn Uhr abends!«

Zwei Minuten später waren wir im Bürocontainer und fraßen uns in rasendem Tempo durch ganze Stapel von Stundenzetteln.

Na, es wäre wahrscheinlich zu schön gewesen.

Gleich drei der anwesenden Monteure hätten, zeitlich gesehen, Gelegenheit gehabt, entweder die Leuchtsäule abzufackeln oder aber das Ballonseil zu kappen, doch keiner davon beides, und ein Komplott war mehr als unwahrscheinlich, kamen alle drei doch von verschiedenen Firmen und aus gänzlich unterschiedlichen Ecken der Republik. Mehr als die Hälfte der Anwesenden hatte vorgestern im Laufe des Tages irgendwann mal die Baustelle verlassen und wäre somit theoretisch in der Lage gewesen, die Gasflasche an der Clownsfigur auszutauschen, doch, wie es der Teufel wollte, ausgerechnet die drei Verdächtigen waren diesmal nicht dabei, und somit brach die ganze schöne Idee stückweise in sich zusammen.

»Wieder nichts«, stellte Edwin Knauff fest, und er sagte es so, als ob er es im Grunde auch gar nicht anders erwartet hätte. Das tat weh, und noch weher tat es, meine Zukunft wieder ein Stück in die Ferne rücken zu sehen, in all ihrer erhofften Rosigkeit. Doch das Schmerzhafteste überhaupt war die Tatsache, erneut zum Abwarten verdammt zu sein.

Kapitel 8

Gegen Mitternacht kam der Coole Eric, direkt aus Bonn, und brachte mit einem vom Bundesgrenzschutz ausgeliehenen Spaniel ein bisschen Leben in die Bude.

»Sprengstoffspürhund«, erklärte ich Herrn Knauff, der mir mit einem gewichtigen Nicken zu verstehen gab, dass ich damit wieder ein bisschen an Boden gutgemacht hatte, bei ihm.

Wir jagten den stummelschwanzwedelnden, schlappohrigen kleinen Schnüffler einmal um die Außenmauern und dann drinnen durch sämtliche Ecken sämtlicher Räume, wir ließen ihn japsend alle Schränke, alle Pappkartons, ja selbst alle Werkzeugkoffer und Materialkästen sämtlicher Anwesenden inspizieren.

Der Hund fand nichts.

Gegen eins packte ihn der Coole wieder ein und schob ab, zurück nach Bonn, zurück zu seinem Job als Beschützer der Leute, die mit besessenem Eifer dabei waren, das nukleare ›Schlachtfeld Europa‹ vorzubereiten.

Gegen zwei hatten sie mich soweit, dass ich den Beutel hervorholte, den Scuzzi mir mitgegeben hatte, und die erste Runde ›Rote‹ verteilte. Ihnen sei langweilig, sagten sie.

Gegen drei zuckte ich wie unter einem Stromschlag, als wieder mal das Schnurlose in meiner Rechten das Fiepen überkam.

»Habt ihr die Kohle?« Heiser, flüsternd, verstellt. Die gleiche Stimme wie bei den anderen Anrufen.

»Moment«, sagte ich und ging die paar Schritte, bis ich draußen stand und die Eingangstüre hinter mir zu drücken konnte. Mein Herz puckerte wie ein Enfield-Diesel. Wenn sie jetzt gleich, von mir aus sofort, die Übergabe durchführen wollten, könnte ich die Jungs problemlos mitnehmen, da hier noch mindestens eine Stunde Leerlauf anstand, bis die Küche fertig montiert wäre und die nächste Ausbaustufe der Stormfucker'schen Berufsfortbildung anstünde. Was immer die verstellte Stimme als nächstes vorschlagen sollte, ich würde mich einverstanden erklären. Und dann weitersehen.

»Ja«, antwortete ich knapp, bemüht, keinen Eifer an den Tag zu legen.

»Eine Million Mark?« Schon begann sich wieder eine Art von erregtem Japsen über das heisere Gegrummel zu schieben.

»Nein«, sagte ich, und am anderen Ende schnappte jemand nach Luft. Enttäuschung, vermutlich.

»Wir haben fünfhunderttausend Dollar«, fuhr ich rasch fort, um mir die zwangsläufig anstehende Tirade von Drohungen zu ersparen.

»Dollar? Dollar? Wieso Dollar?« Japs, japs, japs. Wie der Cockerspaniel vorhin. Nicht in der Lage, die kleinsten Änderungen des Plans zu managen. Wie wir mit diesen Amateuren einen reibungslosen Austausch von Geld und Geisel durchziehen sollten, war mir schleierhaft. Mir graute davor, um ehrlich zu sein. Plötzlich, wie ich so dastand, draußen, im Dunkeln, in der bleiernen Stille der Mülheimer Nacht, fröstelnd in meinem dämlichen Sakko, ein im Fünfsekundentakt knackendes Telefon am Ohr, spürte ich die Last der vergangenen Tage und Nächte.

»Weil«, erklärte ich, mühsam beherrscht, mit präzisester Artikulation, »da, wo wir die Knete herhaben, da hatten sie nur Dollar.«

Kurze Pause. Das an- und abschwellende Rauschen einer über die Sprechmuschel gehaltenen Handfläche.

Wenn er mich jetzt fragt, ob wir es nicht noch umtauschen können, fall ich um, dachte ich.

»Also gut«, meldete sich mein Gesprächspartner wieder, etwas atemlos von der Anstrengung raschen Denkens und Entscheidens. »Dollars sind okay.«

Also gut, dachte ich. Dann lasst es uns hinter uns bringen. Und der Diesel in meiner Brust fuhr Vollast.

»Wie schnell könnt ihr sie zur Hand haben?«

»Zehn Sekunden.« (Ich hatte den Toyota um die Ecke geparkt. Vollgetankt. Startklar. Wie der Commodore.)

»Gut.« Gedehnt, jetzt. Zufrieden. Selbstzufrieden. Am Drücker. Herr der Lage. Oder vielleicht waren es auch nur meine Aufregung und rasende Ungeduld, die etwas viel hineininterpretierten in diese eine Silbe. »Dann haltet sie bereit.«

Und *krck. Püt-püt-püt-püt-püt-püt-püt …*

Ich hätte töten können in diesem Augenblick. Mit meinem bloßen Händen. Meine Fingernägel in einen Hals graben und die Gurgel hervorzerren. Ich hätte Dinge tun können, zu denen Menschen sonst nur bei Häftlingsrevolten oder in Kriegen fähig sind.

Wieder warten! Nur die Tatsache, dass ich es noch brauchen würde, hielt mich davon ab, das Telefon mit einem einzigen Schwung in die zwei Kilometer entfernte Ruhr zu schleudern.

Minuten später war ich nur noch schlapp. Es ist Passivität, die mich erschöpft, die mich fertig macht. Viel mehr, als es Aktivität je vermöchte.

Gegen vier fuhr ein LKW vor, und wir luden ihn aus und räumten das Tiefgefrorene, das Vakuumverpackte, das Sterilisierte, das Ultrahocherhitzte genauso wie das Gefriergetrocknete, das Pasteurisierte, das Konzentrierte und das Kondensierte und nicht zuletzt das viele, viele Fett in die diversen Fächer und Ablagen und Behälter und Schränke und Truhen.

Gegen fünf war die Küche komplett und angeschlossen, und Flusenkopf rief die Jungs zusammen und fing an, sie im kunstvollen Umgang mit Mikrowelle und Fritteuse zu unterweisen. Charly hatte ihn vorher mal kurz beiseite gezogen und ein bisschen über die persönlichen Empfindlichkeiten mancher Gangmitglieder aufgeklärt, und so brachte der neue Geschäftsführer die komplette Unterweisung hinter sich, ohne anschließend seine Zähne vom Boden aufklauben und in einem Pappbecher mit nach Hause nehmen zu müssen.

Ein gutes Zeichen, fand ich. Und das, obwohl ich wusste, dass im Commodore eine Flasche Wodka gebunkert war, deren Inhalt ebenso stetig abnahm wie der meines Beutelchens mit den kleinen, weißen Pillen.

Manchmal braucht man einen Haken, um seinen Optimismus daran festzumachen.

Gegen sechs pfiff ich mir selber eine Rote ein und einen kleinen Woddie auch.

Gegen sieben schmissen die Pflasterer draußen auf dem Parkplatz die Pflasterramme an und rammten das Parkplatzpflaster ab.

Gegen acht wurde noch eine Art Kinderkäfig voll bunter Bälle geliefert und in der Nichtraucherzone im ersten Stock aufgestellt. Das rief mir in unangenehme Erinnerung, mit was für einer Bestie von kurz geratener Klientel wir hier zu rechnen hatten, ließ meinen kurz in die Höhe gehängten Optimismus wieder vom Haken fallen und einen Schauder durch mein Gebein kriechen.

Gegen halb neun hatte der letzte der Monteure seinen Kram eingepackt und war verschwunden. Nur ein paar Techniker in weißen Kitteln blieben noch und machten schlaue Gesichter.

Um Punkt neun war Eröffnung. Sechs Stunden hatten sich seit dem letzten Anruf der Entführer angesammelt. Sechs Stunden.

Ohne groß drüber nachzudenken, schoss ich mir noch eine Rote.

Den stärker tätowierten Charly und den als eher undiplomatisch eingeschätzten Poppel hatten sie nach hinten in die Küche gesteckt. Somit oblag der Umgang mit dem Publikum dem flotten und charmanten Schisser und dem freundlichen, wenn auch nicht unbedingt ganz so flotten Hoho, die sich den Thekendienst teilten, und dem bis dahin nur durch Schweigsamkeit aufgefallenen D.O., den die fettärschigen Kunden des McIn-Drive-Schalters erst zu Gesicht bekommen würden, wenn es zu spät für sie war.

Pit Bull sollte die Tische abräumen und größere Bestellungen austragen.

Alle starrten mit blutunterlaufenen Augen dem Moment entgegen, in dem irgendein armer, fehlgeleiteter Aktionist auch nur den Versuch wagen sollte, den Tagesablauf bei McDagobert's durch irgendeine Form von armer, fehlgeleiteter Aktion auch nur zu trüben. Unter die Hufe einer Stampede zu geraten wäre wahrscheinlich ein gnädigeres Schicksal für ihn gewesen.

Einen besseren Schutz für die Filiale hätte man sich demnach kaum wünschen können, und trotzdem war ich nervös und von Vorahnungen geplagt. Nervös pflückte ich mir alle halbe Stunde ein frisches Schnurloses von der Ladestation, nervös griff ich mir noch eine Rote, nervös nahm ich den letzten Schluck aus der Wodkapulle.

Eröffnung und Generalprobe in einem. Nach hastiger, auch noch um vierundzwanzig Stunden vorgezogener Fertigstellung. Mit ebenso übernächtigtem wie unterqualifiziertem Personal. Und der nächste Satz wird, tja, vorhersehbar:

Nichts funktionierte.

Am allerwenigsten die Technik.

Was warm werden sollte, blieb kalt. Was kalt sein sollte, blieb lau. Was nicht gerade überkochte oder Rauchschwaden absonderte oder auf durchdacht richtigen Knopfdruck blödsinnig falsche Resultate lieferte, erhöhte das Moment an Spannung und Dramatik durch lautes, anhaltendes, rhythmisches, auch mit Faustschlägen und Fußtritten nicht abzustellendes, elektronisches Quäken.

Die Techniker taten, was sie immer tun: Sie fummelten viel und verbesserten wenig. Zwischen Theken- und Küchenpersonal klaffte der Riss auf, der von der Natur der Dinge zwischen diese beiden Fraktionen gedacht ist, und die ersten Schuldzuweisungen und Bezichtigungen der Lahmheit, Faulheit, Blindheit, Blödheit und Unfähigkeit begannen, die Seiten zu wechseln. Ein Vorgeschmack von Katastrophe lag in der Luft, und der intensive Wunsch, irgendwo anders zu sein, ergriff mit Macht von mir Besitz.

Und das, noch bevor auch nur ein Kunde die Schwelle gekreuzt hatte.

Gegen zehn bekam tatsächlich der erste Gast das, was er auch bestellt hatte, nach kaum fünfzehn Minuten Wartezeit und in nahezu beanstandungsfreier Qualität. Ein Gefühl von Triumph machte die Runde, wie in einem Formel-1-Team, nach einem Doppelsieg etwa.

Gegen halb elf begann sich der Laden zu füllen.

Gegen viertel vor elf kam der zwölfköpfige Kindergeburtstag mit der Tischreservierung.

Die jemand vergessen hatte, vorzunehmen. Nun, Hoho reservierte nachträglich. Irgendein Querulant wollte deswegen mit dem Geschäftsführer sprechen, richtete den Wunsch an D.O. und vergaß ihn im selben Augenblick wieder.

Gegen elf, acht gottverdammte Stunden nach dem letzten Anruf der Entführer, wurde es, alles in allem, etwas hektisch in unserer kleinen Filiale.

Das Geburtstagskind, ein übergewichtiger Rothaariger mit einem Grinsen wie ein hospitalismusgeschädigter Makaken-Lemur, fand es eine tolle Idee, die Bälle aus dem Kinderkäfig von der Balustrade der ersten Etage herunterzuwerfen ins Erdgeschoss, wo sie aufs Drolligste von den Köpfen und Tischen der anderen Gäste abprallten und Speisen und Getränke quer durch den Raum verteilten.

Da die Mutter – Typ ›Spät-Erstgebärende mit abgeschlossenem Psychologiestudium, völlig durch den Wind‹ – mit ihren flehend vorgetragenen Zurufen bei ihrem Sprössling ungefähr so viel Gehör fand wie bei einem Vierzig-Kilo-Klumpen Huftierdung, musste ich nach oben und dem reizenden Kleinen mit verständnisvollem Lächeln ins Ohr flüstern, was ich mit ihm anzustellen gedachte, wenn er den Blödsinn nicht augenblicklich drangab.

Und es wirkte. Kinder haben ja so eine lebhafte Phantasie. Auf alle Fälle wischte es ihm das Grinsen aus dem Gesicht, jagte ihn zurück auf seinen Platz am Tisch mit den anderen Gören, und ich sah und hörte nichts mehr von ihm.

Dafür – es gibt keine Gerechtigkeit – natürlich umso mehr von seiner Mutter.

»Aber es sind *Kinder*«, schluchzte sie, gerade als ich die Treppe wieder herunterkam, und sie betonte es, als ob sie von Sterbenden spräche, »Kinder! Wollen *Sie* gleich nach oben gehen und einem dieser armen Würmchen erklären, warum alle anderen einen ChocoMacSlurpy-Shakie bekommen, nur *es* nicht?« Sterbende, denen jemand den letzten Wunsch verweigern wollte; das dringend benötigte Morphin etwa. Der Jemand in diesem Falle ein halb betroffen, halb entnervt dreinblickender Hoho.

»Ich könnt ihm ja ’nen Vanille-Shake machen«, erbot er sich.

»VanilleMacSlurpy-Shakie«, verbesserte ihn der mit gerunzelten Brauen den bisherigen Kassenstand durchzählende Flusenkopf automatisch.

»Also noch mal«, sagte Schisser, links von Hoho, zu dem Dicken, der ihm gerade eine Bestellung hingenuschelt hatte. Genuschelt deshalb, damit nicht der halbe Laden rüberschielte und dachte: Kuck nur, wie sich der Dicke wieder voll stopft. »Das wären jetzt drei McBurger, vier FrankMacFurter und zwei ErdbeerMacSofties und eine große McCola mit Eis?«

Von der Durchreiche des McIn-Drive kam die genervte Stimme eines Taxifahrers, wo denn sein Kaffee bleibe. D.O. schulterte einen Techniker beiseite und gab der streikenden Kaffeemaschine eins mit der Faust, woraufhin sie zumindest schon mal ein gurgelndes Spotzen von sich gab.

»Kaffee kommt gleich«, brüllte er.

»Und das heißt ›McCoffee kommt gleich‹, Jürgen. Ist das so schwer?«

»Dat Schokozeugs is leider nachem Zehnten alle gegangen«, erklärte Hoho.

»Mehr als zehn ChocoMacSlurpy-Shakies sind im Moment leider nicht verfügbar«, korrigierte Flusenkopf und ging weiter zur nächsten Kasse.

»Nein«, raunte der Dicke, »nein, nein, nein«, und schüttelte ungeduldig den Kopf dazu, »das waren vier FrankMacFurter und drei Mc*Mac*Burger, also die doppelten. Verstehen Sie? Nicht McBurger, sondern McMacBurger. Die großen. Jesus, kennen Sie Ihre eigene Speisekarte nicht? Oder haben Sie was an den Ohren?«

»Ich hatte gesagt, ohne Tomate«, rief Pit Bull in die Küche hinein und knallte wütend ein Tablett voll reklamierter McBurger auf die Theke. »Sieben der Kinder mögen keine Tomate und neun mögen keinen Senf. Außerdem wollen sie wissen, wo ihre elf ChocoMacSlurpy-Shakies bleiben.«

»Da haben Sie es!«, heulte die Mutter. »Wollen Sie vielleicht, dass ich mit zehn ChocoMacSlurpy-Shakies plus einem einzigen VanilleMacSlurpie-Shakie nach oben gehe und bei einem dieser armen Würmchen ein Desintegrations-Trauma auslöse?«

Ich konnte sehen, dass die dauernde Wiederholung der blödsinnigen Namen plus die Stimmlage der Dame Hoho allmählich an die Substanz gingen. Selbst ihm, sollte ich sagen. Mich machten sie schon seit geraumer Zeit kirre.

»Aber die zwei ErdbeerMacSofties sind korrekt?«, wollte Schisser wissen.

»Wo bleibt mein Kaffee?«, schrie der Taxifahrer und begleitete sich selbst auf der Hupe dabei.

»Wir könnten aus jedem der zehn Becher ein bisschen was in einen elften kippen«, schlug Hoho vor. »Dann hätten wir elf. Und keiner von Ihren Würmern krichten Trauma.« Und jetzt gib Ruhe, las ich aus seinem Blick. Oder *du* kriegst gleich ein Trauma.

»Wo bleibt mein verdammter Kaffee?!«, brüllte der Taxifahrer und verlängerte die Intervalle seines begleitenden Hupens, sehr unangenehm bei dem widerwärtigen Schrillen, das Mercedes-Benz-Hörner so produzieren. Dieses eingebaute Organ hysterischer Rechthaberei. Dieser akustische Wurmfortsatz des Sterns auf der Haube.

»Zwei ErdbeerMacSofties«, bestätigte der Dicke. »Aber die McCola ohne Eis. Und wissen Sie was? Machen Sie doch drei FrankMacFurter. Oder nein, doch nicht.«

»Habe ich recht gehört«, blaffte die Mutter, in höchsten Tönen das Hupen überschreiend, »Sie wollen die Geburtstagsgetränke meines Sohnes Lukas-Daniel *panschen*?«

Draußen vor dem Eingang hielt ein Reisebus.

»Und nach ihren McFrenchFries haben sie mich auch schon achtmal gefragt«, schrie Pit Bull in die Küche. »Mindestens!«

»Kaffee kommt gleich«, brüllte D.O., dem es nach wiederholtem Draufschlagen mit der Faust gelungen war, dem Apparat eine fadendünnen, bräunlichen Strahl zu entlocken.

»Sie möchten wohl, dass man sich anschließend *überall* erzählt, auf der Geburtstagsparty meines Sohnes hätte es nur ge*panschte* und bestenfalls halb volle ChocoMacSlurpy-Shakies gegeben?«

Geschäftsführer Flusenkopf wieselte geschäftig hinter der Theke hervor und eilte dem Fahrer des Reisebusses entgegen, der ausgestiegen war und mit einem Falk-Plan kämpfte. Ich las nur ›Feyenoord Rotterdam‹ auf einem Schild hinter einer der Scheiben des Busses und eilte hinterher.

Noch im Rausgehen hörte ich, dass der Taxifahrer auf Dauerhupen umgestellt hatte, trotzdem aber noch von der Mutter übertönt wurde. Dann schloss sich die Türe hinter mir, und meine Zähne stellten erleichtert das knirschende Mahlen ein.

Verfahren, das hatte er sich, der Busfahrer. Hatte im Duisburger Spaghetti-Knoten die Orientierung verloren, und hier war er nun, in Mülheim-Saarn anstelle von Dortmund-Westfalenhalle, wo er hingewollt hatte. Ich erbot mich eilig, ihm den richtigen Weg zu weisen, doch Geschäftsführer Flusenkopf hatte sein Geschäft im Sinn und fragte, ob er, der Busfahrer und seine Fahrgäste nicht ins Restaurant kommen und sich erst mal etwas stärken wollten? Ich wiegelte hastig ab und stürzte mich in eine rasche und effiziente Erklärung des Weges, doch unser wackerer Geschäftsführer ging wacker dazwischen und kehrte den wackeren Geschäftsführer heraus, und damit hatte es sich.

Es waren Holländer. Und als Flusenkopf seinen Flusenkopf durch die Bustüre streckte, um seinen fatalen Vorschlag zu unterbreiten, waren sie gerade dabei, eines dieser das Herz wärmenden und so ungemein dem Ohr schmeichelnden holländischen Stimmungslieder zu –

Tja. Singen kann man es eigentlich nicht nennen. Nein, beim besten Willen nicht.

Holländer, also. Fußballfans obendrein. Unterwegs, um ihre Mannschaft bei einem Hallenturnier zum Sieg zu bölken.

Es waren Holländer, es waren Fußballfans, es waren ihrer gut und gerne zwanzig, es war kurz nach elf Uhr morgens, und sie waren alle schon strack.

Im Laufschritt hastete ich zurück, um die Jungs vorzuwarnen, doch, *alas*, es wurde nichts draus.

Das erste, was ich sah, war die Mutter, die schreiend mit hilflos rutschenden Füßen nach Halt suchte, blind und taub für ihre Umwelt durch einen ChocoMacSlurpy-Shakie-Becher, den ihr jemand gewaltsam bis über Augen und Ohren gezogen hatte, während die restlichen neun Portionen der blassbraunen, schleimigen Milchshakemasse in Strömen aus sämtlichen Öffnungen ihrer bis dahin mintfarbenen Oililly-Latzhose quollen und damit die Haltsuche ihrer Füße nicht eben erleichterten. Schreiend, fuchtelnd, außer sich ging sie massiv zu Boden.

Fertig mit seiner MacSlurpy-Kundin, half Hoho nun Schisser, den Dicken festzuhalten und mit einem Frank-MacFurter nach dem anderen zwangszuverpflegen.

Charly seinerseits war voll damit beschäftigt, Poppel niederzubrüllen, der offensichtlich mehrere Kilo tiefgefrorener McFrenchFries in die siedend heiße Fritteuse gekippt und damit eine bis unter die Decke gegangene Eruption kochenden Fetts ausgelöst hatte.

Blieb Pit Bull, doch der jagte gerade Lukas-Daniels aufgelöste Geburtstagsparty kreischender und über und über mit Speiseresten bedeckter Kinder vor sich her, deckte sie mit erstaunlicher Treffsicherheit mit McBurger auf McBurger aus einem prall gefüllten Müllsack ein. Auch wenn ich jetzt nicht genau erkennen konnte, ob es die Variante mit oder ohne Tomate war.

Und D.O.? Das Hupen, fiel mir auf, war verstummt. Hatte der Taxifahrer etwa endlich seinen Kaffee bekommen?

Nein, hatte er nicht. Doch D.O. war dabei, ihn zu vertrösten. Zur besseren Verständigung hatte er ihn sich etwas näher herangeholt, am Kragen, wie es aussah, durch das offene Seitenfenster des Taxis hindurch, wie es schien, und vertröstete ihn jetzt, so gut es eben ging.

»Wir be-dau-ern zu-tiefst, Ih-nen mit-tei-len zu müs-sen, dass wir für die Be-ar-bei-tung Ih-rer Be-stel-lung ei-nes Mac-Cof-fees lei-der noch et-was Zeit be-nö-ti-gen«, teilte er ihm laut und deutlich mit. Wobei er die ganze Zeit über im Takt der Silben den Kopf des Taxifahrers unter den Rahmen seiner Durchreiche hämmerte. Für mehr Emphase, nehme ich an.

Und natürlich kamen jetzt schon die ersten der holländischen Fußballfans zur Türe hereingewankt, lehnten sich raumgreifend quer über Hohos und Schissers Theke und forderten »Feiftich Bier, ihr Moffen, aber en bissken zack-zack.«

Genau diesen Augenblick – schreiende, sich in Schokoladencreme wälzende Frau am Boden, bölkende Köche inmitten ihrer fetttriefenden Küche, kreischende Kinder auf der Flucht vor einem Lebensmittel schleudernden Kellner, die von hohlem *Gunka-gunka-gunk* untermalte Frage des McIn-Drive-Operators, ob es anstelle eines McCoffees nicht eventuell auch ein McTea sein dürfe für den Herrn Ta-xi-fah-rer, ein brummbäriger Hüne und ein jähzorniger Hänfling ohne jeden Sinn für Furcht, die den dicken Gast zwischen sich hatten zu Boden gleiten lassen, um offenbar dem deutsch-holländischen Kosenamen ›Moffen‹ die Aufmerksamkeit zuteil werden zu lassen, die er ihrer Ansicht nach verdiente, eine ganze Schar vollkommen entgeistert dreinblickender Gäste, auf Zehenspitzen unterwegs zur Türe, in deren Rahmen Geschäftsführer Klusenhoff und Projektleiter Knauff standen wie erstarrt – genau diesen Augenblick wählte das Schnurlose in meiner bis zur Gefühllosigkeit verkrampften Rechten, um sich fiepend zu Wort zu melden.

Spätestens mit dem machtvollen Erklingen von Richard Strauss' ›Also sprach Zarathustra‹ über die bis hintenhin aufgedrehte hauseigene Beschallungsanlage, auf meinem Weg nach draußen, vorbei an dem leichenblassen Geschäftsführer und dem totenbleichen Projektleiter, spätestens da hatte sich meine Vision der Zukunft endgültig selbst vom letzten, vom allerletzten Hauch einstiger Rosigkeit verabschiedet.

Ich hatte exakt dreißig Minuten Zeit, mich am von den Entführern bestimmten Übergabeort einzufinden.

Mit fliegenden Fingern ließ ich den Motor des Toyota an und bekam gerade noch mit, wie eine der großen Panorama-Scheiben der McDagobert's-Filiale zu einem Blizzard fliegenden Glases explodierte, weil ein komplett in Rotterdam-Farben gewandeter Männerkörper rücklings hindurchgewuchtet wurde. Dann war ich unterwegs.

Dreißig Minuten, um mich am Übergabeort einzufinden, und die gleichen, die *selben* dreißig Minuten, um den Austausch vorzubereiten, inklusive Inspektion der Örtlichkeit – das KAUFHOF-Parkhaus in der Mülheimer Innenstadt – und dem Aushecken eines möglichst raffinierten Plans zur Ergreifung der Schweine, die unseren Willy entführt und verstümmelt hatten.

Dreißig Minuten, und wen hatte ich zu meiner Unterstützung?

Wen könnte ich wo postieren, um das Gebäude von allen Seiten einzukreisen?

Wen sollte ich mit einem Kopfnicken, keine Zehntelsekunde, nachdem ich Willy in Empfang genommen hatte, auf die Entführer hetzen, um sie in einen blutigen Klump zu hacken?

Wen hatte ich zur Verfügung, um mit Autos und Motorrädern die Verfolgung dieser verdammten Arschlöcher aufzunehmen, falls das Draufhetzen-und-zu-Klump-Hacken aus irgendeinem Grunde danebengehen sollte? Wen?

Scuzzi.

Pierfrancesco Scuzzi, dessen Gedanken die meiste Zeit des Tages unterwegs waren, ungebunden umhertänzelten wie eine Flaschenpost auf den Wogen der Meere.

Scuzzi, dessen Reaktionszeit man mit einer Sanduhr messen konnte.

Scuzzi, der in einer Klopperei Schwierigkeiten hätte, sich gegen eine Bauchrednerpuppe durchzusetzen.

Hoffentlich ist er wenigstens halbwegs frisch, dachte ich, als ich mit kreischend protestierenden Reifen in die Johann-Wolfgang-von-Goethe-Allee einbog. Ein zugedröhnter Scuzzi hieße noch ein halber Scuzzi weniger, um gleich die Vielzahl der oben aufgelisteten Aufgaben zu übernehmen.

Ich fand ihn auf dem Pott.

»Die Aufregung«, erklärte er, an Gürtel und Reißverschluss nestelnd, während ich ihn hinter mir herschleifte, die Treppe hinunter. »Wo sind die anderen?«, wollte er wissen.

»Beschäftigt«, erklärte ich ihm, mit langen Schritten durch die Halle stürmend. »Es bleiben nur noch du und ich.«

Da flog die Haustüre auf und schwang mit einem Krachen bis gegen die Wand. Und in der Öffnung stand Heiko.

Heiko Zimmermann. Charlys älterer Bruder. Der, über den keiner seiner Freunde und Bekannten jemals etwas Schlechtes sagen würde. Nicht vor Zeugen, zumindest.

Mann, blass war er. Aber das ist normal. Und ein wenig aus dem Leim gegangen war er auch. Ebenfalls normal. ›Dampfkost‹ haben wir die Häftlingsverpflegung immer genannt. ›Die treibt auf‹, hieß es immer.

Doch ansonsten schien er unverändert. Immer noch die peinliche dauergewellte, nackenlange Dorfdiscokönig-Matte, immer noch das gleiche, unangenehme Dschingis-Khan-Bärtchen, immer noch diese beunruhigende Aura kurzluntiger, explosiver Aggressivität. Er trug sogar exakt dieselben Sachen am Leib, in denen sie ihn fünf Jahre zuvor eingebuchtet hatten. Doch das fiel nicht weiter auf. Denn, mal ganz im

Ernst: Neonfarbene Ballonseide-Jogginganzüge kommen ja wohl nie aus der Mode.

»Du weißt, wo ich Wolf finde?«, fragte er mich. Nein – grollte er mich an.

Ich nickte.

»Dann fahren wir jetzt da hin. Wo ist der Rest des Haufens?«

Die angehängte Frage ersparte mir die Verlegenheit, der vorangestellten Anordnung zu widersprechen. Immer heikel, so was, mit Heiko.

So erklärte ich ihm rasch in zwei Sätzen, was anlag. Und selbst er erkannte die Prioritäten.

»Okay«, entschied er. »Dann hauen wir jetzt eben euern Willy raus, und anschließend begleitet ihr mich zu einem kleinen Plausch mit Wolf.«

Gut, dachte ich. Beim ersten Teil bin ich dabei, und für den zweiten Teil lasse ich mir dann was einfallen. Selbstmord, habe ich schon lange entschieden, macht erst dann einen Sinn, wenn er einem am nächsten Morgen die Hauptschlagzeile in BILD einbringt. Direkt über dem Foto des Dessous-Models, das sich nun in Tränen aufgelöst einen neuen Beschäler wird suchen müssen. Ansonsten bringt es keinen Spaß.

»Wir bräuchten ein möglichst *unauffälliges* Auto«, bemerkte ich, als wir aus dem Haus eilten.

»Hamwer«, knurrte Heiko.

Ich verzog schmerzhaft das Gesicht, sprachen wir beide doch offensichtlich über ein und denselben Wagen, und zwar den ellenlangen 450er Mercedes, mit dem er hergekommen war. Das chromüberladene Modell mit dem breiten Arsch und der schmalen Spur, das für mich bis in alle Ewigkeit ›Zigeunerdaimler‹ heißen wird. Nicht unbedingt die diskreteste Art der Fortbewegung. Ich fragte gar nicht erst, woher er ihn hatte. Einen Tag oder so nach der Haftentlassung.

»Ich fahre *Benz*«, blaffte Heiko in einem Ton, der mich

eindeutig vor weiteren Grimassen oder gar Kommentaren warnte, »und Silbergrau ist das Unauffälligste, was es gibt.«

Ah so.

Wie sein Bruder Charly ist Heiko Anführer von Geburt an. Es ist, meine ich, genetisch bedingt und hat eigentlich nichts damit zu tun, dass die Zimmermanns keinen über sich dulden, ist somit kein Aufbegehren als Akt des Willens, sondern eher ein Mangel an Phantasie: Sie können sich beide niemanden vorstellen, der ihnen Kommandos geben wollte.

Das ergibt eine, wie man sich denken kann, schwierige Bruderbeziehung, um es vorsichtig auszudrücken, und der einzige Grund, warum Heiko Charly die Stormfuckers kampflos überlassen hat, ist der, dass Heiko von Haus aus kein Biker ist.

Heiko ist, tja, da gibt es eigentlich kein vernünftiges Wort für. Heiko ist kriminell, soviel ist sicher, doch kriminell auf eine unfassbar spießbürgerliche Art. Ein Gangster mit Ehefrau, mit manikürtem Vorgarten und einer Wohnzimmerschrankwand in Eiche brutal. Er hat es mit den Stormfuckers versucht, sicher, in ihrer Anfangszeit, doch wer nur eine einzige Ausfahrt lang mit ansehen musste, wie er bei jedem Stopp erst mal mit 'nem Lappen über seine Alligatorstiefeletten ging und dann mit Stielkamm und Rundbürste an seine von Helm und Fahrtwind ruinierte Minipli-Frisur, spürte, dass er nicht mit dem Herzen dabei war. Nach nur einem halben Jahr hat er seine – typisch – BMW R 100 RT, deren Anblick und Fahrgeräusch mir permanentes, trockenes Würgen verursachten, verkauft und sich von uns verabschiedet.

Auf dem Papier hatte er demnach nichts mehr zu melden, doch Papier ist, wie man so schön sagt, geduldig. Er nicht.

Ohne ein weiteres Wort holte ich die Kühlbox aus dem Toyota, verfrachtete sie neben Scuzzi auf die Rücksitzbank des Benz, ließ mich in den Beifahrersitz fallen, und Heiko kickte das 6,9-Liter Graugussmonster aus dem Schlaf.

Der Minutenzeiger meiner Uhr machte einen Satz, und die dreißig Minuten waren um. Oder zumindest kam es mir so vor. Ich hatte noch groß planen, aushecken, beratschlagen, abwägen und organisieren wollen, doch als wir an der Auffahrtrampe des Parkhauses ankamen, blieben uns gerade noch zwei Minuten der Frist. Einer der Gründe für unser spätes Eintreffen war ein blaulichtflackernder und sirenenheulender Zug aus mindestens zehn Streifenwagen, fünf Krankenwagen und etwas, was aussah wie die komplette Mülheimer Berufsfeuerwehr, der uns zum Anhalten und Abwarten gezwungen hatte auf seinem Weg über die Ruhr. Richtung Saarn.

Ich tat in aller Eile, was ich konnte, und improvisierte, besetzte die Rollen nach Eignung.

Scuzzi ließen wir unten, im seit der Installation von Ticket-Automaten verwaisten Kassenhäuschen zurück, bis an die Zähne bewaffnet mit Zettel und Kuli und instruiert, Fabrikat, Farbe und Kennzeichen aller aus- und eingehenden Autos zu notieren und ansonsten auf weitere Anweisungen zu warten.

Dann richtete Heiko die besternte Haube rampenaufwärts, und mit flüsterndem Motor erklommen wir Etage um Etage.

Die Anfahrt zu Parkebene Nummer vier war mit einer Baustellenabsperrung blockiert. Ich stieg aus, hob den rotweißen Riegel aus seinen Haltern, ließ den Daimler durch, hängte das Ding zurück und stieg wieder ein.

Ebene vier war leer, verlassen, nackt. Nackt, wie es nur eine leere, verlassene Parkhausetage sein kann. Nicht einmal Betonsäulen trübten den freien Blick auf die asphaltierte, mit weißen Streifen schraffierte Fläche. Eine Seite war Wand, nur unterbrochen von den Durchfahrten nach unten oder oben, die restlichen drei bestanden aus hüfthohen Betonmauern mit viel frischer Luft darüber und den Aussichten auf wahlweise das angeschlossene Kaufhaus, das lang gezogene Gebäude der Dresdner Bank oder das Stadtbad.

Heiko stoppte gleich zu Anfang, kaum dass wir die Waagerechte erreicht hatten, setzte den Wagen noch ein Stück zurück, bis er mit dem Stoßfänger an einer der drei Mauern stand, die lange Wand zu seiner Linken, schaltete die Automatik auf ›S‹ herunter, stellte den Fuß auf die Bremse und lehnte sich, bei laufendem Motor, zurück.

Sie hatten ausdrücklich gefordert, dass ich allein käme, doch konnte das unmöglich ihr Ernst gewesen sein. Trotzdem sagte ich: »Mach dich ein bisschen klein«, bevor ich mir die Kühltasche schnappte und mich auf die Suche nach der angekündigten Markierung machte. Grunzend rutschte er etwas in seinem Sitz nach unten und hielt die Flamme seines Dupont-Chinalack-Feuerzeuges an eine Mentholzigarette. Nein, er war kein Biker und würde niemals einer sein.

»Ein Wink mit der Hand von dir, und ich komme und fahr sie über den Haufen, okay?«

Ich nickte, stumm, und schloss die beiden Türen. Es war soweit. Soviel Zeit auch vergangen war, zur Vorbereitung war nichts geblieben. Vielleicht war es die Umgebung, die auf mich abfärbte, aber auch ich begann, mich leer zu fühlen, verlassen und nackt, wie ich so einherschlurfte über eine aufgemalte Parkbucht nach der anderen. Nackt und machtlos, wie jemand auf dem Weg zu seiner Aburteilung, wie fast schon tot, während mich von draußen die Geräusche der Stadt umspülten, Straßenbahnbimmeln, LKW-Dieselgrollen, Autoradiowummern, Kinderstimmen und, aus der Ferne, Sirenengeheul. Geräusche von Leben, wirklichem Leben. Dies hier war irreal, das zähe Ende eines langen, beklemmenden Traumes, wo man zuckt und murmelt und stöhnt und eigentlich nur noch aufwachen möchte.

Mitten auf Parkfläche 466 hatten sie ein Kreuz aus Malerkrepp aufgeklebt. Die Anweisung war, mich draufzustellen, und da ich keinen Grund erkennen konnte, das nicht zu tun, machte ich es auch. Mit dem Rücken zur Wand, wie es der Instinkt befiehlt. Irgendwo hinter mir summte ein Aufzugmotor oder der eines Generators oder größeren Kühlaggregates und überlagerte etwas die sonstige Lärmkulisse.

Von wo würden sie kommen? Ich schaute nach links, ich schaute nach rechts, ich stand da mit meiner Kühltasche in der Hand wie verabredet zu einem Picknick. Oder einem größeren Drogendeal. Und genauso musste das aussehen, dachte ich, so für mich, von den vielen, vielen Fenstern der Bank gegenüber aus. Also sollten sie sich so langsam mal blicken lassen, dachte ich, damit wir es endlich hinter uns bringen, und zwar bevor da drüben jemand auf die Idee kommt –

Das Summen hinter mir wurde mit einem Mal doppelt so laut, und etwas Kaltes presste sich im gleichen Augenblick gegen den linken Muskelstrang meines Nackens.

»Nur eine Bewegung von dir, und ich knall dich ab«, sagte eine Männerstimme in mein rechtes Ohr.

Etwas Rundes, Kaltes. Hohl in der Mitte. Wie die Öffnung eines Flaschenhalses. Und die Stimme war nicht die vom Telefon. Diese hier war verhalten, aber keineswegs verstellt, und von schwach amüsierter Gelassenheit.

Oder das kalte, runde Ende eines Stückchen Stahlrohrs.

»Sobald ich es sage, lässt du die Tasche los.«

»Erst wenn ich Willy da drüben im Auto sitzen sehe. Eher nicht.«

Natürlich hätte es auch die Mündung einer großkalibrigen Waffe sein können, doch irgendwie bekam ich das Bild nicht aus dem Kopf, dazustehen wie angewachsen, mit dem Tod durch Erschießen bedroht von nichts als dem schlanken Hals einer leeren Pulle Amselfelder.

»Willy setzen wir an einer Telefonzelle ab, sobald wir das Geld gezählt haben.«

Das passte mir überhaupt nicht. Nur eine Bewegung, und ich war tot, trotzdem schüttelte ich den Kopf. »Ohne Willy keine Knete.«

»Wie du willst. Ich zähle bis drei, und dann nehme ich sie mir. So oder so.« Und der runde, kalte Druck gegen meinen Nackenmuskel verstärkte sich nachhaltig.

Ich dachte daran, mich einfach umzudrehen und ihn mir zu krallen.

»Eins ...«

Ich dachte daran, zu winken und zur Seite zu springen und zuzusehen, wie Heiko ihn auf die Haube nahm.

»Zwei ...«

Ich dachte an Selbstjustiz und Folter.

»Uuund *Hopp*!«

Und ich ließ die Tasche los. Russisch Roulette wird nie mein Ding sein. Das kalte, runde Etwas verließ mein Genick.

Ich fuhr herum.

Der Motor des Benz brüllte auf, Reifen quietschten.

Vor meinen Augen fiel eine im gleichen Grau wie die Wand gestrichene, mit Lüftungsschlitzen versehene Stahltür ins Schloss. Dahinter brummte es, wie die ganze Zeit schon. Eine Stahltür ohne Griff, von dieser Seite. Sie sah aus wie ein großes Lüftungsblech, Grund, wenn auch nicht Entschuldigung dafür, dass ich sie einfach nicht wahrgenommen hatte. Ich presste mein Ohr dagegen und hörte, so schwer es auch fällt, das zuzugeben, sich entfernendes Gelächter.

Heiko bremste sich neben mich, dass der Daimler knirschend mit dem Kinn aufsetzte.

»Scheiße!«, brüllte er. »Steig ein!« Was ich tat.

»Was«, fragte ich –

»Wohin jetzt?!«, brüllte er und latschte aufs Gas, riss die riesige Limousine nach links, die Abfahrtrampe hinunter.

»Was«, fragte ich –

»Wohin, Mann? Gib mir eine Richtung!« Der Vorderwagen hob ab, als wir, mit gewaltiger Seitenneigung, die nächste Rampe in Angriff nahmen, dann setzten die Räder wieder auf, die Haube tauchte ein, und die Hinterachse war an der Reihe mit Luftsprung. Jeder hätte jetzt gebremst, ging es doch sofort wieder scharf linksrum, doch Heiko schien die Gesetze der Physik allein mittels seiner beiden Pranken am Lenkrad außer Kraft setzen zu können.

»Was«, brachte ich meine Frage jetzt doch noch an den Mann, »was hat er mir da an den Hals gehalten?« Alles andere schien mir im Moment ohne Belang, zweitrangig.

»Trommelrevolver«, übergrunzte es vom Fahrersitz her das erbärmliche Jaulen der Reifen, und ich fühlte mich, warum auch immer, besser. »Ostblock-Armeeausführung, wenn ich raten müsste. Riesending. Völlig blödsinnig. So, wie du dastandst, hätte er dir nur von hinten in die Eier treten müssen.«

Heiko, muss man dazu wissen, hält nicht viel von Feuerwaffen. Sie sind für ihn das Aushängeschild von Leuten, die sich anders nicht durchsetzen können. Was für Wirbellose, für Weicheier.

»Würdest du ihn wiedererkennen?«

»N-nh. Maske überm Kopp. Overall an. Das Übliche.«

Und es war auch gar nicht nötig, ging mir plötzlich auf. Überhaupt nicht. Das Wiedererkennen, meine ich. Ich *wusste*, wer der Typ hinter mir gewesen war. Verwechslung unmöglich. Es überkam mich wie ... wie ...

»Also, nun sag schon, wohin?« Heiko stoppte brutal und griff hinter sich, um die Türe für Scuzzi aufzustoßen, der uns die Schranke offen gehalten hatte.

»Hoch, zum Flughafen«, sagte ich.

Das ›Uuund *Hopp*!‹, das war es gewesen.

»Die Eierköppe haben Willy.«

Mein Anfangsverdacht. Sag ich's doch! ›Uuund *Hopp*‹-Rekrutenschinder Nagold.

»Ha!«, machte Heiko und katapultierte den Wagen aus dem Stand auf Hundert, »wie sich das trifft!«

Heiko hielt Vollgas. Er verwuchs mit dem Auto zu 6,9 Litern und zweieinhalb Tonnen schierer, entfesselter Bösartigkeit. Ampeln, Zebrastreifen, Stoppschilder, Durchfahrtsverbote, die Masse der anderen Verkehrsteilnehmer schien nur dazu da zu sein, ihn weiter zu reizen.

Dies war ein Rennen gegen die Zeit, es war gut möglich, dass Willys Leben daran hing, doch ich hänge auch an meinem, also sagte ich: »Äh, Heiko, denk dran, du bist frisch aus der Haft entlassen.«

Heiko hielt Vollgas.

»Und?«, knurrte er, an einer wippenden Rheno vorbei. »Anders als manche«, meinte er und schenkte mir einen entnervend langen Seitenblick, während ich, völlig überflüssigerweise, den Verkehr im Auge behielt, »habe *ich* keine Bewährung mehr offen.«

»Du hast die komplette Strafe abgesessen?«, fragte Scuzzi interessiert von hinten, während ich *»D-d-d!«* machte und panisch die Luft trat, wo bei einem rechtsgelenkten Auto das Bremspedal gewesen wäre, weil vor uns ein UPS-Lieferwagen rücklings aus einer Einfahrt herauskam.

Heiko hielt Vollgas. Hupte nur.

»Jeden einzelnen gottverdammten Tag«, knurrte er, sorgsam jede Silbe betonend, und Wolfs Haut wurde die zweite, nach meiner, in diesem brüllenden, schlingernden, rasenden Ungetüm, in der ich an diesem Tag nicht stecken wollte. Und Willys, natürlich. Doch für ihn gab es Hoffnung. Bei mir war ich mir, in diesem Augenblick, nicht so sicher.

Wir tobten die Zeppelinstraße hoch, und unser Fahrer eröffnete eine dritte Spur links von den beiden vorhandenen.

»Äh, Heiko«, sagte ich, klammerte mich mit einer Hand an den Türgriff und stützte die andere gegen das Armaturenbrett, »da-das sieht mir aus wie eine Straßenbahn, was uns da-da entgegenkommt.« Fünfzig Tonnen, habe ich irgendwo gelesen, wiegen die Dinger. Leer.

Heiko hielt Vollgas.

»Soll sich aus dem Weg scheren!«, bellte er und nahm den Kopf angriffslustig zwischen die Schultern.

Der Straßenbahnfahrer gestikulierte, blendete seinen einsamen Rundscheinwerfer auf, bimmelte vehement mit seiner Bimmel.

Heiko hielt Vollgas. Und Kurs.

»Äh, Heiko, da-das geht nicht. De-de-der kann keinen Platz machen. Da-da-das Ding fährt auf Schie-Schie-Schie-

Schienen!« Da haben wir's, dachte ich. Wie Kryszinski zum Stotterer geworden ist.

Weißer Staub stieg auf, als der Straßenbahnfahrer eine Notbremsung mit Sand einleitete.

Heiko hielt Vollgas.

»Platz da!«, brüllte er, und ich erinnerte mich, dass er schon vor der Haft nicht ganz echt gewesen war, in der Runkel. Manche zerstrahlt's im Kahn dann ja endgültig.

Der Straßenbahnfahrer *stand* auf seiner Bremse, und ich konnte das Entsetzen in seinen aufgerissenen Augen sehen, und seine Bimmel schrillte mir in den Ohren, als Heiko endlich auswich. Nach links. Und lachte.

»Willst du lieber ans Steuer?«, fragte er, bei, unnötig zu erwähnen, weiterhin Vollgas. Ich nickte wie jemand, dem man mit einer Rüttelplatte über die Füße fährt.

»Nein, Heiko, lass ihn nicht«, kam es, plötzlich alarmiert, vom Rücksitz. »Wenn Kristof es eilig hat, fährt er wie ein Verrückter!«

Manche Wintertage wollen nicht hell werden, und dies war einer davon. Die roten und weißen Randlichter des Rollfeldes hoben sich mit in den Augen schmerzender Helligkeit gegen das sie umgebende Grau ab.

»Hunde?«, fragte Heiko. Er hatte etwas Tempo rausgenommen, jetzt, kurz vor dem Ziel, und ich hatte meine Atmung wiederentdeckt. »Wie viele?«

»Zu viele«, antwortete ich und dachte an Matto, den schwarzen Mähnenwolf mit seinem Maulkorb. Der allein war mir schon einer zuviel.

»Waffen?«

»Bestimmt.« Man baut sich kein Fort, weil man feindliche Übergriffe erwartet, und setzt sich dann rein mit ein paar Wasserpistolen, Flitzebogen und Gummimessern.

»Also, was ist der Plan?«

»Tja«, machte ich. Ich hatte keinen. »Alles hängt im Grunde davon ab, ob sie uns erwarten. Wenn sie das Tor geschlossen haben und die Ausgucke besetzt, sehe ich für uns praktisch keine Chance. Dann müssen wir zurück, die Jungs zusammentrommeln, (was von ihnen übrig ist, dachte ich, wenig optimistisch) und in der Nacht wiederkommen. Oder«, fügte ich vorsichtig hinzu, »die Bullen alarmieren.«

»Die *was*?!« Um Haaresbreite, mehr nicht, und wir hätten eine auf der Welt einzigartige Hinweistafel (›Flughafenrestaurant Plati. 400 m *zurück*‹) geplättet, so sehr verriss Heiko das Lenkrad bei meinem Vorschlag. »Die *was*? Sag das noch mal!«

Doch ich traute mich nicht. Man braucht kein Psychopath zu sein, um nach fünf Jahren unter der Obhut der Staatsgewalt gewisse Ressentiments gegen dieselbe entwickelt zu haben; und Heiko Zimmermann, muss man wissen, *ist* Psychopath.

»Wie sieht das aus?« Unser Fahrer klopfte sich keuchend Staub von den Händen und Zweige von den Schultern. Wir hatten beschlossen, uns erst mal zu Fuß heranzupirschen an das Vereinsgelände ›Eiserner Kopf‹, und um den in einem Seitenweg abgestellten Wagen vor Blicken zu tarnen, hatten die beiden mich begleitenden Genies einen großen, immergrünen Busch (mit Nadeln dran. Sorry, aber mit Botanik habe ich es nicht so) aus der Erde gerupft und vor den Kühler gezerrt.

Und genau so sah es aus: Als ob jemand einen großen Busch ausgerupft und vor ein Auto gezerrt hätte. Zur Tarnung.

Ich fasste meinen Eindruck in Worte. Und die mich begleitenden Genies fassten ihre Kritikfähigkeit in Blicke. Um es kurz zu machen: Eigentlich hätte von mir nichts übrigbleiben dürfen als ein Paar rauchender Basketballschuhe.

»Na gut!« Mit sichtlich geschwollenem Hals zerrte Heiko den Busch wieder aus dem Weg und wuchtete ihn zurück an seinen Platz. »Änderung des Plans!«

Und mein Magen kontrahierte wie ein angepiekster Luftballon. Schon die Art, wie er die Worte hervorstieß, ließ mich bitterlich bereuen, Heikos Bemühungen zur Fahrzeugtarnung auch nur ansatzweise, ja nur gedanklich in Zweifel gezogen zu haben.

Mit ein paar langen Schritten war er beim Kofferraum und riss den Deckel in die Höhe. »Neue Taktik: Sturmangriff!« Und keine drei Sekunden später stand ich da, blickte, wie Scuzzi, vollkommen perplex hinunter auf die Pumpgun in meinen Händen und wusste plötzlich aus eigener Erfahrung, wie es sich anfühlt, einem Himmelfahrtskommando anzugehören.

»Äh«, machte ich und dachte dabei, ich muss mit diesen ›Ähs‹ aufhören, das wirkt dämlich, »äh«, entrang es sich mir trotzdem noch mal, »ich dachte, du verachtest Waffen?«

Heiko schloss den Kofferraumdeckel mit einem soliden Geräusch und sah ausdruckslos von mir zu Scuzzi und wieder zurück.

»Ich brauch auch keine«, stellte er fest. »Aber wenn wir gleich da rein gehen, und ich nicht die ganze Zeit eure Amme spielen will, ist es besser, wenn ihr Clowns was in Händen habt. So«, meinte er, kam rüber, stellte sich zwischen uns und packte uns im Genick wie ein Lehrer zwei aufsässige Jungs, »hört mir gut zu. Die Dinger sind geladen. Eine Patrone im Rohr, sechs Schuss im Magazin. Feuern, dann den geriffelten Griff unter dem Lauf einmal energisch von vorne nach hinten ziehen, wie die Vorhaut vom Lümmel, und die nächste Patrone ist drin. Kapiert?« Wir nickten. Die beschriebene Handbewegung war uns wohl vertraut. »Und jetzt passt wirklich auf: Ihr könnt mit den Dingern zielen, wohin ihr wollt. Aber sollte einer von euch mit der Mündung auch nur in die Nähe meiner Figur kommen, breche ich ihm das Genick!« Und damit schüttelte er uns noch mal durch und brachte mich nahe daran, auf ihn anzulegen. Und abzudrücken.

Das Tor stand offen. Sie schienen sich also sicher zu fühlen. Auch als wir in ruhigem Tempo darauf zu rollten, war kein Zeichen von Alarm auszumachen.

Seltsam, dachte ich. Dass Heikos Haftentlassung sich binnen 24 Stunden noch nicht herumgesprochen hatte, war nicht so verwunderlich. Aber wieso hatte Nagold kein Signal durchgegeben, die Augen offen zu halten nach einem fetten, silbergrauen Benz? Und sei es nur für alle Fälle? Hielt er sich für so toll oder andersrum mich für so dämlich, dass er sich solche Sicherheitsvorkehrungen meinte schenken zu können?

Irgendetwas stimmte, irgendetwas passte hier nicht zusammen.

Genauso Wolf: Ich hatte ihn zweimal befragt, und er war entweder der beste Lügner, dem ich bis dahin begegnet war, oder er hatte tatsächlich keine Ahnung von Willys Verbleib gehabt. Und auch meine fast zwölfstündige Observation des Geländes hatte kein Anzeichen ergeben, dass unser Freund hier gefangen gehalten wurde. Waren wir auf der falschen Fährte? Gleichzeitig hatte ich nicht den geringsten Zweifel, dass es Nagold gewesen war, der mir die Kühlbox mit dem Lösegeld abgenommen hatte. Das war alles sehr verwirrend.

Unbeleckt von irgendwelchen Bedenken und, wie mir aufging, auch mit einer ganz anderen Intention als ich hielt Heiko auf die Toröffnung zu, und die beiden Wachen verteilten sich nach links und rechts, um uns in Empfang zu nehmen. Wir stoppten, ließen die Scheiben heruntersurren, und Scuzzi und ich zielten jeder, Gewehre im Schoß, auf den Bauch eines verdutzten Wachmannes.

»Gaanz ruhig«, sprach Heiko die beiden an. »Kein Wort, keine falsche Bewegung, und euch wird nichts passieren.« Wie selbstverständlich stieg er aus, nahm den Wachmann auf der Fahrerseite, einen nickelbebrillten Jüngling, der das alles für eine Art von Scherz zu halten schien, beim Genick, wie gerade noch Scuzzi und mich, führte ihn rüber zu seinem Kollegen, der schon etwas älter und augenscheinlich für die Rolle des ›Küchenbullen‹ gecastet worden war, packte auch den beim Nacken und schlug noch im selben Augenblick beide, mit einem ekelhaften Geräusch, das ich nur als ein feucht schmatzendes Knirschen bezeichnen kann, mit den teilrasierten Schädeln zusammen. Nickelbrille und Küchenbulle verdrehten simultan die Augen und glitten aus Heikos Händen wie Seidentücher aus denen eines Zauberkünstlers.

Damit waren wir drin.

Einfach, dachte ich. Jetzt müssen wir nur noch lebend wieder rauskommen.

Blendläden und Türe der ›Haselnuss‹ waren geschlossen, was dem Lokal einen verrammelten Ausdruck verlieh. Heiko schwenkte den Wagen auf dem Parkplatz davor herum, bis die Nase wieder auf das Tor und die beiden zusammengesunkenen Gestalten zeigte, und machte den Motor aus. Hinter der Kneipe konnte man zahlreiche Hunde jaulen hören. Ansonsten war alles ruhig. Was, unter bestimmten Umständen, oft belastender auf einen wirkt als ein lärmendes Tohuwabohu, auf das man reagieren, in das man sich hineinstürzen kann, das einfach *da* ist, Gegenwart. Lastende Ruhe hat immer diesen Beigeschmack einer absolut ungewissen Zukunft.

»So, wir gehen jetzt da rein«, entschied Heiko auf seine besonnene, um Konsens bemühte Art.

Wir stiegen aus. Mich fröstelte. Von praktisch allen Seiten umgab uns die konfuse Bebauung mit Schuppen und Unterständen, und das trübe Licht machte den Gesamteindruck nicht vertrauenerweckender.

Unser Anführer besah sich das Vereinsgebäude mit dem routinierten Blick des Abbruchunternehmers, der er mal gewesen war. Es hätte mich nicht gewundert, ihn jeden Moment etwas wie ›Drei Schwünge mit der Birne und das Ding liegt flach‹ sagen zu hören.

Ich fühlte mich bestenfalls seltsam, fremd, mit einem Schrotgewehr in Händen, doch mein Freund Pierfrancesco hatte sichtlich seinen Spaß daran. Er hielt die Lippen leicht geschürzt, zielte abrupt mal hierhin, mal dahin und fand sich cool dabei.

»Du warst schon drin in der Bude?«, fragte Heiko, und ich nickte.

»Grundriss in zwanzig Worten«, forderte er.

»Eingangstüre links, nach rechts mittelgroßer Schankraum, Theke gegenüber, Küche dahinter, Türe zu den Scheißhäusern auf der rechten Stirnseite«, antwortete ich und blieb damit noch zwei Schläge unter Par, wie es der Golfer ausdrücken würde.

Wir stiegen die knarzenden Stufen zur Eingangstüre hoch, ich merkte plötzlich, dass ich eigentlich noch mal rasch aufs Klo gemusst hätte, und einen Höllendurst hatte ich auch. Heiko zog uns dicht an sich heran, zwang damit die Gewehrläufe himmelwärts, probierte die Klinke – es war abgeschlossen – und klopfte energisch.

Das Jaulen der Hunde machte es unmöglich, etwaige Bewegungen in der Kneipe zu hören, doch nach der kleinen Ewigkeit von vielleicht zwanzig oder dreißig Sekunden fragte eine Männerstimme hinter der Türe »Wer da?«, und Heiko öffnete den Mund und – stockte. Vergessen, sich einen Namen zurechtzulegen.

»Nagold«, rief ich, und mein Gegenüber machte den Mund wieder zu und nickte zufrieden.

Kratzend drehte sich der Zylinder im Schloss, die Klinke klappte nach unten, und der Öffnende flog taumelnd bis gegen die Theke, als Heiko sich mit voller Wucht gegen die Türe warf. Wir, Scuzzi und ich, fielen in seinem Sog mehr in den Raum hinein, als dass wir bewusst gegangen wären.

Zwölf, fünfzehn Ironheads der eisenschädeligen Sorte starrten uns für die eine Sekunde vollkommen verblüfft an, die ihre Hirne brauchten, um die Situation zu deuten. Dann schlug die Verblüffung in Hass um. Sie waren über einen Tisch mit einer Zeichnung oder sonst einem großen Bogen Papier gebeugt gewesen, bei Neonlicht und geschlossenen Blendläden, und mein Eindruck war, dass wir durch Zufall in ein konspiratives Treffen hineingeraten waren. Und zwar des harten Kerns, wie es aussah. Das waren keine minderjährigen Bubis hier in der Versammlung, keine Krieg spielenden Hosenscheißer, keine Pummelchen, die noch bei Mama wohnten. Wer uns da mit rasant anwachsender Wut entgegenstierte, war die Stahlhelmfraktion der Ironheads, der Schlägertrupp, das Terrorkommando. Und sie waren uns zahlenmäßig eins zu vier oder fünf überlegen.

Wäre Heiko nicht gewesen, sie hätten uns in Stücke gerissen, Pumpguns oder nicht. Die kollektive Entscheidung, sich auf uns zu stürzen, war schon gefallen, ohne dass auch nur ein Wort gewechselt worden wäre, ich konnte sie spüren, und es wäre passiert, jetzt, wenn Heiko, wie Scuzzi und ich, einfach stehen geblieben wäre. Doch stattdessen schritt er in aller Unbefangenheit an die Theke, was verständlicherweise für Aufmerksamkeit sorgte, für Ablenkung, Verwirrung, griff sich einen hölzernen Barhocker, riss ihm ein Bein ab, und als einer der Ironheads, ein komplett kahl rasierter Stiernacken von mindestens einsneunzig, knurrte: »Ihr seid schon tot und wisst es nur noch nicht«, machte er einen abrupten Schritt auf ihn zu und schlug ihm das Holzbein mit Wucht auf die rechte Schulter. Der Stiernacken ächzte, und Heiko schlug augenblicklich noch mal zu, auf die gleiche Stelle, was alle im Raum zusammenzucken und sich innerlich winden ließ, und der Stiernacken wurde fahl und sackte auf die Knie, am Rande der Ohnmacht vor Schmerz.

Das kippte die Stimmung im Raum komplett.

Noch mal: Dies hier waren lauter D.O.s, lauter Schissers, Hohos, Pit Bulls und der in der Mitte, mit dem Gipsbein auf dem Tisch, war ihr Charly, es handelte sich also samt und sonders um kampferprobte Härtefälle, doch es gibt wohl nichts Einschüchternderes als die Präsenz eines zu allem entschlossenen, gewalttätigen Wahnsinnigen. Heiko riss erneut sein Barhockerbein in die Höhe, und mehrere Ironheads hielten sich die Hände über den Kopf, zum Schutz, wie man das so macht.

»An die Wand!«, bellte er, und sie wichen zurück, Schritt für Schritt, alle Augen auf ihn gerichtet und mit Mienen, aus denen man das Erstaunen, den Unglauben über ihr eigenes Verhalten herauslesen konnte.

Scuzzi schien zu glauben, wir hätten schon gewonnen, denn er hob sein Gewehr an die Schulter und entspannte sich, ja, er machte sich sogar auf, magisch angezogen von dem Flaschenregal hinter der Bar, doch mir ging nach wie vor der Arsch auf Grundeis, wie man bei uns sagt, und ich schwenkte die Schrot weiterhin, so drohend es nur ging, hin und her.

»Nun zu uns«, sagte Heiko, an Wolf gewandt, und Scuzzi stolperte über ein Bruchstück des Barhockers, fiel gegen den Tresen und feuerte eine Schrotladung in die Decke.

Sämtliche Lichter verlöschten mit einem Schlag.

Sofort scharrten und trappelten zahlreiche Füße und ich wusste, das war mein Ende. In der Dunkelheit, ohne zu wissen, wen ich vor mir, wen ich um ich hatte, war mir das Gewehr in meinen Händen ungefähr so nützlich wie ein Abflusstümpel. Ich war tot, und das Gefühl war entsetzlich.

Doch dann schlug eine Türe, dann noch eine, und nach nur vielleicht einer halben Minute verebbte das Trappeln, und eine eigentümliche Stille senkte sich über den Raum. Es musste wohl noch einen Hinterausgang geben. Und durch den waren sie geflohen. Anstatt uns im Dunkeln zu entwaffnen und anschließend zur allgemeinen Erbauung hinter einem BMW-Gespann her zu Tode zu schleifen.

Ich begriff es nicht, ich begriff es nicht. Es war, tja, es war unbegreiflich. Gerade noch tot gewesen, wallte es nun in mir auf, und ein innerer Konflikt begann zu toben, ob ich jetzt lachen oder weinen sollte, mir war danach, die Stirn gegen die Wand zu schlagen, alle sieben Patronen in die Luft zu ballern, ich hätte am liebsten –

»Geht vielleicht mal einer von euch Vollidioten hin und macht ein FENSTER AUF!«, schnarrte Charly und ich riss mich zusammen. »Ich seh nämlich nichts im Dunkeln.« Und dann setzte die ernüchternde Erkenntnis ein, dass die gesamte Bande jetzt draußen auf uns lauerte. Sogar Verstärkung könnten sie noch holen.

Ich ging hin und machte auf. Trübes Licht fiel herein und erst auf Scuzzi, der kalkbemehlt dastand und mit betretenem Gesicht hochsah in ein klosettdeckelgroßes Loch in der Decke über ihm, und dann auf Heiko und auf Wolf, der immer noch am Tisch saß, mit dem Fuß, auf den ihm der Baum gefallen war, in einem dicken Gipsverband. Und dem einen Ende von Heikos Holzknüppel in der kleinen Höhlung, wo sich die beiden Schlüsselbeine treffen, kurz bevor die Gurgel hinter dem Brustbein verschwindet. Heiko hielt den Knüppel mit beiden Händen, stützte sich regelrecht darauf, und dicke Schweißperlen bildeten sich auf Wolfs Stirn. Er sah starr hoch in die Augen seines Kontrahenten, und ich ahnte, was in ihm vorging. Wenn Albträume wahr werden ...

»Fünf Jahre«, sagte Heiko mit Gefühl.

»Warte«, mischte ich mich ein, nicht so sehr aus Menschlichkeit als aus pragmatischen Gründen, »lass mich erst mal was fragen.« Wir dödelten hier herum, und inzwischen musste jemand mal die Dollarnoten ins Licht gehalten haben.

Heiko sah mich genervt an, signalisierte dann aber sein Einverständnis, und ich beugte mich über Wolf und fragte: »Wo habt ihr unsern Willy versteckt?« Eine niedliche Frage. Eigentlich. Als wären wir Kinder und das alles nur ein Spiel.

Wolf explodierte. Völlig unvermittelt schlug er Heiko praktisch den Knüppel aus der Hand, kam halb aus seinem Sitz geschossen und brüllte, spuckend vor Wut: »Ja wirst du mich wohl endlich mal in Ruhe lassen mit deinem gottverdammten Willy?«, bevor Heiko ihn wieder zurückstieß.

Falscher Ansatz, kritisierte ich mich selbst. Ich formulierte um.

»Wo finde ich Nagold?« Jetzt blieb er sitzen und sah überrascht drein.

»Nagold?« fragte er zurück. »Unser Nagold? Du meinst ... du willst damit sagen ...«

Plötzliches Begreifen ließ den Blick seines in Braun und Grün geteilten Augenpaares flackern. Plötzliches Begreifen von etwas, das ihm schon länger, vielleicht un- oder nur halb bewusst, Rätsel aufgegeben hatte. Und plötzliches Begreifen, dass sich ihm hier eine Chance auftat.

»Was kriege ich, wenn ich euch das sage?«

Ich wäre jetzt bereit gewesen zu verhandeln, doch Heiko grunzte nur.

»Frag lieber, was du kriegst, wenn du es uns nicht sagst«, knurrte er und brach kurzerhand das Barhockerbein über seinem Knie in zwei Stücke. In ein kurzes, dickes und ein längeres, schmaleres. Beide mit einem langen, scharfen Zacken an der Bruchstelle. Zwei Stücke Holz, zu kaum etwas mehr nütze außer als, sagen wir, Feuerholz, doch in diesen Händen verwandelten sie sich fast zwangsläufig in ein Paar potentieller Folter- oder Tötungsinstrumente. Wolf beäugte sie mit entsprechendem Misstrauen.

»Überleg dir gut, was du tust«, warnte er.

»Dazu hatte ich fünf lange Jahre Zeit.«

»Du sagst uns, wo wir Nagold finden, und Heiko vertagt sein Vorhaben auf unbestimmte Zeit«, mischte ich mich ein. Und dann nichts wie weg hier. Die Formulierung ›Sich den Weg freischießen‹ hatte sich in mein Denken geschlichen und plagte mich mit der Vorstellung, sie möglicherweise gleich in Realität umsetzen zu müssen.

»Ich vertage hier überhaupt nichts«, zischte Heiko und zog dann, wie Scuzzi, wie Wolf, wie ich, plötzlich abgelenkt ein hörendes Gesicht.

Von draußen drangen beunruhigende Geräusche herein. Stiefelscharren, hektische Kommandos, Schreie. Mit dem Einsetzen aggressiven, kehligen Bellens wurden mir die Hunde wieder bewusst, und es hätte nicht viel gefehlt und –

Mehrere harte *Pfopps* folgten, wie explosionsartig herausgerissene Weinkorken, und ich schlich mich ans Fenster, während das Bellen in hohes, jodelndes Kreischen umschlug. Noch ein paar *Pfopps*, und es hatte sich ausgebellt und -gekreischt. Draußen lag ein toter Hund auf der Seite. Ein Ironhead saß benommen daneben und drückte vergeblich seinen der Länge nach aufgeplatzten Skalp wieder zusammen. Beide, Hund und Halter, waren blutbesudelt. Aus anderen Ecken des Geländes drangen fortgesetzte Kampfgeräusche an mein Ohr. Ich wollte gerade meinem Erstaunen und generellen Nichtbegreifen Ausdruck verleihen, als die Eingangstüre aufsprang und eine dunkle Gestalt hereinrollte, auf dem Bauch zu liegen kam und die mit einem Schalldämpfer versehene Mündung einer mit beiden Händen gehaltenen Maschinenpistole auf mich richtete.

»Waffen auf den Boden legen«, kommandierte die Gestalt, dunkel gemacht von einem schwarzen Overall und einer das Gesicht verdeckenden, ebenfalls schwarzen Sturmhaube. Obwohl mathematisch in der Überzahl, gehorchten Scuzzi und ich widerspruchslos. Selbst Heiko ließ seine beiden Hölzer fallen. Dann erst betrat eine zweite Gestalt, die wohl an der Türe gewartet hatte, den Raum.

»Sieh an«, sagte sie, oder besser er, denn es war ein Mann, keine Frage. »So sieht man sich wieder«, und er meinte mich damit.

Ohne mir dessen recht bewusst zu sein, setzte ich die Miene auf, die bei mir für gewöhnlich einem ehrlich gemeinten ›Hä?‹ vorausgeht. Der Mann stand im Halbdunkel, er trug eine Sturmhaube, sprach durch deren Stoff hindurch, so dass mir noch nicht mal seine Stimme etwas sagte. Doch dann trat er ins Licht, das durch das Fenster hereinsickerte, und ich machte im Bereich des Sehschlitzes einen unglücklich über dem rechten Auge hängenden Streifen blonder Ponyfransen aus. Selbst unter einer Sturmhaube nicht auf ein Toupet verzichten zu wollen, muss Stil sein. Ich wüsste kein anderes Wort dafür.

»›VS Fertest‹«, sagte der Schwede im Konversationston. »Hat ein bisschen gedauert, aber wir haben es dann doch entschlüsselt gekriegt. Zusammengesetzt aus dem italienischen ›Ferro‹, für Eisen, und ›Testa‹, für Kopf. Und das ›VS‹ steht für die ›Vaterländische Sammlungsbewegung.‹«

Die Bewegung, von der Roth-Bichler gesprochen hatte.

Die Spender, die einen großen Knall erwarteten. Von den Ironheads, wie es aussah.

»Ja«, meinte der Schwede, setzte sich mit einer Arschbacke zu Wolf auf den Tisch und begann, etwas aus seiner Tasche zu kramen, »das war jetzt keine so tolle gedankliche Leistung, ich gebe es zu, aber immerhin wird es die Namen hinter der spendablen Sammlungsbewegung in die Zeitung bringen, und uns hat es hierhin gebracht.«

Nach und nach kamen immer mehr Typen durch die Türe, alle in der gleichen Aufmachung. Die wenigsten waren allerdings bewaffnet. Axtstiele und abgebrochene Billardqueues herrschten vor, auch wenn einer einen vollständigen Vorschlaghammer über der Schulter trug. Manche keuchten, andere rieben sich mit verhaltenem Stöhnen schmerzende Körperstellen.

Wolf saß ganz ruhig, wenn auch mit aufgerissenen Augen. Er schien nicht zu wissen, wie ihm geschah, hockte da wie erstarrt. Nur seine Linke, hinter Lazlo Cinosils Rücken, bewegte sich kaum merklich, zog, Zentimeter für Zentimeter, die Zeichnung oder Landkarte oder was immer es sein mochte, worüber er noch vor zehn Minuten mit seinen Kumpels gehangen hatte, von der Tischplatte. Zehn Minuten. Die Zeit raste, doch ich fand kein Mittel, die Initiative wieder an mich zu reißen.

Der Schwede war fertig mit Kramen und entfaltete ein Stück Papier. Einen Zeitungsausschnitt. Titelblatt. Schon ein paar Monate alt. Ich erinnerte mich. Die Schlagzeile lautete: »Handgranaten-Anschlag auf Essener Synagoge. Hoher Sachschaden.« Nur durch ein Wunder hatte es dabei kein Blutbad gegeben. Die Täter waren nie gefasst worden, und das, obwohl die Polizei Hinweise auf einen möglichen rechtsradikalen Hintergrund der Tat »ernsthaft geprüft« hatte.

Lazlo Cinosil hielt Wolf den Ausschnitt vor die Nase, bis er sicher sein konnte, dass der ihn gelesen oder zumindest registriert hatte, dann setzte er das Papier mit einem Feuerzeug in Brand und hielt es auf Armlänge von sich.

»Falls jemand fragen sollte«, fuhr er dabei in unverändertem Konversationston fort, »haben meine Männer und ich hier und heute im Auftrag des ›MC Stormfuckers‹ gehandelt. Dies ist ein Bandenkrieg, nicht wahr?« Damit ließ er das letzte brennende Fitzelchen zu Boden fallen, schnellte herum und schlug mit der Handfläche hart auf den Bogen Papier, den Wolf so gern hätte verschwinden lassen.

Einen Augenblick lang hingen die beiden Männer mit den Köpfen ungewöhnlich dicht voreinander, dicht genug, um nasale Informationen über die beidseitigen Ernährungsgewohnheiten auszutauschen, Blicke ineinander verschränkt, dass man es knirschen hören konnte, dann gab Wolf das Papier frei, der Schwede zog es wieder zur Gänze auf die Tischplatte und glättete es beinahe liebevoll.

Neugierig trat ich näher, genau wie zwei der Vermummten.

Es war eine Art Bauzeichnung, eine Draufsicht, oder Legende, ein Blick von oben also, auf einen Saal mit bogenförmig angeordneten Stuhlreihen. Davor eine Bühne. Auf der Bühne ein Rednerpult. Ringsum an den Wänden waren kleine schildförmige Symbole eingezeichnet, die alle ein großes ›F‹ trugen. Mehrere davon, vor allem in Bühnennähe, waren mit Kugelschreiber umkreist und mit Pfeilen oder Fragezeichen versehen. Die beiden Vermummten deuteten darauf und gaben Geräusche des Interesses, der Realisation von sich. (Hauptsächlich Brummtöne, oder ein leicht schnarrendes Knurren, falls sich jemand gefragt haben sollte, wie sich ›Geräusche der Realisation‹ wohl anhören mögen.)

»Das ist die Duisburger Mercatorhalle, nicht?«, fragte der Schwede im Tonfall höflichen Interesses und klopfte mit einem Zeigefingerknöchel auf die Zeichnung. »Da, wo Ende des Monats der Vorsitzende des Zentralrats, ›Ignaz der Unbeugsame‹, wie wir ihn scherzhaft nennen, eine Rede halten wird, nicht wahr?«

Wolf antwortete nicht. Er verschränkte die Arme vor der Brust und setzte diese leicht überhebliche ›Ihr-könnt-mirgar-nichts-beweisen‹-Miene auf. Ich weiß nicht, wie er darauf kam, doch er schien tatsächlich zu glauben, er hätte es hier mit der Polizei zu tun.

»Wo ist der Feuerlöscher jetzt?«, fragte Lazlo Cinosil eindringlich. »Ist er schon installiert? Nein, denn dann flöge ja wohl kaum die Zeichnung noch hier rum, oder? Also, wo ist der Sprengsatz, wo ist der von der VS bestellte ›Große Knall‹?«

Wolf schwieg weiter, ließ nur die Augenbrauen hochwandern in gespielter Verwunderung. ›Sprengsatz? Welcher Sprengsatz?‹, schien seine Mimik sagen zu wollen.

Der Schwede äußerte ein ›*Ts*‹ des Bedauerns und schnippte mit dem Finger. Der Vermummte mit dem Vorschlaghammer trat vor.

Wolfs Gesicht nahm den Ausdruck an von jemandem, dem etwas verspätet zu dämmern beginnt, dass er, bildlich gesprochen, voll in die Scheiße gepackt hat.

»Ich vermute ihn …«, der Schwede gab vor, nachzudenken, sah sich theatralisch um, sagte dann abrupt »hier« und deutete auf Wolfs eingegipsten Fuß. Die beiden Kartenleser warfen sich auf das Bein, hielten es fest auf die Tischplatte gepresst, und der mit dem Hammer nickte und schwang sein Werkzeug zurück für einen Hieb, der Gips, Fuß und Tisch schlagartig in Zustände der Irreparabilität versetzen musste.

»Ich sag's!« Die schrille, instabile Stimme einer mit höchster Geschwindigkeit hervorgepressten Äußerung.

Der Hammermann verharrte.

»Hinten, im Wald, der da weiß wo«, damit deutete Wolf mit dem Kinn auf mich, »an der gefällten Kiefer vorbei«, tauschte er eine warme Erinnerung mit mir, »hundert Meter geradeaus kommt ein Trampelpfad. Den rechts runter, und nach zweihundert Metern taucht linker Hand ein ehemaliger Flakbunker auf. Da haben wir die Bombe. Und da, vermute ich mal, ist auch euer Willy. Das wäre zumindest eine Erklärung dafür, warum Nagold die letzten 14 Tage so scharf darauf war, am Bunker Wache zu schieben.«

»Na«, sagte Heiko mit einer Mischung aus Verwunderung und Zufriedenheit, »wie sich das trifft!«

Die Ironheads beachteten uns nicht weiter. Sie versammelten sich, wie es schien, um ihren grünen Transit, bereit zum Abzug. Wer noch laufen konnte, stützte die anderen.

Drei ihrer Hunde lagen tot herum, mit Schusswunden, die anderen jaulten nach wie vor in ihren Zwingern.

Niemand mischte sich ein, als Heiko Wolf am Arm mit sich zerrte zu einem der Zwinger. Der schwarze, langmähnige Schäferhund namens Matto entblößte seine Zähne, als Heiko den Schlüssel im Vorhängeschloss umdrehte, mit dem die Käfigtüre gesichert war.

»Das ist keine gute Idee«, fand Wolf, eilig. »Matto gehorcht nur Nagold. Wir sollten ihn drin lassen.«

»Lassen wir doch«, meinte Heiko und mimte Verwunderung. Dann riss er die Zwingertüre kurz auf, stieß Wolf hinein und machte wieder zu.

Der Schäferhund wich bis in die hinterste Ecke seines Käfigs zurück und duckte sich, sein Knurren hart und anwachsend.

»Auch keine gute Idee«, sagte Wolf, mit einiger Hast. »Dieser Hund ist ... territorial. Er betrachtet das hier als seinen Herrschaftsbereich.«

Das Knurren nahm an Härte zu, als Matto langsam seine Zahnreihen auseinander klaffen ließ. Geduckt umschlich er den Eindringling.

»Soll er doch«, meinte Heiko, drehte den Schlüssel zweimal herum, zog ihn ab, hielt ihn kurz in die Höhe, ließ ihn sich dann in den offenen Mund fallen und – schluckte ihn runter.

»Morgen früh werde ich wohl ein Tränchen für dich vergießen«, sagte er noch.

Der Schwede wartete vor der Türe der Haselnuss und wirkte zufrieden. Er war mit gerade mal sechs Mann hier angerückt und hatte auf ganzer Strecke gesiegt, wie es aussah.

Zwei seiner Leute blieben vor dem Lokal, drei sicherten den weißen Transporter, mit dem sie hergekommen waren, und der Schwede und einer seiner Vermummten machten sich mit uns zusammen auf in den Wald.

»Ein Wort noch«, stoppte ich den kleinen Trupp am Tor und wandte mich direkt an Heiko und den Schweden. »Ab jetzt«, sagte ich und sah beiden nacheinander in die Augen, »ist das hier meine Show. Verstanden?« Sie nickten, geradezu nachsichtig.

»Dann los!«

Ich ging voran, wie es meine neue, selbst gewählte Rolle verlangte.

Vorbei an der Kiefer. Zum Trampelpfad. Niemand zu sehen weit und breit. Rechts ab und den Weg hinunter, Schritt vor Schritt. Noch war kein alter Bunker auszumachen. Nur eine dünne Rauchfahne. Wie von einem Holzofen.

Ich breitete die Hände aus, zeigte nach beiden Seiten, und Heiko und Scuzzi und der Schwede und sein Mann verteilten sich links und rechts, schwärmten aus, duckten sich hinter Bäume und Sträucher, von denen es hier eine ganze Menge gab. (Immergrün, die Sträucher, aber mit Blättern, diesmal. Stachligen Blättern bei näherem Hinsehen. Mehr weiß ich auch nicht.)

Allein gelassen, schlich ich mich weiter nach vorne.

Der Bunker war halb überwuchert. Er hatte im Groben die Form eines überdimensionalen Wehrmachtshelms, ringsum durchbrochen von schmalen Schlitzen zum Rauskucken und -feuern, und da, wo früher das große Luftabwehr-Geschütz zur Verteidigung des Flughafens gesessen hatte, also in der Gesichtsöffnung, wenn man so will, war während der Entmilitarisierung eine Wand hochgezogen worden, und in die hat dann noch später jemand ein rechteckiges Loch gemeißelt und eine Stahltüre hineinzementiert.

Auf den ersten Blick ziemlich uneinnehmbar, das Ganze.

Heller Rauch kräuselte sich über einem Ofenrohr, das aus einer der Schießscharten herausragte. Wir waren richtig, ich wusste es.

Allerlei Müll hatte sich rings um den Betonklotz angesammelt, von leeren Flaschen, Dosen, Farbeimern, Plastiktüten über haufenweise rostige Rollen Stacheldraht bis hin zu dem von mehreren Schichten verrottenden Herbstlaubs schwarz angelaufenen Wrack eines Audi 60.

Zu hören war nichts. Ich blickte mich um. Zu sehen war niemand. Zehn rasche und verstohlene Schritte brachten mich bis vor die Stahltüre. Rundknauf. Zylinderschloss. Von außen nur mit Schlüssel zu öffnen.

Mit angehaltenem Atem presste ich mein Ohr gegen das Blech. Da waren Geräusche, hinter der Türe. Ich presste fester. Stöhnen. Murmeln. Keuchen. Mindestens zwei Stimmen waren beteiligt, eine davon die von Willy, ich war mir sicher. Doch, ich erkannte seine Stimme. Es klang wie Willy, wenn er –

Ich hatte mein Hören so auf das rechte Ohr verlagert, dass mein linkes einen Moment brauchte, mich zu erinnern, dass es auch noch da war, und wahrnahm, obendrein. Jemand näherte sich per Auto, nahm es wahr.

Ohne groß zu überlegen, hechtete ich zu dem Wrack des Audi, riss die Beifahrertüre auf, kauerte mich hinein in das sitzlose, feucht-gammelige Innere und fing die zuschwingende Türe ab, bevor sie ins Schloss fallen konnte.

Das Auto kam herangeschnurrt und stoppte vor dem Bunker.

Vorsichtig kurbelte ich die blinde Seitenscheibe ein Stück herunter. Ein sehr privates Gefühl ließ mich schlucken. Es war der lila Honda.

Deliah stieg aus, und plötzlich begriff ich auch ihren Kurzhaarschnitt: Eine HJ-Frisur mit geschorenen Schläfen und längerem Haupthaar lässt sich von heute auf morgen nicht durch Nachwachsen egalisieren. Also bringt man den ganzen verräterischen Kopfputz durch Kurzschneiden auf unverdächtiges Bubikopf-Format.

Nagold war ihrem Beispiel mittlerweile gefolgt, wie ich feststellen durfte. Nur Roth-Bichler, der sich, schwarze Aktentasche fest unter den Arm geklemmt, als Dritter aus dem

Wagen schälte, stand weiterhin zu seiner schuppigen Haarpracht.

Nagold sah sich hastig um, nickte dann, offensichtlich beruhigt, ging hin, schloss und schwenkte die Stahltür auf.

»Mein Gott«, entfuhr es ihm, »seid ihr schon wieder dabei?« Mit erhobener Hand bremste er den treulosen Rechtsverdreher, wartete einen Moment, nickte dann sein Einverständnis, und alle drei verschwanden im Bunker.

Der Schlüssel, fiel mir auf, steckte von außen.

Was tun? Sie alle einschließen? Mit Willy zusammen? Und dann?

Und dann sehen wir weiter, dachte ich und machte mich sprungbereit, da flog die Stahltür schon wieder auf, Nagold kam rücklings heraus, Aktentasche in der Hand, trat nach jemandem, der ihm folgen wollte, warf die Türe zu, stemmte sich mit der Schulter dagegen, ließ die Tasche fallen, um die Hand zum Abschließen frei zu haben. Einen Moment stand er schwer atmend da. Blickte, seltsam blicklos, in meine Richtung. Wappnete sich für etwas. Sah sich dann noch mal um, nickte sich selber zu wie zur Bekräftigung eines stumm gefassten Entschlusses, kam auf mich zu, folgte dann der Rundung des Bunkers, Augen jetzt hoch, suchend, hielt an, drehte mir den Rücken zu, um sich auf die Zehenspitzen zu stellen und nach etwas in einem der Sehschlitze des Bunkers zu greifen. Nach einem Faden, wie es aussah.

Ja, ein Nylonfaden, anscheinend. Er bekam ihn mit den Fingern zu packen, zog ihn vorsichtig ein Stück heraus, wickelte ihn sich um die rechte Hand, atmete stoßweise wie ein Mann unter enormem Stress. Drehte den Kopf ein wenig zur Seite, Augen zusammengekniffen, als erwarte er jeden Moment einen Knall, hob den Arm zu einem Ruck –

»Beide Hände hoch in die Luft«, sagte ich in sein Ohr, »oder ich drücke ab!«

Er erstarrte. Hände in der Luft. Aus dem Nichts tauchte Lazlo Cinosils Vermummter neben mir auf.

Gelähmt vor Anspannung, unfähig zu sprechen, deutete

ich mit Kinn, Brauen, Nase nach dem Nylonfaden um Nagolds Rechte.

Der Vermummte griff mit zwei bändchenbehangenen, sonnengebräunten Händen hoch und löste die Verknotung, sachte und schnell zugleich. Noch im Herabsenken seiner Hände drehte er Nagold den Arm auf den Rücken, dass es den bäumte. Geschickte Finger, die hat er, der Albert. Vielseitig talentiert scheint er auch zu sein, für einen Buchhalter.

Mit einem kurzen Aufatmen nahm ich die leere Flasche von Nagolds Nacken und besah mir gedankenverloren das Etikett.

Amselfelder, so was auch.

Nur für ein Sekündchen lehnte ich mich gegen die Bunkerwand und war für ein Mal dankbar für Heikos Griff in mein Genick. Hatten mir kurz die Knie nachgegeben? Ach was.

»Das wurde aber auch Zeit!«, keifte Dr. Roth-Bichler. »Ich habe keinen Sinn für solche Scherze!« Dann erkannte er mich, und man konnte zusehen, wie ihm die Zornesröte in die Socken fiel.

»Du!«, hauchte Deliah und wusste nichts mehr zu sagen.

Willy hockte in Unterhemd und ausgeleierter Unterhose auf einem Feldbett und griente mich an.

»Ist das nicht mein Sakko?«, fragte er, als allererstes, was mich in momentane Verwirrung stürzte. Neben ihm auf dem Lager saß der rotwangige Ironhead-Rekrut, von dem ich nur die Zahl kannte – Zweiundzwanzig? – und blickte unglücklich drein. Ich bedeutete allen, sich nicht zu rühren.

Meine Augen suchten den Raum ab und blieben dann an einer hohen, schmalen Transportkiste hängen. Oben, aus dem Deckel, schlängelte sich ein dünner, durchsichtiger Faden heraus zu einem Schlitz in der Wand und verschwand nach draußen.

Mein Herz hämmerte mir das Blut durch die Adern, dass sie von der Reibung heißliefen.

»Alle raus!«, sagte ich mit einer Stimme, die ich von mir noch nicht kannte. Nur Sekunden später hatte ich den Bunker für mich allein.

Ohne bewusst die Beine bewegt zu haben, war ich über der Kiste. Mit etwas wie unendlicher Verwunderung sah ich meine Hände unendlich langsam und vorsichtig den Deckel lüften, betrachtete dann mit nie erlebter Faszination die schlanke, rote, mit vielerlei nützlichen Informationen und Instruktionen beschriftete Stahlflasche eines Feuerlöschers.

Der durchsichtige Faden verschwand unter dem zum Auslösen des Löschers gedachten rotweißen Scherengriff.

Schweiß floss frei meinen Rücken hinunter, als mir aufging, dass ich nicht weiterwusste.

Sachte legte sich eine bändchenbehangene Hand auf meinen linken Arm. Albert war an meiner Seite aufgetaucht, spähte in die Kiste, und wir tauschten einen Blick voller Beklemmung. Sachte griff er an mir vorbei, tastete den Scherengriff und den dazugehörenden Löschkopf ab und lüftete dann beides in einer Bewegung von mechanischer Präzision und Gleichmäßigkeit.

Attrappen, beides, Kopf und Griff.

Und dann starrten wir zusammen auf einen kleinen Drahtstift, und ich wollte nur noch rennen und nie wieder anhalten. Der Drahtstift, an dem der Faden endete, hing nur noch mit einem halben Millimeterchen in dem einen von zwei Paar ineinandergreifenden Formblechen, in den Bohrungen darin, um genau zu sein, und hielt mit diesem halben Millimeterchen den von einer Handgranate entliehenen und oben auf den Feuerlöscherhals geschraubten Zündhebel am Hochschnacken ab.

Meine Füße klebten am Boden. Meine Zunge am Gaumen, meine Augen am Drahtstift.

Ein irres Zittern packte meine Linke, doch meine Rechte war die Ruhe selbst. Noch. Langsam spreizte sie die Finger, glitt, wie durch Öl, in die Kiste, legte Zeige- und Mittelfinger um den Hals der Bombe und presste dann den Daumen gegen den Abzugbügel, und zwar mit gerade so viel Kraft, dass Albert den Sicherungsstift ohne Mühe zurück durch beide Bohrungen drücken konnte. Dann nahmen wir beide unsere Hände aus der Kiste, nickten uns zu, und als ich das nächste Mal aufsah, blickten Scuzzi und Willy aus einem grauen Himmel auf mich hinab und fächelten mir feuchtkalte Luft zu. Grinsend.

Und da traf es mich.

»Ey!«, schrie ich und setzte mich auf. Packte Willy bei den – Ohren! Zwei davon! Und – Griff runter, zähl zähl, zähl – zehn! Zehn Finger, und keiner weniger! »Soll das heißen«, und ich packte ihn an der Gurgel, jetzt, »du hast gemeinsame Sache gemacht mit …«

»Lass ihn«, greinte eine weinerliche Stimme hinter mir. »Wir haben ihn zu dem Foto mit dem eingeknickten Finger gezwungen. Deliah hat die, die … Sachen aus der Pathologie besorgt.« Zweiundzwanzig blickte reuig und geständig.

Deliah. Ah.

Ich krabbelte auf die Füße. Hu! Wacklig. Heiko wollte mich wieder im Genick packen wie eine Katze ihr Junges, doch ich schüttelte ihn ab.

Deliah. Sie stand an die Bunkerwand gelehnt, dicht neben Nagold, und rauchte mit runden Lippen. Beide blickten … abweisend.

»Hast du ihm erzählt, wie oft wir miteinander geschlafen haben?«, fragte ich, weil ich es irgendwie musste. Beide blickten … unbehaglich.

»Und hast du ihr erzählt, wie oft *wir* es miteinander getrieben haben?«, fragte Willy, an Nagold gerichtet, und der wurde flammend rot.

Ich blickte Willy an und musste mich regelrecht zwingen, den Mund wieder zuzumachen.

»Zu Anfang habe ich ein paar Mal versucht, hier rauszukommen, und sie haben mich jedes Mal verkloppt. Daraus ist dann ziemlich bald was … na ja, … was Sexuelles geworden, wenn du verstehst, was ich meine. Außerdem war mir so langweilig«, erklärte er, fast schon entschuldigend.

»Was«, meldete sich der rotwangige Rekrut und blickte Willy geradezu flehend an, »was wird jetzt?« ›Mit uns?‹ schwang, unausgesprochen, mit.

»Och«, meinte unser hauseigener Don Juan, »am besten machst du dir keine Mühe, anzurufen oder vorbeizukommen. Wenn, dann melde ich mich.« Drehte sich um und ging.

Sein Standardspruch. Die Dicke Wanda ist darüber ausgerastet, damals.

Ein Moment perplexen Schweigens senkte sich über die unwirkliche Szene. Was nun?

»Alle wieder da rein«, entschied ich. »Halt!«, stoppte ich Nagold vor der Türe. »Du nicht!«

Deliah sah verängstigt drein, verstand nicht recht, Roth-Bichler, der die ganze Zeit nichts gesagt hatte, protestierte jetzt schwächlich, gab sich ahnungslos, Zweiundzwanzig kämpfte mit den Tränen. Hätten sie sich alle vorher überlegen sollen. Jammerlappen.

Schwungvoll schmiss ich die Tür ins Schloss, drehte den Schlüssel zweimal rum, zog ihn ab und steckte ihn ein.

»Wolltet ihr die Bombe mitnehmen?«, fragte ich den Schweden, doch der verneinte gestenreich.

»Wir wollten sie nur lokalisieren. Das Entschärfen ist unser Job nicht.«

»So«, drehte ich mich wieder zu Nagold, »*jetzt* kannst du an der Schnur ziehen.«

Damit ließ ich ihn stehen. Wollte mich im Weggehen noch nach der Aktentasche bücken, nach Roth-Bichlers Blutgeld für Willys Ermordung, von deren Durchführung er sich hier wohl hatte überzeugen wollen, doch Scuzzi stoppte mich.

»Lass liegen«, flüsterte er. »Sind nur obendrauf Hunderter. Der Rest ist Papier.«

Gut, dachte ich. Perfekt.

Bis zum Palisadenzaun des Forts hörte ich keinen Knall, und da wusste ich, es würde auch keiner mehr kommen.

Der Mähnenwolf war wieder allein. Eine Blutspur führte von seinem Zwinger zu der Stelle, wo vorhin der grüne Transit geparkt hatte. Die Ironheads waren verschwunden. Lustlos klappte die Türe zur ›Haselnuss‹ im auffrischenden Wind. Hundejaulen erfüllte das verlassene Gelände mit schaurigen Echos.

Lazlo Cinosils Männer behielten ihre Sturmhauben auf, bis sie im Transporter verschwunden waren, nur Albert nahm seine ab und kam noch mal rüber zu mir, um sich zu verabschieden. Wir schüttelten uns die Hände, etwas unbehaglich über diese nichts sagende Geste, sahen uns kurz in die Augen.

Sein Blick schien von unendlich weither zu kommen und ins Nichts weiterzugehen, und ich wusste, meiner war nicht viel anders.

Dann trennten wir uns, wortlos, zwei Männer, die einander nur kurz begegnet waren, aber trotzdem nie vergessen würden.

»Wohin soll's denn gehen?«, fragte Heiko, geradezu gelöst, fast schon heiter, zumindest für seine Verhältnisse. Ich ließ mich in den Sitz neben ihn fallen.

»Zu McDagobert's«, entschied ich. »Und tritt ein bisschen drauf.«

Das Sakko war zu dünn für die eisigen Böen, doch mir war nicht kalt. Die halbe Stunde Fußmarsch zum Fuckers' Place würde mir gut tun, hatte ich entschieden, und so stapfte ich einher, allein, unempfänglich für äußere Einflüsse.

Edwin Knauff hatte mich überrascht. Ich hatte erwartet, niedergebölkt zu werden, kaum dass ich hereinkam in die glasknirschende, fetttriefende, verbogene, zerschmetterte, mit Resten von McBurgern übersäte und in Schokocreme und Blut getränkte Szenerie, doch er war einfach nur kühl aufgetreten, kühl und gefasst. Ganz allein stand er da in den Trümmern seines Projektes und betrachtete mich mit einer Mischung aus väterlicher Milde und Strenge.

»Damit haben wir dem Attentäter aber gründlich den

Spaß verdorben, was?«, war praktisch alles, was er sagte, begleitet von einer allumfassenden Geste.

Ich wies darauf hin, dass ich es von Anfang an für keine gute Idee gehalten hatte, die Jungs zusätzlich zu ihren Security-Aufgaben auch noch als Imbiss-Personal einsetzen zu wollen. Die Doppelbelastung, führte ich an; zu viel mildem Nicken von Ragobert.

Ich wies darauf hin, dass ich Geschäftsführer Flusenko-*Klusenhoff* davon abgeraten hatte, eine Busladung angetrunkener holländischer Fußballfans ins Restaurant zu holen, und Edwin Knauff nickte auch dazu.

Ich brachte die Frage meiner Rechnung und der Weiterverfolgung des Attentäters zur Sprache, und der Projektleiter stellte das Nicken ein. Abrupt.

Wir einigten uns darauf, dass ich keine Rechnung stellen und sein Konzern auf eine Schadenersatzklage verzichten würde. Und die Weiterverfolgung lag, wie er sagte, von jetzt an in den Händen der Polizei.

Das Fuckers' Place schwankte im Siegestaumel.

Willy hatten sie zur Begrüßung so lange in die Luft geworfen, bis er zusammen mit dem großen Kristalllüster wieder heruntergekommen war.

Nun wurde ich mit enormem Hallo empfangen, und es hätte nicht viel gefehlt und sie hätten mich auf den Schultern einmal durch die Halle getragen und dann wahrscheinlich voller Überschwang unter dem Rahmen der Küchentüre ausgeknockt.

Die ›Roten‹ rissen ihnen weiterhin die Augen auf, Dope und Bier kamen dagegen nicht an, wurden ohne Besinnung nebenbei konsumiert.

Sie mussten die Holländer ganz schön eingestielt haben, wenn ich all den Geschichten, die von allen Seiten auf mich einprasselten, glauben durfte.

Och, warum nicht, sagte ich mir und machte es wie alle, kippte mechanisch ein Bier und noch eins und noch eins. Zog an einem Joint, kippte noch ein Bier. Spürte nichts.

Willy war auf seinem Zimmer. Vielleicht doch ein wenig überfordert, sorgte ich mich. Oder traumatisiert. Nahm mir vor, gleich mal nach ihm zu sehen. Hatte ihm auch noch die eine oder andere wenig erfreuliche Mitteilung zu machen.

»Was ich nicht kapiere«, sagte Charly und zog sich einen Stuhl heran, setzte sich neben mich, drückte mir noch ein Bier in die Hand, »ist, warum du sie alle hast laufen lassen.«

Ich zuckte die Achseln. Ich wusste es selbst nicht. Ich hatte Willy zurückhaben wollen, und alles andere war mir fürs erste egal gewesen.

»Dieser Notar ist ruiniert«, sagte ich, »in jeder Hinsicht. Der Schwede bringt sein vaterländisches Netzwerk in die Zeitungen, seine Unterschlagungen werden ihn um seinen letzten Besitz bringen. Und die anderen drei kriegen wir, wenn wir wollen. Sie haben nichts außer einem Haufen falscher Dollars und einem Koffer voll Papierschnipsel. Wo wollen die schon hin?«

»Ich weiß eh, wo«, krähte Scuzzi und hielt sich ein Nasenloch zu, weil er gerade eine Line weggezogen hatte. »Ich habe die Tickets im Handschuhfach von dem Honda gesehen. Ihr werdet's nicht erraten!«

Alles Gebrabbel brach ab, die ganze Küche starrte ihn an.

»Nach Gran Canaria!«, schrie er triumphierend, und Gott, was haben wir gelacht.

»Willy?«, fragte ich leise und klopfte leicht an seine angelehnte Zimmertüre.

»Kristof!«, strahlte er mich an. »Kommst gerade recht.« Er hockte, wie ich feststellte, mit krummem Rücken über seinem Schreibtisch und mühte sich mit Bleistift und Papier ab.

»Heute ist doch der 22., oder?«

Ich nickte. Fragte nichts weiter.

»Mann, genau pünktlich. Das hast du sauber hingekriegt.«

Ich überlegte, ob ich ihm gestehen sollte, in seinem Namen mit seiner Angebeteten gebrochen zu haben, doch eine andere Nachricht überwog das sowieso, also verabreichte ich ihm die.

»Willy«, sagte ich, »du hast es wahrscheinlich nicht mitbekommen, aber Dagmar Berghoff hat sich verlobt.«

Er hob kurz den Kopf von seinem Schreiben und sah mich durch seine Brillengläser an, Brauen gerunzelt.

»Mit einem Mediziner«, fügte ich der Vollständigkeit halber hinzu.

Er griente, winkte ab, boxte mich freundschaftlich in die Seite.

»Was heißt das schon?«, befand er. »Hier, kannst du mir das tippen?«

Ich hätte im Stehen schlafen können, doch irgendwie nickte ich, nahm mir den Schrieb. Konnte es ihm nicht abschlagen. Keiner konnte ihm etwas abschlagen. Er hatte uns alle in der Tasche.

»Was ist das eigentlich für eine ›Große Überraschung‹?«, fragte ich, im Rausgehen, nach Überfliegen der ersten Zeilen.

»Ach, habe ich dir noch gar nicht erzählt, was? Ich bin reich!«

Ich sah ihn an wie jemanden, der behauptet, in getrockneten Nasenpopeln ein Mittel gegen Krebs entdeckt zu haben. Lustige Idee, sagte mein Blick, doch die Wahrheit sieht wohl anders aus.

Willy griente nur.

»Erinnerst du dich an die Frau von dem Sparkassendirektor, die ich mal mit hierhin gebracht habe?«

Ich dachte nach. Dauerte einen Moment, in meinem Zustand.

»Die knochige?«, erinnerte ich mich dann. »Die aussah wie etwas, das sich einem auf der Geisterbahn in den Weg stellt?«

Willy nickte voller Eifer.

»Mit deren Hilfe habe ich ein bisschen was gefingert und die gesamte Knete von meinen Konten an Roth-Bichler vorbei nach Luxemburg überwiesen. Ich hab jetzt richtig Geld!

Ha! Bestimmt mehr als Dagmars komischer Mediziner, was?!«

Er gibt tatsächlich nie auf, dachte ich.

Ich kürzte mächtig und tippte rasch, dann hockte ich mich aufs Bett, löste die Riemen der festen Schuhe und starrte eine Weile darauf hinunter, voller Zweifel, ob sich die Mühe des Ausziehens noch rentierte, oder ob ich mich nicht einfach nur auf die Seite fallen lassen sollte.

Die Katze kam an, Deliahs gesamte Hinterlassenschaft, rieb mir den hochgehaltenen Schwanz unter die Nase, bog ihr Kreuz, spreizte die Krallen, zog lange Fäden aus dem Teppichboden.

Und jankte dazu wie Phil Collins und Madonna im Duett, bei 78 Umdrehungen, auf einem eiernden Plattenspieler.

»Hör zu, Katze«, sagte ich, mit der schwachen Stimme der Vernunft. »Ich habe ein paar Tage hinter mir. Und ein paar Nächte. Mir ist jetzt nicht nach Katze füttern. Also geh und nerv jemanden anders, ja?«

Muss ich sagen, was sie antwortete?

Nein?

Hmm, genau das.

Epilog

Die ganze Geschichte ist jetzt natürlich schon eine Weile her. Und wie das so ist, kürzlich hatte ich, wie jedes Jahr um diese Zeit, Geburtstag. Und, wie zu jedem meiner Geburtstage, Post. Ein Brief. Von Doris, der Kleinen, die ich seinerzeit mithilfe der Jungs aus Amsterdam geholt habe. Sie sei clean, schreibt sie immer als Erstes. Es gehe ihr gut, schreibt sie dann. Ihrem Mann und ihren Kindern auch. Und ganz zum Schluss erst wünscht sie mir alles Gute und erinnert mich daran, den beigefügten Scheck einzulösen.

Es ist doch nicht immer alles vergeblich, sage ich mir dann meistens.

Und – ah, ehe ich's vergesse: Der McDagobert's-Attentäter wurde nie gefasst.

Sie haben Kommissar Baer auf ihn angesetzt, und das war das Letzte, was man je davon gehört hat.

Gut so, wenn mich einer fragen sollte. Denn eine Verurteilung hätte den Typen unnötig hart erwischt. Hatte er doch (nur unter uns) obendrein noch vierzehn Monate zur Bewährung offen.